“俄罗斯文学译丛”系

“金色俄罗斯丛书”平装版

回到伊萨卡

Вернуться в Итаку

[俄] 伊琳娜·鲍加特廖娃等 / 著

侯玮红 / 译

四川人民出版社

图书在版编目（CIP）数据

回到伊萨卡/（俄罗斯）伊琳娜·鲍加特廖娃等著；侯玮红译. 一成都：四川人民出版社，2021.8
（俄罗斯文学译丛）
ISBN 978-7-220-12299-6

Ⅰ.①回… Ⅱ.①伊… ②侯… Ⅲ.①小说集-俄罗斯-现代 Ⅳ.①I512.45

中国版本图书馆 CIP 数据核字（2021）第 105605 号

HUIDAOYISAKA
回到伊萨卡
（俄）伊琳娜·鲍加特廖娃等 著 侯玮红 译

策划组稿	黄立新 张春晓
责任编辑	王其进
装帧设计	张迪茗
责任校对	韩 华
责任印制	祝 健
出版发行	四川人民出版社（成都槐树街 2 号）
网 址	http://www.scpph.com
E-mail	scrmcbs@sina.com
新浪微博	@四川人民出版社
微信公众号	四川人民出版社
发行部业务电话	（028）86259624 86259453
防盗版举报电话	（028）86259624
照 排	四川胜翔数码印务设计有限公司
印 刷	成都国图广告印务有限公司
成品尺寸	140mm×203mm
印 张	11.5
字 数	220 千
版 次	2021 年 8 月第 1 版
印 次	2021 年 8 月第 1 次印刷
书 号	ISBN 978-7-220-12299-6
定 价	59.80 元

金色的“林中空地”（总序）

汪剑钊

2014年2月7日至23日，第二十二届冬奥会在俄罗斯的索契落下帷幕，但其中一些场景却不断在我的脑海回旋。我不是一个体育迷，也无意对其中的各项赛事评头论足。不过，这次冬奥会的开幕式与闭幕式上出色的文艺表演给我留下了深刻的印象，迄今仍然为之感叹不已。它们印证了一个民族对自身文化由衷的热爱和自觉的传承。前后两场典仪上所蕴含的丰厚的人文精髓是不能不让所有观者为之瞩目的。它们再次证明，俄罗斯人之所以能在世界上赢得足够的尊重，并不是凭借自己的快马与军刀，也不是凭借强大的海军或空军，更不是凭借所谓的先进核武器和航母，而是凭借他们在文化和科技上的卓越贡献。正是这些劳动成果擦亮了世界人民的眼睛，引燃了人们眸子里的惊奇。我们知道，武力带给人们的只有恐惧，而文化却值得给予永远的珍爱与敬重。

众所周知，《战争与和平》是俄罗斯文学的巨擘托尔斯泰所著的一部史诗性小说。小说的开篇便是沙皇的宫廷女官安娜·帕夫洛夫娜家的舞会，这是介绍叙事艺术时经常被提到的一个经典性例子。借助这段描写，托尔斯泰以他的天才之笔将小说中的重要人物一一拈出，为以后的宏大叙事嵌入了一根强劲的楔子。2014 年 2 月 7 日晚，该届冬奥会开幕式的表演以芭蕾舞的形式再现了这一场景，令我们重温了“战争”前夜的“和平”魅力(我觉得，就一定程度上说，体育竞技堪称是一种和平方式的模拟性战争)。有意思的是，在各国健儿经过数十天的激烈争夺以后，2 月 23 日，闭幕式让体育与文化有了再一次的亲密拥抱。总导演康斯坦丁·恩斯特希望“挑选一些对于世界有影响力的俄罗斯文化，那也是世界文化遗产的一部分”。于是，他请出了在俄罗斯文学史上引以为傲的一部分重量级人物：伴随拉赫玛尼诺夫第二钢琴协奏曲的演奏，普希金、果戈理、屠格涅夫、托尔斯泰、陀思妥耶夫斯基、契诃夫、马雅可夫斯基、阿赫玛托娃、茨维塔耶娃、布尔加科夫、索尔仁尼琴、布罗茨基等经典作家和诗人在冰层上一一复活，与现代人进行了一场超越时空的精神对话。他们留下的文化遗产像雪片似的飘入了每个人的内心，滋润着后来者的灵魂。

美裔英国诗人 T. S. 艾略特在《诗的作用和批评的作用》一文中说：“一个不再关心其文学传承的民族就会变得野蛮；一个民族如果停止了生产文学，它的思想和感受力就会止步不前。一个民族的诗歌代表了它的意识的最高点，代表了它最强大的力量，也代表了它最为纤细敏锐的感受力。”在世界各民族中，俄罗斯堪称最为关心自己“文学传承”的一个民族，而它辽阔的地理特征则为自己的文学生态提供了一大片培植经典的金色的“林中空地”。迄今，在这片土地上生根发芽并长成参天大树的作家与作品已不计其数。除上述提及的文学巨匠以外，19 世纪的茹科夫斯基、巴拉廷斯基、莱蒙托夫、丘特切夫、别林斯基、赫尔岑、费特等，20 世纪的高尔基、勃洛克、安德列耶夫、什克洛夫斯基、普宁、索洛古勃、吉皮乌斯、苔菲、阿尔志跋绥夫、列米佐夫、什梅廖夫、波普拉夫斯基、哈尔姆斯等，均以自己的创造性劳动进入了经典的行列，向世界展示了俄罗斯奇异的美与力量。

中国与俄罗斯是两个巨人式的邻国，相似的文化传统、相似的历史沿革、相似的地理特征、相似的社会结构和民族特性，为它们的交往搭建了一个开阔的平台。早在 1932 年，鲁迅先生就为这种友谊写下一篇“贺词”——《祝中俄文字之交》，指出中国新文学所受的“启发”，将其看作自己的“导师”和“朋友”。20 世纪 50 年代，由于意识形态的接近，中国与俄国在文化交流上曾出现过一个“蜜月期”，在那个特定的时代，俄罗斯文学几乎就是外国文学的一个代名词。俄罗斯文学史上的一些名著，如《叶甫盖尼·奥涅金》《死魂灵》《贵族之家》《猎人笔记》《战争与和平》《复活》《罪与罚》《第六病室》《丽人吟》《日瓦戈医生》《安魂曲》《没有主人公的叙事诗》《静静的顿河》《带星星的火车票》《林中水滴》《金蔷薇》和《钢铁是怎样炼成的》等，都曾经是坊间耳熟能详的书名，有不少读者甚至能大段大段背诵其中精彩的章节。在一定程度上，我们可以说，翻译成中文的俄罗斯文学作品已构成了中国新文学的一个重要组成部分，成为现代汉语中的经典文本，就像已广为流传的歌曲《莫斯科郊外的晚上》《三套车》《喀秋莎》《山楂树》等一样，后者似乎已理所当然地成为中国的民歌。迄今，它们仍在闪烁金子般的光芒。

不过，作为一座富矿，俄罗斯文学在中文中所显露的仅是冰山一角，大量的宝藏仍在我们有限的视域之外。其中，赫尔岑的人性，丘特切夫的智慧，费特的唯美，洛赫维茨卡娅的激情，索洛古勃与阿尔志跋绥夫在绝望中的希望，苔菲与阿维尔琴科的幽默，什克洛夫斯基的精致，波普拉夫斯基的超现实，哈尔姆斯的怪诞，等等，大多还停留在文学史上的地图式导游。为此，作为某种传承，也是出自传播和介绍的责任，我们编选和翻译了这套“金色俄罗斯丛书”，其目的是进一步挖掘那些依然静卧在俄罗斯文化沃土中的金锭。可以说，被选入本丛书的均是经过了淘洗和淬炼的经典文本，它们都配得上“金色”的荣誉。

行文至此，我们有必要就“经典”的概念略做一点说明。在汉语中，“经典”一词最早出现于《汉书·孙宝传》：“周公上圣，召公大贤。尚犹有不相说，著于经典，两不相损。”汉朝是华夏民族展示凝聚力的重要朝代，当时的统治者不仅实现了政治上的统一，而且也希望在文化上设立标杆与范型，亟盼对前代思想交流上的混乱与文化积累上的泥沙俱下状态进行一番清理与厘定。客观地说，它取得了一定的成效，虽说也因此带来了“罢黜百家”的重大弊端。就文学而言，此前通称的“诗三百”也恰恰在那时完成了经典化的过程，被确定为后世一直崇奉的《诗经》。关于“经典”的含义，唐代的刘知幾在《史通·叙事》中有过一个初步的解释：“自圣贤述作，是曰经典。”这里，他将圣人与前贤的文字著述纳入经典的范畴，实际是一种互证的做法。因为，历史上那些圣人贤达恰恰是因为他们杰出的言说才获得自己的荣名的。

那么，从现代的角度来看，什么是经典呢？商务印书馆出版的《现代汉语词典》给出了这样的释义：1. 指传统的具有权威性的著作：博览经典。2. 泛指各宗教宣扬教义的根本性著作。不同于词典的抽象与枯涩，意大利著名作家卡尔维诺归纳出了十四条非常感性的定义，其中最为人称道的是其中两条：其一，一部经典作品是一本每次重读都像初读那样带来发现的书；一部经典作品是一本即使我们初读也好像是在重温的书。其二，经典作品是一些产生某种特殊影响的书，它们要么自己以遗忘的方式给我们的想象力打下印记，要么乔装成个人或集体的无意识隐藏在深层记忆中。参照上述定义，我们觉得，经典就是经受住了历史与时间的考验而得以流传的文化结晶，表现为文字或其他传媒方式，在某个领域或范围具有一定的权威性和典范性，可以成为某个民族、甚或整个人类的精神生产的象征与标识。换一个说法，每一部经典都是对时间之流逝的一次成功阻击。经典的诞生与存在可以让时间静止下来，打开又一扇大门，带你进入崭新的世界，为虚幻的人生提供另一种真实。

或许，我们所面临的时代确实如卡尔维诺所说："读经典作品似乎与我们的生活步调不一致，我们的生活步调无法忍受把大段大段的时间或空间让给人本主义者的悠闲；也与我们文化中的精英主义不一致，这种精英主义永远也制定不出一份经典作品的目录来配合我们的时代。"那么，正如沙漠对水的渴望一样，在漠视经典的时代，我们还是要高举经典的大纛，并且以卡尔维诺的另一段话镌刻其上："现在可以做的，就是让我们每个人都发明我们理想的经典藏书室；而我想说，其中一半应该包括我们读过并对我们有所裨益的书，另一些应该是我们打算读并假设对我们有所裨益的书。我们还应该把一部分空间让给意外之书和偶然发现之书。"

愿"金色俄罗斯"能走进你的藏书室，走进你的精神生活，走进你的内心！

你好，新一代俄罗斯文学！（代序）

一百八十年前，普希金重游童年时生活过的地方，发现自己当年策马而过的三棵青松旁，如今已长满嫩绿的小树，于是欣喜地向它们发出问候：“你们好，我不曾认识的年轻一代……”

一百一十年前，契诃夫在20世纪初，当旧的时代行将结束、一个全新的不可预知的时代正在逐步到来之际，借自己的剧中人之口，坚定而满怀憧憬地向未来致意：“你好，新生活！”

隔着遥远的时空，在21世纪的初年，当以索尔仁尼琴为代表的20世纪文学主要人物相继退出历史舞台的时候，当文坛的地平线上徐徐走来新一代年轻作家的时候，我们是否也应该充满热情地对他们表示欢迎：“你好，新一代俄罗斯文学！”

新一代文学创作概况

我们这里所指的“新一代”，大多生于20世纪七八十年代，在还未成年时经历了苏联的解体，伴随着新世纪的到来登上文坛，十几年后的今天作为一个创作群体已经蔚成气候。可以说，他们的文学之路既有不幸，也有幸运。不幸的是，他们生长在一个国家破裂、生活陡然变迁的年代。文学地位一落千丈，作家的生存遇到极大挑战。幸运的是，相比前辈来讲，他们初涉文坛就遇到自由宽松的文学环境。没有政治高压，也没有党派之争。如当代著名评论家奥尔加·斯拉夫尼科娃所说："什么都缺乏保障，但一切又皆有可能。"他们既受到市场的严峻考验，也得到多方的鼓励与支持。2000 年，由"下一代"人文基金会针对 25 岁以下(从 2012 年开始改为 35 岁以下)文学青年创办的"处女作奖"活动正式启动。它使大批热爱文学的青年凭借自己的才华在创作伊始就可以受到指导和关注，有些甚至可以走向世界(我国已出版三本"处女作奖"小说集《化圆为方》《开罗国际》和《"苍穹"之谜》)。从 2001 年开始，俄罗斯社会经济与智力规划基金会与《文学问题》《旗》《各民族友谊》《莫斯科》《十月》《新世界》《我们的同时代人》等众多大型文学刊物合作，在联邦文化与出版署的支持下，每年秋天在莫斯科举办一次青年作家代表大会，通过文学大赛的方式遴选 150 名优胜者出席。这些青年将有机会见到著名的作家、演员、政治学家、经济学家以及科学文化领域的知名活动家。参加这样的大会，不仅有助于他们开阔视野，也使他们结识各类文学刊物的主编，大大加快了他们走向读者的步伐。像"瓦格利乌斯"这样知名的出版社已经连续几年推出"俄罗斯青年文学"系列丛书，为这一代作家的领军人物出版单行本，还以《新作家》为名，每年出版一本青年作家代表大会上的获奖作品集。可以说，在动荡复杂的社会局势下，这些青年选择用文学来表达自己，通过文学使自己在社会上立足，又希冀以文学去探索未来，努力在谋生、爱好与理想间达到一种平衡。“处女作奖”获得者奥尔加·叶拉金娜的话颇能代表他们的生存方式：“我把写作分为三种：写剧本是为了赚钱生活，写文学研究论文是为了锻炼自己的头脑，写小说是出于心灵的需要。”十余年来，新一代文学家已经在创作、评论、出版等领域形成了一个有机的整体，不仅有实力问鼎大型文学奖项，如罗曼·谢恩钦凭借长篇小说《叶尔特舍夫一家》入围2009年布克小说奖短名单，而且开始对社会意识产生影响。他们中的重要代表如扎哈尔·普利列平、罗曼·谢恩钦、谢尔盖·沙尔古诺夫、安德烈·鲁达廖夫、谢尔盖·别利亚科夫、瓦列里娅·普斯托瓦娅等大多创作与评论兼顾，发出对“新果戈理们和新别林斯基们”的呼唤，并试图总结新的艺术流派，开创俄罗斯文学史上的新时代。

新一代作家主要成长于苏联解体后全新的历史时期，从思想意识到表达方式上都没有受到过多的束缚，因此他们的写作更加顺应天性、自由开放。他们有着新的世界观和新的语言，可以自由地去选择主题人物与艺术手段。但是俄罗斯文学对现实生活的永恒关注、对人生终极问题的执着探求以及深刻的人道主义和救赎意识等优秀传统，依然在他们身上得以传承。与苏联解体后一度甚嚣尘上的“文学即游戏”、“文学要摆脱附加在其上的社会使命”等论调相对立，他们表现出创作态度的鲜明的严肃性，对真正题材的努力寻找，对展示出现实生活的不同角落和所有含义的强烈希望与尝试。他们的笔下充满对新鲜生活的活泼思考和对生命的厚重关爱。社会转型时期政治、经济、城乡、战争等各个方面的问题在他们的作品中都有所反映，几乎每一种题材都可以在苏联文学中找到它的发端，同时又以新的时代特色令人耳目一新：既有对祖国和家乡的热爱与赞美之情，也有对现实充满忧患、对危机四伏的祖国的痛惜乃至哀怨之心；既有对他们的同龄人都市青年生活迷茫的真实再现，也有细腻体会解体后老年人与儿童的心理与生活变迁。有的作品散发着浓郁的俄罗斯味道，是家家户户散发出的黄油和面包的味道，也是广袤的田野和别墅村落上清新的泥土味道；是衰败的村庄里农妇伛偻的背影，也是田野尽头那墙壁斑驳的教堂里传来的阵阵钟声；是对苏联时期的信仰与生活状态的怀恋，也是对现实不满的深深叹息；既有淡淡的青春哀怨，也有满满的都市气息和时代气息。我们看到，虽然国家制度变了，但是俄罗斯民族心理没有变。无论写作什么题材与主题，当代俄罗斯作家都深怀民族责任感和使命感，继续对“我是谁”、“怎么办”以及国家前途、民族未来等问题的叩问，穿透历史的纷乱扰攘与现实的沉沉暮色，在抚慰人民心灵的同时不忘以理想之光为他们照亮前程。在风格上，新一代作家除继承俄罗斯文学优秀现实主义传统外，还不断探索与创新。他们的作品，常常显露出当代俄罗斯乃至世界小说的一些新特质，如自白性，纪实性，对于社会各个角落里的小人物平凡生活的无始无终的记录式书写，时间与地点的多重性，小说与其他种类作品的混杂性等。这些特质能否发展壮大成一股潮流，形成现实主义、现代主义、后现代主义之后的一种新的文学流派？这个问题我们还需要进一步观察和思考。

“乡村散文”的回声

形成于 20 世纪 60 年代中期的“乡村散文”曾经深得人心，苏联解体后失去对社会意识的强大影响而逐渐式微。令人欣喜的是，除拉斯普京、别洛夫、叶基莫夫等老一辈作家坚持这一题材的创作外，一批相当具有勇气的年轻作家也选择了这条艰难的道路。阿列克塞·扎哈罗夫的短篇小说《天堂钟声》就属于这样的“乡村散文”，其中的农村老妇人托玛就是拉斯普京笔下那些老太太的未来，这个未来比拉斯普京当年描写的更加严酷，更加可悲，它充分说明老一辈“乡村散文”作家所展示的农村的不幸与痛苦依然存在。在当代俄罗斯“城市化”进程加快的步伐中，俄罗斯农村老人孤独与被抛弃的命运依然在延续。扎哈罗夫写得那么真实，那么满怀悲悯：在一个小村庄里生活着一位名叫托玛的老太太。国家的解体使村庄面临着衰败，也使大量农村老人面临困境。青年人都奔向了城里，村子里留下的都是无处可去的老人。托玛和同村的一位老头克斯加内奇谈得来，本来相约搬到一起过日子，一起等到聆听天堂钟声的那一天。然而却因为谁都不舍得离开自己的老屋而作罢。托玛的儿子死了，城里的儿媳和孙女多年不来往，忽然提出与老人一起住。托玛怀着对新生活的向往与老头告别，说自己已经把这处房子赠给孙女，然后和孙女家人将要住到有暖气的宽敞明亮的房子去。没想到等待她的却是一纸谎言，孙女把这处房子卖了，把老人送到了孤老院。托玛被拖上远去的汽车，只有克斯加内奇更加孤独地领着托玛带不走的老狗，念叨着“我们要一起跳舞，直到听到天堂钟声……”小说写得有如一部老式电影，镜头沉缓而悲凉。

小说里反映的现实问题令人触目惊心：农村的破败萧条、老无所依，城市的唯利是图、人情纸薄。“在上个世纪的最后十年中，小村无声无息地衰败了，和留下来的村民们一同老去，面临死亡。一多半房子里住的都是孤寡老人，护窗板紧闭着，永远也不会打开。国家解体后，波里扬诺夫卡村先是茫然无措，停滞不前，接着就开始走向终点。年轻人都去了不同的地方，大多是到邻近城市打工，抛下屋里的家什和因为忧愁和害怕而叫个不停的狗。留在村里的几乎都是无处可去也没必要出去的老人，因为无法抗拒的自然原因他们的数目也在一年年减少。”农妇托玛就是这些老人中的一个典型代表。她柔弱善良，虔信宗教；她爱自己生活了一辈子的这片土地，也爱自己的亲人和邻居。她同样勤勤恳恳地侍弄庄稼，喂养牲畜。可是多灾多难的20世纪把她的整个家庭都毁了——在这个世纪行将落幕、她也步入老境之时，她的亲眷彻底枯竭。在这种凄然无助的苦境中，唯一给她带来安慰的是克斯加内奇老人。他们在一起开玩笑，打牌，玩纸币游戏。吃点东西，喝喝茶，或是沉默相对，或是聊聊闲天。两个风烛残年的老人以自己微弱的火苗彼此温暖。他们真想就这么相伴着走下去。可是无情的衰老与疾病正在步步紧逼，她开始变得健忘和无力。面对生活即将无法自理的状况，她求助于久已将她遗忘的孙女。孙女娜塔利娅带着自己的丈夫来了，她早已瞒着奶奶把这间奶奶不舍的老屋卖了。普塔哈（托玛的绰号）所面临的，根本不是在孙女家“有暖气的”房子里度过余生，而是要被送到孤老院里去。娜塔利娅对奶奶不理不问，而是先把值钱的东西挑走，然后命令自己的丈夫阿尔图尔把木然不动的奶奶拖走。这里普塔哈豁出老命对阿尔图尔的反抗使整篇小说达到高潮："丈夫并不认为老太太能有什么反抗之力，于是抓住她的胳膊肘上方就拽，想把她攥着床头的手挣开。但普塔哈不屈服，紧紧抓住刻着图案的圆球，继续发疯般死死盯着克斯加内奇。阿尔图尔被奶奶的反抗震惊和激怒了，又用两只手狠命去拽，而且越来越用力。渐渐地他简直要大发雷霆了。他满脸涨得通红，呼哧带喘，恶声恶气，还是不能制服普塔哈。娜塔利娅原地不动站在门边，一声不吭，漠然看着眼前发生的一切。司机在房间里又待了会儿，然后不安地转过身，皮鞋把木质地板踩得咚咚响，走了出去。而阿尔图尔继续对付普塔哈，却无论如何也无法把她那干过农活的强有力的双手从床头上拉开。"这是多么惨痛的一幕，我们看到的是一个孤苦无依的老人最后的挣扎与反抗，是对孙辈欺骗、抛弃、虐待老人的无声控诉。接着普塔哈害怕地轻声呜咽起来，用她苍老的声音低低怨诉："让我在这里死吧，就让我在这里死吧……求你们让我在自己的房子里、自己的住处待到死吧……"这是多么无力的哀号！如果说老一辈乡村散文作家反映的是子辈进城后传统美德的失传问题、道德退化问题，那么这里反映的则是成为新一代城里人的孙辈生就的冷酷与无德；如果说以前的乡村散文里表现的是子辈对老辈的厌弃，那么现在表现的则是孙辈对老辈的抛弃甚至赤裸裸的掠夺。

这篇小说采取写实的笔法，对老人的心理、体态、动作描写得非常真实、细腻。例如写到普塔哈脑力迟钝以后的状况，抓住她刚刚睡醒时的反应："她一会儿看看床头靠背上那些带有图案的铝制圆球，一会儿又把浑浊的目光投向门槛边困怏怏眯缝着眼睛的猫儿，怎么也搞不清楚自己这是在哪里。开始普塔哈以为自己是坐在厨房里那张搭在粗粗刷白了的灶台壁边的长凳上，及至看到铁靠背上的那些铝制圆球，才醒悟这不是在长凳上。意识到自己实际上是坐在屋里的床上后，她用昏花的双眼环视了一下墙壁，门旁的箱子，上过漆的深色餐柜，铺着漆布的圆桌，沾满污点的、镶在木头框架里的长方形大镜子，却辨认不出这个自己生活的地方。她又一次陷入困惑：这是在哪里，又怎么会身处此地呢……"写到普塔哈盛装对待自己的搬迁，以为自己就要和亲人团聚："……身穿喜庆的衣服，还是那么安静，却有一份不易察觉的慌张。她戴着一条鲜亮的新围巾，穿着一件华达呢料的褐色的老式裙子和一件以前很少穿的带扣子的红色上衣。脚上是一双新新的带毛皮翻边的家常鞋。"写到克斯加内奇看到娜塔利娅的无情时的心理："克斯加内奇看着娜塔利娅打开餐柜上的所有小门，把那些餐具分成有用的和不值钱的小物件，想着上帝保佑自己可别活到这么黑暗的一天。"对老人形象和心理的准确刻画为小说增添了深度和力度。

抒情小说的发展

抒情小说是20世纪50年代苏联文学的一个重要组成部分，它不以情节取胜，而是聚焦于自然风景和人物的内心世界，在二者的相互融合中凸显强烈的感情和深刻的思想。在喧嚣躁动的当代社会环境下，年轻女作家伊琳娜·博加特廖娃独辟蹊径，写作了大量散文诗一般的抒情小说，犹如热土上拂过的一缕凉风，给人带来一片绿意，一阵清爽。博加特廖娃的创作灵感来自于她的故乡——伏尔加河流域。伏尔加河赋予她别样美好的情怀，女性天然的对自然和童真的亲近使她拥有温柔细腻的情感。《回到伊萨卡》像一篇优美的抒情散文，把童年的远去、光阴的流逝、国家的变迁几种意境结合在一起，给人无比舒畅的阅读感受。小说以一个小姑娘的视角展开叙述：小船离开一座有着鞑靼名字的城市，向一个叫作“小岸”的岛屿驶去。船上站着名叫伊特卡的小姑娘，她静静地望着滚滚而去的伏尔加河水。在发生了许多事情之后，岛屿已经渐渐从地图上消失，但它却长久地留在伊特卡的记忆中。那时的伊特卡是个不大也不小的姑娘，每年长大那么一点点。夏天和爸爸一起去岛上度假似乎成了生活的必修科目。大人们在一起闲聊、游泳，她就静静地跟在一边。电视上一有戈尔巴乔夫的镜头，她就兴奋地跑过去喊着：“米沙叔叔！”爸爸听了不高兴，他可不想让自己的女儿喜欢戈尔巴乔夫，他觉得是戈尔巴乔夫搞坏了这个国家。伊特卡病了，发高烧，岛上没有医生，爸爸急急火火地排队打电话，叫岸上的医生和伊特卡的妈妈过来。排队的人们议论纷纷，说是莫斯科出事了，戈尔巴乔夫被免职了。医生来了，却没有办法，只是建议物理降温。妈妈去看姥姥了，没能过来。一个不平静的夜晚就这样过去。凌晨，伊特卡的烧退了。爸爸却梦见自己的女儿跑了，睡梦中他一直喊着伊特卡的名字。那个几天以后他们所返回的世界已经开始发生变化，并且很快就变成了完全不同的样子。伊特卡当然也在变化，剪了头发，穿起了高跟鞋，莫名其妙地哭，离家出走，又回来——这已经是另外一个伊特卡了。爸爸心中那个小小的伊特卡已经永远留在了岛上，和年轻的爸爸在一起。

“伊萨卡”是古希腊爱琴海上的一个美丽岛国，在荷马史诗中，它是神话英雄奥德赛的故乡。奥德赛历尽艰险与诱惑，最终就是为了回到家乡与亲人团聚。因此，“伊萨卡”成为一个永恒的家的信念。《回到伊萨卡》中的小姑娘伊特卡最爱听爸爸给她讲这个古希腊传说，而她和爸爸度假的地方也是一座小岛。每年夏天，她都和爸爸或者妈妈在这里度假，直到苏联解体的那一年。这座小岛同伊萨卡岛一样，在伊特卡心中成为一个美丽的符号，一个永久的象征，代表曾经的童年，代表曾经的国家——苏联，也代表曾经的岁月。漂泊多年的奥德赛回到了故乡伊萨卡，可是伊特卡却永远也回不到童年，她和爸爸永远也回不到苏联，回不到过去。这样一种轻轻的叹惋情感贯串整篇小说，一切都恍如昨日，一切都如伏尔加河的流水一样远逝。乖巧的女儿，老派的爸爸，曾经的信仰，曾经的生活方式，“一切都如画一般定格在正午的慵懒和八月的倦意中：平静的水和清晰倒映在上面的平静的树，岸上平静的人们和像黄色逗号似的小船。”小说的中心情节发生在“八·一九”事件苏联剧变的那个夜晚，这使小说的意义不仅限于对童年生活的追忆，也是对一个时代——苏联时代的缅怀。爸爸在共产主义的教育下长大，他不怀疑这个信仰，他也是这样教育伊特卡的。给她讲革命，讲列宁，讲苏联人民的胜利，讲共产主义的光明未来，说到那时人人都无比幸福，生活好得都可以取消货币。他给她讲这些，希望她能够带着这样的信念生活，就像他曾经的那样。但他又隐隐感觉到这样的信念对于父女二人都有点不够。女儿生病了，他忙前忙后，一心扑在女儿身上，竟然连众人议论纷纷、忧心忡忡的“八·一九”事件都忽略过去。国家剧变的这个夜晚，女儿在高烧与一连串的梦境中度过，爸爸在紧张、担忧与疲惫中睡去。这个夜晚深深地镌刻在女儿和爸爸的记忆中。因为当清晨到来时，一切都不复从前。

优美的如诗如画的伏尔加河流域风光是作品情感的最好背景与映衬。小说里充满大自然的声音、色彩和气味，它们如交响乐般应和着情节的推动与进展，使记忆中的童年生活、苏联生活都变得鲜活起来。爸爸和女儿戏水时，“海湾像一个池塘，两岸倾斜，水平如镜，滚圆的树枝一模一样，有的垂在岸上，有的深入水下。河底长满水草，而在沿岸绿荫遮蔽的浅滩上则盛开着浮萍。……突然会有什么从岸边纵入水中，推开波浪，散出圈圈涟漪，其间起伏闪耀着迅猛而又轻灵的脊背……一忽儿就隐没了。”当伊特卡大病初愈，从睡梦中睁开眼睛时，看到“窗子方方正正，黎明的曙光正从那里偷窥着小屋。滴答，滴答，滴答，雨滴不断敲击着窗角下柔软的垫子。”于是她走出屋子，来到雨后初晴的森林中：“林中空地上洒满阳光。空气清新得仿佛是创世第一天。伊特卡从阴暗处走到温暖的阳光下，看着湿润的土地，碧草，深深地吸了一口气。她感觉现在她所看到和感受到的都像是第一次，这可太重要了。她感到土地在自己的脚下呼吸着，向太阳敞开了怀抱，于是她也深深地呼吸，向太阳、向大地、向凉爽湿润的空气敞开自己的怀抱。森林中百鸟争鸣。伊特卡慢慢地、慢慢地穿过树林。”爸爸醒来后，急切地冲出去寻找女儿，出现在他眼前的景象深深触动了他：“他的伊特卡就在那里——深蓝色的天空下，她靠在树边站着，是那么的小，那么的弱，甚至像是透明的一样。下面的伏尔加河静静地一浪又一浪卷到潮湿、凉快的沙滩上。雨后的天空洁净无比，越来越热，远方有一只小船缓缓向岸边驶来。爸爸无意识地哭了，但心灵深处的什么地方感觉到，这一切都会印刻在他的心里，如琥珀里的草叶一样永远留下这段记忆，这段神话。”这是一个不平凡的雨夜。伴随着这场大雨，遥远的莫斯科发生了重要的政治事件，小岛上的小伊特卡发了一夜的高烧，做了一夜的梦。这一夜过后，大自然好像换了一个天地，国家也从此改天换地，小姑娘迅速长大成人，走向现实。景与情、梦幻与现实自然融合，天衣无缝，文笔纯熟老练，真是近年来不可多得的短篇佳作。

“新城市青年小说”的勃兴

青年人的生活与精神世界永远是青年创作的核心主题。20 世纪 50 年代末 60 年代初，苏联文坛上曾经出现过备受关注的“城市青年小说”流派，后来这类作品因为往往采用第一人称的叙述方式又得名“青年自白小说”。以格拉季林和阿克肖诺夫为代表的青年作家，塑造了斯大林去世后面临信仰危机的“迷惘的一代”和“垮掉的一代”，他们的作品无论在反映内容上还是在艺术形式探索上都引起极大的争论。时隔半个世纪，面对全新的社会环境，“城市青年小说”再次兴起。与老一代作家对苏联的讨伐与清算，或者是对苏联时代所特有的一种怀乡病不同，新一代青年作家对苏联没有太多的概念，他们大多把目光聚焦当下，书写自己身边的生活、自己同龄人的生活。新“城市青年小说”中的人物比当年的年轻人体会到更多的痛苦、迷茫、无奈，以及更加深刻的孤独。因为他们面对的是充满不确定性的现在和未来。

沙尔古诺夫被视为当代俄罗斯文坛“80 后”一代作家的领军人物。他的创作颇受争议，既以其独特而得到一些人的肯定和赞扬，同时也惹来很多非议和斥责。原因在于：他几乎用白描的手法真实记录了当代青年没有精神追求、没有正当职业、萎靡不振、肮脏龌龊的生活状态，被称为“残酷的现实主义”。不过，《乌拉》这部小说意味着作家精神上的巨大转变，因为在其灰暗的画面中出现了一种明亮的色彩，正如小说主人公所说：“我内心的沙尔古诺夫觉醒了！我被正面人物的美所贯穿！”作者也表白：《乌拉》是一部关于爱情的小说，关于忧患的小说，关于真实的个人体验的小说。“我真诚地写作，因为碰到了生活中的尖锐角落而大喊。”这部小说更像是一个自白或宣言，是在剖析自我、总结过去的基础上对新生活表达的渴望，发出的呐喊。小说以第一人称写成，同时主人公与作者同名，因此可以看作是作者真实生活的写照。小说比较类似于随笔，分为《喊声的由来》《扔掉啤酒，折断香烟》《我的正面人物》等小片段，片段之间不太连贯，分别记述了自己的家庭、亲人、朋友、爱情等。从这些叙述中我们可以串联起一个莫斯科漂泊文艺家的放纵生活：夜总会、女人、毒品、宿醉、打架斗殴……但是他心中那个本我却在不断唤醒他，于是他爱着又恨着，堕落着又忧虑着，觉得自己满身是罪却又寻找原谅的借口，情急之中他抓住了“乌拉(冲锋时的呐喊或欢呼声)”这个在革命年代最为振奋人心的口号，提出了戒掉毒品、节制喝酒、加强锻炼、投入工作等计划，力图使自己的生活变得明亮、充实、健康、向上。

沙尔古诺夫的文笔不是那么优美，写作的内容又常常是社会角落里不怎么光鲜的生活，却能够成为一代青年的代言人，这其中最大的原因可能就在于他的真实，细致入微的真实。他对青年人堕落的生活不是从评判谴责的角度去写，而是感同身受地去写，是作为深陷其中的个人去写，写出了那份烟瘾毒瘾发作时的生理与心理反应，写出了作为当事人的那种无力自拔。而且他选取的也是第一人称的叙述方式，主人公与作者同名同姓，以类似日记的形式剖析自己，从日常生活到童年回忆再到哲理思考，给人以贴近现实与心灵的感受。

文学研究领域有一种“静派抒情诗”，斯涅日卡的《生命之树》可以被称为“静派小说”。它把对外部世界的描写、梦境与回忆结合在一起，使我们和女主人公一起穿梭往来于现实和非现实之间，探求生活的本质。小说主人公“我”经常梦见自己在嚼玻璃。“我”不知道这对自己意味着什么。梦醒之后“我”就去上班。“我”在一家工厂工作。下班后去看妈妈。忆起自己的童年，“我”觉得自己童年的每一天都对草木、植物感兴趣。“我”关于童年的记忆都是关于各种各样的植物的。“我”在妈妈的园子里深挖土地，埋下小小的种子。快到家门口时，“我”听到有人喊“我”，回头一看，是瓦夏。他站在那里伸出双手要拥抱“我”。“我”觉得自己又想呼吸、歌唱和生活了。

小说写得宛如一幅幅美丽的画面，亦真亦幻，与车间机器轰鸣、人声嘈杂的环境相对比的是郊外生活的恬静、怡然。作者似乎想说明，生命之树诞生和成长于感觉，当你感受到自己参与到了这个世界，你的生命之树就诞生了。而当你感受到自己在这个世界生根了，你就成长了。

利巴托夫的《青年人的科学》讲述了这样一个故事：加莫夫是一名化学工作者，他在实验基地工作期间，未婚妻和别人结了婚。在他离开基地准备返回莫斯科的时候，导师一方面劝慰他要想得开，另一方面又劝他改一下自己的姓氏，因为这个姓氏已经出过一个大科学家了，就像文坛上不可能再有一个普希金一样。所以天赋极好的加莫夫最好也改一下姓，使自己有出头之日。加莫夫在落寞中回到莫斯科。某日忽然有朋友的堂弟切涅契耶夫造访，带来导师去世的消息。因为他是导师的得意门生，而且手头还留有一些重要的资料，所以切涅契耶夫和另外两个朋友都希望与加莫夫合作干些事情。他失去了未婚妻，失去了导师和朋友，被介绍给这个那个人，觉得自己像是商品一样被推销，被劝说改名字和与他们合作，好像他们的命运就取决于他，实际上没有任何人需要他，他的心中是一片荒漠。他烦透了，想要做自己心灵的主人。他把所有的材料都烧了，现在心里轻松了。所有的事情好像与他没有关系了：朋友、未婚妻、导师的去世。之后他离开家，跳上了他第一眼看到的电气火车，火车不知开向哪里，他也就不知道去了哪里。

小说的情节像一条小溪，路上偶然有几条支流汇入，然后又不知所终，再也没有交代。但这种缺失也不令人感到遗憾，因为小说是以主人公不断的自我反省为基本节奏的。这个主人公身上反映的是当代青年在初入社会的茫然无措、对世俗的反抗以及寻求自我的孤独与苦闷。

里姆莎的《静水深流》讲述了两个青年男女从相识、相爱到分手的过程，其中穿插着一段男主人公奇特的杀人经历，描写了他从满怀沉重的负罪感到后来卸去心灵重负的心路历程，反映了青年人对已逝的少年时光的怀念和对未来道路的迷茫与追求，袒露了他们内心深处的孤独感和对理解、信任的渴望。作者坦承她自己一直对存在各种问题的人、对他们怎样去解决问题、承担责任感兴趣，她就是要在这种偶然、极端的事件中考察人物的所思所想，揭示人的心灵中最隐秘的部分。从内容上可以看出，“静水深流”这个题目指的是人的内心与表面实际上相去甚远，平静的外表下也许隐藏着难以言说的内心世界。

从以上这些作品中，我们可以看到，“新城市青年小说”在创作方法上表现出来很多新的元素。著名青年作家与评论家谢恩钦和沙尔古诺夫就此提出了“新现实主义”的口号，把“客观、忠实地描写现实生活”、“纪实性”、人物的“多面性”等归纳为这种小说的主要特征，并且宣称“新现实主义”不是某种已经形成的东西，它暂时没有彼岸。具体到新一代青年作家的创作，也应该是暂时没有到达彼岸的，因为他们在成长。

带着期盼与欣喜，我们问候：“你好，新一代俄罗斯文学！”

带着疑惑与审视，我们追问：“你好吗，新一代俄罗斯文学？”

目 录
Contents

回到伊萨卡[1]

/伊琳娜·鲍加特廖娃

伊琳娜·鲍加特廖娃，1982年生于喀山市。2005年毕业于莫斯科高尔基文学院，现居莫斯科近郊。2007年首次在《新世界》杂志发表小说处女作，在《十月》《新世界》《各民族友谊》等杂志发表作品，获得过“新发现”奖、“处女作奖”等文学奖项。2008年在埃克斯莫出版社出版《Авто STOP》一书。曾任伏尔加沿岸青年作家文学杂志《岸》的主编。她最擅长描写自己的家乡——伏尔加河流域，文笔优美细腻。

从一座有着鞑靼族名字的城市离开，告别码头边那巨大的甲板，挣脱拴在栏杆上的铁索，——每年夏天都会有一艘小船驶离这一切。伊特卡，这位不大也不小、每年都比前一年长大那么一点点的小姑娘站在甲板上，看着伏尔加河的滚滚波涛，看着船尾卷起的层层浪

1 《荷马史诗》中英雄奥德赛的故乡。特洛伊战争结束后，奥德赛漂泊十年，历尽千难万险才回到故乡伊萨卡，打败妻子佩涅洛佩的众多求婚者，与妻儿团聚。

花，看着码头边一堆堆的废弃物。每年里小船都会驶向一个当时有着温柔而素朴的名称的岛屿——“小岸”。也许是由于这个名字，也许是由于记忆的特性——虽然后来发生了那么多的事情，虽然这个地方逐渐从地图上消失，变成了一个神话、一个只有在记忆中才能找到的区域，但它就是存留在记忆中了。这正是因为每年夏天都有一艘小船驶向那里，离开一座有着鞑靼族名字的城市。“喀山”——伊特卡看着越离越远的港口上方悬着的巨大字母，一个音一个音地拼出这个词语。伊特卡知道那上面写的就是鞑靼文，爸爸却以为她已经认识了那个词，其实伊特卡还没有学会认字呢。

对于她而言，这是生活的规程，对于爸爸妈妈来说，这是休假。妈妈一个月，爸爸一个月——他们每年都这样轮流和虽已不小却依然没有长大的伊特卡生活在一起。他们住在一座小木屋里，里面有一个房间和一个凉台。房子坐落在一片松树林里，他们轮流领着伊特卡穿过树林去公共餐厅吃饭——餐厅由一个很大的飞机库改成，可以闻到油菜的香味，听到盆碗相碰的叮当声，去伏尔加河游泳——妈妈一个月，爸爸一个月，只有在周末三个人才能团聚。

年年如此，于是在回忆中汇成一个永恒的夏天，里面盛载着年复一年所重复的东西，而那些没有重复的，就清晰、牢固而细致地留在了记忆中。每年直至最后一个夏天——都是琥珀里的斑纹：在阳光下凝结成静止的慵懒的日子。这之后的一切就像苏醒了似的大大加快。这到底是什么原因——不清楚，只是一切既然改变就会永远改变：现在他们已经不再去“小岸”，而生活也完全不复从前了。

彼时，他们把妈妈送上那艘小船，开始了只属于他们两人的夏天。把伊特卡——他的小兔、他的小猫、他的小宝贝架在脖子上，神气的爸爸离开浮桥，伊特卡一声令下——到河湾去！——爸爸就驶向了河湾。

河湾上是长长的木制码头——那里总是游人众多，都在排队等木筏，岸上躺着晒太阳的人。码头遮阳棚下响着喇叭，放着毫无品位的休假音乐，好像是什么“抓住我，我的稻草人，抓住我”。阴凉处验票员在打盹，这位胖胖的叔叔穿着一条深蓝色的运动裤和一件怎么往下拽都无法罩住肥厚多毛的胸部的背心。叔叔的头上戴着一顶色彩鲜艳的女式巴拿马帽。木筏靠岸后，叔叔睁开眼，撕掉票的一角，然后又沉入自己似乎永无尽头的困倦中。

排队的时候，爸爸把胳膊肘支在码头栏杆上，一边望着水面，一边想着自己的心事。这时一定会有一位婶婶把伊特卡叫到近前，轻轻柔柔地说：“多可爱的小姑娘呀！你妈妈呢？回家了吧？这是你爸爸，是吗？这么年轻啊！”接着又说了些什么，伊特卡看着爸爸想，他怎么会年轻呢，他那么高，那么大，年轻——这说的是别人，不是爸爸。

接下来他们就会乘上木筏，缓缓地沿着河岸漂荡。深色的河水清澈无比，能令阳光穿透。水看上去很冷，实际上是热的。爸爸没有穿背心，裤腿卷到膝盖上，一边慢悠悠地划着桨，一边看护着伊特卡。她用小手撩着水，看着水底那些像湿布一样摆来摆去的水草。河湾像一个池塘，两岸倾斜，水平如镜，滚圆的树枝一模一样，有的垂在岸上，有的深入水下。河底长满水草，而在沿岸绿荫遮蔽的浅滩上则盛开着浮萍。一切都如画一般定格在正午的慵懒和八月的倦意中：平静的水和清晰倒映在上面的平静的树，岸上平静的人们和像黄色逗号似的木筏。只是突然会有什么从岸边纵入水中，推开波浪，散出圈圈涟漪，迅猛而又轻灵的背脊闪着亮，扑向沉在水中的树干——一会儿就隐没了。

“水獭，”爸爸琢磨着，“水耗子。”——虽然他自己什么都没来得及辨认清楚。

吃完午饭他们就去伏尔加河游泳。不去那个很小的河滩，那里孩子们在泼水嬉闹，大人们像海豚一样躺在沙滩上，玩着扑克，翻着书，不时从黑眼镜后头互相看看。爸爸不喜欢那里。他们走远一些，到沙滩嘴另一面。那里的水更冷些，水流更急些。伊特卡坐在岸边，要是爸爸游得太远，她就使劲喊爸爸，他喜欢这样。

往常那里一个人也没有，但有一次他们遇到了马里采夫。他在工厂食堂工作，爸爸知道，他还卖些东西，有时是香肠，有时是肉，都是他从村子里运来的。爸爸对此不满，觉得他在搞投机倒把，暗地里就是个骗子。而马里采夫知道爸爸是耐久材料组的组长，很怕他，习惯于对他阿谀奉承，就像对待任何一个领导一样。

不过那是在单位，而现在是在空旷的岸边，爸爸脖子上架着伊特卡，马里采夫穿着及膝的家常短裤，他们好像一下子变得平等起来，都不知道互相之间该怎么说话了。于是他们想起了天气，想起了工作上的事，开始以“你”相称，虽然在城里的时候即便在街上遇到都绝不会这样。

“我也是和家人一起来的，”马里采夫说，“刚刚到上面去了，你们没看到吗？我妻子和两个男孩。一个五岁，一个九岁……不，是十岁。你孩子多大了？”

“六岁。”

“今年上学吧？”

“不上，”爸爸的目光掠过马里采夫，眉头皱了起来，“她十二月满七岁，先不送她上学。”他不知为什么觉得必须做一下补充，好像是为了证明什么。

“这样不好，”马里采夫摇摇头，“我大孩子六岁就上学了，小的也快送去了。你就跟她说，她已经是个大孩子了。”

爸爸甚至转头看了一眼伊特卡，他的伊特卡大了吗？不，那说的是别人，对别的孩子可以这么说，而伊特卡——她不大也不小。就连上学的事爸爸也不爱想。爸爸觉得，要是上了学可就一切都变了：就不能给她在浴缸里洗澡，不能让她坐在脖子上，不能把她放在膝头摇晃，她也就开始长大了。而现在趁她还没变，他这个爸爸身体里的定时器好像也坏了似的，每跳过一秒钟都要返回去重新跳。

这样想着，爸爸脱了衣服大步走向水边，而秃脑门上冒着汗的马里采夫则留下来和伊特卡在一起，蹲在她面前，用一种面对领导的孩子时惯用的巴结的语气开始聊天，觉得巴结他们就如同巴结领导本人一样。

“快上学了，是吧？”马里采夫说道。

伊特卡不说话，直直地看着他。

“要当少先队员了吧？”

伊特卡静静地迎着他的目光。她早就知道少先队员是怎么回事了。

“先当十月儿童[1]，再当少先队员，”马里采夫纠正道，“还要戴列宁像章，然后这样。”他猛地站起身，尽量缩回自己肥胖的肚子，把手贴近额头，亮亮的目光空洞而无望地看向远方的地平线。

就在这个时候，小船离开海岬外的停船场，向威严地朝伏尔加河下游驶去的大轮船柔和地发着信号（这里的航道离岸边不远）。大轮船居高临下地用晚会上才有的庄严的、悠长而又愁闷的声音回应。鲜红的太阳落到森林那边，也落到胖叔叔的后背上。叔叔正昂首挺胸敬着少先队队礼，身上那条深蓝色的短裤罩不住圆鼓鼓的肚子。此刻他显得那么滑稽可笑。伊特卡跳了起来，奔向河边，边跑边喊着爸爸。

马里采夫一下子生气了，失望地看着她的背影，驼着背走向森林。手里拖着的衣服如尾巴一般在沙滩上留下长长的印记。

晚上爸爸去台球厅，伊达[2]也跟着。

他们一边走，一边查找游蛇藏身的那座树墩，虽然这并不顺路，而根本就在另一条道上。游蛇并不总是待在窝里，那粉腐的树墩看起来像一处被钉死的小木屋。爸爸已经记不清他们为什么就断定里面该有游蛇出入。敲了一阵蛇窝后，他们就往台球厅走去。

这是一座低矮的不带窗户的棚子。里面总是烟雾缭绕，一屋子的男人，还有鼻子和下巴都肥嘟嘟的斯维托奇卡。她戴着一顶别在

---

1 苏联时期预备参加少先队的 7 至 11 岁的儿童。

2 伊特卡的昵称。

头发上的纸做的包发帽，围着一个带兜的围裙，因为没有收款台她就把钱放在这个兜里。斯维托奇卡站在木制柜台里，递出那些加糖的和不加糖的汽水还有格瓦斯。柜台上放着一台黑白电视机，所有不打球的人都在看这台电视。台球的撞击声使得屋子里根本听不到别的声音，所以电视的音响总是关着。

台球桌共有三张，椅子却一把也没有。这一次伊特卡满意地发现，她已经高过了桌面，不用踮脚尖就可以把下巴放到桌面上看那绿色的台面。可爸爸不让她这样做，怕万一有球飞出桌面，砸到伊特卡的额头。他让她坐在墙边凸出来的一小块地上，伊特卡就坐在那里，从下面望着桌面上的小球滚来滚去，落入球囊下面的网里，或者滚入桌下长长的通道（只有一张桌子是这种结构，所以它对于伊特卡来说最重要。她觉得，在这张桌上打球的一定是在别的桌子上打赢了的人，每当爸爸来到这张桌子前打球，她就特别为爸爸骄傲）。

“怎么不把孩子留给你妻子？”一位球友问爸爸。关于他，爸爸只记得每年都会与他相遇，他也在工厂工作，但那时已记不起他的名字。以后也没有再见过面，就完全忘记了这个人。

“她周末来。”爸爸一边瞄准球，一边说着妈妈的事。

“怎么，你不去澡堂了？伙计们叫呢！”

“不去，不喜欢。”爸爸说着退到离桌子一步远的地方，仔细审视。

电视里还有几秒钟就要开始“时代”节目了。爸爸击出一球，又接连击了四个球。

“唉，这可不好：现在第六个球就直接进球囊吧！”好友同情道。

“进不了。”爸爸满意地说，“你一个人来的？”之后他随便问道，其实心里并无兴致，也不知这位朋友有没有老婆孩子，但觉得他应该有。

“去克里木岛了，让他们在那儿晒晒太阳吧！”好友漫不经心地答道，“我一个人更自在。钓钓鱼，泡泡澡，还能——到处走走。”说到这里他不知为什么冲爸爸挤挤眼。这时电视里闪过戈尔巴乔夫的面孔，在老旧的屏幕上显得模糊不清。爸爸抓住这个机会离开好友，对他的暗示不加理会：

“闺女，快看：米沙[1]叔叔！”爸爸冲伊特卡喊道。她不好意思地笑着，没有听明白爸爸的话。平常都是她在电视上看到这张面孔后，就跑到屏幕跟前喊：“米沙叔叔！”那时爸爸总是嘟嘟囔囔，如若遇到心情不好甚至会生起气来。他会说：“我的女儿怎么会喜欢戈尔巴乔夫呢？你怎么明白他是个什么样的人呢？他把这个国家搞到了什么地步！”可伊特卡不明白这些。

只是现在爸爸想的不是政治，他高兴的是厅里的男人们现在该知道了，这个黑黑的、规规矩矩坐在墙边、两手支在细膝盖上像个埃及雕像般的小姑娘，正是他的女儿。

“她喜欢，”爸爸接着向自己的好友解释道，“就和喜欢‘做客童话’节目中的瓦利娅婶婶一样。”

好友不知怎么装模作样地大笑起来，然后扬起胳膊看看手表，

---

1 米沙是米哈伊尔的昵称，米哈伊尔是戈尔巴乔夫名字中的名。俄罗斯人的名字由名、父称、姓三部分组成。

惊叫道：

“到点了到点了，等着我呢。就是‘到处走走’，你明白的……”他又挤了挤眼睛，“不能让女人等咱啊，尤其是在这样一个天堂一样的地方。”他亲昵地拍了拍爸爸的肩，快步走了出去。爸爸带着有点滑腻般的不快感留在原地。要不是伊特卡在，他马上就会忘了这事，可是现在变得心情糟糕起来。他转过身，想知道伊特卡是否听到了，可是伊特卡不见了。他四下看看，灰蓝色的烟雾弥漫周围，他甚至屈身往桌子底下看——看到她正在房间的另一个角落，在电视机旁。

“走吧！”爸爸来到她跟前说。伊特卡不情愿地看着他。

“还没说‘小朋友们，晚安’呢！”

“已经结束了，太晚了，走吧！”

他们来到外面，来到昏暗的森林中，四周一片凉爽清新。伊特卡又想去看游蛇，但爸爸觉得这儿又冷又潮，对小孩子不合适。爸爸还想，以后不能带小姑娘来这种都是男人的地方了，这不好。

“爸爸，”伊特卡忽然问，“米沙叔叔现在也在休假吗？”

“哪个米沙叔叔？”

“戈尔巴乔夫。”

“哦，是吧。说是在克里木岛。”

“啊呀，别说话！”

在他们的小屋所坐落的那片林中空地的边上，伊特卡停下脚步，紧紧攥着爸爸的手呆住了。两人紧张地看了看黑色的天空，看了看把空地与森林分隔开的两盏路灯下照亮的地方。很久很久，没有一点动静。爸爸正要走，忽然有一个影子从低处飞过，离他们那么近，可以清清楚楚地看到：快速扑扇的翅膀，圆球一样的身体。紧跟着它，又从高处落下一只，短促地“啾啾”叫了一声。

“老鼠。”这时伊特卡平静地吐出这个词，接着往前走，好像没觉得老鼠有什么特别之处，“像我们一样，他们也在散步。”

爸爸记起来，去年她对这种“啾啾”声还那么害怕，急忙跑到屋里，蒙上被子。“长大了。”爸爸略带伤感地想。

最后一次住过的这片林中空地，永远记在了他们心里：这里有两座小屋，中间是个绿色洗脸池，带几个龙头和一个洗衣槽，水就从这里落下，然后流入地里。再往远点——是他们曾在里面打过球的网球场，与小屋并排的是两个往下弯的路灯。这里的一切每天都被阳光照耀着，松树泛着琥珀色的光，仿佛在告别般地散发着潮闷的气息。这令爸爸觉得他们好像是在希腊的什么地方。之所以产生这样的感觉，是因为那年他带了一本给小孩编的希腊神话故事，彼时他正在给伊特卡读《奥德赛》。永远的漂泊者急于回到伊萨卡，他经过了哈里布达和斯策拉，他已经离开了卡利普索，他离家越来越近了，但是有事情阻止了他返回。伊特卡对这个神话简直如醉如痴。

但爸爸之所以记住了这块林中空地，还因为旁边的那座小屋里没有住人。开始时这样挺好，可是后来就不行了，因为当他去基地的时候，他找不到人来帮他照看一下孩子，当自带的药品用完时，他也不能找人借些药来，他都痛苦死了。

因为伊特卡突然生病了。咳了一夜，嗓子都哑了，还发高烧。但最主要的是眼睛。爸爸总是通过眼睛看出女儿病了。

那一年从家里带去的所有药物就是阿司匹林、治腹泻的大大的草药片、绿药水和抗菌膏。为了喝茶还准备了一把电水壶、一个蓬勃牌茶壶和一个一公升的罐子。要是有柠檬就好了，爸爸一边冲茶，一边幻想着，尽管他自己并不知道要柠檬有什么用。他把茶水晾了一会儿，就给伊特卡取来半片阿司匹林和一杯冒着热气的深褐色的药水。

浑身滚烫、目光涣散的伊达稍稍支起身子，看看杯子，看看手心里的药片，又看看爸爸，皱起眉头："这么深的颜色。"

"你得多喝，能发汗。"

"太苦了。"伊特卡的眉头皱得更紧了。

"不苦，你快点吞下去。"

"放糖了吗?"

"放了。"

"搅一搅。"

爸爸不得已把药片放到一边，用一把大勺搅拌茶水。杯子底部升起一团黄色的没有化开的糖，卷成漏斗的形状，黑色的茶叶也跟着在里面旋转。

"弄出去!"伊特卡命令道，爸爸猛地提起勺子。茶叶照样在旋转。伊特卡笑了会儿，接着好像想起了自己现在要做的事，又变得沮丧了。

"现在吃药吧，"爸爸赶紧说，不想错过这个时机，"吃吧吃吧，等妈妈到了你就好了。"

"苦。"伊特卡又说。

“你快快地吞下去。”

“水烫！……”

然后爸爸盖好她的小手、肩膀，一直盖到鼻子，把缸子放到床边小凳上，劝她再喝点儿，再多喝点儿，这样有好处。他自己却想着应该去基地一趟，该怎么把她一个人留在这里。要是妻子在——爸爸想，她就能出去跑一趟，搞来蜂蜜、药、一些草药，应该有这样的草药，也会有懂草药的妇女。爸爸这样想着，虽然他根本不知道妻子在这个小岛上怎么能搞到蜂蜜和草药，但他相信，这是妇女的责任和天赋。

可是现在该去基地一趟，叫来护士，再给妻子打一个电话让她来。那是个星期一，她周末没有来，不过这很正常：他们有时就这样做，利用补假可以在一起待半个星期。但是现在爸爸想赶紧把她叫来，给孩子看看病，这可是妇女的重要职责，爸爸坚信这一点。伊特卡也一直在问妈妈在哪里。爸爸说服她一个人待那么一小会儿，就急忙向基地跑去。

基地上一切都显得有点儿不太对劲：河湾上游泳的、晒太阳的、闲躺着的人很少。木筏不租了，也没有轻音乐在空地上方回响，人们都聚到了管理处门口。可是爸爸一定是累了，一夜都没有睡觉，只把这些人看作阻挡自己赶快进到屋里的障碍，也没有去想他们为什么都在这里。

“请让一让！”他喊道，“我有急事！”

“都有急事，都等着呢！”人群中有人喊，谁也不给让路，可爸爸还是挤了进去。

“夹塞！”当他挤到门口时，远处有人尖叫了一声。立刻有一个戴着女式巴拿马帽、胸部肥厚而多毛的男子出现在他面前。如果爸爸能想一想，就会认出这是那个木筏管理员。可爸爸看到的管理员总是困怏怏的，所以他没有认出来。

“不许夹塞。”管理员对爸爸说。

“我有急事，我孩子病了！”

“谁都有孩子。等等吧。”

“我去卫生站！”爸爸绝望地喊道，感到自己被挤得离门口远了。

“那好吧！”管理员意外地轻轻说着，为爸爸打开了门。他钻过去，听到背后传来人群愤怒的喊声：“夹塞！我也可以说我要去卫生站！这可真是个好主意，啊！”

管理处、卫生站、电话都在基地的同一间屋里。爸爸挤到需要的那扇门前，可是门上着锁。他几次用尽全力拽门：“真是见鬼！怎么是这样，啊！”又去敲经理室的门，那里同样上着锁。原来只有会谈室的门开着。

在这间不大的房间里，话务员正坐在桌子后面正中央，敲着一部过时的电话机，冲着话筒喊：“通了吗？通了吗？”她后面站着两位大婶，显然是基地的工作人员，但爸爸觉得她们既不是护士，也不是经理。对面墙边上坐着几个女人，听筒贴在脸旁，背对着所有人，好像要竭力藏起来，只剩下自己和听筒，她们都在喊着：“喂！喂！”声音大得像要传到天堂去。得不到回答，她们就转向话务员，困惑地看着她。她却根本没有注意她们，对着一片空旷继续喊：“通了吗？通了吗？”门口还坐着三个女人，她们在排队，却没有加入到这片混乱中来，似乎这一切都与她们无关，又似乎不是她们马上就要坐到能有听筒的位置上去。她们看起来像是在入口处说着闲话。房间里一片嘈杂，爸爸进来时没有人注意到他。

“护士在哪里？”爸爸不知道向谁打听，只把目光望向站在话务员身后的女人。她们没有反应。爸爸又大声重复一遍自己的问题。这时她们中的一个转过脸来恼怒地看着爸爸，好像他打搅了她们做事，说道：“我怎么知道！”

“我急着找她，我孩子病了，发高烧。这里有医生吗？”

“她走了。”那人漠然地说。

“这里到底在搞什么名堂？是谁允许她在工作时间到处闲逛？！”爸爸的喊声可真够大的，吓得所有的妇女都转头看他。

“你嚷什么？”那个大婶气势汹汹地还击道，“她出诊去了，就这么简单！有人叫她，不只是你的孩子生病了。晚点儿过来或者写个出诊申请。住哪个房间？你看看你，来了就嚷嚷！”

爸爸明白不会有任何结果了，于是轻声问道：

“那就让我给妻子打个电话吧？”

这时所有人都开始攻击他。他们喊叫着，爸爸觉得现在只有头疼的分儿，此外将一无所获。他赶紧出来，一直到走廊里还能听到有人在骂他夹塞，听到他们还是没有接通电话。

走到外面，他又碰上了那些站着的人。他们已经忘记了刚才不让他进去的事，也忘了他要去卫生站，只是一个劲儿问他是否打通了电话，管用吗（指的是电话）以及听到了什么。爸爸没有回答，又一次穿过人群。直到钻出来才意识到有人拉他，叫他的名字。回头一看——原来是马里采夫。

“打通了吗？听到什么消息没有？”

“没有，我没打电话，不让我打，好像他们也联系不上。我要……”爸爸说得很快。

“看看，都到什么地步了，”马里采夫附和道，“不过大家都要打电话，都有亲戚，总之……”

“我女儿病了，很严重，不知道是怎么……”

“谁都不知道是怎么回事。他们说电视上就放一个芭蕾舞，广播也没有了。电话打不通。我们在这个岛上，就像在荒山野岭一样，完全与世隔绝了。也许没什么可怕的，可谁也不知道是怎么回事。这就是问题所在。”

“发生什么事了？”爸爸问道，忽然明白马里采夫在说着什么与爸爸和他的问题无关的事情。

“你还不知道吗？坦克开进了莫斯科，据说在构筑街垒。戈尔巴乔夫被罢免，说是发生了叛乱。”

“哦，哦，”爸爸同情地点着头，虽然对这种事情闻所未闻。这时他的目光掠过河湾，那里，清澈的水流在阳光下金光灿灿，中央是一条橙黄色的小船。这幅美景令爸爸惊叹。他想，这很像中国的盆景，紧接着他的思绪又跳回到自己面临的问题上：“伙计，你那儿有什么药没有？”他问马里采夫，“比如阿司匹林，柠檬酸……”

“好像我妻子那里有点儿，”马里采夫有点儿发慌，“怎么了？”

“女儿病了，没什么药了，又打不成电话。我本来想给妻子打电话，让她来。啊!”爸爸突然挥挥手，急急忙忙往台球厅赶去，因为他想起来那里有一部电话。

马里采夫站在原地看着爸爸的背影。他没听清最后一句话，听成了“不让她来”。马里采夫理解成了他不想让妻子来，于是心中那种意想不到的担忧不断加剧。他不想让她来，恐怕出事。所有人都说要出事，可是他已经知道了什么。当然知道了。是的——马里采夫这样想着，也一溜小跑着回到屋里去叫妻子和孩子，今天就离开这座小岛。他认为，作为一个领导，爸爸已经知道了什么暂时还不允许对任何人说的情况。他庆幸自己猜到了一切。他们十万火急地收拾好箱包，当天晚上他就和妻子带着两个儿子坐船回家，回喀山，顾不上小儿子拼尽力气拽着船舷绝望地哭喊。

台球厅里没人打球。只有一张桌子旁不知谁家的孩子在毫无目的地赶球玩。男人不多，都聚在电视旁讨论着什么。电视里正在放《天鹅湖》：黑色的背景上，穿白衣的人们在不自然地移动，都变了形，可是反正也没人看他们，声音也和以前一样听不到，虽然它现在不会影响任何人。原来它早就坏了。

爸爸到柜台前要电话。

“坏了，”斯维托奇卡漫不经心地说着，嘴里嚼着东西，“到基地去打吧。”

“为什么坏了？我有急事。”

“我怎么知道！坏了，就是这样。昨天打过雷？”斯维托奇卡问。

“打过吗？”爸爸不明白，他已经不记得昨天是否打过雷了。

“反正是坏了。”斯维托奇卡说道。

爸爸本来想发怒，但又觉得毫无用处，所以只发出沉闷的叹息声就离开了台球厅。他没有理会那位在电视机旁喊他的好友，也没有发现所有男人都把目光从屏幕上移开，注意地听着他和斯维托奇卡没头没脑的对话。

当然，爸爸也不会知道，他的失望是怎样影响了这些男人，他的心情又是怎样像瘟疫一样传染给大家，使大家突然觉得要赶紧从这座岛上离开。他们关掉电视，拉上窗帘，一个接一个地走了。很快台球厅里就没人了，除了斯维托奇卡留在那里。很多人都坐晚班轮船回喀山去了。

“怎么样？”回到家伊达问爸爸，目光闪闪发亮，“没来吗？”

“等等吧，会来的，会来的，现在还早。你把茶喝了吗？喝吧。”

但是妻子没有坐晚班轮船来，第二天早晨也没有来。爸爸几次都排到电话跟前打电话了，可是家里没人接听。爸爸不知道，妻子的母亲在这个星期三生病了，妻子回到旁边那个州的村子里去看她。爸爸之所以不知道，是因为妈妈把这事告诉了同事，同事本来应该在周末来到小岛通知爸爸，但是这位熟人也遇到点儿什么事就没有来岛上。一件事引发一连串事情，所以一切都乱了套，最终使得爸爸什么都不知道，琢磨了一堆恼恨妈妈的想法，几近疯狂地在基地来回奔波。

最令他生气的是谁也不准备帮助他。如果他和谁聊起关于药的事，对方马上就把话题转到人人都感兴趣但现在根本不会使爸爸不安的那件事。爸爸只好听着，偶尔接应一两句，但是他看所有人的目光都像醉了似的，他的眼睛仿佛在说："饶了我吧！这些事与我何干，难道你们没有看到我遇到什么了吗？这关我什么事？……"

爸爸已经知道，在莫斯科有坦克开到高尔基大街上和克里姆林宫旁边了。人们在构筑街垒，眼看着就要出事了——所有人都这么说，但谁也不知道具体情况。"我们国家总是这样，一定会发生些事情，一切都不是那么简单。"——不同的人对爸爸说着同样的话，带着东西往停船场走去。爸爸一句话也没有回答他们。怎么能这么漠然呢，对于爸爸那些人这样想。爸爸已经三天没刮胡子，三天没睡觉，自己也快病倒了，对妈妈恨得简直都要诅咒她了。

但爸爸不是漠然。如果是在别的状况下，他也会像大家一样关心莫斯科发生的事情，看了台球厅里的无声电视后也会愤恨，说不定也会尽快离开——不是因为害怕，而是因为想对所发生的一切知道得更详细些。而知道了就会生气，因为有关政治的所有事情都会令他生气。他不是党员，可仅仅因为性格的原因，他不喜欢一切权力、高层领导，觉得他们都是窃贼和傻瓜。他谴责这个体制，但无论他生活在什么体制下，他都会说上面一团糟，说他们所作所为都不是为人民谋福利，而是为了中饱私囊。现在他也是这么说，他所指的是作为共产主义建设者的人民的利益。对于共产主义他深信不疑，因为他就是在这样的教育下长大的。

他也是这样教育伊特卡的。给她讲革命，讲列宁，讲苏联人民的胜利，讲共产主义的光明未来，说到那时人人都将无比幸福，生活好得都可以取消货币。他给她讲这些，希望她能抱着这样的信念生活，就像他从前那样。但爸爸又觉得这样的信念对他、对她都有点儿不够，所以伊特卡对于爸爸不喜欢的戈尔巴乔夫和他充满激情讲述的列宁都同样热爱。

但对于伊特卡来说，那些好的东西都很好：她的家是那么好，慈祥的爸爸，温柔的妈妈，如果他们又生活在一个好的国家，如爸爸所说世界上最好的国家，那么她的一切就应该都是很好的，国家领导也是如此。对于伊特卡来说换一种情况是不可能的。设想一下，如果一个好的国家却有一个坏的领导，那就意味着整个存在的基础都值得怀疑了。

现在，当他几乎昏昏沉沉地在基地奔波时，他试图了解来自外部世界的消息和能为女儿做的事情。此前伊特卡对生活朴素的理解是他想不明白的，而现在他突然觉得容易弄懂了。一切都好就很好，当伊特卡健康时，当他们一起简单而快乐地生活时，还有什么可生气的呢，有什么可觉得不对的呢？怎么能靠着一种对未来，虽然美好但毕竟是未来的想法而生活呢？此刻爸爸如此清醒地意识到这一点，以至于对女儿的担忧都有所减弱了。在这种状态下，当他试图想一想莫斯科发生的事情，可能会导致的结果，以及究竟是谁的错——以他平时思考政治问题的方式去想时，他的思绪却无法持续下去，总是回到伊特卡身上，回到他们身处的这座小岛上来。于是爸爸又跑去寻找护士了。

中午时分他总算找到了她，把她带到自己的小屋。

这是一位总是面带不满的老处女，身穿白大褂，但也只有这一点说明她是一个医生，而不是清洁工。她从小勺[1]上方看了看伊特卡张开的喉咙。

“扁桃体割了吗？”她问爸爸。

“没有。”

“最好割掉。你看看现在。”她几乎恶狠狠地说道。爸爸吓得哆嗦了一下。

“是什么病？”

“咽炎，”她答道，“这个，”她把手伸到一个大黑包里翻找着，“一天漱三次口。”她把一包呋喃西林放到桌上，就向门口走去。

“要是有阿司匹林也好。”爸爸赶紧跟上她，他知道她就要走了，他们的救星并没有来。

“没有。”她头也不回地抛下这句话。

“怎么没有呢？这么高的体温！搞不到吗？”

“瞧你这个人，我们是在岛上！”医生说着竟然转过身，“这里什么都搞不到。我不建议你去降温，尤其是用阿司匹林。最好用平和些的冷却法降温。擦身子了吗？用酒比较好。”

“我不喝酒。”爸爸痛苦地说。

“很遗憾。”医生不知为什么这样说，然后走下台阶。

“怎么，您就这么走了？”

“我还能做什么？你这个男人，要不你就走吧，还等什么？基地上一半的人都走了，您还坐在这儿干什么？还带着这么个病孩子。

---

1 俄罗斯医生到病人家中出急诊时，偶尔会用病人家中的小勺代替压舌板做检查。

很快岛上就会只剩下你们了。一旦发生什么可不得了。”她说完就气愤地往森林走去了。

这个婆娘，爸爸恨恨地想着回到屋里。什么都不会干，竟然还给孩子治病！那个傻瓜也不来！爸爸指的是妻子，他感到一种强烈的仇恨，几乎对所有的妇女都厌恶了。他看着伊特卡想到，她难道也会成为她们那样吗？将来也会化妆、减肥、剪短发、煲电话粥、说私房话、躲躲藏藏、寻衅闹事、莫名其妙地哭、穿高跟鞋……难道她将会是那个样子吗？……

“妈妈来吗？”伊特卡问道，把他从愤怒中唤醒。他答道：

“来，当然来。”

晚上体温升得更高了，爸爸开始做平和疗法。他往盆里倒上水，稍微拧干就把湿毛巾放到滚烫的额头上。水滴从额角流下来，冰凉地流过耳朵，流到枕头上。伊特卡大大的眼睛闪闪发亮地看着枕头，爸爸感到羞耻，简直要疯了，他自己那么健康，却对她无能为力。

“不来了吗？”伊特卡问道。

“明天，明天，说是明天来。”

“那你怎么今天去接她了？”伊特卡问，觉得自己受骗了。爸爸没有回答，又去绞毛巾。

“最好给我读点儿什么，”伊特卡说，“外面怎么了？是刮风吗？”

“不知道，可能要下雨了。来，咱们待会儿读。再敷敷。把胳膊也敷敷，好吗？”

“不，你先看看。怎么老流水啊？要烧上来再弄湿。”她说的是毛巾。爸爸想，孩子即使是在病中，即使目光都烧热了，依然没有乱了章法，依然没有慌张，那么他就更不应该那样了。于是他开始读书。

奥德赛回到伊萨卡。他击退了佩涅洛佩的未婚夫们，英勇地夺回了自己阔别已久的家园。伊特卡为一切都有了好的结局而高兴。

“伊萨卡，这是一座岛吗？”

“是一座岛。”

“就像我们这座岛一样？”

“不，比我们的大。”

“佩涅洛佩是个皇后，她为什么自己不能赶走那些未婚夫，自己掌管国家？”

女人，爸爸本来想这样说，却没说出口。一想到妻子，他心头又涌上恨意。不，应该回家，等她有什么用，毫无意义。明天就走。

“再蘸蘸水吧，已经烧上来了。”爸爸说着去动毛巾。

“不，现在唱个歌吧。”

“以后再唱，现在不想唱。”

“你总说以后。现在就唱！”

爸爸叹口气，却也无法推脱。他喜欢唱歌，但所有人都说他听力不行，所以他只给女儿唱些摇篮曲，实际上根本不是什么摇篮曲，都是他喜爱的歌。这首关于《布琼尼骑兵》的歌曲是伊特卡最喜欢的。爸爸开始唱了，每句结尾时都猛吸一口气，这样使每一句都像猛然跳起来在空中悬一下子：

远处的河对岸，火光在燃烧，
明朗的天边，彩霞披在羚羊身，
年轻的布琼尼侦察兵，
在草原上疾驰而过……

这首歌伊特卡能全部背下来。她知道爸爸所做的每一个重音，知道整个旋律中哪里加快，哪里放慢，这要取决于歌里所讲的故事。正因此她特别喜欢这首歌。她觉得自己对一切都清晰如画，那些无名英雄对她来讲就像亲人一般，虽然她并没有完全明白。歌里有这样的词句：

突然在远处的河边，
有刺刀在闪亮，
那是白卫军的身影
锁链一般在晃动。

伊特卡无法想象，怎么能同时既有锁链又有刺刀，所以她看见由尖刀组成的栅栏，恶狠狠地龇着牙，在黑暗中闪着白光。她无法想象刺刀后面会有人。人们都骑在马上，刺刀后面是一片白（爸爸是把“白”和“卫军”分开唱的）。伊特卡还不了解历史，也无法弄清其中的象征意义。她自己理解的象征意义是：红色代表一切有生命的、活生生的东西，而白色代表死亡，所以对她来说，歌中那些年轻的、红色的、出色的男人们是去与白色、与死亡战斗的。自然，他们牺牲了。

可是年轻的战士
突然低下了头，
共青团员的心脏
已被刺穿。

当他倒下，对自己的马说话时（马是乌黑色的，所以这个画面的对比更加鲜明了：黑中带红——对比白色），当他倒下，说着为工人流血牺牲的那些豪言壮语时，伊特卡并不想哭：她明白，这是必须的，不可能有别的办法。但是现在她眼前的画面又换了一幅天地：从她所说的胡话中可以看出她脑子里一切都搅和在了一起，里面不再是布琼尼士兵，而成了奥德赛，他终于到达了自己的伊萨卡。他从马上跌下来，平静地闭上眼睛。将死之际，他在那里，在伊萨卡站立了起来，这位永远的流浪者迈着坚定有力的步伐，一步步走向自己的宫殿，那里有忠诚的佩涅洛佩在等他。伊特卡看到，在那里他同样是活生生的，只是变成了白色——白色中的白色。

后来伊特卡也说不清楚，这些形象在她头脑中是怎样模糊却很自然地联系起来的。但它们就是联在一起了，为她展现出一幅简单、清晰而又使她得到安慰的画面。那时这个画面在昏沉的意识中来得如此灵异，如此不可预知，后来再也不可能出现了，甚至在伊特卡成人以后很久都难以想象。可在当时她却感觉那么轻松。她畅游在这鲜明与轻松的世界中，畅游在白色的世界中，白色背景上的白色世界，感受到一种崇高与伟大。可这是什么？她问。这是整个世界，她自问自答，我在里面，我在上面，我就是整个世界。游啊，摇啊，后来有人叫她：伊特卡，伊斯卡，伊萨卡，伊萨——萨——萨卡，萨卡，萨卡，萨卡。

突然白色蜷缩成一个鸡蛋，一个在纯黑色中悬着的巨大的白色鸡蛋。伊特卡对这个蛋产生了一种极度厌恶的生理反应。它喘着气，跳动着，里面跃动着生命，跃动着，跃动着，令人无法摆脱，她刚才在白色世界中畅游的那种宽阔感、清晰感和纯粹感一去不返。

“这是什么?”她问。

“这是我。”她自问自答。鸡蛋突然开始长大，大到令人无法忍受，大到不可避免，它就要向她压过来，最后一刻突然掉了下去，变成美好的、吞噬一切的白色，伊特卡又开始畅游，畅游，游到自己神秘的、美好的伊萨卡，她觉得平静、自在了——忽然又有人开始叫：伊特卡，伊斯卡，伊萨——萨——萨卡。

鸡蛋又出现了。

幻象就这样跳动着，一个形象接着一个形象，一时折磨她，一时放过她，一会儿打冷战，一会儿又消失，肌肉酸软了，后来又发起烧来。只是伊特卡不知道这些，对于她来说，一缕缕光线变幻成了过于现实的实实在在的鸡蛋，它受到了自身形态的极大限制。就这样过了整整一夜。她梦中红色的活生生的人牺牲了一次又一次，又一次次站立起来变成奥德赛，返回自己的伊萨卡。终于又看到那个鸡蛋了。伊特卡在自己的意识当中没有去盯着那个鸡蛋看，她强忍着恶心。而它又重新开始变大、爬行，但没有散发出光和白色，而是消失了，变成黑墙上白色窗子的轮廓。窗子方方正正，黎明的曙光正从那里偷窥着小屋。滴答，滴答，滴答，雨滴不断敲击着窗角下柔软的垫子。

伊特卡睁开双眼，闻到雨水的气息。清风吹动窗户上白色的窗帘。

“爸爸，”她轻声喊道，“爸?”

他没有回答。伊特卡环视了一下还处在黎明前的昏暗中的房间——爸爸睡在旁边的床上，头向下趴着，手里的湿毛巾掉在地上，头钻到枕头下面，脸上如孩子般有点儿伤心，有点儿痛苦。

伊特卡睡不着了，她看着天花板，看着顶上那些漂亮的花纹。她好了。感觉非常舒服，就像所有病后初愈的人一样，感受到这个有着认识和不认识的东西的、充满各种气味、感觉和颜色的世界——如此朴素平常却又如此清晰可爱的世界。她就这么躺着，一直到雨停了，窗外的滴答声归于沉寂了。然后她小心翼翼地把腿伸到床下，找到拖鞋，把被子披在肩上，踱到门口。爸爸依然那么表情可怕地睡着。

林中空地上洒满阳光。空气清新得仿佛是创世第一天。伊特卡从阴暗处走到温暖的阳光下，看着湿润的土地、碧草，深深地吸了口气。她觉得现在她所看到和感受到的，都像是第一次看到和感受到，这可太重要了。她觉得土地在自己的脚下呼吸着，向太阳敞开了怀抱，于是她也深深地呼吸，向太阳、向大地、向凉爽湿润的空气敞开自己的怀抱。林中百鸟争鸣。伊特卡慢慢地、慢慢地穿过树林。

而爸爸没有睡，是没想到会睡着。他想着伊特卡，想着她的病，想着怎么治咽炎，怎么消去他所看到的孩子喉咙里的红肿。他想着要消除肿胀，想着是回家还是在这里等妻子。等吧，他已经完全忘记了曾经坚决要走。等她来了，最好一切都好了，爸爸想。他的心思又飞到莫斯科，想到那些坦克。他想着那个奇怪的词——叛乱，从哪里冒出的这个词，这时思绪又跑了，他开始安慰自己，安慰伊特卡：会来的，会来的。

这时不知怎么爸爸醒了。甚至都没有往旁边的床上看一眼，爸爸就感觉到伊特卡不在，于是立刻飞跑出屋子。他跑到树林里，大声喊着，四下张望着，倾听着，又喊，差点就跑到伏尔加河边，跑到悬崖边，这时他停下来，忘记了再喊一遍“伊达!”因为他的伊特卡就在那里——深蓝色的天空下，她靠在树边站着，那么小，那么弱，甚至像透明的一样。下面的伏尔加河静静地一浪又一浪卷到潮湿、凉快的沙滩上。雨后的天空洁净无比。越来越热，远方有一只小船缓缓向岸边驶来。爸爸无意识地哭了，但心灵深处的某个地方感觉到，这一切都会印刻在他的心里，如琥珀里的草叶一样永远留下这段记忆，这段神话。

几天以后他们所回到的那个世界已经开始发生变化，很快就完全变成了另外一个样子。伊特卡也将会改变：剪短头发，煲电话粥，穿高跟鞋，莫名其妙地哭，离家出走，回来，再离开——但这已经是另一个伊特卡了，而他那个不大也不小的小猫，小兔，小宝贝，永远是岛上清晰的地平线映衬下的那个剪影，爸爸也永远和她在一起——永远年轻。

树之子

/德米特里・巴基恩

德米特里・巴基恩，当代俄罗斯文学界最为神秘的作家之一，对外界从不公布照片及详细简历。1964 年生于顿涅茨克州，据说做过卡车司机。1989 年首次在《星火》杂志上发表作品，立即引起读者的广泛关注。1996 年以短篇小说《谎言中的乡村小警官》获得反布克奖，颁奖典礼上由妻子代为领奖，本人没有露面。著有短篇小说集《纽带》(1991)、《谎言中的乡村小警官》(1996)。他的小说把悲剧性的生活体验、对人与环境的深刻了解和高超的语言技巧结合在一起。故事的开端紧扣人心，情节缓慢展开，接近尾声时转入高潮。人物往往或是身体有缺陷，或是意识受创伤，失去了过完整生活的可能性，在其不符合逻辑的行为背后隐藏着深刻的人性、利他主义和保护亲人的愿望。

第一个出生的是老大，第二个出生的是老二，第三个出生的是死人。我想就这样开始关于我的故事。

二十六个寒来暑往，一天又是一天，如果不是阴雨连绵的日子，或者那种不出一个小时就能将我淹没成小山丘一样的风雪肆虐的日子，我都会坐着用柔韧的柳条编成的轮椅被推到花园里去，一直待到下一个饭点的到来。我的皮肤如鲜嫩的树皮，感受着大气之海的潮涨潮落，承载着酷热带来的折磨和凉爽带来的愉悦，也成为极轻的尘埃与带翼的昆虫赖以停靠的地方，也感觉到蚂蚁绕开我“食肉花”[1] 般的眼睛而去的条条细道，还要时刻抵抗小蠹虫顽强的攻击。

我真的是来自土地，我心中还在鲜活地上演着过去那一幕幕人物纷杂的戏剧。但这个过去仅限于我记忆的底层，它深得不可思议——正是在那里逗留着因久远而变得模糊的我们这个居住点的创立史，这是整个事件发生伊始的地方。我不知道，对于这个斑斑驳驳布满了或深或浅的沟壑的地带，对于这个地下已被土滑侵蚀、地上陡立着奇形怪状的非自然形成的山丘的地方，我们居住点的始创者们是否相信它能够适合生活，但我知道，在这样的土地上，即便是第一批住户，也需要花费很大的气力才能选出一块相对平坦的地方，好让要建的几十栋房屋既不会面朝沟壑，也不会坐落在土滑轨迹所至的受损地带上。所以这里的房屋没有也不可能有规则的排列顺序——所谓“整齐”是在很久之后，当低地上竖立起那座我喜爱从高处俯视的白城时才呈现眼前的。尽管如此，人们还是盖起了一座座样子普通又低矮的房子，它们仿佛在时刻防备着地震的摇晃，

1　一种食虫植物，能够诱捕昆虫并分泌消化液将昆虫消化。

如一群惊恐的猫张开四肢紧紧扒住一块即将漂走的土地——但实际上这些房子非常坚固，因为它们都是用整根弯曲多节的树木制成的。横贯在房与房之间的是一条条裂缝——几条不太清澈的小溪沿裂缝蜿蜒而下，汇入一条并不宽阔却很深远的大河，还有那长满了蕨类植物和野草的阴暗的沟壑。很快，人们就为了预防土地的变化无常，识破它的每一个陷阱，开始东一棵西一棵地栽种上树木，为的是加固疏松的土壤，阻止其不明原因的走向自我毁灭的趋向，使树根穿透土壤，控制住它的解体，以达到能够耕种、适合生存的目的。

我感受到那些发生在半个世纪以前的几乎被遗忘的事件深深的颤动，它们令我想起成千上万个被坍塌的矿井所埋葬的生命，他们曾经执着于击碎和顶开盖住他们的时光岩层而挣脱出来，唤醒人们关于自己的记忆，摸到那已经丢失的引向人世的爱与血脉的纽带。作为一个在心灵深处已经接受了涂油仪式的人，为了土地，我心甘情愿地拒绝了上天的恩赐，因为我的灵魂属于土地，我的一切命定的恩赐都来自于下面，尽管一切上面的存在都会以自己的美和不可思议而令人赞叹。

我还记得那个发人深省的事件发生的情景，那个日子我至今都无力说出——我知道我的记忆跨越的不只是一个世纪。时光沥干了往事的生动，汲取了它的鲜活与恐惧，褪尽了它的意义和规模，而我的心中正是关于一切都发生于其上的这片土地的记忆在颤动，在述说。这片土地能够给我指出掩埋那位处于事件中心的老人的地方，当时这个仅仅生活着四十来人的居住点被一场终未找到名称的危险疾病所击垮。在我看来它有些不可思议地综合了霍乱、西伯利亚溃疡病、坏血病以及鼠疫的特点。同样搞不清楚的还有这种病的病原体——水或是浆果，禽肉或是兽肉，马蝇或是跳蚤的叮咬，多刺灌木的扎伤或是野生啮齿动物的牙咬。结果人们开始全身发紫，与此同时体温一忽儿急剧下降，一忽儿如发疟疾般高热到足以把人烧成灰的程度；有些人皮肤一直处于黏糊的潮汗状态，有些人则不断蜕皮，皮肤像洋葱皮一样层层脱落；他们被一次次袭来的呕吐折磨得精疲力竭，又被阵阵痉挛和呓语搞得浑身战抖；年长的人腹股沟和腋下的淋巴结大大增多，牙龈出血肿胀，好像要和业已存在的坚硬的牙齿对抗；还有一些人，手上和脖子上长满了充溢着浊血的水泡，水泡裂开，变成了黑色的硬痂和痈，周围出现大面积的沉甸甸的水肿，或者是在身体的裸露部位出现斑疹，开始是鲜红色，然后变成暗黑色；小的伤痕都无法愈合，更别提那些严重的伤口了。他们中有两个怀孕数月的妇女染病最重。第一位妇女做好了最坏的准备，生下一个死婴，这也就预先决定了第二位妇女的命运，因为分娩的结果没有瞒住这位待产的母亲。尽管如此，第二个婴儿降生时倒是活的，却仅仅存活了一个星期，这对于母亲来讲更加糟糕，很快她就发疯了。一个多月来，人们都听到她高亢尖厉的哭诉歌，极度紧张的惨叫声和粗野的号叫声。当她在林间游荡的时候，当这位没有做成母亲的人的脚步震动着土地时，她的这些声音响遍荒郊，太阳也因此失去光芒，黯淡下去，野兽都远远地在村庄外徘徊。在她突然沉默了一天后，人们在一处沟壑里找到了她。看来她是天黑后跌入其中的，脖子都摔断了。她是没吭一声就跌了下去还是发出了临死前的叫喊，这一点无人知道。因为她几个月来的喊叫声与临死前的喊叫声大概也毫无区别了。

移民中有一位老人没有染上这种怪病，他在一切发生之后的一个早晨醒来，看到了这个完全变样的世界。令他震惊的这场疾病变本加厉了——他深陷对人们的怀疑之中。作为一位德高望重的老人，他开始强迫人们接受自己的意志。在这样一个大家都衰弱无力的时刻他成功了。他一遍又一遍提醒那些居民关于两个新生儿死亡的事情，给他们的头脑灌输绝望的种子，使人们相信谁也无法活下去了。恰好此时出了一件事：一个猎人被一头受伤的驼鹿撞死，老人借此事使人们相信，从今以后野兽在速度、灵敏性以及求生的意志上都优于他们。终于有那么一天，老人在几经跌落后费力爬上了一棵被砍倒的大树，然后宣布禁止男人继续生育——这就像在一艘沉船上竖起了船帆一样没有任何意义。他告诉他们，他将亲手打死第一个被他看到的在夜里靠近妇女住处的人。大家闷闷不乐地听完他的话散开了。男人和女人们从此分开居住。白天老人睡觉或装作睡觉，夜晚他就在房子与板棚之间溜达，仔细查看是否有人违反了他的禁令。第四天晚上，他发现一个试图溜进妇女住处的年轻人。那个男人正爬过草地，老人拄着拐杖看了几秒钟，然后悄无声息地走到他身边，手里握着本来准备猎鹿用的一把长刀。月光下年轻人看见了老人。他慢慢爬起来，抖落掉沾在肘部和膝盖的泥土，沉默地站在老人面前——我想他是要说什么，我觉得他的头像一枚鸡蛋，蛋壳坚硬得足以抵挡住急欲冲出外界的话语的撞击，而这话语天生就注定要在说出口之前归于沉寂。他就这样站在老人面前，直到老人把狩猎用的刀子捅入他的腹部。清晨，老人唤众人来到已经僵硬的尸体旁，正准备开口再次威吓大家，这时一个妇人低吼着扑向他，用布满斑疹和黑色臭痂的双手颤抖却又有力地紧紧抓住他，突然将他掀翻在地。他都没有看清，这位扑向他的妇女身后还紧跟着其他一些人，甚至包括那些只能四肢着地向前爬行的人，他们往这边爬着，为的是即便靠他们不再强壮的肌肉已没有可能去杀死他，但也要靠众人衰老的身躯压死他，勒死他。他们用指甲挠他，指甲立刻翘起；用牙齿咬他，牙齿当即脱落；用头顶他，一缕缕头发随即掉下来；用手猛揪他，一片片痂像干土一样洒落——此事也为这场疾病带来了转机，是对它的毁灭性打击。这场流行病最终以杀人方式被战胜，是杀人事件推动了人们重新开始已经中断的为求生存而进行的残酷斗争。我常常尽量公正和客观地追问自己：如果他不知道野兽赖以存活下来的那些东西：草初生的地方、树皮的味道、幼虫的巢穴，那么除了仁慈的自我灭绝，他又能给他们什么建议呢？他无意间给了他们报复的机会，仇恨的机会，结果他犯下的不可饶恕的罪行倒成了一剂解毒药。

关于这段历史，我通常是在每个月几次被推到丛林密布的山坡间一块平坦的空地上时忆起——我独自留在那里，他们则去寻找野果或者带汁液的树皮，采摘蘑菇或野生薄荷和金银花——因为我的哥哥们和我的父母都很忙，所有人都忙，除了我。

我坐在十七年前大哥马克西姆为我用自行车和儿童小推车改装成的轮椅上。那一年，他义无反顾地告别家人，考入摩尔曼斯克海军学校，想当个军官守卫海底，坐在潜水艇舱门紧闭的原子缸中，保卫想象中的水下边界。他如愿去到了那个绝无仅有的危险地方，在十一年中唯一需要他的那个时刻，从冰层上跳入巴伦支海冰冷的海水中，救起了卫戍部队护士小姐的一只溺水的烟色小猫。很快他就得了脑膜炎，获得了一枚代表海军功名的足以补偿一切的十字勋章，娶了一位新西伯利亚姑娘，十六年后他带着妻子以及他那经常性的头痛和仿佛哀号般的双眼回到了村庄。

我的座椅从那时起经历了多次小的维修，还有唯一一次二哥伊利亚发明的改造——他用绝缘带在椅子的左侧扶手上绑了一个一升的瓶子，瓶上蒙了一层鹿皮以防止瓶子里的水被晒热，瓶口安了一个细软的医用滴管一直延伸到我的左侧嘴角。我坐在轮椅里，渴了就喝水；我从半山腰俯视下面的平原，那里矗立着一座白色的城市，城市里是一座座长方形的五层楼房，外面砌着在阳光下闪光的细小图案。我望着这座在森林带上显得很是突兀，仿佛从天而降的住满了居民、被大路和街道、电缆和自来水管道缠绕着的城市，望着已经被磨得光光亮亮、压得紧紧实实的铁轨在阳光下折射出的刺眼的反光——你不可能对此不投去目光。

铁轨与父亲有着不可分割的联系，连着他每日前往城中铁路机车维修库上班的身影，连着他布满皱纹的褐色面庞、灰白色的稀疏头发，连着他腰间的伤痛，连着他树根一般的手指上肿胀的关节，就像与母亲相连的是家里的一日三餐，那即将出炉的白菜馅烤饼所散发出的诱人香味里，蕴含着多少她已经老迈迟缓的忙碌，她的勤恳，她的好记性，她浅灰色的粗发辫，她倾斜的额头的平滑与干爽，以及甚至在她匆匆的小碎步中、在她洗得干干净净的围裙上都能觉察到的她要供养全家的永不改变的本能愿望。他们驯服于上天所赋予他们的普通而不太复杂的使命，过着自己的生活，就像忠实于土地的小溪，完全漠视那能够吞没任何一条河流的大洋。他们的孩子可不是这样。他们的神经在与命运没完没了的对抗中紧绷得几近断裂，只要猛烈的生物进程所产生的最高意义在他们的身上闹腾，他们就会像吞下一根尖利的针或一根燃烧的导火索一样，吞下任何一个事件。

我看着马克希姆——看着他敦实如沉重的密封舱一般的身材，它恰像一艘潜水艇，密不透气又与世隔绝；我听到他的囚禁于头脑中的号叫声，那震耳欲聋的声音最终被喉咙所遏制；我看到他的面庞上好像有沉沉的、灰白色的冰水流过，水银般缓慢而黏滞；我看到这来自北冰洋的海水漫延而过形成的一具面罩——还应告诉他，他所搭救的那只小猫未能存活，但他对此事从未提起；我看着他去到存放土木工具的板棚里，剧烈的头痛恰在此时攫住了他，他眼睛里的哀号终于夺目而出，于是在板棚的一片昏暗中，在锋利的铁锹的静默无语中，掺杂进了一阵阵低哑的呻吟声。我看着他的妻子瓦连京娜，每逢这样的时刻她都习惯性地故作姿态，好像什么也没有发生，但是鼓起嘴唇直视前方，人都呆滞了。

如果是坐在花园里，我会看到邻居瓦房顶上竖起的几十根电视天线，这都是伊利亚亲手安装的，他还亲手安装过几十只蒸汽锅炉。人们信任他的手艺，至今有事都去找他。我看着他并且发现，自从他明白或一再提醒自己，没有比他和那个女人之间的合法婚姻更加可怕和痛苦的事了之后，他发生了怎样惊人的改变。多年以来，她都有完全个人的、不屈从他的见解的原因抵抗这桩婚姻。曾经恬淡、微笑、平静和好学的他变得缺乏自信、暴躁易怒、漫不经心，也不再乐于助人。这婚姻把他的生活、工作，他向前发展的态势都变成了背在身上的重负，压得他驼了背，垂了肩，让他的皮肤和眼白都变成了秋天的芥末一般的黄色，使他原本就很稀少的头发越加让位于秃顶的侵占，促使他总体上变得愚钝。可有时他的面部会忽然现出生气，使我觉得仿佛一架凹凸起伏的地球仪活了起来，上面的大陆像巨大的拜氏鲸一样开始移动，预示着一场全球性的变化，但这只是意味着：他的妻子亚历山德拉回家了。如果能够听到渐近然后又渐远的汽车声，就意味着她不是从她教音乐的学校，而是从城里来，是某个向她献殷勤的男人把她送回来的。对于这些人，他要么恶狠狠地挖苦道："喝！都抢着送呢！"要么讥笑说："哼！当然要拒绝我了。我的腿可不像他们一样，我的腿从来就不知道累！"母亲和父亲没有非议过她，他们无力反对亚历山德拉，因为尽管亚历山德拉自从与伊利亚举行婚礼后，就为了报复他而变得放荡不羁，但正是她每天都坐在我的身边，给我读两个小时的书。正是亚历山德拉每天晚上一踏进门槛，第一件事就是询问："咱们的小男孩吃晚饭了吗?"她说的是我，声音那么洪亮和清晰，我真希望自己的父母也这样说话，但只要话说到我，他们的声音就几近耳语，因为他们对我的爱过分谨小慎微了！正是她每晚都用小勺给我喂饭，尽快收拾完一切，只是为了在睡前有更多的时间给我读书。由于要为我读书，她都不和大伙一块在母亲和瓦连京娜摆好的餐桌旁吃饭，顶多是匆匆忙忙塞几口东西，坐都不坐就立刻来到我这里。

我在很久以前听到过两次关于亚历山德拉对丈夫不忠的谈话。

一次发生在马克西姆和伊利亚之间，一次发生在马克西姆和父亲之间：马克西姆对伊利亚说："到了该你决断的时候了——要么你现在就砍断这团乱麻，要么你今后的日子都被这团乱麻缠绕。"伊利亚答："乱麻就乱麻吧。"又说，"我不敢说那都是诽谤，但那些闲话中有不少夸大的成分。"马克西姆说："我指的不是闲话，而是我自己亲眼所见。"他又问道："结婚前没有这种事吗？"伊利亚答道："根本就没有这种事，甚至都想不到，只是她不着急嫁给我，一点也不急。但现在她好像被什么所折磨，跟他们在一起混也不是出于放荡，她本性是忠实的。"马克西姆说："本性忠实的人只有我们的弟弟，因为他是个瘫子。灵活等于易变。"伊利亚说："好吧！你想让我怎样？"马克西姆沉默了一会，缓缓问道："你能离开她吗？"伊利亚答："不能。"马克西姆又沉默了一会问："你失去她会怎样？"这是引起这次谈话的关键问题之所在。伊利亚干巴巴地回答："会怎样……"又说，"以后？"之后就是第二次谈话了，比第一次简短得多。父亲问马克西姆："怎么样？和他谈了吗？"马克西姆说："谈了，"又说，"说不动他。"接着郁郁地说道："我的炎症在我的脑袋里，而他的炎症在他的结婚证里，也在她的那份里。"父亲更像是对自己说："这么说，一切都得像过去一样继续。"

不干涉、不促成这桩婚姻的解体，做出这样的决定是因为无论父亲、母亲，还是马克西姆都真的相信，失去亚历山德拉对于伊利亚来说将会变成一个死结，其强韧的纤维中同时交错着忧郁和绝望——凭他五岁时已经生成、多年以来依然未改的执拗劲就可以证明这一点。我们见证了亚历山德拉怎样掩藏住那颗现在被限制在合法婚姻藩篱内跳动的心，使用一切可能的和不可能的手段，试图摧毁他仅仅是形式上、纯粹的形式上剥夺她的自由、让她在那个合同上签字的执拗。我们见证了她对各种肤色的男子卖弄风情，我们见证了她多次大发雷霆，我们不得不听到各种责备和指斥，经受流言蜚语的猛烈轰击，每当此时我们都好像透过浓厚的、窒闷的雾气看她，她的面孔越是模糊，她说话就越是坚定和绵实，这些话语像栅栏一样将我们隔绝于外，像刺刀一样凛然竖立。但有时她的话语也会像牙齿一样紧紧咬住我们，清晰可辨，闪着牙釉质的光泽，令我觉得满屋子都是骨头。还好，她没有在院子或是花园里歇斯底里地发过火，而尽量在马克西姆和瓦连京娜不在时说出想说的话，而且我不在的时候，她从来不会歇斯底里大发作。

我想，她在用这种荒唐却有效的方式转移我的注意力，使我不再沉思于自己不能走路的不幸，喝止住这种想法，让她无法克制、无法制服的激动话语脱口而出，打断这种思考，哪怕能对我起点作用也好。我想，以前，也就是前几年，她抱定这样一个目的：用自己的争吵、假装放荡、和男人们的胡闹来刺激伊利亚，说服他打开她身上那可恨的成人生活的桎梏，促使他解除这桩婚姻，之后她毫无疑问会留下来和他在一起生活。就像从前一样，就像童年时代一样，不仅不会再有歇斯底里和卖弄风情，也不会再有故作声势的不满。但伊利亚的执着坚守，他宽恕一切的无限耐心，在我看来，改变了、也可能是增加了她的目的，我感觉自己陷入他们的纷争里去了。

喊声冲到我的喉咙边，钢针刺入天空，嘴巴虽未发声但已张开，就像古老大炮的炮口，无处宣泄的感觉拉出和点燃了导火索，一发声音的炮弹即将出膛，而总是在此刻——突然之间——我从旁观者的角度看到了自己，这个没有任何原因天生就瘫痪的家伙，这个眼睛依然湿润的死人，他可以大喊，可以哀号，可以尖叫，从而摧毁这个家庭的脆弱的结构，像一枚霰弹一样杀死我的母亲和父亲；总是在此刻——突然之间——在那个人人都忙于自己的事情、如疯狂的陀螺般在原地打转的神秘莫测的世界里，亚历山德拉出现了，宛如精巧的化学器皿，里面奇迹一样盛满能引起愿望与不可能之间相互碰撞的核反应。有时我觉得，从全世界的瘫痪者那里夺走的所有的运动以及运动的欲望，都被一种魔鬼般的力量狂怒地硬塞入她的体内——于是，她举起手臂，把瘦骨嶙峋但依然年轻的双手指向天花板，猜测着它上面的太阳或者星星，她喊道："够了！"又喊："让这些昆虫……这些愚蠢的蜜蜂，这些没脑子的蚂蚁去过这痛苦的生活吧！"这就意味着，照例是有个男人照例给了她一个离开的建议，至少是去瑟克特夫卡尔市。她继续严厉批评那些和她住在一起的人，终于跨越了一定的范围，言语的放荡在那里已经不再重要，因为它将被忘记，将被勃发的激情所掩盖，而这些话语是她所需要的，像牙齿，像一排吓人的门牙一样。我想，她怎么也弄不明白，她那个没有实现的、她现在抓挠和折磨着周围所有东西和所有人的愿望不是别的，就是对于孤独的渴望，而我们最重要的任务就在于永远也不要让她明白这一点。

但无论是我的母亲、我的父亲，还是亚历山德拉自己的母亲、有点耳背的善良的维拉姑姑，都不能理解是什么驱动着她，把她引向这条抗拒之路，好像她就不知道别的路一样。他们只是接受了放在一堆石头中间的又一个客观存在的沉重的石头，然后坐下来准备积蓄一点力量。他们放下双臂，肘部撑在双腿上，粗大而累得发酸的双手从大腿上垂下来。他们的头也低垂着，眼睛眯缝着——他们知道什么叫作“枉然”。

二哥伊利亚是第一个结婚的。他跟名叫亚历山德拉的执拗姑娘从交好到追求的历史，与我父母的童年和青年时代非常相像。他们从幼年时就互相认识，青年时共同经历了失去双亲的痛苦——父母都死于战争，他们一起掩埋了牺牲的父母，坚定地相互支撑着，相敬如宾，无论在狂风暴雨的岁月，还是在风平浪静的日子，都一样彼此忠诚。然而伊利亚和亚历山德拉不是被饥饿与经济衰败、战争与葬礼联系在一起的，他们是被青春所吸引和联结，被一些轻率不安的想法所缠绕，最终是被一种习惯、一种从出生到五六岁就已经产生的在一起的需要所联系——他们是同龄人。孩童时他们就一起在积满了雨水的草地上奔跑，然后像狗一样抖落掉满身水珠；一起在青苔上打滑；体验和热爱着森林；乐于玩水，飞奔入绿色的河中，河水的深不可测就像刽子手的黑心一样吓坏了他们；一起被恐惧咬噬着在黄昏的密林里寻路；他们在一个学校里学习，每星期去两次城里，只为了和一百多个像他们一样的人在对他们来说能够压过世界的、震耳欲聋的音乐声中跳舞；后来他们一起从市师范学校毕业，决定到村里去教书，就在此时伊利亚应征入伍了。

我感激亚历山德拉教会了我读书，因为在伊利亚离家的整整两年中，她每天都带着教科书来我家，坐到我的旁边——或是屋里或是花园里——我们把形容词和动词、名词和副词各研究了三四个小时，直到那些花体字母和词语在我眼中交汇在一起，变成平直的灰色条纹。开始她没有立刻发现，但一发现就快速把教科书摞起来，吻吻我的额头和面颊，然后回自己家去了。

当然，父亲和母亲都早已确信亚历山德拉会成为他们的儿媳，对她十分宠爱。他们惊讶于她的执着和坚定，因为他们还记得当我十岁时他们试图让我掌握初级识字课本的努力，他们实在不指望我能是一个有天分的学生——我想，他们那时还不能达到自己的目的，因为我的出生带来的虚幻的罪感，对他们压抑得太厉害，这种压抑感妨碍了他们和我交流上几个小时，妨碍他们对我表现出严厉和无情，而不是满口的歉疚。

她巩固了我的语法知识、教会了我流利地阅读之后，就开始带着书来，只是读一读或翻一翻。她爱拿着一缸子水准备朗读，因为她很快就会口干舌燥。她把那些不用在市图书馆排队登记的书都借来给我读。与那些“从易到稍难到最难”的符合逻辑的观点相左，她连自己都没理解那些书的含义，就不加区分地给我念所有的书——从布莱姆[1]到马克思，从陀思妥耶夫斯基到李嘉图，从夏里亚宾[2]的日记到莱布尼茨的日记——我不明白为什么所有这些东西在我的头脑里没有发生混淆，没有变成无名的垃圾，我不明白，是哪里承载下了这数千的句子，数万的页码，它们究竟是在哪里安身？要知道那时我已经不再长个了。她有时带来厚厚的画册，有时又徒

1　此处可能是指布莱姆·斯托克，他被认为是吸血鬼等恐怖小说的始祖。
2　俄罗斯著名歌唱家。

劳地努力给我讲解数学与几何知识，但那实在枯燥乏味，就像我这个瘫子一样。

既然父母选择了这样一种对待她的行为方式，那么在以后的许多年里，她无论做什么，都能在他们的眼里和心里无可辩驳地得到原谅，因为他们赖以骂她、教训她的土壤，已经通过她所做的、她所能够做到的，从他们脚下抽走了。

她急遽的、有些神经质的麻利动作，她又瘦又小的身体里蕴含的那种专注，有时会转变为一种心思飘远的冷漠——当我自己看书时就会出现这种情况，我不得不提醒她为我翻页，这时她才回过神来，可看起来却不怎么高兴，好像一遍遍穿上已经穿腻的破旧衣服，心里想着以后会永远这样下去。看着她，我明白了身体就是一座房子，不能离它太久，无论意识多么独立自由，它都是受控于疼痛的反射，至少是声音的反射。我是在用针扎亚历山德拉，意识无法测量的潜能以及由此生出的愿望，瞬间就会全部冲向针尖，就像说到“翻篇”这个字眼——就冲向被风吹展的书角。

我对伊利亚即将退伍的那个冬末记忆犹新。整个冬天父亲上的都是晚班，他在亚历山德拉到来之前离开，腋下夹着妈妈带着不变的关心为他准备的暖壶。亚历山德拉都是傍晚时分过来，在结束了一天的课程之后来寻一份相对的清净。她要逃避学校的唱歌声，尽力摆脱那即便是下课后依然萦绕在她体内的、孩童们富有破坏性、能穿透人心的、令人厌烦的吵嚷声。我听见她在门口抖落雪花、跺靴子的粗重的声音。她走进烧得暖烘烘的屋子，脱下外衣，和我打一声招呼，然后和母亲坐在一起，喝一个小时散发着马林果香味的茶，谈论着伊利亚刚来的信，他的信从不会单独写给她们，而像是写给所有人的，不把亚历山德拉和自己的家人分开，好像她是和我们生活在同一个房檐下，但所有的谈话最后都归结于一点，就是她们不知因为什么原因，惊讶于他被招入战略性部署导弹部队之后一年，就来信说他开始谢顶了。然后母亲叮叮当当地收拾碗碟，而亚历山德拉来到我这儿，从包里取出一两本书——她早就开始定期从市图书馆里往外偷书了。她把书藏在为此专门换上的宽大的毛衣下带出去。之后她把贴在插页上的封套整整齐齐地裁掉，把那些页码上盖有图书馆长方形大印的地方挖走。她打开落地灯，关掉头顶上那盏她不喜欢的明晃晃的大灯，把我的轮椅推到靠近沙发和落地灯的地方，坐下来，打开书，开始快速而轻声地朗读，让文学填满当前的时光，恍如河上漂满了船只。我记得她那瘦小而灵活的身材所投下的巨大的充满了半个房间的影子，记得飓风的呼号，记得那可以与可怕的不祥预言的压力相媲美的黑暗的压抑，记得墙壁的战栗，房屋像一棵粗大的老树那样发出的嘎吱声，记得炉子烟道里发出的哀号声和时时传来的噼啪声，其引力吞噬又培旺了火苗，加快着木炭的燃烧，记得敲打在窗玻璃上的声音——所有这一切都把充盈着亚历山德拉朗读声的房间变成了我温暖而又舒适的心灵。

伊利亚是在五月底回来的——之前的两个月他没写过一封信。我觉得他长大了，脸也老成了，额头变高了，一直延伸到半秃的头顶，因此他看起来要大于自己二十岁的年纪，但他还是像从前那么恬静、爱笑、待人温和。我的交往圈子依然令他烦恼，就像令所有人烦恼一样，除了亚历山德拉，看来她是把我当成唯一一个没有危险的人了。他未及脱下带着黑色丝绒肩章、镶着用融化的金子浇铸的、已经被压低的三道横杠的礼服，就把不大的箱子放在鞋柜上，吃下了慌乱的母亲所能来得及准备的一切，与父亲一起喝了几杯樱桃酒，就揣着最为重要的目的去往亚历山德拉所在的学校。她带着孩子般的狂喜迎接了他，却对他的求婚报以坚决的拒绝，不容商讨。无论母亲还是父亲都不能想象比这更反常、更不可思议的回答。起初他们以为这是激动的荒诞的玩笑，这样的玩笑她经常脱口而出，使自己陷入混乱，过后她就抬起头，露出愉快的、富有感染力的微笑，大睁的眼睛闪烁着，一如在阳光下飞奔的自行车轮子上的辐条。后来他们又以为她之所以做出这样的回答，是特意为了平抑自己慌乱不安的情绪。然而伊利亚若有所思地摇摇头，蹙起高高的眉头，说道："问题根本不在这儿。"于是他们追问："那在哪儿？在哪儿?"这时他就回答："太早了。"从他的声音、他的语调我知道，他永远也不会放弃她。临近黄昏时母亲沉思着说："也许她是对的，"又启发性地说道，"不能这么快。"父亲说："总的来说是对的，"又说，"部队能改变很多人，只是无法理解，一个好像是熟悉的自己人，实际上却是外人，像不认识一样，"然后说，"那就让她再仔细了解了解他吧，看看他现在什么样，脑子里想的是什么，万一有什么花花肠子呢。"他还说："她反正会做出对他有益的决定。"当天傍晚，她像什么都没有发生似的出现在我们面前，她坐到我旁边，打开书，想按照惯例为我朗读，我深深地叹了一口气，却没有问："为什么?"这时她平静地、非常平静地说："这不是我对他的回答，而是我的本性做出的回答。"我说："是的，是的，当然不能听从心里所想的，而要听从脊柱的暗示。”

九年以后他们结婚了，这期间他们连工作时都形影不离，因为伊利亚办好了在那所当地学校教书的手续，填补了三个空缺——他代体育课、备战课，在快速熟悉了能够在里面制造人工闪电和引起空气变化的磁场的实验室之后，他又教上了物理。在这九年中，亚历山德拉一直坚决拒绝嫁给他，没有进行任何解释。只有两件事，两件接连发生的事为他们这种非正式的结合画上了句号。

一次在邻居家的房顶上安装电视天线时，伊利亚遭受到水貂家族的凶狠攻击。他没有在意被咬伤的地方，但很快就感觉不好，之后被送到医院，在那里他度过了病情危重的一个月，挨了将近五十针的治疗狂犬病的针，简直以为只有出现奇迹才能活下来，因为在这个偏远的地方实在不乏被发疯的动物咬伤致死的先例。亚历山德拉在医院待了三十天中的二十三个夜晚，以至于很多病人都把她当成了一个机灵的护士。她不得不到城里的药店去补买医院短缺的药品，尽管她对那个又高又瘦、微微驼背、一看到她就整个身子都扭动起来的药剂师怕极了。她像生命受到威胁一样，害怕得进入一种催眠状态，失去意识。所以她总是带着我一起去药店，把坐在轮椅上的我推进那个凉爽、干燥、到处都是一个味道的房间。她把我放在前面推，就像一道保护屏，一直推到玻璃柜台前，那里有个高得不可思议的五十来岁的男人。片刻发呆之后，他微弓着背，轻晃着头，让人觉得，似乎他的头是靠一杆锋利的标枪保持着平衡，时刻都在准备掉下来，倒向亚历山德拉。鲜明闪烁的恨意把他的目光变成吓人的深渊，要在其中寻找这一切表现的根源真是难乎其难。我感觉到她的脚步放慢，我的轮椅几乎停下时，就小小地使一把劲，用自己的目光盯住他的目光，他哆嗦一下，这时我就带着残疾人才有的仇恨，清晰地吐出几个字："滑石粉。"他已经知道我并不需要滑石粉，但此话一出，他和亚历山德拉就活动起来。她递给他钱，他从玻璃架子上取下药，递给她，把钱拿到收款台，她急急地把那些棕色的胶囊塞入肩上挎的小包里，几乎是磕绊着掉转我的轮椅。这时我则恶狠狠地对他说："找钱!"他快速拉开收款台的小盒子数出零钱。然后她用不到一个小时的时间把我推回村子，一路上一边抽噎一边摩挲着我的后脑勺说："去过这个该死的药店后我简直想把脑袋从里面洗刷洗刷。"等到了我们院子，她会用散发着香水味的手帕擤擤鼻子，默默地吻一下我的额头，然后轻装回医院去看望伊利亚。

他出院没两天，身上又遭受了两支猎枪所发出的十二粒霰弹的射击，分别打在右腹部、臀部和右侧大腿上。这些弹药本来是用于一只又老又病的公狗的，它的主人决定为它摆脱痛苦，就把它带到森林里准备打死，而从城里回来的伊利亚完全是碰巧误入了火线。又一次在市医院苏醒过来后，他看到了傍晚时分被新的不幸消息震惊而飞奔至此的亚历山德拉，于是他请病房里其他的病人暂时离开，然后和她进行了一场谁也不知道具体内容的谈话。在取出霰弹、以防它们进一步侵害身体之后，他出院了，接着与亚历山德拉正式登记结婚。

我猜想，由于发疯的水貂、霰弹和鲜血对意识造成的损害，就在那里，在医院，他对亚历山德拉预测，自己将会被第三次即将到来的灾难永远带走。不知道是他真正感觉到了这种必然性还是在假装，硬是以这种恐惧来迎合自己娶她为妻的愿望，反正婚礼之后她就越发坚信，他是靠心计得到的她，因为后来他再也没有出过什么事。

半年之后马克西姆出人意外地回来了。这是在春天，五月初的一个星期天中午，一辆小汽车不顾陷入泥里的危险开进了村子。他没有通知任何人就坐着出租车回来了，看来还是习惯于像潜艇那样突然而骇人地出现，所以没有人等他，没有人迎接他，也没有人帮他卸下为数不多的行李。他跨进院子，两手各提着一只褪色的箱子，箱子浅棕色的表皮令人想起干涸的湖泊里露出的土壤。他在离台阶十步远的地方停下来。我坐在花园里，从柳条编的轮椅里越过夹竹桃花和一丛蔷薇花的上方，看到大哥穿着合体的海军制服的挺拔的身姿，看到他镀金扣子的闪光和军靴漆皮发出的亮光。他一动不动地站着，他的脸上满是沉默，他的身上散发着坚定、忠诚和责任，他站在那里倾听着鸟儿的歌唱，也许是在倾听如子弹一般飞逝的过去日子的喧嚣。他的身旁，有一位皮肤白得惊人的女子把几个花花绿绿的大包放在地上，站住了，她看起来比马克西姆年轻得多，她的双眼谦逊地低垂着，双唇紧闭着，两只小小的手掌上优雅而纤细的手指紧张地拧在一起。

瓦连京娜静静地游入我们的家，作为马克西姆的妻子游来，年轻，但高大又古板。她的行为做派像一百年前就已消失得无影无踪的那一辈人，虽然那时她才刚满二十五岁。精致和几近高傲的故作沉默，冷淡和从不流泪，绝对的、不容置疑的判断的坚定（任何别人的意见都不但不可能使她的头脑里产生疑惑，而且像陌生的语言一样，简直就不劳她动脑去想），这些都与她平静小心的步态奇怪地结合在一起。她在待人接物中分明表现出的自负感，看起来却是如此自然而然又入情入理，以至于刚开始看着她时，我都是怀着一种目光逗留于世界百科全书上时才有的胆怯和尊敬。她在新西伯利亚大学接受的高等教育，又是被镇压和流放的贵族后裔，以为不仅在文学或是医学问题上应该听取她的意见，就连双柄锯分锯齿的问题都该问问她。对于别人的疑惑她总是大睁着紫罗兰色的眼睛，由此而使涂满了浓墨的睫毛都像半弯的鱼钩一样竖起，鼓起温柔的脸颊，噘起嘴唇，好像送出一个不情愿的吻，然后说："干吗？"接着更愤怒地说："我都看出来了！"以此来回答一切。父亲每天都要求家人帮他听一下明天的天气预报，并且在晚上告诉他一声，如果是求到她头上，她总是平静但决然地说，气象预报员总是说谎，偶尔说准也是因为巧合。这样回答上五六次，她会忽然冒出这个问题："为什么？"她不打算对如此普通的见解进行解答或找出根据。她起初是慌乱，然后煞有介事地开始说："中世纪宇宙学体系由十个同心圆组成……"——等等，等等，一直说到公公摆摆手，走到街上，久久地咳嗽和吐痰，好像喉咙里进了一根长长的头发。我觉得，她据此明白，在这里随便什么她都可以敢于肯定，因为这里的人们没有时间听她解释，如果这个解释要绕很大的弯子才开始。

一看见菜园，她身上那种悲剧演员的天分就被唤醒了，仿佛周身笼罩着受难者的灵光一般，她拿起脏兮兮的南瓜，带着贵族小姐拎着满是鲜血的、早已厌恶的情人被砍下的头颅时所有的那种颤抖，那种自我牺牲精神——只是为了不让自己在众多奚落嘲笑的平民面前蒙羞。

当她明白自己与所有家庭妇女一样，面临着用并不总是很热的水洗刷器皿的任务时，凭借自己的辨别力，来到小仓库，把那里翻了个底朝天，但总算在一只破了洞的水桶底部找到一双旧塑胶手套，上面沾满她觉得是石灰的那种白色的已经变硬的东西。她检查了一下手套上有没有漏洞，接着把它们浸泡，洗净，然后用食用碱面擦洗，一直到能够发出嘎吱嘎吱的声音。接下来她稍事休息，就站到了水池旁，水池里堆满午饭后专门留给她洗的脏污的碗碟，就像她的试验品。她戴上能罩到肘部的巨大的手套，双手就像深水中的潜水员，开始清洗那些滑溜溜的用具，甚至没有发现走进厨房的婆婆。看到瓦连京娜戴着专门用于取含有强碱和磷的化肥的手套时，母亲开始是惊得呆若木鸡，继而呼号般警告着扑向水池，吓得瓦连京娜保养得很好的皮肤一哆嗦，就像马儿赶走自己身上的一大群苍蝇。而母亲则紧张地拽住她的手，结结巴巴地嘟囔着："它们是用来……"已经从惊吓中回过神来的瓦连京娜则冷冷地、颇为自尊地答道："我已经用食用碱面把它们洗净了。"

如果她的这份勤勉能够付诸她不得不做的任何一项家务活的话，那么她对待自己的手脚和脸部皮肤的那种精细与认真，她爱干净所达到的近乎荒唐的程度都不会引起父母以及亚历山德拉如此的激怒，可惜的是，当她的身体一碰上家务琐事，她的这些品质就消失得无影无踪，而正是她的身体、她用儿童油精心呵护的双手把房间和厨房搞得一塌糊涂，把衣橱和存放米面的桌子弄得乱七八糟。如果说亚历山德拉为家庭尽义务与她自己出去放荡同样麻利的话，那么瓦连京娜的高大缓慢、她对尽家庭义务的情非所愿，都引起母亲几近绝望的感受，但一看到她那早已被亚历山德拉轻易玷污的对丈夫无法割舍的顺从，她就忍住即将出口的责备，只是平静地给些建议，帮忙收拾一下，这是必不可少的，因为无论是椅子还是相机三脚架上的挂钩，无论是沙发还是瓦连京娜擦地板时挪开的箱子，好像没有一样东西被放回原来的位置。不过她能容忍的主要因素在于，不管你看见没看见，瓦连京娜的身后总是站着大哥马克西姆。妈妈似乎试图哭哭啼啼地找他数落过："这是怎么说的，这是怎么说的——今天她戴上塑胶手套洗碟子，明天她能戴上防毒面具熬汤，后天她就会穿太空服下地窖。"他用右手掌握住左拳，把又粗又硬的手指捏得咔吧直响，同时平静地说："不会要的，"然后皱着眉头看一眼母亲，有些不满地说道，"这些话我不爱听。"

有一次一位姑姑来看她，就是在她父母过早离世后把她抚养大的那位姑姑，他们在新西伯利亚结婚后还在她那里住过一段时间。她个头不高，皮肤圆润，透着一种只有受伤后伤口刚刚愈合或者吃奶的婴儿身上才有的温柔的粉红色。当她高昂长满灰发的头跨入我们的家门时，就在那一刻，我们知道了什么叫作傲慢，明白了"屈尊低就的婚姻"这个词的含义——甚至不用她说出来，就已鲜明地写在她的脸上。她仪态的讲究，她的额头、面颊以及不疾不缓的圆圆的双手间流露出的冷冰冰的优雅，所有这些都好像蒙着一层霜。她总是觉得冷，于是一件马海毛的披肩永不离身，即便如此，她依然想死在终年积雪不化的高山上，因为她最讨厌土地的腐败和污浊。

尽管这样她依然会对学习登山运动的想法敬而远之，而是指望在她临死之际，当她需要的时候，那些冰川和高山会自动来到她面前。在相信瓦连京娜需要的正是马克西姆这样的丈夫之后，她对他选择在市铝厂军事化管理的警卫队里当一名值班守卫是否正确表示怀疑，因为以后再也看不到任何赢取功名的前景了。她指甲的光亮，面庞的润泽，低沉有力、毋庸置疑的话语、雕塑一般的句子和有如宽敞的长廊一样的无可辩驳的结论都使我想到，她无法不生活在自我欺骗中。她不能理解在我们这样的房子里能住得下七个人，而且还在期待着生儿育女，但父亲平静地告诉她，还可以再建一个宽敞些的夏季厨房，哪怕是在夏天也能容得下两个人住。瓦连京娜的姑姑没有过夜就离开了，因为她是路过这里来看我们的，接着匆匆赶往莫斯科去赴一位旧日女友的约会了。瓦连京娜和马克西姆一起把她送到城里的火车站。我想，我们也没有什么东西可以送给她留作纪念，又一想，倒是可以送她那只嵌在变硬的琥珀中的苍蝇。

身处这些住在一个屋檐下的亲人们中间，我沉迷于这样的想法：寻找不能走路问题的解决办法。自从有了意识以来，二十年中我一直不愿承认这个迷宫毫无出路，因为无论伊利亚说过多少次，在这个世界上没有比合法婚姻更为痛苦的事情，我却仍然认为，没有和天生就找不到自己的使命可以相提并论的痛苦。我看着他们，看他们如此执着地搜寻着各种矛盾纠纷，继而被这些痛苦折磨；我看到，即使是母亲，即使是父亲都既无法共处又不能分开生活；看到因为一个荒唐的理由就引起他们激烈的动作，多次的动作已经把他们的身体和四肢变得灵活，就像被风吹乱的复杂的插花；看到他们怎样被时间拖拽，却依然为了延续种族而把自己钉入不太遥远的未来——于是，凭借身体动作这种手段他们完成了自己的使命，于是我想，不论他们怎样抱怨饥荒和潜在的家庭战火，劳累和徒劳无益的忙碌，孩子的任性和老人的耳背，这一切的一切都不能阻挡他们成为水中的鱼。我希望自己与动作有所关联，希望有些事情能取决于我：是否往墙上砸一颗钉子，是否采摘沙棘果，是否要背着姑娘过一条肮脏的小河，是否要熄灭蜡烛，扑灭骇人的大火，但即便是在夜晚的梦境中，当无声的飓风把园子里的大树吹得俯身向地，把小草和花儿吹跑，把蜜蜂和丸花蜂抛入半空，而被刮下轮椅的我，也只能像犁一样在地上吃力地爬着。我感受到一种全然的无能为力，根本动弹不得——只有眼睁睁地望着那个我刚从上面跌落下来的地方。

我不知道，为把自己不能走路的针线编入行走的多彩变幻的图案中，我还要尝试多少年或者多少个十年，如果不是照例又出了一个关于亚历山德拉的传言。但这一次似乎与以前的都不一样，也许不一样的地方就在于它很像是最后的、最终的传言了吧。此前一个星期，马克西姆和瓦连京娜刚从新西伯利亚回来，他们去那里是为了埋葬她的姑姑、就是令我想起“屈尊低就的婚姻”这个词的那一位，她给瓦连京娜留下了一套位于市中心的一居室房子，还有一份书面的临别赠言，嘱咐他们不要毁了自己，要记住那些精神财富，经常光顾画廊，感受经典戏剧演出的氛围，时常让小提琴的琴弓震撼自己。与瓦连京娜不同的是，马克西姆留在了村里被暴风雨吹得东倒西歪的板房中，这里成了他退役后的、巴伦支海之后的生活不可分割的一部分，就像他经常性的头痛一样，因为这里是必须的、唯一能够压住他呻吟声的地方。瓦连京娜沉默着，不愿由她提出起身的动议，可马克西姆也暂时沉默着——他在想。然而无论是母亲还是父亲都在压抑中为他们的远行准备，准备有一天，当他们打开长子逗留不久的那座房子，看到的却是一片空荡。

在我们还没有坐下来吃晚饭之前，亚历山德拉被一辆小汽车送了回来，她一言不发。接着，在饭桌旁，当着全家人的面，她平静地说，她和任何一个送她的男人都绝对没有也不可能有什么关系。她自顾自地说着，虽然并没有人问起她。然后她看着大家拉长的脸，带点轻视的语调说："当然，你们可以不相信我，"继而转向伊利亚说道，"我要离开你了，我保留了对你的忠诚。"他应该对她说，他对此一直知晓，我们应该对她说，我们对此一无所知，但无论是他还是我们都什么也没有说。我们就这样坐着，周围静静的。她眯缝起来的眼睛，变白的嘴唇，瘦削的面庞已经僵硬，让人先是想起瓷狸猫的嘴脸，接着又想起贝壳做的狼鱼龇着光闪闪的利牙，我们明白了，在接下来被她骨头般的话语一声强似一声地敲打的十分钟里，每个人都各想各事。说完这些话，她环视大家，略带敌意的黑黝黝的目光中仿佛有一对扑火的飞蛾在翻腾。当时我问了一个看来是想阻止她离开的问题，而她惊讶地张开了嘴，就像她在学校里给学生们示范怎样唱合唱才能不显得疯狂那样。我重复道："以后谁给我念书呢?"她所有暗自赖以支撑的原则，她的无情，她在健康的、完全符合道德理念的人们面前所表现出来的断然与厚颜无耻，都在我的脚前悄无声息却又显而易见地被摧毁，就像睡梦中被弃城市里瞭望塔的倒塌。我不经意间瞥了一眼瓦连京娜，突然发现她美好的面部轮廓变形，浑身紧缩了一下，好像眼瞅着瘦了许多。那天夜里，当所有人都离去，我也陷入半梦半醒之间时，一阵窸窸窣窣的脚步声，接着飘来一股儿童油的香味，一张湿润的脸碰了一下我的面颊，一副女性湿润的双唇亲吻了我牛皮纸一般的鬓角，同时我隐约听到含糊不清、依稀可辨的话语："我来，"又说，"现在我给你念。"我怎么也没有睁开眼睛，因为我知道——如果不是确信我已经睡着的话，瓦连京娜永远也不会表现出这样的软弱。明天她完全可能会接着给我读书，只不过离我远远的，眼睛也看向一边，甚至她会带着用干净的双手提着沾满湿土的南瓜时那样的表情。显然，瓦连京娜和马克西姆一起悄悄做出了自己的决定。第二天他就把六个楔子磨尖，然后在院子远处的角落里用建筑卷尺量出了一块地，沿周边用斧背把楔子砸入踩得很实的坚硬的土地。坐在花园里的我看见母亲走到台阶上，看着沐浴在阳光下的马克西姆这一番忙活。然后她问："这是干什么？"马克西姆头也不回地继续把一根细绳缠在楔子上，答道："建夏季厨房。"

他们所有人都留下来和我在一起了。我觉得自己有点像一棵有罪的树木，树根坚固着家庭的土壤，阻止着它的解体，为它灌输生命的活力。那时我明白了自己所犯的最主要的一个错误，就是我希望拥有的不应该是自己行走的能力，而应该是使他们不动的能力。确信这一点后，我的意识遭遇到深刻的怀疑，为了战胜这些疑虑，我不断重复着："爱怎么想就怎么想吧。"作为一个有缺陷的早产儿，我再也没有别的方式可以体现自己的价值了。

※ ※ ※

早晨他们答应带我去河边。我暂时坐在装有自行车轮子的轮椅上待在花园里。晨风吹走了我头上那顶亚历山德拉在读书间歇用报纸给我叠的三角帽，把它挂在唐菖蒲花的尖顶上，使那朵花儿看起来像上世纪初的法国骑兵。风是从东方吹来的，带来一股李子的又甜又苦的味道，让我感到一丝轻微的恶心，尽管他们多次告诉我，以这样的距离是闻不到李子的味道的，而且如果是腐烂的李子，那么它们与腐烂的梨子和苹果都是一个味道，但我依然能从十几种气味中感受到它，并且条件反射般挑出它的味道，因为我还记得自己吃撑了李子的那一天。

父母准备和我们同去。他们尽量多花些时间和儿子们相处，他们的忙碌只为了一个目的，就是播下话语的种子，依他们所见，等这些种子发芽了就能带来孙子的降生——他们的话语有时显得笨拙和自相矛盾，但其中的暗示作用却显而易见。这样一个由七人组成、住在同一栋房子的两个房间、通往两个房间的门洞宽得让人觉得把它们看作一个房间更为容易和明智的家庭，遭受了一场不同性格与矛盾之间的隐秘战争，只有新生儿带来的第一声啼哭，才会使这场战争推迟其公开化的时间，因为要给下一辈代表奉献最美好的一面是对所有人的合法要求。能使类似的代表和周围的道德氛围和谐的，只有另外一位最好不晚于一周出生的人。

去往河边有相当远的路，所以他们轮流为我推轮椅——高大的瓦连京娜替下亚历山德拉，伊利亚替下马克西姆，母亲和父亲伴在左右。父亲棕色弯曲的手上拎着一只装满了食物的篮子，就像手上提着一只狩猎用的长矛一般，篮子在我的右耳边摇来晃去，一道黄色的条纹游过来又漂远，里面整整齐齐地摆放着几十个煮熟的鸡蛋，一个盛满了粗盐的火柴盒，几根裹在天然晒制的肠衣里面的自家制作的火腿肠，还有母亲洗净的西红柿、黄瓜和萝卜。我闻到了茴香和早已切好的新鲜黑面包的味道，而马克西姆提着十二个去年的土豆，好到河边后把它们填到篝火堆下。我愿意这样想，我们的行动在护卫着树木和高高的泡沫一般的白云。天空是我们暂时的仆从；我们在太阳的光线中穿行，时而截短它们，时光把它深不可测的意义凝聚在我们身上，痛苦地痉挛一番，终于冲破障碍奔向远方，把我们远远地抛在后面，而我们的路依然通向河边，直到中午我们才到达那里。

我的命就是——观察，过去是，将来也是。小河充满沸腾的生机，那些轻盈飘逸的飞沫、浮于表面的漩涡和纤细匆忙的涟漪下面，隐藏着几千吨重的暗绿色的水流，蕴含着势不可当的原始威力。此地前往小河并没有几条坡缓的路径，岸边大都是比水面高出一米五至两米的险峻地形，长满刺柏、大量野生蕨类植物和低矮的荨麻。对岸的水面上笼罩着长达十米的垂柳的浓荫，垂柳后面高耸着多年橡树和椴树，再远一点，往西，小河陡然转弯，在这里穿过一架嫩叶支成的拱门，拱门由一棵老柳树的几根粗壮的树枝低垂水面与对岸的树枝交臂而成。小河在这个拐弯处宽度比它的平均宽度增大两倍。有几个半大孩子从柳树上跳入水中，我看到他们浮出水面，奋力挥舞着双手和双腿，都想尽快到达没有垂柳牵绊的河岸，到达有一堆堆的大人闲待着的河岸。平常人们都不愿带孩子来这里，因为这个地方可悲地以溺水人数众多而出名：照一些人的说法，这里的某个地方能涌出冰冷的泉水，随着泉水的不断增多，人腿部受寒而发生抽筋，他们呛水后被冲到一边，又会被柳树枝缠绕；另一种说法是，人被卷入漩涡的底部后又会冲到离平缓得可以蹚水过河的岸边一千五百米远的地方。

我的轮椅被放置在一棵榛树的树荫下，我面河而坐。河水的流动有几分平息了时光之河的流转，就有几分惊扰了它。小河的美舒缓了时光的流逝，使之变为一场梦，一场暗绿色的正在进行的睡梦。我的哥哥们和亚历山德拉一起在暗绿色的河水中游动着，双手推开细小的浮萍，亚历山德拉如往常一样徒劳地努力使自己的头发不被打湿；母亲和瓦连京娜觉得河水不够暖，不干净，于是不紧不慢地往已经铺好的黄色与暗红色相间的罩布上摆放食品；父亲侧身躺着，用拳头支着脑袋，若有所思地倾听着河水单调的唰唰的流淌声，这声音有意无意间盖住了任何一种其他的声音，不管是惊涛拍岸声，还是一声愉快的喊叫。我闭上眼睛，沉入一片黑暗中，耳朵却警醒着，我看不见，但听得见，哥哥们和亚历山德拉回来了，他们来回跺着脚，用毛巾擦拭着散发着水草味的赤裸的身体，以为我睡着了，于是小声交流着，散坐在罩布的四角，把摆好的食物围在中间。我听到葡萄酒倒入铁皮杯子里的声音，听到吹拂在耳际的暖风短促的嗡嗡声，听到家人谈着石头围起来的篝火，谈着即将到来的十月以及由此联想到的已被遗忘的丘鹬的味道，这时断时续的如玩方特[1]游戏一般的谈话声，夹杂着大蜻蜓的赛璐珞一般的翅膀的振颤声远远飘来。

我忽然听到亚历山德拉响亮的骂人声，差点要睁开眼睛，才从话里听出她是因为咬了一口多汁的西红柿，汁液溅到了自己身上，她说，又得去水里游一趟了，我听到她离去时轻轻的脚步声渐渐融入小河的喧哗中，听到她投入小河时身体激起的浪花声没入河水的流动声中，从浪花声的力度我明白，这一次她已经不再试图保持头部的干爽了。母亲小声劝说着瓦连京娜脱掉衣服，瓦连京娜不知是第几次坚决地拒绝了，她惧怕阳光的灼烤，怕烤得蜕皮，她的皮肤白得在任何地方都显得不合时宜，除非是在初雪中。她说："我就是不好意思。"后来她们又谈起了我，犹豫着是否把我唤醒吃点东西，父亲说是该给我喂东西的时候了，哪怕是捣碎的水果都行，可伊利亚说亚历山德拉就快回来了，她不喜欢别人趁她不在时喂我，甚至想过中午从学校跑回来，好不用母亲给喂我午饭，而母亲颤声笑着说道："哪有这回事，"又说，"都是些胡编的蠢话。"

就在这时，上面不知从哪里响起了一声高亢的、吓人的、警告般的叫喊，凌空撕裂了我的睡意——后来我才意识到，这是那帮孩子从柳树上发出的喊叫，然后一声接着一声尖厉的呼喊，原来他们是在等待潜水的人浮出水面。我睁开眼睛，当长时间沉浸于黑暗的眼睛里这个凶残的世界还未抹好颜色，当昏暗的光线还没有变得明

1　一种民间游戏，参加者抓阄并按其中所提出的要求做一件逗乐的事儿。

亮起来，当意识还未来得及回忆起那些像石子一样从水面反弹回来的喊声的意思，我已经明白是谁出了什么事，仿佛我生来就知道一样。我感受到身体深处瞬间爆发的一股灼热，灼伤了已被紧紧锁住的那种想要走路的愿望的萌芽，就像树木里忽然有一个人开口说话，树立即轰然炸开一样。我的眼前闪过伊利亚瘦削的、微微有些驼背的身影，他的头嵌在展得很宽的肩膀上，两臂时隐时现，冲开高大的、镰刀一样的蕨类植物，我看见他从险峻的河岸上跳下，向前伸展开长长的手臂，我觉得他这一跳就飞入了河中央——河水泛起泡沫，沸腾起来，就像里面落入了一根燃烧的原木，原木不仅没有熄灭，反而越烧越旺，直冲向一棵垂柳的枝杈间。其他人也跃入河中，这时我受到一股新的力量的震动，分明感觉到一整块花岗岩巨石倾斜下来所发出的咬牙切齿般的咯吱咯吱的声音，在一束束光线下仿佛形成了一个富有磁力的漩涡——它用所有的线、所有的纤维捆住了我，泪水里的盐分烧渍坏了我的眼睛，那些垂柳和椴树以及紧张地等候在河边的人群的背影在我眼前先是慢慢地，接着突然急速地倒下——我看不到小河了，地平线以及作为它的基础的土地都倒了。我和轮椅一起歪倒，但在我的头部撞地之前，我懂得了，我可以战胜和摧毁我的瘫痪病症，可一旦这一点达到了，就没有什么能够支撑住这个家庭免于解体，也不会再有希望看到能够给我指出——那就是你的天赋使命的东西。

我左脸冲下躺在地上，像是刚刚躺到床上，而在这之前是在摇篮里，眼睛一眨不眨地望着吞噬了亚历山德拉的那条小河的方向，望着那些呆立的人群背影的方向，重新思考了那个永远是所有不动的事物凌驾于能动的事物之上的隐秘的、危险的，也许是寻常的权力，我无法拒绝这个权力，还因为在经过了这些年的生活之后我无论如何可怕还要进入能动的人们的世界，拒绝了地质构造岩的各种类型和石头表层的共同性、地球内部褶皱和玄武岩分支之间的共同性——还有一切我身后的东西，所有我的身体所感受到的东西，甚至在亚历山德拉自愿选择河流作为她离开这个家庭的一种方式的情况下，我也无法拒绝这个权力，而我想她只是在与小河玩耍，就像和男人玩一样——我愿意这样想。后来我看到那些后背都转过来，那些面庞也转过来，我看到了伊利亚和他胳膊上重重垂下来的亚历山德拉的身体，就像一面湿了的旗帜。单膝跪在地上后，他把她放到草地上，挪开一点儿又跪下另一条腿，马克西姆俯身看她，然后他们又被一些光光的后背挡住，但我还是来得及发现亚历山德拉转过头来。看着他们，我想道："各怀心事，"又想道，"一把钥匙开一把锁。"当他们让开时，亚历山德拉已经坐起来了。然后她看见了我，抽搐了一下，开始盲目地用手抓旁边的人，想要站起来，站起来走。围观的人散开了，母亲往我这边瞥了一眼，冲向我，挽着亚历山德拉的胳膊冲向我。母亲哭着想搀起我，及时赶到的父亲和瓦连京娜帮着忙，他们还没有回过神来，没有生出我所害怕的那个问题，因为他们不会知道我拒绝了什么，又永远答应了什么。但亚历山德拉在我身边蹲下来，她用手掌紧紧箍住我的面颊，为了不使自己看起来像是一个落水的人，她几乎躺在了我的旁边，像地平线一样，她直视着我的眼睛，问道："你能……自己？"我说："不。"她就这么看着，坚持问："你想跟大家一起到河边……是吗？"我说：

"想，但我不行。"她问道："但你成功了?"我说："不，这件事成不了。"我说着，努力忘记那个阳光下将我吸入其中的漩涡，她坚持着，用冰凉的手掌箍着我的面颊，她的嘴唇不自然地哆嗦着，好像是因为脸已经完全冻僵了。"可是你摔倒了，你摔倒了，是吧?"我说："不是，"又说，"我被碰倒了，是从背后撞的，我也不知道是谁，椅子开始倒，大家都往河边跑，椅子和我一起倒了，然后我就等着您，躺着等。"他们听我说着，一直到我沉默下来，他们依然在听，但我再也没有什么可说的了。然后他们才想起把我抬到轮椅上，急急忙忙地收拾一番，想尽快离开这条河，离开岸边，离开垂柳。

那天晚上所有人都忘记了我。从河边回来后，我请马克西姆把我的轮椅推到花园里。他们坐在屋里的大桌旁。亚历山德拉已经能笑了，但大家都沉默着。当瓦连京娜唱起好听的歌，他们才转而看她，试图理解歌词的意思。我看到夕阳的火热渐渐消散，想到如果每天都在花园里度过夜晚而第二天在这里醒来，那真是一件不错的事。在我的胸脯上坚定地行进着一只消防员一般的甲虫，它来熄灭我眼睛里的火。

天堂钟声

/阿列克塞·扎哈罗夫

阿列克塞·扎哈罗夫，1971 年生，在西西伯利亚平原南部的库尔干州生活。1993 年毕业于库尔干机械制造学院，做过工程师，管理者，《库尔干与库尔干人》报社记者。2002 年开始写小说。2005 年、2006 年、2007 年参加俄罗斯青年作家大会，根据 2006 年大会决定成为联邦文化和电影署奖金资助者。在《莫斯科》杂志发表过小说。被称为俄罗斯外乌拉尔地区正在升起的文学之星。著有小说集《捉星星的人》。

农妇托玛是一位温和亲切的老太太，白白的脸上总是挂着微笑，嗓音轻柔。因为个子小和与世无争的天性而得了普塔哈[1]这么个绰号。她住在波里扬诺夫卡“中心大街”上一栋虽然不大但很结实的五面墙[2]的房子里。按照她的理解，这是“最棒的”位置。如果严

1 意为“小鸟”。

2 俄国农村的一种木房，内部有一隔墙，把房子分成两间屋。

格算起来，其实村子里只有一条街，只不过当地住户曾经约定俗成地把它分成两个部分：“中心区”，也就是村庄最初建立时的老区；“新区”，是战后延伸出来的部分，它在农庄过去的一座因为年代久远而已经变黑、危险倾斜的木制仓库处向右转，通向一条像绳子一样盘绕在村子里的空旷的柏油马路，之后消失在一片白桦树林中。习惯就是这么根深蒂固，听起来好像荒谬，而大街确实只有这么一条。但自从 50 年代中期，在废弃的仓库后面建起最早的三栋新楼后，波里扬诺夫卡村人就开始特意在谈话里强调一下：谁住在哪里。谁在“中心区”，谁在“新区”。

农妇托玛一辈子都住在“中心区”，在一栋有五面墙，外带一个稠李园的明亮的房子里。本来她想接着住下去，却越来越无能为力了……

在上个世纪的最后十年，小村无声无息地衰败了，和留下来的村民们一同老去，面临死亡。一多半房子里住的都是孤寡老人，护窗板紧闭着，永远也不会打开。国家解体后，波里扬诺夫卡村先是茫然无措，停滞不前，接着就开始走向终点。年轻人都去了不同的地方，大多是到邻近城市打工，抛下屋里的家什和因为忧愁、害怕而叫个不停的狗。留在村里的几乎都是无处可去也没必要出去的老人，因为无法抗拒的自然原因他们的数目也在一年年减少。

普塔哈家的左右两边一个邻居都没有了。右边那家的女主人早就丢下木屋离开了，左边，她的好朋友玛特廖娜·斯列普什卡——一位害羞的、敬畏上帝的、童年时就有一只眼睛被打坏了的老太婆——今年夏初被运到墓地里埋了。马路对面那家的老头也死了将近一年了。他意志坚定，曾是一位老兵。和那些早年的伤口孤独地斗争了很久，既不向死神妥协，也不听从儿子让他搬到城市混凝土房子里去住的规劝。房子闲置了几个月，春末时被儿子卖给城里人做别墅了。普塔哈从克斯加内奇那里听说，近年来富裕了的城里人开始兴致勃勃地考察起周边农村的房子来。波里扬诺夫卡周围地域景色秀丽，物产丰富，既有带明亮的林中空地的森林，也有带天然浴场的平缓流淌的河流，还有诱人的寂静安宁，离城里也不太远。所以城里人纷纷来到波里扬诺夫卡村物色房子，努力逃离那种事务缠身的疯狂生活，哪怕只是周末也好。

……农妇托玛如往常一样，按农村习惯早早醒来。不过完全没有这个必要——奶牛早就没有了，可以到“中心大街”的尽头达利娅·克留什金娜家去打牛奶。她把萎黄松垮的双腿耷拉在宽大的老式床边上，慢慢醒着盹。她一会儿呆呆地、模模糊糊地瞧着床头靠背上那些带有图案的铝制圆球，一会儿又把浑浊的目光投向门槛边困快快眯缝着眼睛的猫，怎么也搞不清楚自己这是在哪里。开始普塔哈以为自己是坐在厨房里那张搭在粗粗刷白了的灶台壁边的长凳上，及至看到铁靠背上铝制的尖顶圆球，才醒悟这不是在长凳上。意识到自己实际上是坐在屋里的床上后，她用昏花的双眼环视了一下墙壁，门旁的箱子，上过漆的深色餐柜，铺着漆布的圆桌，镶在木头框里的沾满污点的长方形大镜子，却辨认不出这个自己生活的地方。她又一次陷入困惑：这是在哪里，又怎么会身处此地呢……

近三十多年来普塔哈都是自己操持家务，没有帮手。事情是这样的，她的亲戚本来就不是太多——多灾多难的 20 世纪把她的整个家庭都毁了——在这个世纪行将落幕、她也步入老境之时，农妇托玛的亲族彻底枯竭了。战后普塔哈成了寡妇，后来又掩埋了小女儿——她是被一场疾病迅速吞噬的。也有远房亲戚生活在喧嚣的城市里，但具体在哪儿她不知道。她唯一活在世上的最亲近的人是儿子尼古拉。谢天谢地，他长大了，参了军，后来结婚，搬到区里去住，再也不想挖地了。他先是和妻子生了个女儿，过得挺好，不富裕，但顺心，慢慢添置些东西。对于妈妈尼古拉也没有丢下不管，常常和媳妇一起带着孩子来看她。后来好像计划怀第二个孩子，却没成功。尼古拉死得很突然，没有任何预兆。他以前没有发过病或者说过哪儿难受，都没有，很健康。那天晚上下班回来他情绪很高，吃完晚饭后和女儿玩了一会儿，坐在沙发上看着报上的苏联新闻就死了——心脏不明原因地猝然停止了跳动。

儿子死后，无论儿媳还是孙女都极少来看望普塔哈，一个要工作，一个要上学，而普塔哈忙自己的农活。在身强体壮的时候，她养过一些家畜，有怀着牛犊的奶牛、鸡、鹅，还养过一年猪。不能抛下这些生命啊！一会儿忙这个，一会儿忙那个，还有一片园子呢。一旦有空闲的时间或者去区里领养老金和看病，她总要去看看孙女，但并不总能碰到她。娜塔什卡或是在学校——后来上的是师范学校，或是趁着妈妈上班和女友们一起闲逛。普塔哈等着她，在门口电梯旁的一小块空地上跺着脚，如果是夏天，就在那座三层砖楼前的长椅上候着。后来害怕赶不上电气火车，只好敲开邻居的门，从呢绒包里掏出一个两立升的罐子，里面盛满奶油或者绯红色里透着琥珀光的自制焖肉，请人家“等我家里人回来时”转交给她们。

到上个星期为止，普塔哈总共只见过孙女三四次。现在娜塔什卡变成了一个沉默寡言、善于经营的女人。从学校毕业后她就在区里嫁人，生了孩子。在动荡的 90 年代的中期，工作难找，她就在一家幼儿园里当了老师，从此后就一直在那里工作。她的妈妈，普塔哈的儿媳妇，在娜塔什卡结婚后就把房子留给年轻人，自己搬到城里没有成家的姐姐那里去住了。从那以后普塔哈和娜塔什卡再未见面。她想去看一趟孙女，却一再拖延，要么怕房子没人管——万一有胡作非为的人进来呢，要么没有力气——躺在床上生病，要么是忙活园子里的事。冬天的时候更是连院子都不出了。能去哪儿呢？天黑得又早又快。三周前，她预感到慢慢逼近的老弱无力之境，恳请科贝洛夫去区里时找一下娜塔什卡工作的那个幼儿园……

……渐渐地普塔哈恢复了意识的清醒。她又在床上坐了一会儿，用粗大多结的手指摸了摸靠背铁栏杆顶上劣质的铝质装饰，继而又惊讶于自己这是在干什么，于是爬下床开始拾掇自己。这种浑然不知的状况她以前也就是早年间发生过两次，但过去得很快，也比较轻微。先是头晕，像喝醉的人被风一吹，思维有片刻的混乱，瞬间就过去了，一切又恢复如前，周围世界依旧。今年情况变糟了。她越来越经常、越来越严重地感到神志不清。六月的一天她从克留什金娜家打牛奶回来，半道上疾病突然而至。普塔哈大白天在自己的波里扬诺夫卡村里迷路了。她走过自己的房子，就要走出村子到小树林里去了，幸好克斯加内奇看到并追上她，把她领回了家。本来随着岁数增大体力已经衰弱，现在脑子也开始不那么配合了。普塔哈感到，衰老正在一步步逼近她，很快就要在自家院子里迷失方向了。要不是因为脑病，普塔哈是不害怕将来独自过活的。她会颤颤巍巍地走路，暂时还能拿勺子吃饭，和克斯加内奇打会儿牌或者用戈比玩乐透[1]，而那里，瞧着吧，一定会有天堂的钟声敲响，呼唤你向那钟声响处升去……

穿好衣服，用塑料梳子理顺睡醒后短短的灰发，农妇托玛走到阴凉处，用手扶着墙，下到门廊。街上阳光灿烂，秋高气爽。九月已经正式宣告自己的到来。矮壮壮、毛茸茸、表情永远严肃的米什卡拖着叮当作响的链子，向外吐着长长的舌头，从紧挨着狗窝的牛圈那里向她走来。这条公狗仔细嗅了嗅女主人的套鞋，向上仰起大大的脑袋，摇着尾巴开始不停地用满是泪水的双眼看着普塔哈的脸孔。

米什卡已经年迈体衰且并非良种。灰色的毛发一绺绺从身体两侧垂下来，牙齿多半都被磨损，但是对于自己的职责，它却像年轻时一样勤勉坚守。除了锁链、盖着一块油毛毡的木制犬舍和它日日都奋不顾身守卫着的被鸡弄脏了的小院子之外，米什卡平生再无所知。因此当去年女主人新添了一个习惯，就是间或解掉它脖子上的帆布颈圈，想给它片刻的自由让它高兴高兴的时候，它却不明白她这么做是什么意思，于是坐到木屋旁惊讶地注视着她。米什卡不知道自由的快乐。有机会跳一跳对它来说就是真正的幸福。普塔哈需要站在米什卡面前，拍着手，用老迈沙哑的嗓音逗引它：“跳跳舞，米沙！跳跳舞，米沙！往上！嗒，嗒，嗒，嗒……”公狗马上用牙

1　一种抽对数字的游戏或赌博。

叼起一个扔在木屋边的瓷盆，嘴里衔着这个容器开始围着女主人转圈，叮当作响的链子缠住了她的双腿。

“怎么着，米什卡，饿坏了吧？现在就喂你，马上就喂，亲爱的，”普塔哈费力地俯下身来，用手抚摸狗的两耳之间浓密油亮的毛发，“我一定会管你的，不会把你一个人丢下，暂时这么定吧……你就是我马戏团里的演员，你那么机灵，连跳舞都会。”普塔哈怜惜地想着，四下看了看清晨洒满阳光的院子和三只花花绿绿的大鸡，它们正在院门边挂着露珠的草丛间器宇轩昂地踱着步子。

她在窝棚边又站了一会儿，然后拿起米什卡的盆子，手扶着腰，一瘸一拐地走进菜园。在这里她仔仔细细看了一下——虽然除了四小垅南瓜和就要枯萎的西红柿也没什么可看的，过冬用的土豆她已经从那个克留什金娜家买来了——就返回屋子里。她到厨房往盆里倒了些很早以前的剩汤，撒了点白糖，然后从锅里捞了几块土豆拌在一起，转身又到院子里，把盆子放到木屋旁。米什卡叮叮当当拖着链子马上就来到盆边，认真地、满是谢意地看了看普塔哈，接着不紧不慢地喝起来。而她则坐在一个铁桶旁的长凳上，铁桶是用来通过一个软管接盛房檐上滴下的雨水的。她一边赶着这个时节叮人的苍蝇，一边看护着米什卡和那几只鸡。

很快太阳就晒得更厉害了，普塔哈回到屋里。她喝下放了面包渣的牛奶，又在桌边坐了大约半个小时，听着收音机，望着窗外的大街。播音员的声音似有似无地进入她的意识。词语一个接一个在脑子里停留几秒钟，但到底是什么意思她一点儿也不明白。需要用心去听和思考，可她无论如何也集中不起注意力来，何况还止不住哈欠连连。普塔哈从凳子上站起来，踱到已经收拾好的床边，琢磨着想再躺一会儿。上床后她本来想再听一会儿收音机，却渐渐迷糊，浅浅地睡了。

普塔哈醒来是因为院门“咚”地响了一下。她睁开眼睛，半梦半醒间辨别着厨房里踢踢踏踏的脚步声，还有与之相伴的木头撞击地板的声音。她边等边透过挂着蓝色网罗的门洞往外看。“米什卡没有狂叫，而是很安静，那就是自己人进来了。”普塔哈这样推断，等候着那位不速之客。

很快门口就出现了克斯加内奇。他穿着一件满是灰尘、污迹斑斑的黑色的老式铁路制服，一条棉布工裤，戴一顶人字形花纹的灰色鸭舌帽，手上拿着一根平时常带的自己用松树枝削成的棍子。他在门口停下来，一边歇口气，一边寻找她的影子——用一双几近失明的眼睛在房间里四下张望。

“你怎么了，普塔哈，害病了吗?”克斯加内奇发现她躺在床上，焦急地探问。

“没有，就是有点困，”普塔哈边答边从床上坐起来，整整头上弄歪的头巾，“想躺下打个盹却睡着了。”

“外面是大白天，你却在睡觉。普塔哈，你把天堂都要错过了，听不见天堂钟声了。”克斯加内奇笑着，探寻地打量着她。

“不会睡过的，”普塔哈对他的玩笑不以为然，“那是天堂的，又不是普通人的。是特殊的钟声。只要一响起来，就会让需要它的人听到，无论是在哪里。”

“好，好。”克斯加内奇拉长声音道，在手织的脚垫上蹭了蹭鞋，就拖着步子来到桌边。

“怎么，老头子，拐杖放过道了?”普塔哈关切地唠叨着，看到这位客人把拐杖放到窗户的左边，那些家庭照片的下面。

“被偷了。”

“谁偷的，难不成是米什卡?”

“不，米什卡我是信任的，我们是朋友。”老头答着话，下巴长着短髭的脸上藏着笑意。他把帽子摘下来放在桌上，“鸡倒有可能偷。你的这些鸡腿脚真麻利，不经允许就到处乱窜。就在刚才跑到我的院子里把劈柴斧头给偷走了，它就靠在面粉柜那儿立着。还偷走了我那只公狗的骨头，是邻居季洪从栅栏外看到的。”

克斯加内奇也是一个人生活。马路左边斜对面，从普塔哈家数第四个房子就是他家。个头不高，甚至是小小的个子，在八十三岁这样一个年纪自然是有些缩了。他在任何情形下都能不改愉快饱满的精神——这个可贵的品质他年轻时就有，成熟后更加强了。他的一生颇具英雄色彩，伴着火光与钢铁。克斯加内奇还是个年轻的小伙子时就被抓到芬兰去了，1945 年年末回来时他已经是个饱经沧桑的男人了。左手上有几节指头被砍断，两颊带着子弹穿过的弹孔。克斯加内奇的妻子亚历山德拉五年前去世了。孩子们上完学都去了外地。女儿在区里当了护士，儿子在城里定居。但他们没有忘记父亲，每个月都会带全家回来一两次，帮老头做点儿家务。妻子死后克斯加内奇比较自律。他添了一个长时间绕村子散步的习惯——如他所说是“逃离死亡”。如果天气允许，如果没有因病直挺挺躺在吱呀作响的狭窄的沙发床上，老头就会走出家门，来到街上，一直走到大街顶头，中间会停下来聊聊天——如果半途遇到村里人，然后返回来拐到普塔哈的院子里，聊聊新闻，打打牌。

在鳏居的这五年中，克斯加内奇曾经两次向普塔哈提出一起度过晚年，两个人在一起更轻松、更方便些。但每次事情的搁浅，都是因为谁也不愿意抛下自己的房子不管而搬到对方那里去住。这个纠结的问题使他们好事难成。于是克斯加内奇就时不时来看望普塔哈，和她一起玩玩硬币游戏，聊聊波里扬诺夫卡村里不多的闲话打发时光。

“你不会是来我这儿找斧子的吧?”普塔哈接过话茬，狡黠地问道，“你去鸡圈里找找吧!”

“现在去找已经晚了，普塔哈，”老头假装叹了口气，说道，“季洪说他看到你的鸡把我的斧子弄到克留什金娜家，换家酿酒去了。”

“你那个季洪在说谎，克斯加内奇，那不是我的鸡，”普塔哈笑着，“我的鸡就在院子里走动。”

“怎么是说谎？他亲眼见的。等等，你是不是也和它们一起喝酒了?”

“他凭什么说那就是我的鸡?”普塔哈下床了，一阵突发的虚弱使她摇晃了一下，于是踉踉跄跄挪到桌边。“哎呀，眼前发黑，别摔倒了，克斯加内奇，快帮把手。”到凳子跟前了，她没有马上坐下去，因为看不清楚，先用手摩挲座位是否在那里。

“怎么没根据?”老头还不停下，“村子里只有你的鸡偷斧子，普塔哈。科贝洛夫家的鸡就偷铲子和耙子。”

“得了吧你!”普塔哈神情严肃起来。

“好吧，你要不承认就算了。”克斯加内奇不吭声了，在阳光下眯缝着眼睛向窗外看，透过稠李树的枝叶他看到街上阒无一人。“那就玩会儿乐透吧。说不定我还能赢回来我的斧子，那就不亏了。用戈比玩，好吗，普塔哈？”

“等等，克斯加内奇，让我清醒清醒。”她请求道。

普塔哈在凳子上坐了几分钟，若有所思地看着箱子，苍白干燥的嘴唇无声地哆嗦着，一只手无意识地摩挲着膝上裙子的毛料。克斯加内奇则一直眯缝着眼睛看着窗外。然后普塔哈缓慢地、颤颤巍巍地站起来，像早晨时一样扶着腰，一瘸一拐向厨房走去。

回到房间里，她柔声问道：“想吃加了牛奶的白面包吗？我昨天不知为什么特别想吃白面包，就发了点儿面，烤了几个。”

“不想吃白面包，”克斯加内奇看着普塔哈答道，“我现在想吃奶油面包，想吃奶油面包。你不要点牛奶吗，普塔哈？我早晨在克留什金娜那里给你也买了一份。”

“牛奶？不，不需要。我还够吃到明天的。然后可以到商店去买。”

“明天有人来看你？”克斯加内奇想起了什么，说道，“我说你怎么穿上新衣服了，都装扮上了。”

“明天，克斯加内奇。”普塔哈又坐到桌前，想着什么令她不安的事，低下不那么自信的面庞。

“谁来？孙女？”

“娜塔利娅要带着司机来，得搬东西。”

“你真的要到她那里去住了，到区里。”

“到那里去。他们早就卖掉了母亲的房子，他们现在的房子是自己的，带暖气，有四间屋子。”

“真够大的。”克斯加内奇重重点了点头。

“够大。”普塔哈表示同意。

“你自己的房子怎么办，给谁？”

“这个房子我已经过户给娜塔利娅了。她上星期带公证员到这儿来了一趟，拿着公证书。”

“你孙女会把这房子卖了的。”克斯加内奇在衣服口袋里摸索了一阵，掏出一个皱巴巴的手绢擤了擤鼻子。

“卖就卖吧，不能让它闲着，会脏坏的。让那些城里人当别墅用吧。我这个地方可是最棒的。”

“米什卡怎么办，普塔哈？鸡呢？最好是把米什卡放到我那里吧。”

“不，我得带着米什卡和我的鸡。娜塔利娅有自己的房子，在院子里找块地方恐怕不难吧。”

“她有几个孩子？”

“两个小姑娘。”

“哦，你就是第三个……和自己家里人一起过吧，普塔哈。活到天堂钟声敲响的时候……你自己说，我们不会错过的。到时就会把我们埋起来，不能在上面躺着。普塔哈，我在这世上走了那么多路，也没见过一个死人在地上躺着。”克斯加内奇肯定地、别有深意地说着，又从口袋里掏手绢。

“不，克斯加内奇，你就别难为我了，”普塔哈害怕地、几乎带着哭腔说道，“我本来就难受极了，害怕……冬天我害怕一个人待着。没有力气……冬天要生炉子，打水，清扫院子——扫雪……你也知道，我开始糊涂，想不起来干什么。烟道都忘了打开——我会煤气中毒的，就这么躺着死了，被老鼠啃，谁也不知道……你也不是今天或明天就死，自己勉强还能走路。你比我还大三岁呢。我把房子给了娜塔利娅，我有养老金。过过看吧……我不会给他们添麻烦。”最后这句话普塔哈说得明显有点迟疑。

听了普塔哈的这些话，克斯加内奇无言以对。他默默地用近视的双眼辨认着靠窗的墙上贴着的陈年照片。

他们就这样一句话也不说，久久地坐在桌边沉重地想着将来。后来街上响起摩托车飞驰而过的呼啸声。克斯加内奇首先打破沉闷，呼哧着清了清嗓子，开玩笑似的反客为主要茶喝。普塔哈顺从地从凳子上站起身，理理裙子下摆，到厨房烧上水，然后端着几只盛满开水的大杯子和一个盛着晚茶的烧水壶回到房间，从餐柜里取出一个装着颗粒状方糖的玻璃瓶。接着他们就慢悠悠地吃着面包，喝着茶，简单地说几句话。克斯加内奇说两天前酒鬼科贝洛夫找他借五十卢布去买酒。他给了。科贝洛夫发誓早晨来还钱，可是没有来。喝完茶，普塔哈把茶具收拾到厨房，放到洗碗池里，又回来拿抹布擦掉漆布上滴落的褐色茶渍。

“玩一会儿吧，普塔哈？用戈比玩。”老头又一次提议道，一边用残缺不全的手指摸摸面前的漆布——已经不湿了。

“玩‘傻瓜’？”普塔哈响应道。

“干吗玩‘傻瓜’？玩‘傻瓜’你就要捣鬼了，我可玩不转，”克斯加内奇当真开起了玩笑，从胸前口袋里取出眼镜，“拿乐透来。放在两个硬纸盒里玩。玩乐透就看上帝的安排，普塔哈。你拿什么桶，接下来就是什么样的命。玩乐透你蒙不了我。我就从袋子里抽。”他扶扶鼻梁上的眼镜，从裤子里拿出钱包，取出一些零钱放到漆布上。

“你就别再造我的谣了。倒是需要好好提防你，我用不着骗人。”

普塔哈高兴了一点儿，到箱子里去取乐透。她掀开厚重的、钉了很多铜钉的箱盖，拿出一个装着小桶的口袋和一包用毛线扎紧的方框里写着数字的破旧纸牌。解开口袋上的带子，老妇人把它递给克斯加内奇。

“要不就用你养的鸡下注，怎么样，普塔哈？”老头狡猾地询问，手里洗着牌。

“你就别想了。”普塔哈装作严厉地回答。

“好吧，随你的便，”克斯加内奇抽出第一个小桶，把它凑到光亮处，看清上面刻的数字，宣布道，“八，请客……”

第二天早上克斯加内奇来和普塔哈告别。他环顾四周，确认了一下方向，就来到马路对面，看到普塔哈家敞开的大门里，停着一辆倒退着进入院子的嘴巴宽大的“巴斯”[1]。汽车整个都开进了院子，斜着停下来，保险杠几乎顶住了牛圈。米什卡不在原处。它在菜园里的什么地方低声叫着，不安地弄得铁链哗啦啦地响着。公狗叫累了，就住了声，只是微弱地隐隐低狺着，随后那沙哑的嗓音又

1 巴甫洛夫公共汽车制造厂生产的汽车型号。

开始从棚子里传出来。

克斯加内奇把拐杖挪到自己前面，从车身和屋子的墙壁之间挤过去，扫了一眼年久失修的院里的几间屋，上到门廊处。过道和木屋的门都大开着，门旁立着劈柴。屋里有说话的声音和女人的高跟鞋不断撞击地板的声音。克斯加内奇在门槛那儿脱下套鞋，穿过半明半暗的、可以闻到干草味和老羊皮味的外屋，进入厨房，撞上一个穿着衬衫和牛仔裤的干瘦男人。他正从房间里往外搬一个褐色的大箱子。给这个陌生人让开道，他就走进洒满了清晨阳光的房间里，不管已经待在里面的两个外人——一个穿褐色裙子和肥大的灰色上衣的女人，还有一个穿一件白绿相间衣服的胡须浓密的秃顶壮汉，他们正疑惑地盯着他看——他一进屋子，就坐到昨天他待过的桌边那个位置。

普塔哈坐在床上，身穿喜庆的衣服，还是那么安静，却有一份不易察觉的慌张。她戴着一条鲜亮的新围巾，穿着一件华达呢料的褐色的老式裙子和一件以前很少穿的带扣子的红色上衣，脚上是一双簇新的带毛皮翻边的家常鞋。在桌边坐定，克斯加内奇生硬地打了声招呼——看上去是在和所有人说，实际上眼睛却只盯着普塔哈。他把手杖放到两腿之间，用手抓着，就开始认认真真地观察着眼前发生的一切。

娜塔利娅——普塔哈的孙女在指挥大家。她是个四十来岁的干巴巴的矮个子女人。一头淡褐色的直发用卡子在后脑勺上扎成一个短马尾辫，面孔很平常，没有任何特点。她低声向两个男人发号施令——干瘦男人是“巴斯”车的司机，而那个胡须浓密的“獾”是娜塔利娅的丈夫，他偶尔向普塔哈问点儿什么。

外人们很快就适应了这个出现在屋里的奇怪、冷淡的老头，再也不去理他，继续忙各自的事情。司机把箱子搬到车上，然后回到房里，站在镜子旁等候下一个吩咐。娜塔利娅问普塔哈哪些东西放在哪里，对她和克斯加内奇也不回避，好像他们根本就不存在一样，对丈夫发出命令：

“东西不用拿太多，阿尔图尔，咱们自己家里都尽是破烂呢。把奶奶的东西都放箱子里拿走，证件在我这里。还有地毯，餐具，一袋子白糖和棚子里的一些零碎。把床底下那两条卷着的地毯拉出来，”然后转向普塔哈，语气不变地说道，“我说奶奶，你把腿拿开点，阿尔图尔在拉地毯。”

这些外人翻遍了屋子，开始从各个角落里拖出东西搬到车上。克斯加内奇一边看着娜塔利娅打开餐柜上的所有小门，把那些餐具分成有用的和不值钱的小物件，一边想着上帝保佑自己可别活到这么黑暗的一天。之后娜塔利娅收拾完了餐柜，手上拿着一个装着餐具的盒子，朝模糊的镜子里瞥了一眼自己的影子，就从屋里走到厨房，然后出去了。

普塔哈耷拉着脑袋坐在那里，依旧一言不发，连旁人都不在屋时也没有和克斯加内奇交流几句，甚至都没朝他这边看一眼，就像做错了什么似的。当窗帘被拉开，房间里重又出现了阿尔图尔，紧接着是他的妻子时，克斯加内奇才发现了一个沉重的真相，他现在才明白，为什么坐在床上的普塔哈几乎像个死人一样靠在铁质床头上，双手紧紧抓住铜球，那么可怜。

普塔哈所面临的，不是在孙女家“有暖气的”房子里度过余生，而是要被送到孤老院，也就是养老院去。他是偶然从司机那里听到的。娜塔利娅和她丈夫在此之前一直瞒着普塔哈，没有告诉她，可是司机说漏了嘴，所以现在普塔哈昏昏沉沉地呆坐在床上。当亲戚们走进来说到点了——该起身上车了的时候，她的腿却无论如何也动不了。她哆嗦着嘴唇木然不动，蜷在床上像一只受伤的小鸟，更紧地向床头靠去。普塔哈握紧铝质圆球，受了惊吓般可怜巴巴地望着克斯加内奇。

娜塔利娅知道短时间的劝说不会起作用，而和司机约定的是午饭前用完车，于是她命令丈夫把奶奶拖出房子。丈夫并不认为老太太能有什么反抗之力，抓住她的胳膊肘上方就拽，想把她攥着床头的手挣开。但普塔哈不屈服，紧紧抓住刻有图案的圆球，继续发疯般地死死盯着克斯加内奇。阿尔图尔被奶奶的反抗震惊和激怒了，又用两只手狠命去拽，而且越来越用力。渐渐地他简直要大发雷霆了。他满脸涨得通红，呼哧带喘，恶声恶气，还是不能制服普塔哈。娜塔利娅原地不动站在门边，一声不吭，漠然看着眼前发生的一切。司机在房间里又待了会儿，然后不安地转过身，皮鞋把木质地板踩得咚咚响，走了出去。而阿尔图尔继续对付普塔哈，却无论如何也无法把她那干过农活的强有力的双手从床头上拉开。

争执持续了两分钟。阿尔图尔时而放开普塔哈的胳膊，时而重又去拖拽。当明白了自己别无他路之后，普塔哈害怕地轻声呜咽起来，用她苍老的声音低低怨诉：“让我在这里死吧，就让我在这里死吧……求你们让我在自己的房子里、自己的住处待到死吧……”

大胡子暗暗发起狠来，开始扭普塔哈的骨头。同时他扯断床靠背上的一根铁条，想把它拽掉好让普塔哈松手。目睹这一切，克斯加内奇实在忍不住了，他从凳子上站起来，靠着桌角往前迈了一步，然后双手抓起自己的拐杖挥了一下，“呀”地叫了一声往那只“獾”宽阔的后背上“啪”地抽打过去。这一下出乎他的意外，也令他满意，拐杖断成几节，飞到房间里的各个角落里，仅留一段还攥在他手中。

大胡子呆住了，他惊讶地把头缩回去，放开绝望的普塔哈，转身朝向克斯加内奇。他的脸更红了，拖着肥硕沉重的身子一步步挪向克斯加内奇。

“你这只獾，你动手试试！”老人直视着阿尔图尔，用沙哑的嗓音警告道，“今天我就烧了这房子，让你们什么都得不到。”

“我要把你打得烧不成。”“獾”恶狠狠地威胁道。

“你出手吧，我倒要看看！”克斯加内奇等着对方出拳，把那截断了的拐杖扔到地上，离桌子远一点儿，一只手稳稳地抓住桌角。

“别动他，阿尔图尔，”娜塔利娅命令丈夫，“带走奶奶，我们该走了。”

她走过来，不由分说抓住克斯加内奇的胳膊肘，就把他从房子里拎到了院子里。把老人扔到汽车边，她就又折回房子里去了。

那几只鸡在院子里溜达。猫在门廊接雨水的桶旁安安静静地晒太阳。

在夺目的阳光下，克斯加内奇眯起眼睛，擦了擦涌出的泪水，走到草棚边，在一段白桦树木头上坐下。他知道，大局已定，只有等待。

街上温暖无风。这一天晴朗而又宁静。正因为此才显得那么的不和谐——天气与普塔哈家里发生的事情，克斯加内奇心里恨起这不明事理的自然来，恨它的冷漠无情，恨它的不解人意。他不安地用粗糙的手指不停摩挲原木扎手的外皮，斜眼瞅着汽车，紧张地等待着。空气中可以闻到飘来的一股烟味，听到“巴斯”车里传来的广播声。司机坐在车厢后座上，透过车窗看着老人，无精打采地抽着烟。

过了一会儿，脚步声响起，门廊上出现了阿尔图尔。后面跟着出来的是娜塔利娅，手里拉着已经被说服的顺从的老太太。“像是领着囚犯。”克斯加内奇一边想，一边焦急地瞅瞅普塔哈。娜塔利娅和普塔哈走到车旁，面露不满的娜塔利娅的丈夫锁上房门。普塔哈一看到克斯加内奇就又轻声呻吟起来。这时菜园里的米什卡一边狂吠一边竭力挣脱锁链。

等了一会儿，“巴斯”急促地启动，卷起一片灰色的臭烟，慢吞吞驶出院子。阿尔图尔关上院门，理都不理坐在草棚边白桦树墩上的克斯加内奇就紧紧锁上大门。汽车开出坑洼，滑到乡间土道上，令人厌恶地呼啸着驶向公路。

克斯加内奇继续坐在木墩上，直到汽车的吼叫声消失在被树木和周围村舍遮住的看不见的远方。然后，他四下巡视，想在院子里找个东西替代已经断了的手杖。除了靠在远处墙边上的一把脏污的短柄砍刀，什么也找不到。现在他不知道怎么办才好，就沉思着专注地望向天空，目光落在院子里柴垛上方和街对面的房顶上。

他一动不动地望了一阵蔚蓝色的天空。这时那几只鸡小心翼翼地走近他，怯生生地歪着脑袋，用嘴笃笃地敲打他的套鞋和裤子之间露出的带花纹的袜子。克斯加内奇这才醒过神来，吃力地从树墩上站起身。他挪到墙边拿了那把砍刀拄上，然后去菜园解救早已被折磨得疲惫不堪的米什卡。

公狗用它那疑惑的并且像往常一样严肃的目光望向克斯加内奇。

“现在你得上我那儿搭伙了，老家伙，”克斯加内奇轻声地但满怀爱怜地说道，从井盖上解下米什卡的锁链，“我们一起跳舞，小伙子……直到天堂钟声响起。”

灵　感

/罗曼·谢恩钦

罗曼·谢恩钦，1971 生于克孜勒市，曾在列宁格勒建筑技术学校、克孜勒师范学院学习，毕业于高尔基文学院。做过装配工、门卫，从 2001 年开始在高尔基文学院主办小说进修班。著有中短篇小说集《雅典之夜》（2001）。获得过《旗》杂志、《文学的俄罗斯报》等刊物的奖项。他是俄罗斯新现实主义文学的重要代表，主张直接描写自己的生活："如果我开始真正的虚构，我将把它视为废品。"他的作品常常白描当代青年肮脏的现实世界，没有任何理想主义色彩。

只好盖上被子，躺在床上，什么也不去看了。闭目凝神。还有一个傍晚，接着是夜晚来临，之后明天就会像一只被打败的病狗一样缓缓爬来。怎么回事？即便是在这里，我也熬不到三个月就变得无法忍受。这不，只好盖上被子，躺在床上，闭上眼睛。什么也不看。墙上是每屋必挂的俗艳的画，屋里是公家配备的家具，随处放置的几把需要时刻用手掌拍打的椅子，脏兮兮的糊墙纸，天花板上是落满尘土的蜘蛛网，窗外是一片灰暗昏沉的秋色。忧愁，它妨碍我入睡，倔强地摇晃着我，不知要把我推向何方。我掀被起身，却又钻进被窝。看来，房间里温度在零下，窗户缝里有冷风吹入，窗帘微微摆动着。我在这里做什么？我来此地是为了改变自己的生活，我厌倦了那里。我以为会遇到一些新的有意思的人，希望在这里找到什么隐约猜测到的东西，找到一剂能够摆脱掉这永远的不适、苦闷与不知所措的良药。我不隐瞒，自己曾经对文学院抱有过分美好的想象。但现在我明白，我跌入了更加糟糕的狗屎堆，跌入了更深的泥潭。那里，在家里，我曾经被理想温暖，可以把许多事归咎于是陷入了外省的死胡同，大喊一声："泥潭！"然后为自己的孤独和不幸而哭泣。但在这里，在这里我依然孤独和不幸。我无法写作，我心中涌出的只有愤怒和忧伤——我现在好像只会这些。没有钱，没有食物，哪里也不想去，可我是在莫斯科呀，两个月后我将从这里被赶走，因为我根本就没学习，无法通过考试，即将被开除。我要寻找目标，在生活的道路上慢慢前行。疲惫不堪，受尽摧残，充满恶意。怎么能既抱怨又充满幻想……

打开门，往走廊里看看。走廊上空无一人，电灯不亮了，这儿更冷。为什么我要看看？关上门，开始在房间里遛来遛去。烟盒里还有几支"一度音"牌香烟。抽上……不知道明天是否要买一盒新的……不，还是等等吧，暂时还可以忍耐。

几乎有一个星期没去玛丽娜和奥克桑娜那儿吃饭了，可能是因为还有可吃的东西。她们很善良，不会拒绝我在她们那里蹭饭。我们在一个班上学习写小说。玛丽娜来自中亚的什么地方，奥克桑娜来自伏尔加河流域，两个人都找到了工作：一个当家庭教师，给一个小男孩辅导英语，另一个在一家小报的编辑部处理信件。

奥克桑娜坐在桌边写东西，玛丽娜在切面包。锅里散发着诱人的煎土豆的味道，旁边放着熏鲭鱼。是的，我来得正是时候。

“晚上好，姑娘们!”我说道。

她们回答：“你好！你好!”并请我吃饭。

是的，煎土豆和鱼，还有比这更好的东西吗！……姑娘们看起来都很疲倦，说实话，我也如此。但出于礼貌我问道：

“今天过得怎样?”

“正常吧，”玛丽娜答道，“你呢?”

“嗯，无聊，孤独……”

没什么可说的了。关于文学我们在最初相识的几周里已经谈得够多了，还互相读了各自的作品，争论了争论，一切都搞清楚了，现在只有日子——这种被叫作生活的东西……这不，玛丽娜记起今天语言学概论讲座时发生的可笑事，开始模仿老师的样子，终于逗笑了奥克桑娜，我也跟着嘿嘿笑了两下……

好，吃完了，现在可以回自己的老巢满足地吸上一支烟。胃里饱了就不怕迎接夜晚的到来了。

“写什么呢，奥克桑娜?”

“啊，试着……”

“可以读一下吗?”

“写完再说吧。”

女作家们……这样到五年级她们就学会了写作一些可以让人忍受的作品，然后得到证书，成为职业作家。职业作家又怎样？“文学工作者”。

在走廊里我遇到安德烈。开始我挺高兴，接着就害怕了，要知道一碰上安德烈——就会引起一场格格不入的谈话，争吵，剑拔弩张……

“啊，安德烈，你从哪儿来？”

互相握手，又摇了几下。我们来到我的房门口。

“进来坐坐吧，这是我的住处。”

我和安德烈十年级后一同去往列宁格勒，他留在那里，现在二十四岁就成了最重要的鞋商之一，拥有三居室住房、昂贵的汽车、自己的商场和库房。他从学校的小流氓安德留尼变成了一个体面的男人，深知自己的价值，精明强干，兜里揣着软软的钱包。他过去可能连数数都数不利落，现在却掌管着百万资产，监管着收入与支出，分析杂项的开支，凭借某种灵敏的嗅觉判断能有收益后，五分钟之内就可以做出一个冒险的决定。

我打开灯，灯光稍微减弱了房间的简陋感，我从塑料瓶里往罐里倒了些水，放入煮水器。

“你一个人住吗？”安德烈问道，随手把“公文包”放在旧沙发上，沙发因为我的同屋丹尼斯多日不在而没有盖上。

“和一个小伙子同住，不过现在他很少来。”

安德烈略带不屑地环顾四周。说实话，他刺痛了我。在他旁边我更加感到自己的微不足道。他的每一个动作都显示出自己是一个自信的、知道应该怎样生活的人。

“他上哪儿去了?”

“在大学里当护院工，然后去找姑娘，在她那里过夜。”

“你不工作吗?”

我“哼”了一声：

“我光学习就够了。”

“钱呢?”

“奖学金有七万，父母……”

“明白了。”他的语气像个侦察员，而我们的谈话更像是一场审讯。

我想让他转移话题。

“你在莫斯科待多久？坐吧，安德烈，别站着……茶马上就好。”

“早晨四点的飞机去华沙，”他在摇摇晃晃的椅子上摊开四肢坐下，又跷起二郎腿，“还得去个什么地方。怎么这么冷?”

“这是个把角的房间，暖气刚刚有点热乎，当然窗户也没有封上，有风钻进来……有个取暖器，可是好像哪个地方开焊了……”我也坐下来，“最近怎么样？发达了?”

“慢慢发展吧，”安德烈点点头，“还租着一个仓库。雇了个会计，我自己已经没法胜任了。”

“真为你高兴。瞧，欣赏一下这台机器吧，”我指了指立在桌上的打字机，“‘三星’牌的，谢谢你!”

“多少钱?”

“六百六十。在国民经济成就展览会上买的，一年保修期。里面有一条专门的带子，如果字母或者词语打错了，可以修改。”

“噢，”安德烈笑了一下，“你正好需要这条带子。”

为了这台机器，我十月初去彼得堡找安德烈借钱。他作为老朋友当然给了。他总体上赞许我考文学院，尽管好像不相信我会去学习。我也想：我不会在这里待太久的……水开了，我把茶倒入杯中。

“写什么新东西了？”

“当然有了，”我尽量回答得昂扬一些，“写了几个短篇，现在开始写中篇。”

“关于什么？”

“中篇？取材于一个工人的生活，写他的一天。”

“明白了，”安德烈又环视了一下房间，“拿你的取暖器出来看看吧，这里实在冷得不行。”

我从沙发底下拖出那个被我当作取暖器的电炉子。安德烈仔细查看着。

“有螺丝刀吗？”

“没有。”

“那就直接连吧。”

他干起活来就像个真正的电工，我抽着烟看着。修完电线后，安德烈问：

“放哪里？”

我指了指餐桌下面。

“可得小心点，别碰着，容易短路。现在插上电源吧。”

我把插销插入插座，电阻丝慢慢变红了。

“好了，”安德烈满意地喝了一口茶，“这种事 5 分钟就干完，你自己就行，又不是小孩子……你写的这篇东西我带来了，”他打开公文包，取出一个纸夹子，放在打字机旁边，“给……”

“看完了？”

“看完了，”他顿了顿，“指望这个我可赚不上钱。”

“嗯……你自己建议我出个什么……小册子……”

“你骗我。”安德烈声明道，同时用手在脸前挥来挥去，令我明白他对我抽烟所散发出的难闻气味厌恶透顶，我顺从地摁灭了烟。

“我怎么骗你了？”

现在他开始给我解释一切。他指出我们每次见面时我的状态，过得根本不像个样子；他批评我走路时鞋拖着地，饭前不洗手，喝生水，不按时刮胡子。他说这些不是为了让我生气，他只是希望改变我：那些从泥潭里挣脱出来的人通常都把紧接着救出自己身边的人视为己任。这不，是轮到安德烈教给我该写什么的时候了。

“你说你要写真实，而实际上……”他还没有准备开诚布公地说出来，他需要我的反馈，于是我答道：

“怎么了？就是写生活，实实在在地写……”

“实实在在地写，”安德烈点点头，“但不是真实。生活的真实不是这样的。生活中有好有坏，而且都是掺和在一起的，而在你那里都涂成了一个颜色，”他耸了耸肩，“可能写得有才气，我对这种事没有特别研究，但我自己不爱读你的东西，有时简直很厌烦。简单点说，我觉得应该写别的内容。”

“什么?”

“平常的，有意思的……”他用了一个巧妙的词，“客观。知道吗？人们本来对这样的生活就够厌恶的了，你还让他们读这些……他们在你的作品里看到了什么？他们看这些东西本来就够够的了。我认为……我不知道你们学院那里都讲些什么，但文学的任务，如果它有任务的话，不在于这些事情……不在于你的那些东西。”

我实在无法忍受了：

“你到底让我写什么你才喜欢?”

“不知道，”他没有发现我的揶揄，“不知道，你是作家，好好想想吧。”

我不想争论，尤其是和安德烈。争吵并不难，可安德烈是最后一个我可以向他求助和借钱的人。我已经好几次都挣扎着想要给他发电报，但都拖延到了最最穷困的时候。

“那如果我没看到什么好东西呢？不，看到了，但我讨厌这些，因为这也是真实的谎言。自己娱乐自己，好让自己别发疯。你发现现在有多少个节日了吗？找个理由就开音乐会，就搞群众游园会，放礼炮，这些都是为了掩盖这个……”我皱着眉头不再说下去。

“谁也没想让你写那些节日。写生活，写正常的生活。比方说，”安德烈不好意思地差点把话咽回去，“比如写写我。我怎样一整天都苦干，到处奔波，忙前忙后，晚上才能休息。我过着正常的生活，我的一天也满是问题，也有不成功的事，当然也有快乐……就是普通的生活，你就写呗，哈哈哈!”他大笑起来，以掩饰自己的厚脸皮，“就写我吧，你已经对我的生活看了一个月了，在笔记本上记下来吧。现在就写。客观些。”

我回答得很诚恳，也许，并不诚恳：

“你的生活没意思……”

我们什么不能干呢——最容易的就是反对别人。像安德烈那样生活，做他所做的事，我没有那样的精力和头脑。所以只能说，他的生活之于我是枯燥乏味和无法接受的。

“我不这么认为，”安德烈的声音平静下来，也变得干巴巴的，“我不认为我的生活枯燥乏味……好吧，就算是枯燥乏味吧，可这就是生活。我觉得自己是个人。而你那些短篇和中篇里写的是什么？坐在个什么脏水坑里，周围都是泔水，探出身子喊道：‘哎呀，多么可恶的世界！’——然后又回到脏水坑里去了。写的都是些酒鬼，淫妇，疯子。是的，是有脏水坑，没有也不行，但也有别的呀。”

他论证得多好！

“我知道，罗曼，”他略微沉吟后，缓和一下语调接着说，“你不是特别欣赏我和我的生活，但对不起，你需要打字机，你找到我，拿了钱，可是看到我怎么赚钱却又瞧不起。我已经跟你解释过了：我为什么要赚钱：想像个人那样生活。我希望自己拥有好地段的好房子，拥有汽车，希望自己穿戴得不至于为自己感到羞耻。原来我也不理解，可现在我不理解的是你怎么能这样，”安德烈目光环视了一下房间又停留在我的身上，“怎么能这样生活。敞开了说，对于我来讲这不是生活。还记得吗，你笑我把自己的商场叫作‘丹尼洛夫’？是的，我希望人们知道这个姓，知道一个姓丹尼洛夫名安德烈的人拥有最棒的最值得信赖的鞋子。”

我“哼”了一声：

“要是你自己也制造的话……”

“会有那么一天的，”他自信地说，“现在只是开始。”

“哦……”

沉默了一会儿，我开始倒茶。安德烈不能不注意到我蓬乱的头发。

“又这么长了，不好看。你也不在镜子里看看自己？”

“不看。”

他皱皱眉。

“你怎么把自己搞得像个混混？二十五岁的人了还这样，已经不可笑了。你要是这个样子到彼得堡，我跟你说——我非把你揍扁不可。”

“如果我喜欢这个……形象……你不是有个股东头发也够长的嘛。”

“鲍里斯吗？他脑袋上有个瘤，他是为了盖住它。”

“我怎么没有个瘤呢？”我遗憾地叹口气，“再加些茶吗？”

“不喝了，”安德烈看了看表，“该走了，上飞机前的事情也排满了。”

我出于礼貌邀请道：

“再坐坐吧，聊聊……”

“还说什么呢？你装傻或者是把别人当傻瓜……你倒是给我说说，你认为应当怎样生活，啊？”安德烈等着我答话，但没等到，就问：“你那里的人都是这样的作家？”他自问自答，“不是，你的同屋就不是神经病——他有工作，还找了个莫斯科姑娘。他和莫斯科姑娘住在一起吗？”

“好像是……”

“那你找到什么人了？比如你对谁……”

“是这样，”我打断他，递上一支烟，“来过一个女诗人，但很快就不来了……”

“为什么？”

“和我在一起没意思……你说得对……可怎么改变呢？我无能为力……”我吸上烟，“我也感觉到了……那怎么办呢？”

“我给过你建议。”安德烈夏天时曾经建议我留在彼得堡，搬到他备用的一居室里，找个工作。“从戒烟开始振作起来，尤其对你有益的事……听着，等我走了你再吸烟。透不过气来。”

我把没抽几口的香烟在烟灰缸里摁灭。安德烈查看着我的烟盒。

“‘一度音’牌……还记得上学时他们怎么收拾你吗？他们做得对，应该更狠点，让你接受教训，”他把烟盒扔到桌边，站了起来，“过去在希腊，好像是所有身体有缺陷的人、傻子等都在婴儿时就被消灭掉，使他们免于痛苦，也不要给别人带来痛苦。应当保留这种传统。”

“嗯，嗯，”我点着头，“应当这样，不能斗争——就死去吧。”

“好了，去你的吧……就这么着，写作或者去我那里，我帮你，随你吧，但我建议你戒掉烟瘾。你还喝酒吧，没正经的家伙？”

“很少……没钱。”

我也站起身，发现本来比我矮五厘米的安德烈看起来却比我高。

他的眼睛好像在从高处俯视我。

“一点也没有了?”他指的是钱。

“快发助学金了。”我灰心丧气地回答，可能是回答得太丧气了，以至于安德烈迅速从兜里掏出了钱包。

“给你壹百。给女诗人买块巧克力。但要是你拿去喝酒，被我知道了，我会专门赶过来的。明白吗?”接着又神神秘秘地眯缝起眼睛，问了个男人关心的问题，“她可爱吗?”

“可爱，十七岁，”我一边回答一边把钱塞入桌子抽屉里，谢道，“你可救了我，安德烈，谢谢了!”

来到走廊，乘电梯下到一层。

“有这么个事：我决定在你们这里建个基地，”安德烈和我交流他的计划，“你知道‘彼得罗夫斯克一拉祖莫夫斯基’市场吗？需要和人讨论讨论……”

一分钟后我们即将告别，也不知何时再见。我们之间重又燃起已经熄灭的旧日友谊的火花。

“好了，罗姆卡，做你的事吧。想写就写，你要是写出《静静的顿河》那样的东西，我给你出，没二话!”告别时他拍了拍我的肩，“再见!”

“怎么，你读过《静静的顿河》?”

“那当然！那才是真正的书，关于生活、关于人的书。人是千差万别的，他们的生活也就各不相同，还有环境。不要对一切都从一个角度看待。而你总是写同样的东西，从同样的角度……客观地写!”

他从保安那里拿了护照，就上路了。

是的，现在我们的生活相去甚远。十七岁时一切都简单得多：逃票混入音乐会，追女孩儿，在街上闲逛。现在成人生活开始了，需要好好去规划。可我不想摆脱平凡和贫穷，我甚至为自己的渺小而高兴。在西伯利亚过了五年百无聊赖的生活之后，我今年夏天第一次去彼得堡。我找到了安德烈，他高兴地领我去夜总会。为了让我觉得自在，他给我五十美元作花销。当他在那里打台球、喝矿泉水、跳舞的时候，我遍尝各种鸡尾酒、潘趣酒、甜酒、白兰地，最后喝得趴在那里，又从并不舒服的高高的圆凳上摔了下来。而我觉得很满足……

见鬼，我怎么把钱放在桌子上，而没有带在身上呢。要不我现在就可以奔向售货亭买瓶酒。忍到明天吧，明天早上我不去学院了……

未来的文学家们在小体育馆里打着乒乓球，在训练器上晃动着发达的肌肉。他们兴致勃勃，争论着分数，奋力来一个巧妙的发球，呼呼喘着粗气，把杠铃举到胸前。体育运动使人在精神和身体上都变得强壮。他们在锻炼。赢一局——跑去写一首对生活充满乐观精神的小诗。输了——也别失望，同样可以写出乐观的东西。人可以做到一切，人可以战胜一切，他自己建设自己的生活。重要的是——强大起来！

不用为明天担忧了。可以抽到“阿波罗联盟”牌香烟，做一个鸡腿意大利面，再买些糖和咖啡。拿瓶酒静静地坐着想想。先这么过着。接下来就要发助学金，然后还有父母寄来的汇款……

我回到自己的住处，把烟灰缸里那支烟拿出来重新抽上，又喝了一口已经变冷的茶水。炉子也履行起自己的职责，房间里明显暖和了，空气里弥漫着安德烈身上那种除臭香水的味道。心情也好了很多。我和安德烈很少见面，他不会拒绝我的。只要别和他对着干，别铤而走险，哪怕是做出竭心尽力听从他的样子……

有人敲门。

“进来，门开着呢！”我喊道。

进来的是莲娜，就是我和安德烈提起的那个女诗人。她几乎每个晚上都来，我们试图讨论讨论，可总是不那么成功。她可能是干自己的事干烦了，她想静静地坐会儿，而我的房间对她再合适不过了。我摁灭香烟。莲娜受不了烟味。

“呵，你的炉子修好了！”她发现了，“暖和了。”她坐到沙发上。沉默了大约一分钟。她不怕冷场，一言不发。我只好开口：

“今天过得怎么样？”

莲娜耸耸肩：

“一般吧……”

我想抱怨抱怨安德烈，挖苦挖苦他，说说自己的委屈和慌乱。莲娜一定会同情我的，而我喜欢被同情。

“……他想自己花钱给我出书，读过后又还给我了。他说不适合出版，不能给人带来愉快……”

莲娜用手掌轻抚我的头发，我长长地舒了口气。一种夹杂着吸引与倦意的亲切感浸润了我，我打开所有的门窗放入这种感受。让它漫延吧，如果能使我沉重的身心放松下来。我哀求莲娜：

“莲，什么时候你给我画幅太阳?”

“会给你画的，”她应道，“我们把它挂在这儿，你的床上方。这里就会变得温暖和明亮，你就会融化和微笑了。”

“谢谢。”我喃喃低语，把头放在她的肩上。这几分钟真是幸福，是生活中最好的几分钟。但我怎么会发出叹气声和哼哼声？我怎么还来得及疲倦呢？永远疲倦吗？

“罗曼，我觉得你好像从来没笑过。你的脸长得就是这样：好像你受了欺侮，眼看就要哭出来。”

“谁也没有欺侮我，可能是我自己的事……像我这样的人在斯巴达早就被从山岩上扔下去了，而现在的社会更人道一些。白白地……”

今天我们聊了些东西，可能是找到了话题……

“在我的整个生命，也就是将近二十五年里，我只有半年是对社会有用的人。我在工厂工作，制造家用炉灶……但那是体力劳动，很难干。”哀怨声渐渐轻些了……“我是个无用的人，我的呼吸都有毒，谁看到我都会心情变糟。你能想象吗，莲，我却为此高兴！没有什么能够使我不再相信：生活——是个可恶的玩意儿。”

“生活并不可恶，罗曼。只是需要学会看待它。可你不喜欢也不去尝试……”

“是的，不想尝试，”我表示同意，“这里的伏特加便宜——这就好。”

“别喝酒，”莲娜请求道，“我要是看到你喝醉了……你不能喝酒……这不是出路，罗曼。”

“没剩下什么东西，”我的声音里满是怀才不遇的痛苦，“我也没什么可做的了。”

莲娜又一次抚摸我的脑袋。

“想不想我给你读首诗？只是你不要笑话我……”

她顿了一下，调整好情绪，可能是有些紧张。但她非常希望我能听听……接着她平静地、温柔地开始朗诵起来，带点那种浪漫女孩有时会产生的忧伤情绪：

有人对我说：“我爱你！”可我恐惧：
怕我又一次被灼伤，
灼伤后又是疼痛。
够了，就这样我已满足……

我坐着，带着一副沉思的表情盯着挂在墙上的手巾。它们早就该洗了……爱情，是吗？融化在爱情里。唤起自己爱的感觉，你就融化了。互相凝视，感觉不到周围世界的存在。要想幸福是多么容易！周围是陌生的残酷的环境，那里充满了敌人、恶魔、陷阱、危险，所有人都在寻求拯救，寻求朋友。但是不，应当战胜恐惧，成为孤独和自由的人。

“好，一首很能打动人的小诗，过去我也写过诗。比如——”我长出一口气后，开始拉长声调朗诵：

在一座新建小区的宿舍里，
住着一位叫作娜塔什卡的少女。
白天她去工厂上班，
晚上啜饮麦子酿成的酒。

她只有十九岁，
但她早已对一切都兴趣全无，
对一切都不再相信，
对任何人也不再拥抱。

下面还有，这首诗很长……这是一首歌词，我早在列宁格勒学做抹灰工的时候就已写成。是七年以前……

“很忧郁。”莲娜回应道，接着沉默了。

她长时间地沉默，我已经没有什么可说的了。此刻她的存在已经不那么令人愉快了。想一个人待着，钻进被窝，躺到床上，闭上眼睛，等待明天。一个人待着。那时还有机会不错过真实。真实——就是心无旁骛，就是无须欺骗。

“别人给我送了件衬衫，”莲娜慌乱起来，“橙色的。我想买条这种颜色的牛仔裤搭配。我找遍了商店、市场，甚至连中心仓库都去了。最后他们告诉我，根本就没有这种颜色的牛仔裤。有胡萝卜色的，但不相配……”

“如今又到了批判现实主义的时代，”我说，“文学回归到它总体上开始的地方。但批判现实主义流于表面而不会长久，果戈理已经明白了这点就放弃了……我们也不准备走下去。从观察到分析还有很长的路……”

莲娜站起身。

“再见，罗曼。晚安！别太难过，好吗?”

剩下我一个人了。心里空落落的，我静静地待着，简直都冷透了。此时此刻我知道自己的价值，就如安德烈和成百上千与他类似的人那样知道自己的价值。我骄傲，为自己的微不足道、贫弱无力和优柔寡断而骄傲，我不反对自己一次次受到侮辱，我可以无休止地胡扯、抱怨，而我的内心却充满了明亮的愉快：我骄傲，我终究比他们强大。我强于安德烈身上表现出的那种成功的、纯粹的大众男人形象；据说他很能干，他还会做更多的事，如果他不放弃努力，如果他不从自己现在正站着的路上退却，准确点说是走着。我还骄傲于自己比莲娜强：她需要温暖、爱情、温柔，而我在她面前倾倒的都是臭不可闻的下水道的沉渣，用自己来使她相信，其他一切都是如此。但我是正确的，他们都在掩盖，在粉饰，渐渐对自己外壳下面的渣滓、自己已经习惯的、略带甜头的、必不可少的腐烂物质失去感觉……我站在这间陋室中间，身上裹紧盖着公章的脏污的被子，我无声地笑着，摇晃着拳头。这就是它，真实——做一个不可战胜、不怕攻击、洁白无瑕的人，像幽灵一样。试着触痛他们的要害！他们脆弱不堪，他们千疮百孔！他们会大叫一声，龇牙咧嘴，会跳起来挣脱锁链去报复！……而我一无所有。我又拥有很多，不怕被夺走一切。我永不厌倦重复，不厌倦写作，抽空脱身吐口唾沫再坐下。我欣赏，我享受，我不奢望更多，不想和他们手拉手、肩并肩地走在一起。不，我不会去谩骂、撕咬、斗争，保护作为人的权利——那些你们想象出来的权利。做你们的法则、传统和道德标准框架内的人。嘿嘿！我的同屋丹尼斯快达到了，他在努力奋斗着，就要达到了。看着吧——他会的，他会结婚，会成为享有那些权利的人。他会按照规定上完大学，在编辑部工作，发些文章，开会。嘿嘿！名望，工作，使命，尊敬，领带。而我继续走自己的路——不可战胜，卑躬屈膝，但握紧拳头，无比坚定。我没有束缚。我接好炉子上的电阻丝，有火花。我证明给他们看……库房，鞋子，波兰，商场，爱情，离地铁两步路的房子，赢一场乒乓球赛，肌肉，有暖气的房间，墨西哥饰物，读别人信件时的眼泪，餐厅聚会，英语，第七卷诗集，慷慨赴死的恐怖主义者，劳动一天后的夜晚，未虚度的白天之后的甜梦。哦，哦，哦！这些我都不需要！这些都无所谓！我躲到一边，摆出一个下流的姿势，我做出样子，让他们看看我是多么不需要这些。看，这就是我的真实。我纯粹的、不附加任何条件的真实。这是不带幻想、不带泡影、不带应对生活中意外炮轰的急救避难所的真实。我没什么好躲藏的：有越多的弹片穿透我，我就越能得到更大的满足，我明白的就越多。我对你们的挣扎报以嘲笑！家庭！孩子！责任！八小时工作日。所得税。私有财产。集体的、社会的、个人的。一个巨大的球状蚂蚁窝，里面所有的蚂蚁都单独待着。一个蜂巢，里面的黄蜂互相叮咬。这就是你们的体系，你们的原则，你们的传统，而我，我——身在其外。我是个低能儿——我不懂你们，我的生身父母，我的老师，我的培养者，呵斥教育我走好路的父亲的皮带。不，我不想要任何东西，任何人，我不想抓住一块甜东西就送入口中。是的，我是众多落入便盆的青蛙中的一只，但与其他青蛙不同的是，我坚信：吵吵嚷嚷无济于事，最好是照常吃喝，落到盆底。吵嚷救不了你，吵嚷徒增痛苦，毫无益处……哈哈！这个没精打采的夜晚就这样结束了，与别人的心愿、渴望、幻想相冲突！我的笑声压过了一切。诅咒，还是诅咒，从我的口中虽然无力却源源不断地涌出……贫困把你们变成了贪婪的、牙齿锋利的危险动物。缺少了富足安康，缺少了闹钟、存钱罐、汽车、家庭收支计划，缺少了掩盖疲倦和委屈、在极力挤出的微笑后藏着三十二颗假牙的你们的面具。

好了，快点坐到桌边、坐到我忠实的工作台旁边吧！写作……笔，学生用的笔记本……年级……写上：

“只好盖上被子，躺在床上，什么也不去看了。闭目凝神。还有一个傍晚，接着是夜晚来临，之后明天就会像一只被打败的病狗一样缓缓爬来……”

一小块巧克力糖

/尤里·佩特克维奇

尤里·佩特克维奇，俄罗斯小说家、艺术家和电影导演。作为作家，他出版过《天使出现》和《评论之轮》两部小说，并在多家大型文学刊物上发表作品，获得《各民族友谊》杂志最佳小说奖和“国际文学基金奖”。作为艺术家，他曾多次参加画展，也举办过个人画展。画作在德国、意大利、加拿大、波兰和美国都有展出。

佩特克维奇经历丰富，涉猎甚广。他出生在白俄罗斯明斯克州斯托尔普佐夫区的新斯维尔仁村，并长期居住在那里。从明斯克的人民经济学院毕业后，他远离自己的专业，当过工程师和木匠，继而考入莫斯科一个著名的高级电影剧本作者和导演培训班。学成后他拍了一部电影，尝试做导演和演员，接着又转入绘画和小说创作。如今佩特克维奇在家乡附近买了一处房子，那里的环境离现代文明更远，更加安静，用他的话说，就是“凝滞不动，近乎停息”。他耕地种菜，过着“自然而然”的生活。

1

库兹金老人梦见，他家的房子那儿什么都没有了，空空的——一片光秃。早晨起床后他心里沉甸甸的。可这个梦到底是什么意思——他弄不明白，于是开始等待火灾的到来。不久就有一些载重机停到街上。其中一辆举起站着工人的塔吊。工人们像往年春天那样，着手修剪电线旁的树枝。一帮人围上来央求他们多锯掉些，好让房子里更明亮。库兹金也和妻子抽空来到外面。他的瓦莉娅答应一个工人给他瓶酒，然后指给他自家屋旁的一棵白桦树。油锯尖叫起来，但老人也拗不过妻子，就整个儿泄了气。这时邻居都给工人张罗起喝酒来，于是工人们一棵接一棵锯掉了所有的树。

“明年春天他们就不用再来这里了，”老人猜想，“或许，永远也不会来了。”望着舒展在眼前的地平线，库兹金记起了那个关于光秃土地的梦，于是慢慢向家里踱去，妻子则心满意足地紧随其后。她开始准备午饭，老人则望着窗外陷入深思。当醉醺醺的工人离去之后，堆满了树枝的绿色街道上人群散去。在那些刚刚长成、此刻却在尘土中渐渐萎去的树枝中间，一个邻家的小女孩放声大哭。她有一条瘸腿。老人来到街上，拉起小姑娘的手，把她领回家中。

“你忘了今天是我的生日吗？”——瘸腿姑娘提醒他。

老人向妻子转达了小女孩的话，可瓦莉娅置之不理，不想和他一起去别人家蒙受耻辱。库兹金最后还是决定去给小姑娘过生日，就向妻子要钱买礼物，但她不知是第几次提醒他，他没有领到退休金。老人的手指自动攥成拳头。为了不使它打在瓦莉娅身上，他跑出了家门。

他自己都不知道要往哪里去，已经很久没有人给他借过钱了。他疲惫地穿过堆满了树枝的街道，像是穿行在暴风雨过后的森林中。在最顶头的一根原木上歇了一会儿后，他开始艰难地往河对岸的邻村走去。他的一个儿子成家后在那里建了一幢房子。库兹金边走边回忆着自己的一生，这段路就显得不那么漫长。到儿子家时，只碰上他的两个孩子在家。“也许这样更好。”老人拿定了主意，就开口向他们借巧克力糖。

科斯佳和娜斯捷契卡不情愿地从自己的小密室里取出一小块巧克力糖。现在老人步履艰难地踏上归途，但此刻他觉得生命之路简直长得没有尽头。黄昏时他总算赶上了邻居家的庆祝会，并把巧克力糖送给今天的小寿星，感觉非常幸福。

他被让到桌旁，客人们正在拼命闹嚷。库兹金千方百计巴结他们，低三下四地应酬着，傻乎乎地笑着。邻居们不明白，最近他怎么变得这么奇怪。

可想而知，他喝醉了，趴在桌上就睡着了。——人们小心翼翼地推醒他，他抬起头，忘记了微笑。人们问他能不能自己回家。库兹金点点头，覆在秃顶上的几缕灰发散到脸旁，他也不整理一下它们就闭着眼睛走下台阶。走出楼门他被横在路上的一棵白桦树绊了一下跌倒了——正是他以前栽下的那棵树，这令他忆起自己的青年时代。

第二天他一醒来就感觉不舒服，第三天还是不好，第四天——瘸腿小姑娘的生日之后他病了一个星期。刚要恢复的时候，科斯佳和娜斯捷契卡就来要巧克力糖了。老人决定装醉，孩子们就向奶奶诉苦，说爷爷不还给他们巧克力糖，可老太婆根本就不理他们。等他们一走就像往常一样开始数落丈夫，而没有去可怜他。

就这样，科斯佳和娜斯捷契卡每天都来要巧克力糖，而爷爷每天都装醉。孩子们往爷爷鼻孔里塞铅笔，挠他的脚后跟，上床爬到他身上，往他身上倒茶水——库兹金一概都像牛一样哞哞叫着，好像一句话也说不出来。孩子们终于明白：爷爷没有身份证就得不到退休金，怎么可能还给他们巧克力糖呢？

当然，他们有一些亲戚可以毫不费力地帮老人办下身份证，可孩子们平常不喜欢他们，不太敢去找他们。当然爷爷可以自己去找他们，可他羞于去找：他不想承认，现在谁都超过了他，没有人比他过得更糟。科斯佳和娜斯捷契卡决定去找一趟曾在村苏维埃工作过的杜西娅婶婶。

因为得了白内障这位妇女嫁得不算好。当孩子们求她帮爷爷办身份证时，她被触动了。这个深受孤独折磨的女人差点没哭出来。当杜西娅来到老人家里主动提供帮助时，他觉得自己与她是一样的不幸，感同身受而流下了泪水。

于是这个在村苏维埃当清洁工的杜西娅开始往城里跑，简直踏破了那里的门槛。正赶上人们对库兹金的事睁一只眼闭一只眼的时候，没人理会杜西娅，没人关心库兹金为什么没有身份证。而老人害怕，如果别人问他这辈子是怎么过的，他真不知该怎样回答。他根本就没幻想一切能进展顺利。也许非常重要的一个条件是，尽管杜西娅是一个清洁工，可她不是在别的地方工作，而是在村苏维埃，这就决定了一切。但国家的身份证表格不够，直到秋天库兹金才拿到身份证。

正好到了选举的时候。老人以前没有身份证也就没有户口，从来没有参加过这类活动。现在当他从信箱里取出邀请信时，就开始急迫地等待选举日的到来。他让妻子给自己置备最好的衣服。妻子也被他的好心情感染——要知道他们多年来都垂头丧气地过着生活，现在机会来了。

久已盼望的这天终于到来了。库兹金拉上妻子的手向选区走去，可他们在街上一个人也没碰到——谁也没有看到他们是多么幸福。在苏联时代每逢这样的选举日，宣传员们早晨 6 点就用木棍敲打墙壁，生怕给人一点安静的时刻。人们意识到，上边同以前一样，给予他们的依然是虚伪和欺骗，就坐在家里不出门了。

选区里选举委员会的委员们正百无聊赖地坐在长长的桌子边。两位老人一出现，他们就找到了消遣的对象。这个不幸的人使他们高兴起来。他们互相使着眼色，哧哧地暗笑。库兹金不知道该投谁的票，该往哪儿去，怎么站起来，往哪里扔选票，而他的瓦莉娅根本就是个文盲。他和她按照指点把该做的都做了，特别高兴，特别满意自己什么都按照要求做对了。从选区出来，他们就沿着封冻的河岸到杜西娅家做客去了。

随后走出三名骑着白马的警察，他们后面紧紧跟着一只同样是白色的一丁点大的小狗——冲着白马和警察不停地吠叫。警察望着远方，望着地平线——一切都那么空旷和光秃。如果没有封冻的河岸上这只家养的白色小狗，那真是可怕。

当杜西娅往桌子上摆碗碟的时候，两位老人望着窗外飘洒的雪花。这种感觉太好了，太妙了。只要老人能到选区去，他就可以全部的余生都这样欣赏雪花。由于过分激动，老人流汗了。河边有风向他吹来，他急忙斟上酒。这酒苦得让老人弯下了腰。杜西娅不知从哪里读到可以往茶里添酒，他们决定尝试一下。

炉子上的茶壶还没有烧开，大家又看窗外的雪花。水终于开了，放上茶叶，给每个杯子斟上茶水，再滴上点劣质酒，这种精致的饮料就做成了。

往回走的路上，风变大了，又开始往脸上吹。雪花变成了雨水——先前的雪是温暖的，而现在的雨四处飞溅，冰冷刺骨。老人勉强拖着双腿，觉得自己要生病了，就是那些加了酒的热茶也无法阻挡。

老人一到家就赶紧躺到床上，叫来妻子。瓦莉娅熄了灯，脱了衣服躺到他旁边，他们已经很久不在一起睡觉了。库兹金抱着她亲吻着。老太婆幸福地很快就睡着了。可他睡不着，感受着心脏在胸腔里的跳动。

2

孩子们听说爷爷病了，就决定趁现在不算晚，再去找一趟爷爷。因为要是爷爷死了，他们就再也要不回自己的巧克力糖了。当然，他们很害怕现在去找他，但不能再拖延了，他们甚至决定逃课。一走出村子，他们就在桥上听到对岸的教堂里响起了钟声，是那么洪亮、欢快、铿锵、有力。虽然天空灰暗凝滞，但雪地却白得耀眼，天幕打开，阴霾即散，太阳正跃跃欲试，就要放出光辉。

在去对岸找爷爷之前，他们决定去教堂祈祷一下，保佑爷爷归还巧克力糖。神父从那个敞开的“圣障的中门”中走出来，他一边画着十字祝福大家，一边低声唱起来。他宽宽的、留着胡子的面庞红得发亮，就连这个教堂神龛里的圣像也面色红亮起来——一样是圆圆的面庞。突然传来蜡烛断裂的声音，可神父继续小声祷告着。在圣像上方，在神父上方，在他微弱的伤了风一样的嗓音上方，有冬天里在祭坛旁复苏的蝴蝶在香气缭绕中盘桓，在躁动不安的空气中颤动。神父忽然话语急促起来，孩子们不明白他在唱什么，惊慌失措起来。教堂里的人越聚越多。当孩子们挤出人群时，被突然降落的大雪搞得头晕目眩，在他们祈祷时，雪花已经把周围的一切都刷新了。娜斯捷契卡头晕起来。科斯佳扶着妹妹，使她不致跌倒，由于她而有一个清晰的想法念头闪过他的脑际，那就是：爷爷一得到身份证就生了病，如果他没得到身份证就会健健康康，他们为什么要去求杜西娅婶婶呢！

从教堂出来后孩子们心里更害怕了，于是自己给自己唱着祈祷歌，好像为自己的胆小而羞愧。他们走进屋，靠近爷爷躺着的那张床。

他消瘦了。双眼下面现出深蓝色的晕圈。老人的目光望向很远的一个地方，那里没有恐惧、没有痛苦。无论这有多么可怕，孩子们对死亡的好奇心却在增长。奶奶从一面墙根踱到另一面，望望窗外，双手紧贴大约已经红得发烫的两颊。在这种情况下不能向爷爷提巧克力糖的事。又过了一个小时，老太婆焦急起来，坐到窗边的椅子上。她望着窗外，头靠在窗台的双臂上，眼睛没闭就睡着了。“马上就买了瓶酒，”老人转向孙子孙女，“喝完后就忘了背着奶奶把钱藏到哪儿去了，”他嘟囔着，“现在只能等下次发退休金了。”

瓦莉娅奶奶在睡梦中听到退休金这个词，立即清醒过来，别人还没注意到就已经站在了老人边上，踮起脚尖，想听清楚老人说的每个字。孩子们藏到柜子后面躲她。她像瞎子一样用手掌在自己面前摸索着，柜子后面的科斯佳和娜斯捷契卡看不到她脸上的表情，也没有必要，因为她眨了一下眼，安琪儿就消失了。当孩子门探头向外看的时候，她已经是另一副面孔了。

老太婆俯身看着丈夫，眼泪从他的双颊流下来。他鼓足了劲转身面向墙壁。孩子们看到眼泪就从屋里溜了出去。走到院里科斯佳抓住妹妹的手。娜斯捷契卡困惑不解地环顾四周，他却指给她看板棚旁边的白桦树。自从街上砍掉树木之后，院子里就剩下了这棵孤零零的白桦树，它高高挺立在覆满积雪的房顶之上。小姑娘仰起头不禁赞叹了一声，而科斯佳没有说话，只是把她的手攥得更紧。每个树枝上都立着一只胸脯粉红、头上有一束蓬起的羽毛的小鸟——这是太平鸟。它们总是在冬天出其不意地出现，整窝整窝地飞来。一看到它们就令人心生愉悦，而且这愉悦会久久留在心中。科斯佳和娜斯捷契卡陷入沉思：为什么太平鸟恰恰在今天、在此刻飞到老人的院子里，落户在他的白桦树上？

孩子们向对岸自己的村子走去，一路上默默地望着地面。天渐渐黑了，天色暗下来——他们原谅了老人不能归还巧克力糖，再也没有想起这件事。

3

葬礼过后，众人散去，瓦莉娅奶奶脱下破旧的靴子——穿了整整一天，它们都湿透了。把靴子放到炉边烘烤，然后脱下袜子，晾到从炉子连到墙边的绳子上。临躺到床上睡觉前，她忽然想起还有一件事没干。她不知道祈祷，但生平第一次需要在圣像前鞠躬。她甚至不知道，圣像上画的那个圆脸庞、面色红润的年轻人到底是谁。

度过了这沉重的一天之后，她疲惫不堪地躺下来，好像陷入了地下。凌晨她做了一个梦：院子里开进一辆装满粪便的汽车。车子在板棚旁停下。车里跳下一个浑身是力的男人，可她知道这是她的老头，只是他总爱转身背对着她。然后他打开板棚，开始在木工台旁的搁板上寻找什么。

老太婆想起圆梦书上说的“梦到粪便——就是有钱”的话，猛地跳起来，在睡衣外披了一件大衣，光着脚就跑到院子里，穿过雪地进了板棚。在木工台旁的搁板下，她找到了丈夫的退休金。回到屋里，老太婆重新数了一遍钱，高兴得不能自已，看来总算可以过更长一段时间了。她看到床没有收拾，就开始铺床。这时圣像上一个她不认识的圣人说，她的枕头放得不对。

“那放哪儿?”她问道。

他说了，老太婆就把枕头放到他指的地方。白色的枕头映在镜子里——房间里亮了些，也由于这光亮暖和了些，一股甜甜的气息弥漫开来，在这片幸福的氤氲中她想起巧克力糖的事。于是到商店里买了一块最贵的巧克力糖和一双胶靴。回到家，她穿上靴子，把巧克力糖放到圣像下的搁板上。老太婆坐下来，幸福地穿着靴子，看着巧克力糖。她真想尝一尝，就忍不住剥开糖纸咬了一小口：这样再给孩子们真够让人羞愧的，于是一整天她都这样一小块一小块地掰着，最后自己把巧克力糖吃完了。晚上她穿着新靴子直接躺到床上，甜甜地睡着了。

第二天她在泪水中醒来。为了驱散心中的痛苦，她来到邻居家，只碰到瘸腿姑娘一个人在家。在丈夫的葬礼之后老太婆能和她说什么呢？她转身往回走，但小姑娘叫住了她。瘸腿姑娘说她梦见了老人，他走到他们旁边，唱着欢快的歌曲。当她问他：喂，你过得怎么样？他答道：“我在这儿真好啊!”老太婆没法分享她的快乐，因为今天她梦见的库兹金是黑黑的面庞，以后每个晚上梦见的都是这样的面庞。她梦中的他可能一直会是这个样子了，因为她忘不了老人生病时带着眼圈的极其虚弱的面庞。要知道，她和他，和这个醉鬼已经受尽了生活的折磨。

剪短发

/尤里·佩特克维奇

柳芭准备煎鱼。

“要裹一下面粉吗?”我问。

“不裹了。”

“以前你都是裹一下。”

“现在不裹了。”

“为什么现在不裹了?”

“就因为以前我都裹一下,”她答道,“所以现在就不裹了。”

鱼煎好了,吃饭时她一言不发。

“你没发现吗?”我对柳芭说,“我们在一起过得实在不怎么样。最好还是分手吧!”

“我早就在盼着你离开。”她说。

我收拾好箱子,柳芭要去商店买衣服——我们一起出门。我最后一次回头看了一眼。

“号码被偷了!”

“什么号码呀?”

“门牌号,”我指给她看,“真有意思,什么时候给拧下来的?”

“昨天夜里。”

“你听见了?”

“我是这么感觉的。”

“这怎么能感觉到?”

“从你开始给人画像那时起。”柳芭解释道。

我们来到街上,各自朝相反的方向走去。我竟然没有往我该去的方向走——为了不和她一起走到十字路口。先是决定去找卡嘉。她开了门,用眼睛示意我,她丈夫在家。

“他也想画张像。”她悄声说。

正好菲利亚在探头往外看,我就对他说:

“那我们明天就开始吧!”我接着说,“我离开柳芭了,能不能把箱子放在这儿?”

电话响了,卡嘉把话筒递给我。

“谁的?”我惊讶。

“你自己知道是谁,”卡嘉微微一笑,“她怎么能知道你在哪儿!”

听到熟悉的声音,我懊丧起来。

“阿纳列耶夫请我们去餐馆,”柳芭隔着电话嘟囔开了,“可我不想让他知道我们已经不在一起住了。”

“别和她去。”卡嘉小声说,可柳芭一再恳求,我只好答应了。

“傻瓜!”菲利亚对我说。

餐厅里和柳芭一起等我的是阿霞，她的丈夫像往常一样迟到了。这里没有开灯，镜子里反射出街上路灯的灯光。年轻的女服务员为我们点燃桌上的蜡烛。我盯住小服务员蓝色的双眸无法移开视线。那双眼睛映着所有的街灯和烛光，在幽暗中闪闪发亮。服务员转向我，央求我不要这样死盯住她看，我只好望向窗外。过往行人都开始回头看——不知道在看哪里。我想活动活动腿脚……从洗手间出来，却在昏黄的烛光下找不着阿霞和柳芭了。我从一张桌子走向另一张桌子，挨个打量一位位女士的面庞，一看到那个蓝眼睛的女服务员，我就急忙奔向她。

现在才弄明白，餐馆里有两个厅，两厅之间是洗手间。我从洗手间出来就进了另一个厅，像往常一样把门搞混了。我慌里慌张的样子使服务员忍不住窃笑起来。要是我正经八百地与她结识，可能什么也得不到，而这样却毫不费力地得到了她的电话。

回到座位后，柳芭问：

“怎么样，认识了?”

“认识谁?”

“自己知道是谁!”

“在男厕所里我能认识谁?”

“我不知道你去了哪儿，”柳芭声明，“但你的脸上写着你刚才和谁认识了……”

阿纳列耶夫终于跑来了。

“您怎么迟到了，阿霞?!”他喘着粗气冲妻子嚷道。竟然用“您”称呼，而且自己还迟到了一个半小时。

大概他刚和情人约会完，所以迟到了。他的衬衫紧贴在后背上，腋下都湿透了。他拿出手帕擦着额头上的汗。

“咱们喝什么？伏特加还是自酿酒?”

“当然是自酿酒。”

“我去乡下休息了几天。”阿纳列耶夫落座后从包里拿出一瓶酒。“这是什么味?”他不满地用鼻子转着圈嗅着，“简直像在理发馆！噢，是花香，”他猜道，同时手挥来挥去的险些把花瓶从桌上扇下去，“你们谁知道库兹涅佐夫跑哪儿去了?”

“前不久我碰巧见着他了，”我记起在街上碰见库兹涅佐夫搂着阿霞。她现在正瞪圆眼睛望着我，我意识到错了：“但我不告诉你是在哪儿……”

“这么说，你自己也在那儿。”柳芭马上得出结论，腾地站起身，抡起手来就要扇我的耳光。可她被桌子挡住了，那上面摆满碟子，甚至还有烛台、插着鲜花的花瓶。结果柳芭没有打中我，而是打中了坐在旁边的阿纳列耶夫。

他莫名其妙地瞪大了眼睛，我赶紧向他解释这个耳光是属于我的，可柳芭没有打中。她以前是练体操的，阿纳列耶夫这个耳光可没白挨。柳芭号啕大哭，现在整个都乱糟糟的了，大家都在往我们这边看，可她怎么也无法平静下来。阿纳列耶夫赶紧结了账，从餐馆出来，他问：

“怎么你的这些女人老是哭?”

“我喜欢爱哭的人。”我回答。

不能就这样撇下柳芭，我只好送她。一路上她都在抽泣，可一到家她就平静下来，还想绕房子转转。

“我还得赶路。”我提醒她，虽然自己也不知道要去哪儿。

“大半夜的你去哪儿？我们就分两个房间睡吧，”柳芭抓住我的手，“你决定永远分开了？”

“怎么，你嘲讽我？”

“是我还爱你。”

从电梯一出来，我们就听到房子里传来的电话铃声，还没走到门口，铃声断了。柳芭从包里拿钥匙时，门内又响起电话铃的颤动声。

“这么晚可没人找我，”柳芭说，“找你的，没人知道我们已经不在一起住了。”

她开了门，我抓起话筒。

“你们已经睡了吗？”卡嘉小心翼翼地问道。

我急忙安慰她：

“刚从餐馆回来。”

“我离开菲利亚了，”卡嘉宣布道，“我们必须见面！”

“你在哪儿？”

“在妈妈家。”

“我现在就来。”

“别到妈妈这儿来。”她几乎哭出来。

“一切正常，”我试图安慰她，“你跟菲利亚说起我了吗？”

“为什么要说？”卡嘉笑了，“我只是说我不爱他了。”

“那怎么办？”我犹豫着，“我还给他画像吗？”

“这不关我的事，”她说，“给他打个电话，你可是答应了他！对不起，好像妈妈醒了……”

听到“嘟嘟……”的声音，我就拨通了菲利亚的号码。他马上拿起话筒，可能正在想妻子。

“对不起，这么晚来电话，”我说，“刚从餐馆回来。明天我什么时候到？”

“我改主意了。”他咕哝道。

我知道他就会这么说，于是很高兴道：

“有事再打电话……”

我打电话时，柳芭忙着在锅里煎鸡蛋。我们吃了鸡蛋，就着糖饼喝了茶，一切都变得像以前那样好，可睡觉时却在不同的房间。我翻来覆去了许久——不知道下一步怎样生活，于是开始琢磨该做点什么改变自己的生活，但什么也想不出来。记不清什么时候睡着了。一阵奇怪的响动惊醒了我。我搞不明白哪里来的滴水声，而且越来越快，好像涓涓的流水声。我一时没明白过来，这不是滴水声，而是钟表的嘀嗒声。

我看看指针，赶紧跳起来。匆匆忙忙地洗漱穿戴好，可是不和柳芭告别就离开不太合适。我在房间里踱来踱去，突然而至的电话铃声使我惊喜，只是没想到听见的是菲利亚的声音。

“有空就随时过来吧。”他说。

我明白了：他通宵都在想的不是妻子离开的事，而是关于画像的事。一想到他的心思，我的头就开始发晕。

柳芭被铃声吵醒后叫我过去。她还躺在床上，看着天花板问我：

“你是说我嘲讽你吗?”

“有这么一个人,”我极力不惹她生气，开始说，“你非常爱他，你希望我也是他那个样子，可我不是那样的人。也许，我是你所有的男人中最不中用的一个?”

“你怎么这样想?”柳芭从床上爬起来抱住我说，“其他人还要更稀里糊涂的！你要是知道阿纳列耶夫……”

“哦，怎么样?”我感兴趣地问。

“嗯，不怎么样。”

“你什么时候跟他搞上了?”我很惊讶，而且更惊讶的是她跟谁睡觉我都无所谓。

“你在乡下的时候。”她无辜地笑着回答。

“好，我该走了,”看着刚从床上起来的暖融融的她，我小声说，“还要什么……”电话铃又响了，她紧紧缠住我不松手。“好了,”我挣脱开她的怀抱，“该接电话了，又是谁打来的。”是阿纳列耶夫，我乐了：“刚才我们还在想你。”

他没有在意。

“昨儿晚上回去顺利吗?”

“很正常,”我安慰他，“搞成这个样子实在抱歉,”我低声下气地好像在他面前犯了什么错误。

“好,”他舒了一口气，“昨天一天真是忙透了，回头再跟你说——我竟然忘了告诉你，安娜·伊万诺夫娜死了。”

“哎呀，太遗憾了!”我叫道，“我刚从乡下回来!”

“我也离开了，昨天才知道。今天是第九日,”阿纳列耶夫说，

“你来参加葬后宴吧！顺便说一句，你给自己买套好西装。”

虽然没钱，但我还是赶紧去了最近的商店。想搞清楚现在人家都穿些什么样式。无论我试穿什么——都不敢往镜子里看。于是我决定去市中心一家最时髦最贵的商店。可即便是在那里，那些崭新的西装挂在我身上，也像挂在稻草人上一样，我终于明白：问题不在衣服上……我回忆起自己在技校上学时，曾经在死去的安娜·伊万诺夫娜的课上吹口哨，她对我说：“甭管你去哪儿，你都只能做个放牧的！”我现在想：就算她说对了，那又怎么样？

女售货员问我想要什么样的西服，我还没回过神来，无法说清楚：

“下葬时不是穿这样的……”

“您最好还是去别的商店吧！”她建议我，但没有说出去哪个商店，我心情沉重地走到街上。

又下起了雪，虽然日历上早已是春天。我脑子里全是些令人不快的思绪，忽然间想起昨晚认识的那个女服务员。在自动电话厅给她打了个电话，约好明天会面——心情登时舒朗了。我缓步走到一个空旷的地方，我喜爱这样的地方，也喜欢继续往下走，好像期待着什么。我没有发现，雪已经停了。四周一片白茫茫的，眼睛都被刺痛了，如果就这样日复一日地痛下去，如果天空总是这样像个从四面罩下来的平展的灰色大幕，那么你自己都不知道心里想要什么样的西服了。

我踱到铁道上。沿铁轨伸展的小路在大雪覆盖下隐约可见。我向火车站走去。现在要是能喝点酒该多好啊！喝了酒再置身这个白茫茫的世界中该是多么令人畅快！喝酒之后，再看这洁白的雪花融入天空的景象，那莫名的忧伤就转化成一种内心的愉悦，你就会投入这雪的怀抱，像童年时那样从山上滑下雪橇。我想得入神，以至于真的像喝醉了似的摇晃起来。这样踏雪使我的心情变得愉快，一场淅淅沥沥的春雨不期而至。

我去找菲利亚，可他正深陷苦恼之中，并没有发现我兴奋的心情，反而想起了餐馆的事：

“昨天玩得怎么样？”

我整个人都湿透了，打着寒战，今晚又不能睡觉，可是眼皮已经抬不起来了，还真的像是昨天好好地玩了一把。

“是的，”我说，“玩得很好。我可以在沙发上躺会儿吗？”

我躺下来，立刻就坠入到哪个深渊里去了——我通常在幸福的时候都会这样。接着就梦见安娜·伊万诺夫娜好像和丈夫离婚了。正在这时，又像往常那样，电话铃响了。我醒了，脑子里还在想着，安娜·伊万诺夫娜真的和丈夫离开了：她在那里，他留在这里。

走廊里菲利亚向电话跑去，然后举起话筒喊我。我惊讶自己这么容易就破解了那个梦，又抬头看了看钟表，简直不敢相信已经把葬后宴给睡过了。来到走廊上，我发现菲利亚的屋里有个女人。我本来以为是阿纳列耶夫从葬后宴上打来的电话，结果却是柳芭。

“你已经回来了？”她问，“心情怎么样？”

“从葬后宴上回来能有什么样的心情?!”我琢磨着该怎么回答她。

“我想让你到我这儿来。”柳芭说。

“你想象不出我有多累。”我喘了一口气，听见窗外雨水敲打铁皮的声音。

“那我就去找你。”

我转向菲利亚：

“柳芭要来，你不反对吧?”

“让她来吧，”菲利亚说，“好帮我擦擦地板。”

“我也能帮你们擦地板，”房间里传来女人的声音。

“如果你休息好了，”菲利亚冲我使了个眼色，说，“我们就开始画像吧。”

他为什么使眼色？我不知道；一走进他的房间，就看见披着棕色长发的一个女人。我想了想：菲利亚你转得可真够快的。他继续低声和那个棕色头发的女人聊着，我也不去听——我根本就不感兴趣他们谈的是什么。接着低声变成了窃窃私语，这时我开始留心听起来。我才明白，他们在说我，所以才这么小声。菲利亚摆着姿势，目不转睛地盯着我，而这个女人看着他的脸。当他微微颤动着厚厚的嘴唇时，我终于分辨出一个词，他把这个词重复了不止一遍：傻瓜，傻瓜。我想了想，同意了他的话。

“我是不是不该说话?”菲利亚问。

“正相反，”我反驳他，“你说话时面部更为精神。”

他重又颤动起双唇，还是在谈论我——也不厌烦。终于门铃响了。菲利亚给柳芭开了门，她和他的女人打过招呼就赞叹道：

“您的头发太美了!”

“我今天刚染的。”棕发女人自得地说。

“我也想染。”

“我可以教您。”

“不用了。”我说。

“教教吧，”柳芭就想跟我唱反调，“我还想把头发剪短了，不然的话，这里——”她指了指后脑勺，“太热了，有时都晕乎乎的，您不热吗？”

“有时也热，”棕发女人想了一下答道，“咱们去我那儿吧，”她提议，“我给你剪发和染发。”

“我想比你的棕色更深些！”柳芭扑上去，这就把称呼换成了“你”。我和菲利亚出来给女人们递上大衣。

当门在她们身后“砰”的一声关上，我长长地舒了一口气，因为摆脱了柳芭。菲利亚也紧跟着舒了一口气，于是我想知道这个棕发女人是谁。

“我的初恋。”菲利亚答。

忽然记起他的妻子离开他了，我建议道：

“你现在用不着什么初恋，最好找个脑子别太复杂的小姑娘。”

“我想，”菲利亚说，“还是喝点酒吧。”

他去了商店。我搁笔多时，又回到画像前。这时我才发现，我画的不是菲利亚，而是阿纳列耶夫。我经常是这样，明明在画自己心爱的女人，画出来的却是另一个女人，或者想画牛，成稿后却是马。所以现在画成这个样子我也不惊讶。我打起精神——也许阿纳列耶夫会买这幅画，于是我赶紧去找他，希望他参加完葬后宴正好返回了。

街上雨停了，路面已结了冰。脚下像玻璃一样滑。开始我还迈着小步，后来也耐不住了——摔倒又怎么样。我瞄了眼路边一幢楼房里一层的窗户，看见里面有一群姑娘在练体操，透过双层画框我似乎听见那里传来的“低沉的”音乐。正看得入迷，我突然滑倒了——耳朵里一下子声音变大了。

当我来到阿纳列耶夫家时，只有阿霞一个人在。我也很高兴她独自在家。

“如果安娜·伊万诺夫娜说得对，”我想以自己内心深处的秘密开头，“我只能做一个放牧的……”

“你还着急什么，”阿霞打断我，“你来得及去看你的牛……”

还没有说完，阿纳列耶夫就回来了，还带着库兹涅佐夫——两个人都穿着黑西装打着领带。

“葬后宴怎么样?”我问，“我睡过头了。”

“我们也没去成，”阿纳列耶夫说，又挥了挥手，“我最受不了葬后宴了。”

我悄悄塞过去他的画像，可阿纳列耶夫气愤了：

“你什么时候见我穿过这样的衬衫？阿霞，”他叫妻子，“拿来我那件新的白夹克，”他看见库兹涅佐夫盯着她的背影，又问，“我妻子漂亮吧?”库兹涅佐夫点点头。阿纳列耶夫边想边说出了声：怎么可能穿这样的衬衫……

“好啊，”库兹涅佐夫拖长声音赞叹道，接着又补充，“当然，衬衫得重画；而且脸不像脸，手不像手的。可能白色夹克也不行……”

“为什么?”

“白颜色下面能透出衬衫的格子,”库兹涅佐夫解释着,“是这样吧?”他转向我。

“阿霞!”阿纳列耶夫喊道,“拿那件格子夹克来!”她已经拿着一件格子夹克跑了过来。“看,怎么样?”阿纳列耶夫系好扣子。

“太棒了!”我赞道。大家都齐声夸奖:“很好!”

“我也这么觉得。”还没顾上照照镜子,阿霞就叫他去接电话。

“我需要纸、剪刀和胶水。”我说。

“干什么?”库兹涅佐夫惊讶道。

“从纸上剪下一个小方块,用铅笔涂成黑色,然后粘上。”

“真有意思,”阿霞说,“应当把孩子们叫来。”

在电话里说了一会儿,阿纳列耶夫从另一个房间里回来了,哈哈大笑,笑得眼泪都流出来了。

“嘿,真累啊,”他吐了一口气。我自己知道,他能那样笑当然是……

“什么事?”

“安娜·伊万诺夫娜的丈夫来电话通知,明天是葬礼,而我和你一样,”阿纳列耶夫指了指我,“安娜·伊万诺夫娜去世时我们都在乡下,却什么也不知道。另外,今天举行第九日纪念会。”

“现在经常是这样,”库兹涅佐夫解释道,“亲戚们分散在世界各地,要是等哪个人从什么角落赶来参加葬礼,都该进行 40 天纪念了……”

“真累啊,”阿纳列耶夫重复道,他的脸上现出一种过去他在墓地当清扫工时的表情，“生活变化多大呀，”他陷入沉思，“你明白我说的是什么吗？”

“明白，”我点头。

阿霞和库兹涅佐夫觉得阿纳列耶夫要开始发议论了，就一起跑到凉台上去吸烟。

“我奶奶说，”他开始回忆，“过去他们下地劳动时都唱歌，回来时也唱。你知道唱什么歌吗？”他问。

“不知道。”

“我也不知道，”他说，“我们猜猜吧。”

“猜猜吧。”我又点头。

“唱歌时什么都不想，”阿纳列耶夫继续道，“他们走在田野上，唱着歌，什么都不想，收工后也是什么都不想。你回忆一下，当你割草或者跟在耕犁后面走的时候，你想什么？”

“什么都不想……”

“正是！他们什么都不想，脑子里干干净净，而我的脑子里满是垃圾，我想你也是……”

“是，”我附和，“满是垃圾。”

“我希望生活中什么都不用去想，”他说，“一旦开始思考，”阿纳列耶夫顿了一下，忽然完全换了一种嗓音小声说，“听我说，昨天那个女服务员——她还可以！”

我差点就对他说：谢谢你提醒我。我跑进有电话的房间，趁现在还来得及，赶紧拨号，这时有人敲门了。阿纳列耶夫拖着步子去开门，紧接着阿霞和库兹涅佐夫抽完了烟从旁边溜过去，然后我听到了卡嘉的声音，想扔掉话筒，可一想起年轻的女服务员，却又改了主意，重新拨号。

“明天我去不了，”我向她道歉，“我得去参加葬礼。”

“好啊，”她说，“我明天也很忙。”

“那我后天给你打电话，”我悄声说。

卡嘉正在前厅说她离开丈夫的事，我在进去之前看了眼镜中的自己，做出一副冷峻的表情。我知道，当你感觉生命在匆匆滑过的时候，碰上这样一个可爱的服务员谁都会失去头脑；会以为你还是个男孩，一切都在前面。

阿纳列耶夫命令妻子：

“给卡嘉铺好折叠床，”又指了指我，“让他和库兹涅佐夫一起睡沙发。明天全部去参加葬礼。”

“你们有闹钟吗?”库兹涅佐夫请求道，“明天我得六点半起床，然后我们在安娜·伊万诺夫娜家会面。”

“应当先去停尸间，”阿纳列耶夫打断他，“你知道第十二医院在哪儿吗?”

“知道，睡吧。”库兹涅佐夫说着上好了闹钟。

当我们三个人睡在一个房间时，我感到一种浓重的忧愁。我知道我无论如何也逃脱不了这葬礼了。该安排的都安排好了，灯也熄了，大家都躺下了。库兹涅佐夫在将要入睡时嘟囔了一句：

“你怎么这么忧郁?”还没等我回答就翻身对着墙，打起呼噜来。后来才知道，他根本就不知道第十二医院在哪儿，明天也根本就不去参加什么葬礼。

我无法入睡，感觉卡嘉也没睡着，在想我想的事情——六点半闹铃一响库兹涅佐夫就走，到时就我们两个人在这个房间里了。

“睡着了吗？”我小声对她说，“我们想想将来吧。”

“最好还是努力入睡吧，”她舒了一口气，“得回忆回忆什么甜蜜的事。”

我回忆起自己在安娜·伊万诺夫娜的课堂上吹口哨，她把我赶了出去。我跑出技校，来到街上。那真是美妙的一天。我闲逛着，不知到哪里去打发时间。脚下干枯的黄叶沙沙作响。如果不用上课表上的下一节课，我当然能找到地方消磨时间，可现在只能逛逛……整个秋天，安娜·伊万诺夫娜的每堂课都开始于给我指指门的方向，而我——上街去。晴空万里，秋色正美，虽然落叶纷飞，却天气暖和，令人惬意。令我惊讶的是，我意识到再也没有比回忆那段无从打发时间的日子更令我感到甜蜜的了。

早晨，卡嘉甚至还没有吃早饭就准备离开。

“你去哪儿？”阿纳列耶夫问她。

她回答：

“去我丈夫那儿。”

她旋即走了，为的是不让人看到她脸上的表情。要是真的去找丈夫又有什么——难道你能理解这些女人吗？

“请你们原谅，”吃早饭时我说，“我不去参加葬礼了。”

“先吃吧！”阿纳列耶夫生气了。

“吃什么？”阿霞听错了，“面包？”

“我最后一次在街上遇到安娜·伊万诺夫娜的时候，”我若无其事地说，“我做出一副好像第一次看见她的样子，直接从她身边走过去了。”

“为什么?”阿纳列耶夫很奇怪。

“她可能会问我，我现在过得怎么样，我怎么回答她呢?”我嘟囔着。

“你装什么穷?”阿霞冷笑道，“今天有人看见你在一个最贵的商店里挑西服，而我的丈夫连看都不敢往那儿看上一眼。”

“你的阿纳列耶夫都不敢看一眼的地方，谁能在那儿看到我?”我说。阿霞突然沉默了——说漏嘴是件多么容易的事。

阿纳列耶夫装作没听见，而我惊讶她怎么有了一个情人，现在我才明白为什么库兹涅佐夫插不进来。

“好吧，我去。”我开始准备——我不会告诉他，当我不期然在街上与自己少年时代的恋人相遇时是怎样战栗了一下，我不相信她怎么变得如此苍老，我也无法解释，我为什么与她擦肩而过。

我碰掉了上衣，又碰掉了帽子。

“你急着去哪儿?”阿霞问，“还来得及去看你的牛。”她重复着昨天说过的话。

阿纳列耶夫不明白，我忽然愉快起来，一想到正在等待我的那些牛就又忧郁了。

我来到街上。起风了，像是返回了冬天。我踱到铁路旁的空地上，四周白茫茫一片，让人想起喝酒。我决定回家去，回我的乡下。我走着，像往常那样期待着什么。站前广场上一个人也看不见，我仿佛置身于旷野中，狂风中无法辨清火车站的方向。突然一切都静寂下来——久久地；我似乎听到了一声深深的叹息。转过身——我看到风雪中拂动的红发。柳芭挥着手，剪短的头发使她看起来显得年轻而又幸福。

静水深流

/奥尔加・里姆莎

奥尔加・里姆莎，1988年生，她生长在新西伯利亚，是西伯利亚国际关系与区域研究学院的一名大学生，兼做文学网站《白色猛犸象》的小说编辑。2010年“处女作奖”获得者。

我决定为自己的辞职举办一个晚会。我在一家几乎令人透不过气来的企业里当牛做马，过了三年鬼一般的日子。我承认，即便是在我的帮助下，生意也进行得很糟糕。不过，我也荣幸地为使这家毫无意义的保险代理处最终倒闭而尽了一分自己的力量。我对所有的客户都已厌恶之极，更别提那个从我刚参加工作几个月开始就对他的大腹便便憎恨不已的上司了。当“市保险局”即将破产时，我坚定地把辞职信放到了上司的桌子上。两星期后我见了他最后一次。

“安德烈，”他闷闷不乐地嘟哝道，“要从这条沉船上逃跑吗？……”

“你说我是从沉船上逃掉的老鼠？”我冷笑道，不等他回答就抓起桌子上的工作证离开了。现在我是只自由的老鼠了。

晚会办得很成功。天还没亮我就已经可以断言大功告成了。吵嚷的来客把家里所有的吃食都扫荡一空。地上乱七八糟堆放着成排的瓶子、几个不知被谁打碎的碗碟，还有备受欢迎的沙拉残渣。音乐声敲打着太阳穴，撕扯着耳膜，喉咙里火烧火燎。眼前晃动着闪烁的灯光，耳里充斥着嘈杂的人声，双手一遍遍亲切相握。我摇摇晃晃像是顺流而下奔向那喧嚣的悬崖。我明白，明天将会无聊得令人发腻，脑子将被一味的回忆充满，但是今天……今天我缓缓把门关在自己身后，借着透进来的一丝光线看到床罩下突然有人蜷缩了一下……

早晨天气不错，湿润的雨滴从敞开的窗子里透了进来。我用力睁开像是紧紧粘住的双眼，微微蜷起身子，四下环顾，只见旁边的枕头上躺着一个一脸倦容的姑娘。她令我觉得亲切。我碰了碰她的肩膀，感到一些暖意，于是笑了笑轻声说："不错……"

厨房里一片狼藉。连个放盘子的地方也没有，当然，盘子也不知去了哪里。我克制住一阵想把所有东西都扔到墙上、把这个曾经舒适的房间变成血腥战场的欲望，从桌上抓起一块被啃过的面包就回到卧室。这时我发现姑娘移动了位置，拱到离我的枕头更近的地方，那枕头上可能还残留着我的气味。我悄悄坐到旁边，附身贴向她的耳朵问道：

"你叫什么名字？……"

"伊拉……你不记得我了吗?"她没有睁开眼睛，好像从梦中略带沙哑地说出话来，接着又补了一句："还不够……"

我盯着她的耳朵、她奇特的耳廓仔细看了几分钟，接着就感受到她呼出的温暖气息，于是好像不由自主地想到该去洗个澡，却又特别不想去。

“我们在哪儿认识的？”我又问，甚至想都没想这会使姑娘觉得委屈。

“昨天……就在这儿。”她突然眯起眼睛伸了个懒腰，露出白里泛黄的牙齿，笑了。

“你做客可真像在自己家里一样。”我一边说，一边挪得更靠近她一些。

“我对你的看法不感兴趣。”她还在笑着，我却不喜欢她这句话。

“穿上衣服走吧！”我语气未变，毫无愧意地说道。当我刚刚离开她温暖的身子就想到，有时人的身体和言语会莫名其妙相违背，一点也不按照规律相互配合。她先是没有了笑容，但在发现了我眼中由衷的兴趣之后，重又兴奋起来，同时默默地把手掌小心翼翼地放到我的脖子上。

“你没聋吧。”我接着说，“我可是真的希望你走。”

“害怕你的女朋友撞见我们吗？”她说得如此平静，以至于我有片刻的工夫真的以为存在这么个姑娘。

“什么女朋友？别笑话我了，我是自由人……”

“就是说，你想做什么就可以做什么喽？”她打断我，让我觉得她的语调有点忧伤，好像她很想像我这样，无所羁绊，永不停歇。

我真的是无所羁绊。我走到哪里都是自由的，就像地狱里的活人。就在不久前我还不得不早晨七点起床，给麻木的双腿套上裤子，之前用十分钟的时间徒然地熨烫裤子，五分钟的时间用一把发硬的牙刷刷洗那因为抽烟而变黄的牙齿。每天我都盯着电脑屏幕，却不知上面写的是什么。每天我都冲着客户微笑，他们当然没有做错什么，但他们在我这双因为紧盯屏幕而疲倦之极的眼睛前不断地、令人厌恶地出现，以及他们想知道保险这个陷阱之真相的自然的、但非常令人腻烦的愿望，却令我感到无聊透顶。昨天我终于摆脱掉了这个可怕的责任。

“想吃点东西吗?”我一改刚才的火气，换了副温和的语调。

“要是你做我就想吃。”她眯缝起眼睛说道，又用被子裹住身体。我怎么不记得昨夜了呢？……不，总还是记得一点的，只是很模糊。时间过去，我会忆起她的双唇在我耳边留下的吻。

“好吧!”我答道，甚至没有想到说“不”。

十五分钟后我用托盘往卧室端来一个放着鸡蛋的煎锅、两小片面包、两副叉子以及给她的一杯茶水。我给自己准备了一瓶冰凉的啤酒。我坐到对面的椅子上。在享受了啤酒的咝咝冒气声并饮了一口之后，我忽然开始饶有兴味地从头到脚打量起她来。是啊，上天对她没有亏待，但也不是特别慷慨。首先映入我眼帘的是她的双肩。她早就拼命努力却没有摆脱掉的有点驼背的可憎习惯，却使她平添一种惹人怜爱的无助模样。看来，她时常会挺直背部让自己精神一下。我明白，我的整个生命都在竭力摆脱自己的天性。她的眼睛……眼睛和所有我不得不看的那些眼睛相比没有什么特别之处。这也许是因为它们经常微笑，或者更确切说，是在嘲笑。她眼睛的颜色辨别不清，有点介于栗色、灰色和绿色之间。脸形还算端正，但谈不上漂亮。皮肤不太光滑红润，但也不能说丑，就是一般吧。身材——这可是她真正值得骄傲的所在，她那时而做出的放肆动作，已经成功地展示出了这点。这幅肖像画不是很诱人，但令我喜欢：在她平凡的外表下可以感受到生命和意义。她的头脑中活跃着一些激励人心的思想，可以毫不犹豫地认为那就是她的性格。不，她不是美女，但她身上有什么东西吸引着我。

“你怎么那样看着我?”她嘴里塞满了鸡蛋，嘟囔着又笑了。

“我在研究你。”我波澜不惊地答道，继续放肆地盯着她看。

“怎么样，喜欢吗?”

“不喜欢。”我知道自己有时很冷酷，但我这种毫无理由的率直一点也没有影响到她脸上的表情。只是在她的眼睛里我发现了一丝一闪而过的鄙夷神情——意思好像是，一个尊重自我的人永远也不会说出这种话来。于是我补充了一句：“可我说的是真话，干吗要撒谎呢？你会轻松些……”

“你说得对，我该走了。”她突然说道，然后从床上跳起来，快速穿上衣服。我怎么也没有反应过来。脑子里还是一堆杂七杂八的想法，转眼就和这个特别的、自称是伊拉的姑娘毫无瓜葛了。可我还没有对她熟悉到能够把这个名字和她永远微笑的面容紧紧联系在一起的程度。我已经忘记了去想她时，门廊处响起她的声音：

“关门吧!”

“就来……”

“我把电话留给你，也许你会用得着……”她的声音很坚定，却泄露了故意做出的平静。当我来到前厅准备关门时，她已经连影子都不见了，而钥匙盒里躺着一张小纸片。上面写着她的号码。我碰都没碰这张纸片：

“也许吧，什么事情都可能发生……”

※ ※ ※

今天，当我把办公室那个家伙的瘦脸弃之不顾后，我想伪装成自由的及因这个自由而来的幸福的样子。但自由也会使人不快，自由也能令人头晕目眩，最终使我停了下来。可我太缺少自由了，以至于哪怕后半生都在轮椅上度过，只要我没死，没有鼻子冲下倒在灰土中，我都会一下子开始幻想起来。而幻想……幻想不仅能使我们站立起来，而且还会给我们翅膀。看，我飞向那奇妙的美事——飞向那个有着一张张愉快笑脸的灰色大楼的门口，预感到会因为未来的甜美而吧嗒起嘴来。是的，这里同样很像办公室的蜂箱，但我不准备在这个蜂房里停歇下来。

我尽量礼貌地敲了敲上面贴着令人敬畏的牌子的大门，悄声走进这间办公室，立刻被一股昂贵的雪茄烟味包围。我同样悄悄地小心翼翼地坐到边上立着的一张椅子上，盯着面前一位傲慢地、煞有介事地翻阅着什么文件的人士。

“您是哪位？”那位人士眼皮都不抬一下地嘟哝道，我都没有马上明白过来这句话是问我的。

“我给您打过电话。您约我来谈谈。”我尽量避免多余的废话，但还是感觉到自己的语调里透露出些许不安。我深呼吸了一下，让自己的气息平稳下来。

“您找的不是我。”

“那找谁呢?”

“您叫什么名字?”他继续端着架子，眼睛没有离开纸。

“安德烈·察里科夫。”

“什么?”

“察里科夫。安德烈。”

终于，他抬起了目光。目光里没有一点对我的兴趣，有的只是出于礼貌的对视。我挺直了身子，脸上做出准备回答任何的、哪怕是最复杂的问题的表情，却不知为什么不由自主地开始神经质地撕扯起自己的口袋边。

“哦，这样吧，”他终于说话了，眼睛也不再盯着我看，“既然来了，我就和您谈谈吧。答记者问开始。”

“您问吧，我准备好了。”

“还是您问我问题更合适些，而不是我问您。要知道是您想当一个记者。”他第一次露出了笑容，“可是我首先得知道您是什么样的人。所以对不起，我的第一个问题就是记者老生常谈的一个问题：为什么您想当记者?”

“我从童年起就想当一名记者，”我一口气说完，马上就意识到这简直是胡说八道，“是这样，我在童年时就写过一些东西……写过各种题材的文章……”

“什么样的文章？举个例子。”

“我说了，是各种各样的。小学时是一种，大学是另一种。很多人都喜欢读我的文章。”

“那么，你为什么要做这些事呢?”

“我天生具有批评的头脑。要是看到什么有趣的或者相反令人厌恶的事情，我都忍不住要评论一下，揭示出其中所谓好的和坏的方面。而在那些让我被迫沉默，您明白，就是堵住我的嘴的地方，我简直没法工作。记者——我认为就是能够说真话的人，这正适合我。”

“您觉得真话总是很有意思吗?”

“那当然。还有什么比这更有趣呢? 查明真相并且从中得出相应的结论——这在生活中比什么都有趣。”

“有些人不这样认为，其中还有不少记者，而且是成功的记者。”

“不，不，”我打断他，感觉好像得不到这个职位了，“他们不是记者，而是讲故事的人，是作家……我觉得记者的责任就是写出真相。”

“那为了这个真相您愿意做什么?”这个到现在都没有来得及自我介绍的人依然那么平静地问我。

“不知道，”我思考了一下，“我不认为自己愿意做一切……您是想听这个吗?”

“能摧残爱情吗? 能跟卑鄙行为对着干吗? 能欺骗周围所有的人，只是为了发现您所热爱的真理吗?”看起来，他在无耻地挑动我坦白并承认，自己出于贪婪会为了另一个真理而背叛一个真理。这种情况是存在的，真理就像女人，当我们说爱女人的时候，并不意味着我们爱所有的女人。于是我急忙表示后悔。

“我能。这对我来讲没有什么道德束缚。至于爱情……我真是无比幸运。对于这种事我一窍不通，当然，我知道爱情有时会存在。不过我还没遇到过。”

“但我还是想知道您的底线在哪里？哪些事是您给多少钱都不干的？”他狡猾地笑着，好像摸到了我的软肋。

“我永远也不会杀人。”

“那您还是有自己的道德准则的！”他忽然高兴起来。

“像所有神经正常的人一样。”我耸耸肩答道。

他沉默了，又摆出一副傲慢的样子。他有点像我的前任上司，这使我很生气。从他沉稳的举止中可以看出一种富足的神态，从他的目光中可以看出一种懒洋洋的神情，但他谈吐清晰，而且善于抓住要害。当我认识到这些东西对我很重要时，我感到很高兴。特别令我高兴的是，他没有肥大的肚子。这就意味着他没有自视过高，他还能够站在另外的立场上，能够从侧面审视自己，从那个有时并不太好的一面，从别人看他的角度。由此我大胆推论——如果他想，他会给我这个职位的。当他再次向我投来好像是空洞的目光时，我明白，他将给我这次机会。

“您什么学历？”

“语文系本科。”我答道，知道这个学历只是一张纸而已，就再也没去想它。

“好，”他不管怎样还是说道，“您当过记者吗？”

“在大学里干过，”我有点难为情，“我在一家报社编辑部里干过……名字记不清了。”

“没关系，即便你在那里干得裤子都磨破了也不会怎么样。”他并无恶意地说道，同时看到我突然移开的目光更断定自己的正确。他到底要探究我到什么程度呢——要到最深处吗？难道我平庸地向他展现了自己的全部底细，现在已经无法摆脱内心的折磨了吗？

我无言以对。

“这没什么重要的。反正我们需要的不是固定记者。我还不能信任您，不能指望您能像个专业记者那样。而编外的……”

“这正是我希望的。”我高兴地打断他，但他却好像无比平静。天知道他是怎么回事，也许他根本就没有感觉神经。我想他永远不会喊叫，即使是不小心锤子砸到了手指，而且就算是别人弄的，他也同样会不吭一声。但我确信，他在自己的事业领域一定威望很高，所以他这么故作大度。当我觉得自己像一只雏鸟，等待别人慈父般地提供一条跑道，飞还是不飞都由自己决定的时候，我感到很不愉快。

“我没有什么问题要问了，”他架子十足地说道，“我没有必要打听你的生活以及你的生活准则。那都是空谈，要是你无足轻重、一文不值的话。”

他从桌上拿起一张名片递给我：“我一找到适合你干的事情就给你打电话。如果长时间没有我的消息，你就自己打电话给我：事情太多，很难不忘点什么。如果你写出好文章来，我就录用你……不，你还是再试试。我喜欢顽固的人，我指的可是这个词最好的意思，越是碰壁，就会越坚固。”

“谢谢，”我拿起名片，不觉有点懊丧，好像意识到在我说出那句荒唐的“这正是我想要的”之后，他开始对我以“你”相称了。

他降低了我的身份。抑或更贴近了我。不知道，当时我没有搞清楚，因为他没有再注意我，重又埋首于成堆的文件中去了。

我在那张看来是被总在更换的主人搞坏了心情的椅子上又坐了大概十分钟，研究着这位我未来的（希望是）上司漂亮的脸部轮廓。是的，他一定很得女人的欢心，他还不到四十岁。这样想着我踱到门口，在门旁默默说了句“再见”就走出了办公室。

※ ※ ※

走到街上我才看了一眼名片。顶头是一行漂亮的字体：“人与事”，正中间是略小的字体：“科尔别夫斯基·康斯坦丁·鲍里斯维奇，主编”。为什么这个科尔别夫斯基没有进行一下自我介绍，没有和我握手，没有礼貌和友好地对我微笑并递上一杯咖啡？为什么他没有做那些我在上一个工作中都应该做的事情？因为我对于他来说就是一块可能会、但也未必能往他的口袋增加多少钱的材料。这些钱在他那堆绿色钞票的映衬下也未必多么起眼。我自己大概也不会拒绝为他搞到这些钱，因为既然吸上了毒品，就得给我一定的剂量。我对于他来说是什么？充其量是一只惹人厌烦的苍蝇，如果这种苍蝇比较稀有，还能为他赢得著名收藏家的桂冠。

这个科尔别夫斯基显然是个行家。我看到他戴在手腕上的手表——不是在市场上、也不是在一般的商店里买的，价值几何我无从知道，当然我也不喜欢那些庞大的数字。他的夹克有点发皱，但很贵，领带也是名牌，却打得漫不经心。最主要的能够反映出他很富裕的——就是他的目光。他已经对一切都玩腻了，他对比自己混得差的人不感兴趣，他早就实现了自己的梦想，现在要看的是别人怎么做才能有利于他。他有才，也不怕输给谁。而我……我突然想有朝一日能胜过他。

我把名片放入夹克的内层口袋里以防丢失。也许这是千里挑一的机会，不抓住它简直是傻瓜。这家报纸在市里每天的发行量都很大。要是能在那散发着香味的页面上看到组成我的名字的几个字母，那将是多么不可思议的事情。从我旁边经过的这位男士或者这个姑娘暂时还不知道这个名字，但他们终究会知道的。

抬头望天，我看到了鸟儿。它们飞得很低，乱糟糟地盘旋着。低头看柏油路，我又发现了一群鸟。它们怎么到处都是呢?

今天我没有什么急着要去的地方。我决定随便走走，集中精力想些问题，更何况鸟儿总是能吸引着我去漫步和沉思。遗憾的是这次却没有成功。我发现远处走来我熟悉的一个小伙子，就是以前的同事斯拉夫卡·泼留欣。他快步走着，不时四下看看，手里提着一个包。我本来想躲开他的目光，因为现在暂时还没什么可以吹嘘的，但糟糕的是，他发现了我并以更快的步子向我奔来。

“安德烈，真好啊，遇见你了!”他由衷地兴奋着，抓住了我的衣袖。

“嘿，轻点！你怎么那么高兴?”

“好久不见了!”

“顶多一个礼拜。”我想，他现在就要开始问这个礼拜是怎么度过的了，找没找到值得一干的工作，是否找到什么舒适的椅子安置自己的屁股，于是我赶紧首先发问：“工作干得怎么样？”

“工作……”他不知怎么说得有点含混，脸上被一丝苦笑扭歪了，“你怎么对这个感兴趣？你不是无所谓吗？”

“听着，泼留哈（拉夫卡·泼留欣的绰号），我真的是无所谓。但现在我不知怎么觉得是你忍不住想和我说说。我们那个头怎么样了？是陷入绝境了还是想着起死回生呢？”

“绝境……”他害怕地重复着我的话，“不，他没有陷入绝境，他怎么会陷入绝境？”

“别在意，泼留哈，我就是开开玩笑，”我有些幸灾乐祸地想，情况一定很糟，让这个可怜的小人物都没有想法了。他舌头磕磕巴巴，目光慌里慌张，只有手却不知为什么一点都不打颤。他气色不佳。不，不会是因为工作——让那个工作见鬼去吧，关你什么事？

“听着，泼留哈，”一分钟后我又说道，“你不想辞职吗？”

“我已经辞职了，就在刚才。”他说着眼睛望向一边。

“啊！”我更惊讶了。没有谁比泼留哈更加尊敬领导，很奇怪他怎么那么喜欢对客户献殷勤。他可能是把保险业看得太神圣，对一些突然面临的困难无所畏惧。现在连他都走掉了，可见这个企业有多么糟糕，把最忠诚的员工都给赶跑了。

“是的，辞职了，”他不时四下看看，好像在找什么人，“如果可以这样表达的话……总之，我放弃了这个工作，好像工作证得以后去拿……”

“那你现在干什么呢？”我说道，但我对这个一点也不感兴趣。我感到奇怪的是他的举动。他以前总是那么安安静静，无忧无虑，快快乐乐。他是唯一一个时常为我那些灰色的日子增添色彩的人，是唯一一个我能和他闲扯任何事的人，那样一天就会过得快些。泼留哈才二十三岁，他在如此令人悲哀的岗位上表现出的无缘无故的工作热情令我觉得不可思议。令人高兴的是，这并不妨碍我心安理得地无所事事。

“不知道，”他说着突然把自己的包递给我，“你能不能先帮我拿着?”

“什么?”我没弄明白怎么回事。

“能不能把这个先存放在你那里?”

“要很久吗?”

“就几天。”他说得很快，把包塞到我手里就准备离开了。

我莫名其妙地完全呆住了。也许正因为此他轻易就把这个讨厌的包塞到了我的手上，毫不费力地逃脱了一些非常合理的问题。直到他的背影已经消失在人群中，我才回过神来。我从外面四下摸了摸纸袋，发觉里边是一个硬硬的东西，被一个软乎乎的东西包裹着。很容易就能猜到，这个软软的东西是丝绸。我忽然被一阵强烈的好奇心攫住，但这是在街上，所有人都看着，我可不敢打开包裹。我把包裹夹在腋窝下，往四面张望了一下，发现不远处有一个很小的地下咖啡馆，在这样的早晨那里一定客人不多。我快步往那里走去。

※ ※ ※

咖啡馆里是一片震耳欲聋的音乐声。几个角落的小沙发上坐着几小撮人，边谈笑边喝着咖啡。柜台前站着百无聊赖的侍应生。我环顾四周，在角落里找到了那张我需要的标有字母“M”的桌子。我走到那里，觉得不会有什么人发现自己。我自己明白，当音乐节奏剧烈撞击脑袋的时候，人的注意力是分散的，大脑是僵化的，思维呆滞。如今在一些咖啡馆中音乐过分吵闹，这总是令我生气。

在厕所里还能听到咚咚作响的音乐声敲打着砖墙。我钻进一个没有什么味道的卫生间，看到马桶还算干净之后，就坐到马桶边上，把手伸到包里。我这种样子真是荒谬！当我的手指越来越明白地触摸到那个温热的、擦了滑润油的、我从来没有握过的大大的一把手枪时，我是多么奇怪地变成了一个掌握着可怕秘密的人。我把它掏了出来。

“不错……”我悄声自语。

这把老式的、说不定还经历过德国人的手枪，用它黑洞洞的枪口看着我。虽然我不懂武器，但傻瓜也能认出这是一把左轮手枪。过去它常常用于为了维护自己的名誉而进行的以命相抵的轮盘赌活动，好像只有在离得很近却能幸免于难的情况下才能使自己获得前所未有的尊重。我对自己的联想感到好笑。我可没想去干这样的蠢事，但我的指端却分明感觉到这致命的金属。

我在掌中转动着这把重重的左轮手枪，想着它是以一种怎样有趣的方式落到了泼留哈的手上。他是那么安静，那么不起眼，谁也不会怀疑他犯罪，不过话说回来，这种人也有可能是真正的亡命之徒。当然，我不认为泼留哈会是这样的人，很有可能这把左轮手枪是因为机缘巧合落入他的手中，而他害怕得抓住一个机会就把它塞到别人手里去了。只不过这是什么样的巧合呢?

转动着扳机，我突然感到这把可能射出过数百发子弹的手枪开始令我着迷了。它曾断送过多少条生命，又有多少起死亡归在它的名下？确实，这两组数字是有所不同的。一个无辜的死亡，会导致十条生命白白葬送，如果被杀的人是父亲或母亲，心爱的男人或女人，或者就是谁的孩子。还有一种情况，一个罪不当赦是死亡能使上百条生命获救。这是不可预知的，自有尊贵的命运在安排。但我怀疑，正是它扣响了扳机。

扳机已经磨损，不知道是同一个人的还是总有不同人的手指去触碰它，只是扳机已经受尽折磨。我同样转动着它，心中升起一种说不清的对于被这把手枪所杀死的生命的疏远感。我从来也没有想到空洞而又毫无生气的东西会决定谁的命运，是毁灭还是使之复活，而今天，此刻，坐在马桶边上，我忽然意识到了这一点。这很简单，简单到不能相信，而一旦相信了，就再也摆脱不掉这样的信念。

不知道是为什么，我把食指放到了扳机钩上，手指因为想尽快扣动它的奇特愿望而用尽全力。我把手枪紧握在手中。心脏在加快跳动，体内却奇怪地感到甜美的平静，就像起跳之前的猫一样。又过了一秒钟，脑袋简直要裂开了。我使劲弯曲手指，扣动了扳机。如慢镜头一般，仅仅过了几秒钟就响起了震耳欲聋的枪声。我被惊得差点跌入马桶中。

几秒钟过去，当响声在大脑中渐渐平息下来，我在右侧墙壁上发现了一个不大不小的洞，洞的周边已经融化，散发出刺鼻的味道，冒出一缕呛人的烟雾。我用手指摸了一下敞开的洞口边缘，结果被烫伤了。再看手指，沾上了一抹黏糊糊的猩红……我尝试换了个角度查看那洞口，于是在离我稍远处发现了一种奇怪的、红色的、莫名的东西。我从不认为头发真的能竖起来，现在却分明感觉到头皮底下有一丛躁动的毛发突然活跃起来。胸口猛然间充满热气，因而使体内整个都燃烧起来，胸都好像要胀破了。我举起颤动得像癫痫病人一样的手放到自己冰凉的额头上。又过了一秒钟，我像是被烫伤了似的，却还是拖着绵软无力的双脚走出了卫生间，猛地拉开隔壁卫生间的门。门轰隆一声弹开了。只见角落里有一名男子坐在，或者更确切说是躺在马桶上，身体几乎垂到了地上。他的头上靠近左侧太阳穴的地方有一个洞。疼痛与疲倦瞬间击垮了我，我闭上了眼睛。

※ ※ ※

整个城市都在旋转，无休无止，令人恶心，眼睛变得干涩。转得太快了，令我觉得空中的鸟儿好像都定格在那里，柏油路却突然活跃起来，总想从我脚下溜走。我像个醉鬼，又像个被熬了一晚上的马拉松耗尽了体力，或者被疾病折磨得东倒西歪的人一样走着，举步维艰。我只是下意识地或者是由于自童年就养成的习惯而挪动着步子。好不容易到了家，我把那个装着手枪的袋子扔到角落里，就一下栽到床上，把头深深埋到枕头底下。

到底发生了什么？我简直都不敢相信。可如果一切都是我亲眼所见，又怎么能不相信呢？我从来不想杀人，可为什么这把小小的手枪偏偏挑选我去当一个杀手，去当这样一个糊涂的、害怕得发抖的、莫名其妙的杀手？可是那个人死了，这一点我确信无疑。他是真的死了，就像我现在真的活着一样。二者之间的界限是如此隐晦，实在令人惊异。更加令人惊讶的是，我根本没有想就荒唐地用那摊红色的咸腥的血迹在砖墙上涂上了这条界线。

我记得一切。当时我好像什么也没有发现。我没有掌握一丁点事实，既想不起一个微小的细节，也不记得整个的画面。但是现在，当我躺在自己家里，周围一个人都没有的时候，我突然感觉到，头脑里连接起了那些可怕的碎片。

他靠在自己右侧的角落里一动不动。一只手自然地垂着，另一只手放在膝盖上，似乎在提着褪下去的裤子。他的脸上是一份冷漠、孤独与自足，没有什么特别的地方，没有恐惧，没有侵犯，或者是惊讶。脸色蜡黄，不是活人的，但也不是死人的，似乎是在半梦半醒之间。他的眼睛是睁着的，但空洞洞的，瞳孔是蓝色的，但在它们的玻璃表面上映出了整个卫生间的轮廓。他靠着的那面墙上被一颗偶然飞来的子弹盖上了印记。他的脑袋红得让人受不了，有些地方是深红甚至是暗红色，脑子里流出血来。太阳穴被打穿，同样染成暗红色。蓝色的衬衫上溅满小血点。腕上的廉价手表一定还继续走着，好像什么也没有发生一样。是啊，无论你是死了还是活着，时间都永远不变。

他不到四十岁，但也超过三十了。两腮长满胡子，两臂和前胸也有一些毛发。他很可能是个黑发男子，短发，如果他还活着的话，再过三年就会秃顶了。嘴角上有一些好看的仿佛就要开口说话的纹路，额头上横贯着一道深深的皱纹——这说明他爱思考，思考的时候很满足。他是个中等个子，中等身材，但偏于干瘦。他在我的大脑里是如此鲜明和刻骨铭心，以至于我不由自主地哆嗦了一下——我会梦见他的，对此我毫无办法，即使每天都喝上几升的伏特加酒。

我怎么能够详细记住统共几秒钟之内看到的东西呢？三秒或者四秒。五秒钟之后我已经撬开地下室的窗户，来到街上，抖抖裤子上的灰尘，四面张望，院内好像一个人也没有。之后我昏昏沉沉走了很久，现在我躺在温暖的床上，头埋在枕头底下，好像枕头能使我躲开现实一样。

一阵怪异的平静之后，我突然感觉到发热发红的皮肤下面好像被抽去了肌肉一般，于是在恍惚中不停地往身上和头上拽着被单。恐惧、绝望和对所发生的一切都无法相信的情绪攫住了我。我沉重地喘着粗气，几乎要把自己从内到外地翻出来。我真想这样，恨不得用头撞墙，直到把额头撞烂。但我却一声不吭。无论怎么可怕，我都决定默默承受。我没有一次像现在这样憋闷过。所有要摧毁我的只是懊恼，是巨大的、可怕的、令人无法承受的懊恼，我真想哭尽所有的眼泪，直哭到脸上的肌肉都因为疲倦而酸痛起来。

我睡着了，但梦里都惶惶不安，五分钟后就醒了。不知已经到家多长时间了，但窗外挂着可怕的橙黄色的太阳，看来它很快就要落到地球的那一边去了。我搓了搓眉毛、耳朵和脸颊，才断断续续地吐出气来。然后我开始慌慌张张地在床上一通乱翻，又把口袋里里外外摸了个遍，扔掉搁架上各种各样的破烂，终于找到了手机。我先使自己平静下来，然后在上百个不需要的号码里找到了一个——泼留哈的。他很长时间都没有接电话，但我执着地一拨再拨，终于听到了他似乎遥远的、低沉的、梦一般的声音：“喂。”

“泼留哈！”我喊了一声就沉默了。我对他说什么呢？

“是，安德烈，是我……”他嘟囔道。我却感到一阵莫名其妙的头晕，差点忍不住扔掉手机，因为好像没什么可说的，“你要沉默多久呢？”

“泼留哈，你从哪里拿的这把枪？”我一口气说了出来。

“左轮手枪？”他好像在等着这个愚蠢的问题。

“我看不出有什么区别！”

“嗯……是一个同事暂时放我这儿的……”

“见鬼，你怎么把它给我了？这是个什么左轮手枪，怎么把它像旗子一样传来传去？你到底想干什么？”

“我？没想干什么。你出什么事了？”他平静地问道，令我觉得白白把自己的感受供他欣赏了半天。

“把它拿走。”在傻乎乎地沉默了一分钟后，我抛出这么一句。

“我求过你，先在你那儿放一阵。我真的求你了。”

“如果你今天不来取走，我就把它扔到臭水沟里去，明白吗？”

“好吧……”他又嘟囔着，很不情愿地答应了，“我拿走，但要到明天。今天不行。你可别把它扔了。”

“我可不能保证。”我干巴巴地低声说着就挂断了电话。

喉咙里又被一阵苦涩哽住。我把手机扔到椅子上。什么都感觉不到了，无论外面还是里面。我完全都感受不到肌肤的存在。泼留哈在我眼里成了一切的罪魁祸首。要知道是他塞给我这把手枪，是他勾起我的好奇心，是他使我陷入这段可恶的经历之中，而现在他是那么平静与冷漠，我真想一见面就把他撕烂。

停。我在脑子里又从头至尾过了一遍我们的通话。我完了——他是不会来拿枪的，而我扔掉它看来也很危险。为什么这么说呢？道理很简单。那是在街上，当他好像很巧似的半道上遇见我时，是那么慌张害怕。我注意到了这点，发现他的举止与我最后一次在办公桌旁见到他时有了很大的变化，但这些发现都没有任何的依据。现在我知道了：他的包里有手枪。今天我是这么慌张，这么筋疲力尽，我简直忍不住要逃离躺在我房间角落里的那个东西。而他呢？他是这么精神，这么平静，虽然有点低沉，但那么自信，那么对自己的所作所为充满信心。他不会取回手枪的，因为他记得当时他怎样被这个东西搞得心神不安、忽冷忽热。

在浴缸里，黑着灯，我透过微微蒙上水汽的镜子看着自己。我都认不出自己了。这完全是另外一个人——有着我的外表，我的表情和皱纹，但完全是另外一个人。好像在这副表皮下曾经有过一个人，现在他死了，可一个新人暂时还没有诞生。潮湿的雾气在眼前氤氲开来。我被自己的目光弄得不自在起来。它空虚，疲惫，压抑，神经质。嘴唇莫名其妙地突然裂开，肿了起来。皮肤松弛，面色发灰，失去了原有的鲜活与年轻。我接了满满一捧冷水猛地泼到脸上，一遍又一遍，直到头顶都湿了，冰水顺着脖子往下直流。我哆里哆嗦地脱掉衬衫，开始使劲擦洗脸、后脑勺，然后是脖子、肩膀，擦得身上因为血液上涌而发红之后，我又把头发打得蓬起来。镜子里那个痛苦地望着我的丑八怪，让我觉得如此讨厌，我极力按捺住自己想唾一口那个影子的愿望，但却没能控制住。我还是吐了一口，然后擦掉镜子上的唾沫就游起来。我潜到浴缸冰冷的底部放声大哭。直到现在我才明白我是如此的孤独。我的浴缸是我在世界上唯一的安身之处，可即便在这里我还是觉得害怕。刹那间就一个人也不存在了。我感觉自己像是身处无边的宇宙中，却躲在一个漆黑的小房间里，一旦走出去，耳朵就会立刻被暗无天日的空旷中的回声所塞满。

※ ※ ※

我留下罪证了吗？或者是什么可以让人抓住的把柄？或许已经被死死盯上，永远也不得安生了。我是否给那家不幸的咖啡馆的顾客留下了什么印象？他们是马上就听到了枪声，还是在去卫生间方便的时候才发现那个可怜鬼？我能想象那个撞上这一幕的人一定吓得心都要一下子飞出去了。那颗心一定会因为激愤和暴怒而狂跳不止，就像我现在一样。我被这瞬间涌入混沌大脑的一连串不安的想法缠绕着，无休无止，无处逃身。

我怎么也睡不着。我仿佛看到了那个被我意外杀死的人。奇怪的是，我倒不急着可怜他抑或有所后悔。我危在旦夕——夜里，我辗转反侧，每秒钟都被一个狂野的想法占据着，那就是：我的生活再也不会像以前那样充满希望与向往。前面是什么？上帝为我准备的命运到底是什么？

清晨来临，我从暖烘烘的被窝里爬出来，只是为了活动活动腿脚，洗把脸。不照镜子，不用毛巾擦脸。我不知道自己希望什么，但冷水并没有让我清醒与理智些。时间还很早，太阳刚刚挂到遥远的天边上。令我非常惊讶的是，这时手机铃响了。我吓坏了。但不管怎样，我还是抓起手机，战战兢兢地按下接听键：

“泼留哈？”听筒里是一段长时间的寂静。

“安德烈·察尔科夫？”他终于开口说话了，“我没打错吧？”

“是，是我。”

“我是科尔别夫斯基。”

我一时语塞。他语气坚定，一字一顿，后一句说得清晰而平静，使我瞬间就把发生的事情都抛之脑后：好像科尔别夫斯基已经找到了适合我干的事情，我也准备好了为此而高兴。不知道当时我是怎么想的，反正他故意压低的同时又是命令式的声音迫使我这么做，于是我就做了。

“您好……”我毫无理由地兴奋起来。

“安德烈，你今天有空吗？”

“有，当然有。有不少空。”

“就是说，你正闲得无聊吧，是否可以这样理解你的‘有不少空’呢？”

“不是，”我说，有些撒谎的成分，“不过，您说得也对。”我又撒谎了，不知道该回答什么。

“好了，我不是为这个给你打电话的。发生了一起事件，我们办公楼旁边的一家咖啡馆里有一个小伙子被枪杀了。”

“办公楼旁边？”我神经质地脱口而出，重又被带到了无边无垠的宇宙之中，几乎要被那冷寂中令人厌烦的响声折磨死。我害怕了。一秒钟后我奇怪地打了个寒战，突然觉得无所谓了。根本就无所谓了。

“是啊，就在旁边。想不想接这个活，写写这个死者。这不是特别有意思，但可以使我了解你适合干什么。你干不干？”

“干。”我坚定地回答，同时感觉到一股莫名的恨意从脚底升起。

“那好。活你接下了，就干吧。我忘了那家咖啡馆叫什么名字……”

“我知道那个地方，”我嘟囔道，感觉到那仇恨爬到了腹部，不可思议地燃烧起来。

“好的，很好。我就不给限定时间了，也别拖得太久。就这样，再见。”

“再见！”我几乎是咬牙切齿地说。仇恨已经死死地扼住了我的喉咙。我把手机扔到一边，咬紧牙关，下巴都咯吱作响。此刻我毫不妥协地接受了这个讨厌的营生，坚决不改变我一天前确定的目标。如果一切进展顺利，那么我的生活将重新驶入原来习惯的轨道，我将免除后顾之忧走向光明的未来。不能让环境战胜我使我改变愿望——这就是我的军事行动计划。

我想好了一切，但几个小时之后，当我穿好衣服鞋子，站在前厅准备开门时，两腿忽然不知为什么软了下来。我该怎么擦掉从我一眼瞥到卫生间墙壁上的鲜血那一刻起就蒙到脸上的可怕妆容呢？我可以把脸洗到发红，刮到出血，可它也不会变得干净一点。这只能泄露我，泄露出我的恐惧和我用一把破扫帚怎么也挥不走的挫败感。但无处可退——前面是骇人的未知，后面是回声很响的深渊。我该选择什么呢？

※ ※ ※

“请允许我抽根烟。”

“您请便。”我迅速从兜里掏出打火机，把火苗对准他廉价香烟的末端。他满意地喷了一口烟，冲我笑了。

“奇怪啊，记者怎么会对这种事情感兴趣？”他狡猾地眯缝起眼睛向我伸出手来，“巴维尔·米纳耶夫。”

“安德烈·察里科夫。”我也怪怪地笑了一下，一边做着自我介绍，一边握住他冰凉的手。我不认为奉命来调查这桩疑案的侦探对我会多么亲切有礼，但他却直率而友好，虽然眼睛里偶尔会流露出蛮横的光。

“对了，我忘了您给我看过证件了吗？”他突然问道，好像无意间想起来似的。我的耳根不知怎么红了，撒谎道：

“看过了。”我被自己的鲁莽吓了一跳。于是又补充道：

“不过，您要是忘了的话，我可以再给您看一下……”我把手伸到口袋里，当然，那里面什么都没有。现在，我感觉到自己落入了敌人的巢穴，虽然这个年轻的、从其脸上就可以明确看出这里发生的一切对他来讲无关紧要的侦探，在这场谈话中态度模棱两可，但我依然不能放松下来，相反却特别紧张。

“好了。”他等得不耐烦，这么说道。我轻松地舒了一口气：

“不知揣到哪儿去了……”

“说说看，你对什么感兴趣?”他深吸了一口烟，哑声说道。

“身份。”我想了几秒钟说道。

“身份?”米纳耶夫微微一笑，“谁的身份？那个在难闻的卫生间里被枪杀的不幸者的身份？你是不是觉得他是个黑手党？或者本地的一个罪犯头头?”他粗野地笑着。

“您怎么看?”我总算没有表现出自己的惊慌，“我根本不知道他是谁，甚至连他的尸体也没有见到。是上司给我派了这么个任务，我和您一样是受命于人。所以我问些必须问的问题。您怎么看这件事？值得写吗?”

“不知道，”他收起笑容说道，“我不了解您的行当。不过这件事是有点蹊跷……”

“蹊跷在哪里呢?”

“和你不同，我倒是看到了尸体，而且还仔细地查看过了。他很普通，在人群中你可以看到上千个这样的小伙子。所以我觉得这件事不能当作一件罪案来分析。他身上没有毒品，没有毛皮，甚至连个金链或者钱包都没有。也可能他是被偷了。据酒吧招待讲，他经常来这家咖啡馆喝上一杯廉价的咖啡，有时带着女友或者好友。有时他会买一杯黑啤。你说这样的人怎么会犯罪呢?”他笑道，“当然这只是从表面看。实际上这个小伙子可能欠了别人一大笔钱，或者他敲诈了哪个大财主……不过要是那样的话我们会发现他肚子上的烙印的，明白我指的是什么吗?”

“是的，我明白。”

“那么就剩下另一种可能了：酒后斗殴，骂架，开枪，尸体。可是咖啡馆的工作人员却不同意这样的说法。那么，还有一种可能，他是在别处干了什么事之后直接来到这里，那个受了欺负的人追过来，一时情绪激动冲着这个可怜鬼的脑袋开了枪，而那些招待根本就没有发现他。

“是啊，这个完全可能。”我为这种有利于自己的说法一个劲地夸米纳耶夫。

“可能是这样，”他思索着重复道，然后伸了个懒腰，“只是我不相信这种可能。”

“为什么？”

“杀手从隔壁的卫生间开枪，子弹穿墙而过，正好打在太阳穴上。比方说，如果这是个暴怒的极度嫉妒之人，他就不会冲着厕所门开枪吗？就不会把那个可怜人的头掼入马桶吗？”

“我想知道，那个人真的死了？”

“确定无疑，”米纳耶夫在烟灰缸里掐灭了烟头，“有烟吗？我的抽完了。”

“当然有，给您。”我递给他烟盒，没过一会儿他就又抽上了。他怎么那么执着地这样想呢？如果这样想下去，他会得出一个愚蠢的可怕的结论的。

他坐在那里，身子侧面邻窗。光线打在他未刮胡须的一侧面颊上，另一侧面颊隐藏在阴影里，这使他的脸看起来有点歪。而且，他不时用粗大的手指往嘴里送着忽明忽暗的香烟，使得嘴巴歪向一边，眼睛却看着地面。他一定是个滑头，这是我唯一想到的一点。

米纳耶夫不是个美男子，所以我敢断定，性格的坚定与头脑的机敏是他与女人相处的主要武器，也同样适应于包括我在内的男人们。他说话清晰，准确，当然是受过教育的人。但他旧式的发型，前额上长长的向后背的过于光滑的头发，表明他是一个一旦养成了习惯就永远也不会改变的人，说不定这个习惯还是老祖父给他培养的呢。如果他不能摆脱明显破坏他外表的东西，不消说，他的心里也会不自在起来。

“我现在还说不出他是谁，他做什么工作，”他说道，“还不清楚。他就在附近的什么地方工作或者生活，因为他经常来咖啡馆，但从昨天早晨开始我们还没有查明确切的情况。”

“什么时候能查清楚呢？”

“希望今天能，”他起身走到窗前，“你可以留下电话号码。等情况清楚了，我就给你打电话。”

“好吧，”我同意了，在一张纸上写下自己的号码，“给您。”

“我可不敢保证啊！”他好像有点不情愿地说着，拿起了字条。

“再见！”他没有回答，只是点了点头。我走出他的办公室，已经快到楼门口了，忽然发现走廊尽头有一个小伙子正迎面向我走来。我停下来开始观看挂在墙上的信息栏。小伙子快速走过我的身边，一闪身进了米纳耶夫的办公室。于是我决定再等一会，这个人可能就是我需要的人，他会给侦探带来关于死者的情况。我猜对了。一分钟后，米纳耶夫走出办公室，但是一看到我就停了下来。

“还没走吗？”

“没有。”我答道，膝盖下的筋骨有点发颤。他为什么冲我瞪着眼睛呢？

“来我办公室吧，咱们聊聊。”

“好。”

快步走进办公室后，米纳耶夫就扑通一声跌入椅子里，神经质地用手指敲着桌面，接着向我投来极其不满的目光。我承认，当时我真想什么也不解释和询问就逃跑。但我留了下来，也许仅仅是因为我的腿不听我的使唤。

“这怎么解释？”他瞪圆眼睛。

“您指的是什么？”我结结巴巴地回应道。

“我永远都为你们这些人的无耻感到惊讶！你们是不是希望看到更多的流血、眼泪和不公正啊？如果把一切都怪罪到警察头上，说他们不能胜任工作是不是就更好了！更别提帮助调查了！顺便说一句，你自己不想承担罪责吧？不想到监狱的板床上凉快去吧？”

“什么？”我费力说出。

“你以为我是傻瓜吗？你装作无辜的羔羊来询问我关于这个……人的事情，实际上你早就明白他是谁。你想看看我们是否胜任自己的工作吗？就是因为有你们这样的人，我们国家才会有这么多的罪犯招摇过市！”

※ ※ ※

我总是按照自己的准则生活。即使它们有些愚钝，我也总是心甘情愿地沉入其中，因为它是你的，不属于其他任何人。我知道只有在这种愚钝中，我才能要多愚钝就有多愚钝，只要是在我自己的愚钝许可的范围内，我永远也不会比自己更愚钝。同时我永远知道，这种愚钝是存在的，我一直都是按照它的规则生活。我就这样过了一生，从出生那天就开始了。

我的额头上，发际的正中间残存着我关于逝去童年的荒唐记忆。我不记得到底是为什么、在哪里、什么时候，但仿佛就发生在昨天一样，我清清楚楚地看到，一架很久以前被染成深红色、现在已经褪了色的秋千直冲我的脸部飞来。瞬间我就涌出了殷红的鲜血。看，我可爱的医生叔叔强作笑颜为我包扎好伤口，而爷爷一直紧紧地抱着我。我记得伤疤在额头的正中间，但是现在它已经大大上移了。多年过去，这个讨厌的家伙一直向着发际的方向爬上去，想永远逃开旁人的视线。可我的头不能无休止地长啊，所以伤疤就停留在了离它所要到达的目标几个毫米的地方。这可没有人会说我不曾有过童年了。它直到现在都令我耿耿于怀。

还有那双穿破了的、像短耳朵、喝醉酒的兔子嘴脸似的绿色童鞋。我记得自己很不喜欢穿这双鞋，因为我那条在买了这双倒霉的鞋一年后就死了的狗，一看见它们就会冲过来。在挥赶了几遍这条既怒气冲冲又兴致勃勃的狗之后，我很快就厌倦了，于是把拖鞋放回到前厅的地板上。在狗去了狗类的天堂之后，这双鞋终于像周围的一切一样获得了平静。

在学校里我总是有自己的一小帮朋友，我们在课间休息或者无聊的课堂上嬉笑玩耍。随着年龄的增长我的朋友也在变换，有人加入，有人离开。有些人我平等相待，有些人我爱接受他们的建议，有些人则是我爱给他们出主意。我们总是坐在一起，在一排，如果忍不住笑出了声，我们就会被赶出来，这时学校空荡荡的走廊上就会响起一阵稍微压低的愉快的喧闹声，直到有着可笑发型的女医生从办公室里跑出来，指指我们的嘴巴。现在，当我忆起朋友们的名字，他们笑歪了的面庞，他们涂满了绿药水的膝盖，或者被丢在土里的背包时，我越来越不能理解他们，也不能理解自己。那个在复习生物和化学时斜眼抄袭别人作业直到眼睛酸痛的人已然不再……那个在友好的争吵中甩开姑娘的衣袖，被姑娘以扯烂他的文学笔记本作为报复的人已然不再。那个羞于旷课、而一旦旷课就竭力躲开突然出现在半道的老师的人已然不再。当我想起这些的时候，我的心就真的开始疼起来，但不是因为我想回到过去，只是因为我现在已经无法理解他——那个已然不再的人了。

我从学校里逃出，好像那是座监狱一样。是的，在那里我没有挨过打，也没有受过欺负，我被看作一个有礼貌、有教养的人。但只要我回答问题一得五分，老师们就会惊讶得瞪圆了眼睛。正是从那时起我就不敢相信我能有什么值得自豪的东西。我可以被视为一个自信到恬不知耻的、非常知道自我价值的人。如果有人告诉我，我必将会有所成就时，我就会报之以这样的神情："当然，我知道。"但在内心里我却想说："为什么是我，而不是那个瓦夏或者别佳呢?"

夏天我被送到农村，那里有我的一帮表兄妹们聚到一起。我吃苹果，给黄瓜和西红柿浇水，到处闲逛。我傍晚消失，半夜才回来。正是在乡村我第一次品尝伏特加酒，第一次接吻，还因为脚骨折而整整一个星期没能走路。有一次我不记得因为什么惹奶奶生气了。

我坐在自己的房间里难受得要命，甚至都没有去和村里的伙伴们踢足球。终于，我抽抽搭搭地给奶奶写了一张字条请求原谅。表姐还给了我这张字条，笑着说奶奶发现里面有五个错误。从那以后我再也不去请求原谅了，尤其是在自己特别不对的时候。

曾经有一次，父母从单位得到了一张哪个夏令营的许可证。我在出发前一个星期就开始准备行装，可是等到了那里才发现忘带了什么非常重要的东西，比如牙刷、扇子之类。整个夏令营期间我都没有换衣服，穿着一条短裤和一件足球衫，很少梳头，隔天才洗一次脚。床上有时出现渣滓，有时出现沙子。等妈妈来看我的时候简直都认不出我了。在夏令营里我爱上一个比我年长、性情乖僻的漂亮姑娘。我们房间里所有的人都不可救药地爱上她。当这期夏令营结束，我们各奔东西的时候，我竟然哭了鼻子。可现在我却记不清她的名字，她的面庞。摄影师来拍纪念照的那天，她的妈妈却把她带到城里去参加爸爸的生日会了。现在当我想起那些日子时，首先想到的是衣服和床铺的潮湿，还有黄昏时流行音乐的喧嚣以及成群的大个蚊子。也许，那是我最幸福的一段时光了。如果在哪个市场上听到童年时在唱片里听过的一首老歌，我就会停下脚步，思绪飞向那走在破碎的岩石上、总在怨恨但是自由自在的童年时光。

后来我上了大学语文系。一年级时我用功地学习，参加所有的讨论课，疯狂地准备考试。我很想成为一名记者。五年级时我好不容易完成了毕业论文，当我把证书拿回家时，竟然根本想不起当初为什么那么疯狂地想上那个尽管能够得到什么却很难离开的地方。我完全迷失了方向。我没有钱，没有经验，没有固定的女友。在又一次醉酒后，妈妈从报上找到了一则招聘启事塞给我看，同时说不打算再养着我了。我不相信，但是出于好奇，两星期后我就坐在那令人窒息的办公室的电脑前，开始办理保险了。此前我观察了几天别人怎么做就学会了这个行当。我很快就对此感到厌倦，但是我饭量更大了，却羞于再让妈妈掏腰包。我已经二十七岁。想到我的一生都要这样度过，我决定趁着年轻改变一切。我要追回我曾经为之准备的东西，趁着我还记得自由，还能够理解那个已然不再的人的时候。

※ ※ ※

叶甫盖尼·斯科沃尔佐夫，三十四岁，未婚。不曾结婚也永远不会结婚了。是否有孩子不清楚，但官方调查上没有。我不知为什么希望他在很远的什么地方有一个儿子，而且希望这儿子是和母亲在一起生活，与斯科沃尔佐夫没有任何联系，希望这儿子的脸庞和体形，抑或是性格很像这个已经不在人世的父亲。这样的话，那个人就没有完全死去。我就不完全是一个杀手，也就不特别感到有罪了。

他五年前来到我们这座城市。此前换过几十处住所、房间，大概有过几十个女人，所以我的希望也不是那么无根无据。我没有得到关于地址、姓名、工作、活动的准确抄本，也没有必要去想这个问题。所有曾经发生在他身上的事情都被抛入一个奇怪的世界，进入我的记忆中。怎么能记住那些我不曾发生过的、根本就不知道、不曾看到和感受过的事情呢？不知道，只是我这个对他的生活没有一点印象却目睹了他的死亡的人，突然开始理解以前发生过的事情，却无法接受我亲眼所见的事情。我脑子里什么没有想过呢？想过也就忘了。或者我希望是这样。

他当了五年记者。是个还没有成功、没有出名的小记者，只是在死后才被人写到，被人关注，被人用大写字母作为标题刊登出来。以前，他的名字只是有时会附加在一篇小文章旁边的什么地方，用的也是小小的字体。现在，这篇虽然同样不大但是关于他本人的文章下面将要出现我的名字。第一次。我把它视为自己的处女作。

当米纳耶夫说出我与这个在咖啡馆里被杀死的可怜人认识的时候，实在把我吓坏了。不，实际上我不知道他，但是按照侦探的想法我一定是认识的。他就在我也非常想去的那家报社工作。科尔别夫斯基一定认识他。他也认识科尔别夫斯基。我却谁也不认识。我怀疑，科尔别夫斯基没有被告知，这个脑浆溅在卫生间塑料墙面上的小伙子，清晨就在他的办公楼里干了一阵，匆忙写了一篇平庸的东西，深受缺钱和无聊之苦。这一点毫无疑问，是我从他的两个同事那里打听到的。如果一切果真如此的话，那可真是我拿手的东西。我可以想象当主编从我的文章里得知，那个在奇怪的状况下被杀的人就在他的手下工作时，他的脸上该是怎样一副惊讶的表情。那我的付出就不会那么空洞和无趣了。所以我灵感迸发，写了一整夜。与此同时，那把藏在纸包里的左轮手枪静静地躺在角落里。

关于他我知之甚少，所以刚开始时我简直无从写起。他没有家，不喜交友，也不被认可为专业记者，不与任何人来往，如果有也不是在此地。与在科尔别夫斯基办公室旁遇到的几个正在抽烟或闲聊的他的同事聊了几分钟后，我突然意识到，斯科沃尔佐夫是那种有时被别人认为不能胜任工作的人。我没有这样写。我是他生命中的什么人，有什么权力去评价他的天赋呢？和赋予他生命的他的母亲相比我算什么人呢？是我夺走了这条生命。

我只写了他是谁，做什么工作，我不给出任何评价，还写了他死于一家地下咖啡馆的卫生间中，他正坐在马桶上，头上有一个洞。一个可怕的念头冒了出来，虽然我并没有这个意思——在他的生活中只有他的死亡是有趣的。之所以使别人感兴趣是因为我和他们都对他的生平一无所知。

杀人——对于读者来说有什么能比这一点更加重要，更加富有吸引力呢？如此神秘，如此不可扭转。我想，为了更加耸人听闻，抛出几种完全可能是事实的说法。这些都是米纳耶夫提示我的。斯科沃尔佐夫可能是因为知道得太多、嫉妒、欠债或者讹诈而被杀，但我不能得出什么结论。这些说法都很枯燥，但都可能是事实。结尾处我犹豫了许久，不断从白色的电脑屏幕上删除黑色的字母，我想写出一种最令人不可思议的推断。直到清晨，天色发亮，街上一片静寂，仿佛除了我一个人也没有的时候，我才写出这样的几句，这起枪杀可能是出于偶然，令人不可思议，但是出于偶然，所以几乎是天意，几乎并非出自人的意志。保存后我啪的一声点击了角落里的十字，然后马上用脚踩下红色的电源开关关闭了电脑。我知道这样对电脑不好，可是我实在没有力气了。我闭上眼睛就睡着了。好久没有睡得这么香了。我一夜无梦。

※ ※ ※

三天了，科尔别夫斯基一直没给我打电话。那篇文章静静地躺在他的桌子一角，蒙上了灰尘，也失去了实效性。我为此深受折磨，时不时地看一眼手机，自己劝慰自己别太失望。没有人告诉我，我的文章就要发表了，可我实在太盼望了，以至于我的每一天都开始于一种对待现实世界的令人愉快的淡漠，因为在这个现实中我暂时无足轻重。但科尔别夫斯基就是不给我打电话，使我也不便开口表示我的存在。他使我无法再厌恶铃声。奇怪的是，这三天里我忘记了斯科沃尔佐夫。现在那篇文章里就只有我一个人了。

铃声终于响了。我拿起手机，呼吸急促起来。放下手机，我就奔向前厅的衣架，抓起外套就跑了出去。约我见他——科尔别夫斯基本人在自己的办公室等着我，照例抽着昂贵的香烟。我还是认为他一定有外快可捞，要不然他怎么会有这么讲究的品位。

他坐在那里，被好闻的、而不是刺鼻的烟雾环绕着。我喜欢这种气味，我连自己抽的劣质香烟的味道都喜欢。他手中拿着我的文章一行行浏览着，好像直到现在才来分析我三天前就递到他桌子上的东西。终于，他看了一眼忐忑不安地坐在对面椅子上、手里攥着上衣口袋里的打火机的我。我忘了脱下外套。

“文章写得一般……”他不情愿地说道，把那张纸轻轻放回到桌子角上。我一言不发，还没等我意识到什么，没等我感受失败的滋味，他就不动声色地又开口道：“不过我用你了，我这儿有你的位置。”

“我很高兴，谢谢！”我释然答道，“很高兴。”

“我明白。”

“文章怎么办？”

“什么怎么办？”

“上不上报呢？”

“不，”科尔别夫斯基断然道，“写得没意思。文笔可以，也规范，就是没意思。”

“那您为什么录用我呢？”我喜欢这篇文章，但科尔别夫斯基说得也对。只是我可以把它写得更有趣，因为我比谁都了解那些细节。此刻当我意识到这一点，我突然感到自己像是怀揣着一块巨大的金条，那么贵重诱人，却又那么烫人，那么沉重。

“我也可以不用你。”科尔别夫斯基耸耸肩。

“别，别，我同意了……”

“我这里缺人手。你自己写的这篇文章，你应当清楚，我的一个记者死了。我用你是有试用期的，随时都可以让你离开。我有什么怕的呢？你写得有条理，但乏味，实在乏味。你可以适应两个月。我明白，这个希尼岑没什么好写的……可以选个好一点的题材，你自己找……”

“哪个希尼岑？”

“就是斯科沃尔佐夫。我对他不太了解……我也不喜欢他。”

“为什么？”

“为什么……这有什么区别？”他忽然盯着我，研究了片刻，接着说道，“你现在也不让我喜欢，希望你不会像斯科沃尔佐夫一样写东西无中生有，胡诌八扯，然后灰溜溜地来给我看……”

“您根本就不了解他……”我生起自己的气来，嘟囔着，感到唇边的一丝苦涩，真想立刻喝上一大杯水。

“你认识他?”科尔别夫斯基惊讶地问道。

“不认识。”

“可你看起来很生气，好像斯科沃尔佐夫是你的兄弟!”他笑道。

“您让我替换他的位置吗?”我继续忍受折磨。

“已经不是他的了。从明天起你就坐在他的椅子上。”

“他的椅子?”

“你怎么了，察尔科夫?你怎么这么失态?”科尔别夫斯基不满地把香烟在烟灰缸上弹了弹，然后透过暖暖的烟雾嘲讽地看了我一眼。

“没什么。很遗憾文章不能采纳，我很喜欢……我再写吧。就是说，明天我来上班?”我含含糊糊地说道，没有看他的脸，也没有发现他叫错了我的姓。由于羞耻和对自己的愤怒我简直想找个地缝钻进去。我不应该同意的，不应该，可是我答应了。

“是的，明天。你还真得再写一篇，再写很多很多文章……只要别像第一篇这么难写……”

我沿走廊走着，路过一间间办公室或是房间，里面的人们坐在舒适的椅子上，谈笑着，沏着茶，或者故作聪明地看着显示屏。我停在一间屋旁，仔细打量着一张被勉强放在角落里、紧挨暖气和窗户的桌子。桌旁是一把椅子，被转到面朝出口的方向，好像那个最后坐在它上面的人起身临时出去一会儿。邻近的桌旁坐着一位姑娘，正在与什么人通电话。我走到她旁边，靠在她的桌子边上。她注意到了我，于是用手捂住话筒，等待我问话。

“这是斯科沃尔佐夫的桌子吗?”我看着那个角落说道。

“是，您是新来的同事吧?”

“是，”我淡然答道。他的电脑已经关闭，旁边柜子的侧面贴满了五颜六色的纸条，一摞白纸和公文夹的旁边放着一支铅笔，铅笔末端留有他的牙印。我皱了皱眉。看到这些我真是无法忍受，而且一想到现在，我的每一天都将被那段我没有、也不可能有的记忆所拷问，我简直觉得自己太可怜了。我将要想象他怎样坐在那里畅想着生活，希冀着和谁的爱情，向往着未来……也许，他根本就是个毫无希望的人，就想毁灭呢，但这些我永远也无从知晓了。

※ ※ ※

雨水顺着透明的玻璃流下来。玻璃外面依稀可见房屋、树木以及慌乱的行人们模糊的影子。我那间小卧室地方小得可怜，只好把床顶在了窗户边上。我坐到床上，膝盖靠着暖气，胳膊肘放在窗台上，下面垫着靠垫。我把额头贴在冰凉的玻璃上，注视着雨雾中的街道。阵阵冷冷的秋意透过窗缝袭来。我哆嗦了一下，于是把被子拉到自己身上。窗外是一片静悄悄的忙碌。雨水总是引起我忧伤的情绪，据说，那里面藏着不知是谁的回忆。

在这样的日子里总是令人回忆起那些曾经爱过的人，也因为意识到永远失去了联系而感到异常难过。最主要的是，没有人再需要这种联系，首先是你。时光如水，一去不返。我想起的却不是那些爱过的人，不是曾经的朋友，不是那些失去了的远亲和近交。我想起了一个在我的生活中留下最少印记的人。

我曾经把旧手机上的一条短信保存了几年："我不能写，害怕招来人们的唾骂 ☺" 我不止一次地把这条短信从旧手机挪到新手机上，但它还是丢了。是我一时疏忽。话说回来，这又有什么要紧呢？我早已记住了它，就像记住很多别的短信一样。不过，以前每当我看到这条短信时，都会重温那种奇特的优柔寡断的感觉，这是那个来自遥远的法国、却有着寻常而温馨的名字——娜塔莎的姑娘带给我的感受。

不知道为什么她在那样一个寒冷而阴沉的冬天来到我们这里，也许是要找什么人或者什么东西吧。她那样一个清醒的欧洲人的脑瓜里怎么会冒出这样一个放逐自己的念头？究竟是为什么她要接受这样的惩罚呢？我承认，我很可怜她。但更令我惊讶的是她那真诚而困惑的目光的可笑。同时我自己也不理解她。后来我们之间产生了一种人类至今还没有想出名称来的感情。

她好像来自另一个星球。第一次见到她，我就着实吓了一跳。因为外国人脸上的表情和目光有时和我们完全不同。在那里，另一个星球上，人们说着完全不同的语言，用完全不一样的方式思考问题，有着完全不同的梦想，他们认为我们应当改变生活，惊讶于我们早已习惯的日常生活的朴素。这一切都把我们区别开来，却也只是在最初相识的时刻。半年之后，当她需要离开的时候，我才发现，我们是多么的亲近，她的容貌和语言再也不令我觉得陌生。

我不知道到底发生了什么，又为什么偏偏发生在我和她之间。她一离开，我们就靠通信交上了朋友。每封信里我都告诉她自己现在的生活。正是对她我表白了自己的爱情，正是对她我袒露了自己想当一名大记者的梦想。也正是她支持我，回应着我的愿望与打算。是否存在一种鸿雁传书的友谊？现在我明白，存在。但我却在肉体上失去了她，我感觉不到她的存在。有时我觉得我的信件都飞入了黑暗之中，是幻影为我带来了回音。每当雨滴叩窗的时候，我都会想起她，或许不是想起她，而是想起她给我的那种感觉。这是一种什么感觉呢？我同样不知道。但我怀念这种感觉，我未必能在其他人身上重新找到它。看到睡着的人，我常常想，他们不是在睡觉，而是在睡堂[1]。这时我就会感到既可笑，又忧伤。

有时我觉得，上帝让我们遇到那些和自己完全不相像的人，就是为了让我们学会消除界限。哪怕学会那么一次，我们就会明白，我们之间没有差别，如果有也是好事。我的手掌滑过蒙上水汽的玻璃。为什么我们总是错过那些上帝要我们遇到的人而不愿稍作停留，好像害怕失去一点点自由。现在我的身边没有她，却一点也不觉得自由，周围一个人也看不到。为什么上帝要夺去那些我们与之找到联系的人，我们多么不想失去这种联系啊。我不知道这种联系是否又坚持了两年，也许在穿越充满风雪的距离时它已经跌入了尘埃。只是它教会了我们一些东西，一些只有多年以后才会理解的东西。

1　外国人常常把俄语“睡觉”这个词的第三人称复数变位变错，闹出笑话。——译者注

当我想到人们，害怕他们忘记我的时候，我清晰地感觉到，我完全可以不存在。我只是臆想出了自己，有时也臆想出爱我、念我的人。可能就是这样。如果周围所有人都忘了我，我就会像肥皂泡一样炸没的。

雨水依然在敲打着玻璃，虽然很轻很柔，还是发出叮咚的响声。好像正是通过它们才把寒意吹到了我的身上。我的皮肤，尤其是两颊和鼻尖都令人惬意地凉爽起来，眼里却涌出了讨厌的泪水。在这个不怎么舒服的地方坐了大约半个小时后，我猛地站起来，穿过前厅来到厨房。我突然停了下来。在那张小桌子上，一堆零零碎碎、有用没用的东西中间，胡乱扔着我多日来都未加注意的一张小纸片。直到现在我才真正明白，一切皆有可能。我必须见到她，可是坦率讲，我连她的名字都忘记了。

※ ※ ※

我很久都没有过这种感受了。几个月来我都没有过那种令人激动、走路如飞的浪漫感受了。我现在就不是走着，而是飞向我们约好的地方，由于那种美好的疼痛、那种略带苦涩的愉悦而几乎喘不上气来。

一个小时前雨停了。我从柜子里取出黑色大衣，确切说是短大衣，暖和又贵重。这是在我几乎空着的衣橱里能够找到的最贵的衣服了。它的颜色比夜色还黑。一双秋季穿的皮鞋而不是便鞋，鞋头很尖，用黑色的薄皮做成，钉有薄薄的鞋掌。我把它们打理得亮得耀眼，但是现在可不能碰，于是我把它们放好，然后一边用眼睛的余光欣赏着鞋子，一边熨起同样是黑色的裤子上的褶皱来。我又翻遍五斗橱，找遍柜子里的每层架子，终于发现了一件一次也没有穿过所以十分干净的蓝黑色衬衫。我不顾迷信说法，把这些都穿戴起来，然后站在大大的镜子前。我……评价起自己的装扮来。一身黑色，我总能在自己的身上找到一些东方人的特点。但是一双蓝色的眼睛显得更加鲜明和锐利，只是这时我根本没有注意到它们。我不记得在以往的生活中自己曾经有一次像现在收拾得这么精神。

在前厅的小桌上有一把黑色的雨伞在等我，但当我走过旁边打开吱呀作响的门锁时，却忘了拿上它。直到砰的一声把门关在背后，当我看到潮湿冰凉的雨滴时，它才浮上我的记忆。可回去——不是一个好兆头。我总是有选择性地相信一些迷信思想，或者是别的什么人做出了这个奇怪的选择……

街上的风异常温暖地抚摸着我的脸庞，我愉快地上路了。刚走了没多远，我就感到刺骨的寒冷袭上我的两侧身体和耳朵，即使穿着大衣也不能使我幸免，这还不是因为天气的原因。雨水静静地没精打采地汇成水洼，好像根本就没有注意到我。我可没有工夫去理会这样的小事，我要迟到了，像一位打扮得漂漂亮亮、心里怦怦乱跳的忘记时间的姑娘。

我坐到立在又重又大的遮阳板下、从公园入口往左走的第三张椅子上，旁边是一棵高大的橡树。我本该在十分钟前出现在这里的。我气喘吁吁地从衣兜里掏出手机，看了看时间——是的，我迟到了一点，但仅仅是两分钟。她还没来，她也没有准时到。我轻松地舒了口气，放平自己的呼吸，开始观察起在公园入口的拱门处不时出现的行人来。

人并不多。一个穿着黑色上衣的男子，手里提着个袋子，挺着肚子从容不迫地往前走着；旁边一个大约十岁的好笑男孩跑过片片水洼，肩上是一个背包，头上歪戴着一顶暖和的帽子。当男孩吧嗒吧嗒地路过，差点溅男子一裤子泥水的时候，男子不出声地骂了几句。我抬头看灰色的天空——那里有一些冻得毛都竖起来的鸟儿拼命冲向光秃秃的树枝。一团团低矮的乌云飘浮在房顶上。疲倦暗淡的太阳透过乌云把微弱的光线射到地面上，照着行人，也照着我……但是有谁在阻止这些光线。突然，从天空的最顶上，那最亮最高的地方，那悄悄地闪着黄色光芒的地方，纷纷扬扬落下大片大片白色的雪花。我一直目不转睛地看着那里，看着那里……直到第一片雪花触到我热乎乎的脸上，我才重又把目光投向拱门。我看到一位姑娘出现在那里。

她好像沿一条直线走着，两脚微微内翻，怎么也直不了。这都是因为她穿着一双细高跟靴子。暗褐色的大衣上落满白色的很快就融化的雪花。是的，她也穿着一件大衣，是双排扣、扣子很大的硬领大衣。大衣的开襟处隐约可以看到有着暗灰色线痕的裙子下摆。我看着她走到离我很近的地方了。她一只手上拿着两只手套。她放慢了脚步，我正准备站起来，像个绅士那样迎接她时，突然有一大片雪花直落到我的眼睛里，我不由自主地眯起双眼，一秒钟后当我睁开眼睛时，姑娘已经擦身而过。目送着她的背影，我才知道我认错人了。那个给我留下电话号码的姑娘没有这么高。这个我记得，即便她穿了高跟鞋也未必有我高。

我又把注意力锁定在拱门处，被绝望与一种奇怪的激动相交织的情绪控制着。我久已不钓鱼了。我用目光探究着出现在远处的人。但是时间一分一秒走过，我开始幻想有一双毡靴和一顶带护耳的帽子了。

四十分钟过去了，大脚拇指已经冻僵，我也不再来来回回地跺脚。反正都一样。路人从我身边跑过，不留下一点痕迹，因为那些脚印很快就被白色的化成水的雪花所覆盖。我也放弃了在陌生的人流中辨认那张我认识的、不知为了什么渴望见到的脸的希望。我不情愿地从暖和的椅子上站起来，狂风立刻刺向我冒汗的后背。我本来想离开这里，手却不由自主地伸向衣兜掏出了手机。拨完号码后，我开始数“嘟嘟声”，感受到心脏狂跳着把血液一直赶到脚后跟……一下、两下、三下……数到第六下时电话被接了起来。我等不及对方说话，也不想等就吼出声来：

“你在哪里？”

“安德烈吗？”

“是，我是安德烈。”我几乎冷透了，一边说一边往冻僵的手指上拽着大衣袖子。

“对不起，我生病了，街上又这么冷……”

“你就不能早点告诉我吗？”我怒火中烧，“我在雪地里像个傻子似的等……”

“你要是再喊，我就扔掉话筒，”她平静地打断我的话，“我已经说过对不起了。就是这样嘛……”

“我们之间永远是这样……你也不用撒谎说你病了，只不过是想报复我，是吧?”

“为什么?”听筒里是一阵压低的笑声，“我真的感冒了，嗓子疼……”

“是吗？我可看不见你的嗓子。”我继续说，同时为自己的粗鲁和今天不必要的逼问感到生气。我有什么权力质问她呢？她完全可以不来，也不用感到一点愧疚。她可能是对的，甚至可以抹去我的电话号码，永远也不接我的电话。可我却无力停下来，继续说着。

“听着，你难道是医生吗?”

“用不着医生，一切都清楚得很。”

“不，你不是医生，你是个密探，”她笑起来，“你是不是还要跑到我家里来检查一下，看看我是不是撒谎了?”

“我就去。”我想都没想就脱口而出。电话那头屏住了呼吸，她难堪地沉默了几分钟后答道：“好吧，记住地址……”

※ ※ ※

伊琳娜，我记起她叫伊琳娜。站在灰色预制板造的楼房的黑色大门前，看着周围橘红色的落叶夹杂着雨雪飘落下来，我抽起了烟。好像是最后一次。我吞了口烟，似乎想把它一直吸到胃里而不再吐出来。这都是因为在那里隐藏着的也许是害怕，也许是快乐，不过是冷酷和无耻的快乐。这一刻我无比痛恨自己，可是为什么呢？……

在我所度过的大约一半生命以前，就是十三四岁的时候，我就准备好了死去。准备好了荒唐的痛苦的死亡。我在读了关于各种疾病的可怕书籍之后，为自己找到了死亡。相比其他关于性病部分的图片给我留下了最为深刻的印象，梅毒可以在浴缸、泳池传染，这一点我理解得最清楚。有一次，我就在那里，在肚子再往下的地方发现了一大团红点。后来它们逐渐增多起来，有时瘙痒，有时又刺痛。我没有告诉任何人，因为这是种令人羞耻的病，不如吊死为好。后来那团红点消失了——这意味着第三个阶段将要到来。第一个阶段我不知怎么过来的。就是说，什么也帮不了我，我命定该死了。十二岁就死于梅毒。几天过去了，几个星期过去了，几个月过去了……我知道了所有关于梅毒的情况。我疯狂地阅读关于这个可怕疾病的书籍，知道了在很久以前曾经有上百人、也许是上千人死于此病。他们走路抬不起脚，鼻子也掉下来。现在我开始每天都检查自己的鼻子是否坏了。它变得越来越低了。那时我感到此前和此后都从未有过的害怕。我怕的不是疼痛，不是死亡，甚至不是羞耻，我怕的是面对死亡自己却无能为力，不能拯救自己。然而没有人给我这样诊断——是我自己想出来的。要是别人都会羡慕我这样无条件地确信自己的想法——而我却深受其苦。但如果我一天比一天更加糟糕的话又怎能不相信呢？我想，如果死亡就在眼前，那么应当去一趟教堂。我第一次独自一人去了那里。当我透过几十支蜡烛的黄色光线，将目光投向钉在十字架上的耶稣时，内心里突然有个声音不断重复地说，我想活下去。泪水无声地流下来，去擦拭已经毫无意义。活下去，活下去，活下去，只是活下去……我出来时已经完全相信，我是完全健康的。

虽然不是马上，但我变了。我没有昏头昏脑地热爱生活，没有。我依然害怕死亡，不理解它的必然性因而也就是自然性。我没有更勤地去看医生，也没有少看关于疾病方面的书籍。我是个疑病患者，但问题根本就不在这里。现在当我回忆起那段日子的时候，只是觉得可笑。只是可笑，没有一点痛苦和恐惧。但我依然清晰地记得，那时我多么痛恨自己不能战胜自己，痛恨自己非要相信可怕之事而不去相信好事的奇怪心理。我痛恨自己的无助。虽然不是马上，但我学会了做一个强大的人，学会了和自己做斗争，学会了嘲笑自己的过去，如果那样可以轻松的话……我以为我已经学会，但现在，当我站在楼门口，看着随雨雪而落的明亮树叶时，我明白了，我还需要学习，而且要学习很久。香烟是糟糕的老师。区别就在于，现在我不会出现斯科沃尔佐夫突然好像活着的想法。嘲笑这样的过去是罪过。香烟……给你的只是更多的烟雾。

烟抽完了。我把烟头扔到落叶堆中，破坏了美景。不过没关系，很快雪花就会一层又一层地覆盖上它，那时一切都将是白茫茫的了。只有我是黑色的。衣兜里突然响起了手机铃声。我拿出手机，按下接听键。

“安德烈，你还要在窗下站很久吗?”

“你看见我了?”我抬头看了看邻近的窗子，谁也没看见。

“看见了，上来吧，街上冷。”

“就来，”我拉了下门，“给我打开吧，锁着呢……”

“当然是锁着的，你在门禁上按 112，我就开了……”

※ ※ ※

“我喝加马林果的茶，你来点吗?”

“来点吧。”我笑着说。她起身出去，暂时把我一个人留在空空的房间里。这里的一切都那么柔软舒适，墙上挂着好玩的画，五斗橱上放着插满干枝和干花的浅色花瓶。色彩并不刺眼，身体陷在无数的靠枕里。她自己也是同样的颜色。我像个黑色的斑点闯入这样的画面之中。

在走廊里，当她帮我往壁橱上挂大衣时，我朝对面一幅巨大的镜子里望了一眼，就清晰地发现了这一点。所有的、几乎每一个细节都只是在区别开我们，而不是把我们归为一体。首先我看到的是头发。它实在不能忽略——浓密的淡褐色头发中闪着几缕金棕色的光，好像故意似的微微蓬乱着，后面梳成一个不规整的马尾辫，松松地漫不经心地搭在右肩上。一团刘海斜斜地紧靠在右眼角上。而我——长及鬓角和额头的黑色鬈发，并不平直的线条里有两个地方几乎显露出秃顶的痕迹。后脑勺上的头发刚理没多久，在头顶处打成小卷，一个挨一个躺着——它们从来也不翘起来，即便是淋浴之后。它们应当再长长一点，现在却波浪一样躺着，实在太平整了。然后是——眼睛。灰色……不，是绿色，浅绿色里略带栗色的斑点。长长的像扁桃体一样，但是细细的，以至于下眼皮都罩了上来，好像她刚刚起床。而我的——是一色的蓝，太蓝了，不过有时在相片上会显出灰色的味道，这是错觉。我的眼睛只有一种颜色。它们大大的，如果不是上眼皮的细褶盖住了半个眼睛，罩住了目光，它们一定会显得很凸出。接下来我观察了鼻子。小小的，短短的，直直的，不粗也不细，没有一点过分和多余的地方。我的正相反。太长了，但是很细，中间有个不大的鹰钩，鼻头是尖的，意味着会到处乱闯。嘴——她的是浅色，周正，上唇凸出。我的——暗色，下唇凸出。脸——她的是椭圆形，我的是三角形。身体……挂大衣时，她的动作是那么自然和普通，使我不能不注意到她的温柔。光亮的皮肤下是明晰平滑的脂肪层。而在我黝黑中夹杂着黄色的皮肤下，却没有多少脂肪。我干瘦多筋，腿很长，略有弯曲，手很大，胸部向前挺着。当然，我们不可能相像。我也不会嫉妒那些遇到并可能会爱上一个很适合我的女人的男人。伊琳娜的一切都与我相反。甚至在服饰上。对面的镜子里映出我脱下靴子，换上拖鞋，当我看到拖鞋那唯一的黄色为我全身的忧郁神色带来一些欢快时，我不自然地笑了，这时我发现她脚上是与她的衣服，即运动裤、肚子上有两只用温暖的长毛绒线织成的袋鼠口袋的上衣相配的一双淡紫色拖鞋。镜子里的我们一次也没有目光相交——我不停地望向那里，而她却没有向那里看一眼。似乎在不经意间，我忘记了不久之前的恐惧，认清了自己。同时我也明白了一种奇特而重要的东西——不知为什么和她在一起我不再害怕。这种感觉多么值得珍惜，当它温暖着我，当它没有被秋风甚至冬天的寒风吹走的时候。

“拿着，小心点!”她笑着递给我一只杯子。

“哎哟，真烫……”

“我说了小心点嘛。别洒了。怎么样，你还没生病吗?”

“好像没有。为什么用‘还没’?”

“天气很糟，下着雪……不是雪，是粥。很容易就把脚湿透。你看我刚从街上回来就病了，鞋子都湿透了。”她笑着说。

“雪是今天才下的，你怎么就病了?”

“我很容易就生病的。我小时候得上了慢性扁桃体炎。稍微刮一点风就开始嗓子疼，不停地流鼻涕……”她急急地说着，带着笑，好像一点也不过脑子，“所以你别看我现在这个样子，在家里我总是放松一些。我的围巾跑哪儿去了，你没坐在上面吧?”

“是这个吗?”我从靠垫底下抽出一条红色的旧围巾，摸上去暖和又柔软。

“就是这个。你不介意我围上它吧？不会把你吓着吧?”

“我为什么要吓着呢?”

“这围巾太可怕了。”她舒了口气，迅速把围巾围在脖子上，不知怎么更具有了一种惹人怜爱的模样，我对她笑了一下。可能这是从我们见面以来我第一次笑得这么真诚。

她在我旁边坐下来，右腿屈着，左臂撑在沙发靠背上。她微笑着，直望着我的眼睛，我也不想躲开她的目光。这种情况在我还很少发生。我更多时候是在别人盯上我之前就藏起自己的目光。这是因为我感觉有人竭力想看穿你的内心，甚至出于取乐或者愚蠢的好奇心而挠一挠你的心。但她的目光截然不同。她的目光中竖起了一把锐利的小钩子，钩子紧紧地抓住了我，我也目不转睛地看着她，好像想看清什么有趣但总是在逃避的东西。那么也许是我在凝视她，想看到她的心灵深处？她好像忍不住地笑我。只是目光中好像隐藏着一种完全别样的含义，但在我们彼此对望的这一刻我无法猜透。

“喝茶吧，”她笑道，“要不就凉了。我往里面放了那么多马林果。”

“白放了很可惜吧?”

“很可惜。你看到了，我没有它就不行。”她故意咳嗽了两下。

“给我看看你的嗓子……”

“干什么?”

“看看你的嗓子。”

“哦，这就是你来的目的！我以为你来是为了看看我，安慰安慰我，可你是来检查的……”她忍着笑，装出骂我的样子，“那好吧，你就看吧。”她张开了嘴。

我轻轻捧住她围着柔软围巾的脖子，直接往嗓子眼看去。

“是红了，不过只有一点点。”我的大拇指指肚有意无意间（我自己也不明白）碰到了她的下巴，轻轻划过她的肌肤。

“你很烫。”

“当然了，我说过我病了……”

“你像那个时候一样烫，你记得吗?”

“什么时候?”

“就是你在我家里的时候。你记得我们是怎么认识的吗?”

“记得，”她笑了，拿开我的手，“简直是可怕!”

“为什么?”

“你什么都不记得了。”

我开始有点难为情，接着就皱起眉头，咬紧嘴唇。我和我的记忆——我们现在互不相干吗？是啊，关于我们的第一次见面，我记得什么呢？就是在那个早晨之前的相识。难道这次相识是那么不引人注意，以至于我转瞬就忘记了吗？我甚至都忘记了她的姓名。那我今天来这里是为了什么？也许是她什么地方吸引我……直到这时我才发现，她身上有什么东西变了，它使我们这样外表不同、性格各异、根本就不搭界的两个人竟然有了相似之处。

“我确实不记得我们是怎么认识的了，实在对不起。我不记得那个黄昏，那个夜晚，只记得那个早晨。记忆短路了……给我讲讲到底是怎么回事？”

“没什么。”她嘲弄般地直视着我的眼睛。

“很糟吗？”

“没什么，根本就没什么。你一到床上就睡着了。我们只是挨着睡的。真的。”

“真的？”

“当然了，有必要撒谎，可我没撒谎。”

“好吧，没事就没事吧，”我满意地笑着，“就是说，会有事的。”

※ ※ ※

这一切都是真的，但是却显得不真实。或者正相反，因为心里不安，才感觉不对。我来得太早，在半明半暗的办公室里坐在椅子上，一个人静静地待着，我的思绪却不知去了哪里……我去过那里吗？我现在这种毫无激情、毫不振作的样子与那种我平常急着去赴约会的状态简直没什么可比性。它压着我，不是把我这个行尸走肉压到地板上，而是挤压着喉咙、心脏、两肺、胃部……好像现在一切都不是活的，再也活不下去了。

我茫然地看着显示屏，那里有我不认识的那个人亲手建立的一些文件夹，在印有大象的背景的映衬下显得规格整齐，文件的名字不能告诉我什么。不过，我看到了那只手。即便是现在，当我闭上眼睛，依然能够看到它。但是对于它能够用什么填满这个硬硬的铁箱子这件事，我不想去想象。毕竟，那时我与他是完全对立的。思考这些是令人痛苦的，因为直到早晨的闹铃从我的窗子上拉开灰暗的窗帘，我都一直在回忆昨天。那时头脑里才能比较平静地接受了别人的生活……

她爱喝水。用一只铁杯子大口大口地喝。童年时她也常常在夏天被送到农村，但那是位于庞大的亚洲版图边上的一个草木稀少、遍地沙土的地方，在不到二十年前这块地方还和我们一起在色彩斑斓的世界地图上共同组成一个又大又红的斑点。她说，在哈萨克斯坦北部的这个村庄里，阳光并不比我们强烈多少，却比我们这儿闷热两倍，所以人总想喝水。于是，尤其在午饭和晚饭后，那三个水桶（其中两个盖着盖）旁一定有她满脸通红的亲戚们在排队。他们喝得很多，带着贪婪，带着笑声，牙齿打在大铁缸子的边沿上。我不知道他们为什么笑，但那些活蹦乱跳的孩子们可以为笑声做证。他们一共有五个，后来变成六个。当她讲这些的时候，笑得那么真诚，那么温暖，使我都不由自主地想起自己在农村度过的日子。

伊拉说她的家族成员共有三个特点：酷爱喝水、嗓门大、喜欢吃很多，而且经常吃。就这些。她说，其他的方面他们各不相同，她也根本没兴趣讲。那处宽敞的、总是没有建好、历经重建、最后终于建完的房子现在已经是别人的了，就连那些在院子里繁衍、以桌子上的剩饭为生的狗都不知去了哪里，屈居在不知是谁家的原木底下，之后在现在主人的犬舍里过夜。后来原木也腐烂了，犬舍也倒塌了，它们和其他的破烂一起被运到了垃圾场。过去当她和兄弟姐妹们一起坐在那些原木上玩耍时，怎么也不会想到这样的结局。似乎它们都不值一提了。没有人敢把它们要回来。也没有人要。但是房子被卖掉，所有人都搬到了这里。应该高兴，但童年的一部分永远留在了别人的视野中，现在谁也不会允许她回到那里了。接着她垂下眼帘，嘴角一歪说道，那里留下了她的初恋，所以她的心经常飞向那个遥远的地方。那里草木稀少，只有一些带刺植物，更多的是沙子，在风天会像热水淋浴一样洒向你的头顶。然而到了夜晚，天空离得那样近，好像星星就栖息在寒鸦和乌鸦喳喳乱叫的树梢。天空的正中央是一把巨大的勺子。她说，再也没有哪里的勺子挂得如此之近了。

接着她开始谈爱情。她不再管那已经凉了的茶水，也不再责备我不喝茶。我想不起喝，因为我一直在听，她讲的就像是我的经历。她这一生曾认真地爱过两次。其余几次要么是暗恋，要么潜入到长久的记忆中了，就是说被新的琐事、新的痛苦、问题或者需要填平……时常会有其中的一次爱情浮上心头，在耳边盘桓几日，接着又无影无踪。她自己都无法断定那份爱情到底是依然存在还是已经消失。这是爱情还是一种迷恋……它模糊的界限，不甚明了的对象以及对它的存在本身的幻想使人激动得发疯，于是伊拉更愿意认为所有这些爱情都已结束，终于到了理智的时候。然后她好像奇怪地叹了口气，含糊不清地嘟囔道，她永远都忘记了爱情。准确点说，她希望自己这样想，因为使自己想起爱情——是一件非常可怕、毫无意义、最主要的是不可能的一件事。其实如果爱情真的存在，那么就会永远铭记。

但把那昙花一现的几次爱情与真正的两次爱情区别开来的，主要是一种意想不到的厌烦，这种在另一次接踵而来的情事到来一个月之后突然涌入脑海的感觉。她说，当这种更像是对另外一个人迫害狂般追求的爱情转变成一种完全相反的东西的时候，实在是可笑。那时眼睛、耳朵、最主要是大脑都想逃离开这个形象。此刻她的心灵却莫名其妙地保持完整。而我却觉得，这一切都是那么忧伤——如果太想去爱，结果就几乎总是失败。这样的事情在我身上不只发生过一次，所以我才会理解她，不会怪罪她的无情。她是在寻找，只是寻找，也许找的不是地方，但谁能给她指路呢？她应该自己去摸索，我也是。现在我们只是在练手，或者是在练腿。

关于那两次她没有说得更多，只是说都发生在那个沙子遍地、现在已经没有理由再回去的村庄。接着，又闲扯了几分钟后，她突然说："你是不是觉得我会很遗憾？奇怪，但如果有什么遗憾的话，我都没想起来。也许，会有遗憾的，再看吧……"

伊拉不久前刚刚毕业于师范大学，得到了毕业证书，并且按照上面指示的那样，在一所语言学校里教授英语，有时也给私人代课。她喜欢干这个。如果不是在她说这些的时候看着她的眼睛，我都不相信这点。当老师——在我看来实在是一件令人厌烦的事情。但对于那些能够在其中找到自我的人，我给予理解。这很难，难得不可思议，但她能够胜任。

我们聊了很久，几乎是整个晚上，准确些说，是她说，我听。我从来没有想过，我这么喜欢听。她问过我什么我都不记得了，但我总是很快就答，为的是让她接着讲。她就这样讲啊，讲啊，一直那么饶有兴味，一直那么微笑着，插入几个奇怪的词语，强调一些奇怪的时刻，把我带到自己的记忆中，那里有很多很多。可她却未必讲出了她能够讲的事情中的一小点。晚上过去，我离开了她，但离开是为了再来。

她喜欢喝水。在空荡荡的办公室里，望着空旷的地方，我像个傻子似的笑了。也许正是因为对液体的喜爱，她有一双水汪汪的眼睛……有什么区别呢。她的眼睛很美，谁的都不像。现在我明白了其中的奥秘。

※ ※ ※

整个上午都是灰蒙蒙的，到快三点的时候天开始变亮。又是雪花覆盖屋顶，铺满人行道——人们沿人行道走着。他们身后留下黑色的湿湿的印记。我坐在窗台上，脚靠在暖气上取暖，手捧一杯黑黑的煮热的咖啡。我往下看，感觉到柏油路的吸引力还是存在的。我知道我没有理由跳下去，所以往下看还是很高兴的……好像我得胜了似的。

但是我输了，或者是开始输了。都快到傍晚了，我还是没写出一行字。我这一整天里做过的事，就是认识了一位叫作卡嘉的、在我对面坐着的可爱姑娘，冲了五杯免费的、不加糖的廉价咖啡。卡嘉来办公室二十分钟后就不知跑到哪里去了，这期间她向我笑了两次，给我指了放咖啡的地方，告诉我今天不要去找科尔别夫斯基，因为他不在也不来了。就这样我的第一天是独自过的，无所事事，满脑子都是昨天的、前天的、大前天的想法……直到下班前一个小时卡嘉才又来看我。她两腮绯红，带着一副公事公办的表情走进昏暗的办公室，按了一下门旁边的开关。灯亮了，我眯缝起眼睛。

“你一整天都坐在办公室里吗?”

“是啊，而且是坐在黑暗中……”我笑着，忍住哈欠，卡嘉好像不高兴地严厉地瞟了我一眼。

“这不好，应当到外面去找可写的东西……要是你整天都在办公室里，那写什么呢? 好在科尔别夫斯基不在，要不他能给你讲一个半小时……”

“我想今天就是考察一下，适应一下，就是……”

“你应该写文章，否则科尔别夫斯基会赶你走的，一点也不会可怜你。他招过几百个这样的，后来都赶走了……所以别磨洋工。”

卡嘉沉默了，脱下外套，没坐到椅子上就打开了电脑。电脑嗡嗡响着开始启动，她冲了杯浓浓的咖啡，喝了两口，就背对我坐在椅子边上。接着显示屏亮了，她进入了邮箱。在一个又一个信件弹出的时候，卡嘉看着天花板或者墙壁，手里捧着热热的杯子。我真想冲她吐舌头。好在她背对我坐着，当我这样做的时候，她什么都没感觉到，也没有回头。我决定做自己的事情——开始一个又一个打开和关上挂在桌面上的所有文件，我什么都没有看懂，努力把它们都抛之脑后。脑子里忽然闪出一个主意——要不让这些东西都见鬼去？……我可一点都不需要它们。还是算了吧，我可不敢，永远也不敢。为什么？我太知道其中的原因了，简单的几句话解释不清楚。

“米纳耶夫没来过吗？”我清晰地说出那个名字，卡嘉猛地转过头。

“他是谁？”

“侦探。”

“哦，就是负责斯科沃尔佐夫案子的那个人……”她嘟囔着重又盯向电脑，“我想，他来过。可能他来的时候我不在。”

“你不知道他在调查吗？”

“当然知道。不，可能我不知道，但我相信，他检查过电脑，”她嘲弄地说道。

“你为什么相信呢？”

“安德烈，”她好像故作宽容地看了一下我的眼睛，“我们这儿可是刑事案件部，我们写的是杀人案件。我本人——都干了五年了。”

“这是个期限，”我笑了，“我可待不了那么长时间。”

“如果你坐在这里，一个月都待不了。”

“我也想出去，可是去哪儿呢？我怎么也想不出来……写什么？写了斯科沃尔佐夫，没什么意思。”

“谁告诉你的？”

“科尔别夫斯基。”

“他说得很多，多听他的……我听说你的文章下一期就登出了。”

"真的?"我不知为什么一点也高兴不起来。

"是啊……"卡嘉坐到桌边，以便不用扭头就可以看着我，"我得帮帮你了。"

"教我吗?"我没有恶意地讽刺道。

"不是，又没人给我付钱。我帮你找信息，但你要欠我的。"

"好，没问题。"

"是这么一件事，挺荒诞的……我从哪里知道的就不告诉你了。你知道，这方面咱们可不是朋友。事情是这样的，有一个代理处的经理被杀了。就是在我们斯科沃尔佐夫死的那天，只不过更早点，是在早晨……"

"什么代理处?"我打断她。

"好像是个保险的，名字我写下来了，就是没记住。好像是'保险局'。你正好，写完第一个再写第二个，就能成一个系列了。最主要的是，他也死得很蹊跷，我记得好像也是在厕所或者旁边的什么地方找到的……"

"你自己怎么不写?"

"我事情很多的，怕是来不及写。"

她又说了些什么，而我只是盯着她衣服上的扣子：是很大的木质扣子，以前可能是和衣服很协调的淡紫色，现在扣子的边缘已经褪色，露出了本来的表皮……也许，扣子也有表皮。我不知道。只是我不知出于什么原因很想揪住这颗扣子，用煤油把它好好地刷洗一番。在扣子干净的表面上是木刻的舌状的和指环样的花纹，吸引我的目光穿过纤薄的、发着刺鼻味道的明亮而死性的表层而到达里面，这样我瞬间就能远离周围的一切，接近那区区一块已经用掉的物质材料。卡嘉的话音时断时续，偶尔夹杂着一个手势，而我看到的只有扣子，其他的一切都被推后成了背景。再多的我都不想听。也许，我就要发疯了。

“你怎么不说话?”这句话突然传到我的耳朵里。

“我不想写这个，对不起，”我看着她的眼睛，那里面满是惊讶，“我不行，真的不行……你知道吗？我曾经在那个代理处工作过，认识那个经理。这不太合乎规矩。不应该我写，还是你写吧。”

“要是时间允许的话……”她不情愿地说道，“既然你在那里工作过，就更能写好了。知道得更多……”

我知道得比她想象的要多。她更不会想到，我为什么会对这些避之犹不及。最后看了一眼她的扣子后，我就转而盯着显示屏，重又开始消磨时间。我打开一个文件，马上就关掉它，手紧紧地握着鼠标。卡嘉静静地在桌旁忙碌着。将近一个小时过去了，她起身整了整头发，抻了抻衣服袖子，关上电脑。房间里更静了。简单的告别之后，她走了出去，轻轻掩上门。我等着，直到一分钟后她的脚步声在走廊里消失，我才摸着那根灰色的电线，满怀仇恨地拽下鼠标，把它扔到墙角里去。它无声地撞到墙上，落到地板上。我的心头依然无法平静。

※ ※ ※

冬天无所顾忌地降临到这座城市，我都没有马上就发现它的美好。平庸的色调，包裹严实的暗色人流，路边污秽的雪粥。后来我仔细观察，才感受到清晨严寒的气息，看清那些像是洒着香粉或者盖在雪袄里的令人新奇的树枝。直到这时我的心才平静下来——冬天总是使人安静一些。冷静的头脑里不会有太多刺人的想法。

现在我默默躺在沙发上，厚厚的被子一直盖到下巴处。我几乎一无所想地看着对面的窗户，听着房间里的寂静和窗外的风吼声。天蓝色的几乎透明的窗帘挡住了我的视线，使我看不到外面飞舞的雪花，但我知道它们在外面横冲直撞，敲打着结了冰花的玻璃。两个小时前我忍不住起床靠近窗户——白日落下，夜幕四合，只有建筑用的起重机上闪着黄色的光芒。起重机低得好像天空都落到了屋顶上。我向上望，却什么也看不清。连星星都落入狂风怒吼的黑暗之中。

在那条狭窄无人的马路对面，正在建一幢高楼。它完全挡住了射向我所住楼房低层的太阳光。可是到了夜晚，从上面低垂下来的巨大的老式灯泡几乎要使我的玻璃燃烧。这使我极其愤怒。在一个阳光灿烂的日子，确切些说是晚上，我战胜了自己的怠惰性情，一怒之下把沙发挪到靠墙的一边，把一个架子都碰倒了。沙发的金属腿咯吱咯吱摩擦着地板，架子上的零碎东西滚落到了角落里，书本也无声地落到地上，我满意地扑通一声把头埋在枕头里，直到早晨才起来把一切都归位。现在那个讨厌的灯泡照在我脸上的只是微弱的余光了。但即便是拉上窗帘，我那被推到角落里的沙发依然笼罩在建筑工地的照明灯暗淡而斑驳的光影里。看来是无处可逃了。

这座楼房的第四层没有窗户，从正面凸出来一块混凝土石板。

这块唯一的水平线给整幢楼分出了底座。可是这个底座几乎和我的窗户在一个水平面上，底座上等距离地吊着一些灯泡。它们并不总是开着，但只要夜晚一亮起来，我的心就开始颤抖，就像那可恶的探照灯亮起来时一样。每当这时我都想着应该挂一个更加厚实的窗帘，但最后都是把一本什么杂志扔到墙上，愤愤不平地入睡了。现在，当冬天使我安静下来，让我在寂静和温暖中倾听寒风在远处的呼啸声时，我突然以别样的目光来看待这些灯光了。

灯光只是隐约可见。映在窗帘上是一些模糊的亮亮的小点。狂风用粗粝的舌头舔舐着玻璃，令我相信在那里，窗子的外面，是某种巨大的、隆隆作响的、疯狂的同时也是自由的、空旷的东西……那是海洋。而灯光——不是闪烁在灰色的建筑工地上，而是闪烁在码头上，那里有一艘白色的大船摇摆在汹涌的波涛中。再远处就是水，灰色的还是深蓝色的我不知道，但是没有结冰。我不希望那是北冰洋，就是海，地中海吧。我在法国的蓝色海岸，用法语想着过往与将来。和我在一起的是娜塔莎、娜塔莉、娜吉……那个地方是什么样子，我一无所知。我甚至连画片都没有看过，也不想看。我无法想象娜塔莎怎么会和我在一起，但这都是我的幻想。就在不久前我刚刚抛弃童年爱幻想的习惯，开始像个成人那样做事——我清楚地知道，这些永远也不会发生，我也不想让它发生。但天知道为什么我需要这些幻想，随便什么幻想，只要是我的。坦白说，我认为每个人都独立于所有人而生活，都活在自己或多或少的幻想里，而且谁都不知道哪个更加真实，是现实还是那个幻想。而且它，那个现实是否存在？如果我起身走到窗前，就可能会看到它。但是我面对黑洞洞的窗子躺着，欣赏着自己的那艘船，不管这个生来就很怪异的幽灵只是我臆想出来的。

我久久地审视着它，心里好像有另一个人不知不觉走来。据说即便你跑到地球的另一端也无法躲开自己。就算是这样吧，但这样的事情在我身上很少发生。曾经，当我置身于一个陌生的大城市或者只有几十家住户的小村子时，我感觉自己好像留在家里一样，身体失去主人般漫步在街头和餐馆，白白消磨着时光。我自己都不明白这一点，似乎害怕失去故乡的角落里什么重要的东西，似乎只有那个东西对我才是重要的。但也有这样的时候，当我无意间路过外省的一个小车站，不得不逗留一整天，我打开书，往耳朵里塞上耳机，嘴里嚼着馅饼，突然，我开始倾听自己。奇怪的是，当时我并没想拨快钟表的指针，也许还正相反，我想给它催眠，让它停止走动。

现在就是这样。在我入睡时我开始倾听自己。那艘船早就不知去了哪里，而我留了下来。在暖和的被窝里我抚摸着自己小小的手掌，轻轻握着它，眼睛盯着旁边的枕头——伊拉在那里睡过，嘴微微张着，头发披散着。我在这里。不久前生活刚刚教会我“自我疏远”。我明天会重新消失在皮肤下，隐藏在某个骨头里或者在脖子向头过渡的地方蜷成一团——那不是真的，但可以使我轻松些。

※ ※ ※

我好像能够忍受人的任何一种缺点，甚至包括不是上帝恩赐的那些缺陷。这都是因为我不完全相信自己具有评价别人、论人短长的权利。这都是因为当我想到有人会这样可憎地研究我时我会感到可怕。也许问题在于我不想触碰谁，因为那样也会触碰到我，而我害怕犯错。

我总是认为，我比很多人都更会研究人，同时却并不鲁莽地给任何人下定义，就像提出术语一样。我只是觉得，我能确定什么呢，今天我没看出一个特点。所以我的所有推论都停留在衣服、香烟、体形、发型、提包上……当我嘴角挂着亲切的微笑路过教堂，在众人面前画十字的时候，我怎么会想到自己会成为一个杀人犯。

从年幼时起我就急于把一些优点归到人们身上，自诩为人道主义和勇敢，因为没有比给周围的一切抹黑更容易的事了。那时我成为周围因为太阳变暗而光线四散的人们中间最明亮的光。可是难道这就是真理吗？我曾经几乎要发誓说爱它爱到发昏的程度。

现在我明白了，我在找寻那个藏在右脚小脚趾或者脚后跟死皮的微小细胞中的人。就在那个我没有发现、没有感觉到、也不知道它的地方。这种感觉既令人懊恼，又使人愉快。这个人开始在人们身上看到了贪婪和无耻，愚蠢和嫉妒。不是靠肥大的肚子来辨认出讨厌鬼，而是靠在内里敲打的东西。我开始看到内在，人的内在，一点也不害怕看到他们赤裸裸的真实与丑陋的病态时所产生的恶心。但是现在，看着镜子里或者窗玻璃中的自己，我开始在自己的内脏里辨认出那些出血的伤口。我看得越多，就发现得越清楚。

为什么我突然变了？不知道，但只有当我除了愤怒之外，不知道自己其他的恶劣情绪时，周围的所有人才赋予我清晰的思想和美好的愿望。现在，当我感觉到自己内在有一个恶棍的时候，我毫不费力地就会这样去想别人。那时我毫不怀疑我是对的。我看到了这个，因为我从内心里知道他们的感受是什么，他们的心灵是怎样与之对抗。就让他们没有发现这一点吧。那个恶棍该高兴了，但他会感到痛苦的。就在不久前它开始完全定居在我的体内，但它不是一下子就来到的。

它是在那个早晨，当卡嘉看了一眼我的电脑，读了一下我写的文章，突然坏笑了一下并指出了两个错误时到来的。之后她似乎略带谦虚地说，在我受雇于这家报社之前应该好好学习学习。我沉默了，而过了两个小时她就像什么也没发生似的请我喝咖啡。她还不如别这样做呢。我和她一起喝咖啡只是为了别不小心说出自己对她的看法。浓浓的过期的咖啡封住了我的舌头。我一直没有想过换掉咖啡，因为又不是我一个人喝，而她，好像无所谓。不，她不是无所谓。她喝这个咖啡是为了表明她不怕苦，也就是说她善于工作，不怕困难。多么愚蠢，但她永远也意识不到这点，就如同她意识不到她总是使我相信自己的无能和想法的拙劣，总是在我身上挑刺并毫不掩饰地指出来。

我开始发现，但没有说出来。有些东西在改变，但主要的一点留了下来——我像从前一样无法忍受研究自己的心灵，自己的能力或者智力。我像从前一样害怕什么人触碰到我，因此我也不急于去触碰别人。即便是对伊拉我也一句话都没说——虽然我在她的目光中看到了某种异样的东西，那样的话她也会仔细研究我的。

※ ※ ※

下班前半小时我就逃离了卡嘉照例的挑衅。不，我不让自己揭穿这一点。就让她认为我是个窝囊废或者礼貌的撒谎者吧，但我不会说出一句伤她自尊的话来。她只是对此一无所知，却永远把关系搞坏了。只是她那讥讽的指责一天比一天多起来。我感觉到她已经骑到我的脖子上踹我的两侧身子了。我害怕这会搞得我要求调到别的座位去。因为这个座位对我来说非常珍贵。我不希望这上面坐着一个对在我之前坐在这里的人一无所知的人。那样的话这些文件夹、这些纸张就不会保存下来了。

我钻出地铁，寒风迎面吹来，川流不息的人群从我身边擦过。以前我住在自己家的时候，我需要走五分钟。现在我走了半个小时，终于来到这幢灰色的高楼前，窗下很不像话地横着一片建筑工地。我知道伊拉不在家。她应该两小时后上完夜课回来。回家的路上她会像往常一样去一趟商店，在那里给我打一个电话，问问家里缺什么。我会说缺糖，那样我就不会再受缺滋少味的茶水之苦了。在家里我只喝茶。但不知怎么自己却很少买。钱也够用。不是因为我懒，只是商店使我感到恐惧，我会在各种名称与气味中迷失。不只一次我带回家的都是不适合吃的东西。女人去商店比男人强得多，至少比我强。

冬天到来后，我搬到了伊拉那里。我们那幢老房子暖气烧得不好，我已经烦透了厚着脸皮请求到她那里借宿一周。后来她和我都不愿意那长长的一周结束。这里比我那个被手枪控制了整个意识的罪犯之窝要轻松多了。手枪依然躺在角落里，一次也没有摸过。也许，在那厚厚的纸包上已经积满了厚厚的灰尘。有时，将要入睡时我会想起它，立刻就会觉得嗓子发紧，胸部沉重发闷。这种闷热任凭什么都无法赶走，除了伊拉给我的温暖。

在寒冷中走上半个小时对我来说无异于受刑。不过那盼望已久的楼门口已经在百步之内的风雪之中隐约可见了。我加快脚步，以便尽快感受到那窒闷的楼道里温暖的气息。我伸手从口袋里掏出钥匙。在楼门口我看见一名男子正在来回跺脚，他头顶的帽子上盖了一层白霜。我开门时他紧贴在后，我一进去他就跟着钻了进来。在电梯口我俩一起大声地跺着沾满雪的皮鞋，扑打着衣服，接着又扭过脸去一言不发。我几乎都把他抛之脑后了，结果他又在我下的那层也走了出来。我让他走在前面，结果更加惊讶地发现，他突然毫不犹豫地摁响了我的门铃。之后又摁了两次。

“您找谁?”我停在旁边问。

“您好!”他好像有点不相信似的看着我。

“您好！您找谁?”我干巴巴地重复道，他突然缓和下来。

“热尼亚。”

“哪个热尼亚?”我笑着把钥匙放到锁孔里，给了他一个后背，“也许您找错楼层了?”

“不，不可能。我记得很清楚，就在这一层，112 房间。看，”他指了指门上的号码，“不过，也可能任卡已经不住在这里了，如果您住在这里的话。”

“您说对了，这里没有什么任卡。再见!”我跨进房子，把铁门慢慢掩在我身后。

“再见！不过任卡是我的朋友，”他犹豫着，就在我和他之间只相隔一个小缝的时候，他突然快速说道，“请转告伊琳娜，彼得鲁申来过。我来找斯科沃尔佐夫，我有事找他。”门关了，门锁碰上的声音响起，可我的脑子里好像有什么东西停止了。一切都停止了。

※ ※ ※

我禁止自己去思考。这是思想空白的两个小时，这是等待可怕谈判的两个小时，这是幸福的两个小时，但是我还在这里。一个小时过后我就能钻入地下，就像故事中，那种血腥的、没有什么可惊讶、也没有什么能活下来的故事中所讲的那样。我第一次想到，我的生命中可能有这么一位叫不上名字的敦厚的但却可以敏锐地感觉到我的人。或者我倾向于夸大我在自己经历中的作用。这个经历并不由我来书写。

黑暗中透过门缝有一缕昏黄的灯光射到对面的镜子上。讨厌的灯光，即便我没脱鞋子、没脱大衣就藏在前厅，藏在前厅的角落里都不放过我。它与我毫不相干，却把那病态的黄色印入我可怜的模糊的影子里。我默默地看着自己，却一点也看不清。这时我感到特别害怕，好像我不存在，好像这个我能够感受到的自己的身体却是别人的，我未经允许就潜入到里面了。不消说，现在的我湿透了也冷透了，肌肤冰凉。它无法暖和，因为它不是我的。我看着影子的那双眼睛也无法认出自己了。是的，已经不是那双眼睛了，也许它们根本就不存在，只是我觉得它们存在。是我臆想出了一切。

我臆想出了这幢房子和这面没有声音也没有饿感却吞噬掉我的镜子。我臆想出了那个如幻影般、和她在一起我能感受到平静的女人。这种平静也是臆想出来的，它假意藏起了因为恐惧而战战兢兢的神经，当我想大吼一声时，它就温柔地抚摸我的后脑勺和脖子，用指头掐入我的喉咙。那我就不喊了，可感觉更糟了。我被埋葬在臆想的坟墓里，还不知道那里没有柔软的床、舒适的枕头和温暖的被子。当然了，我这个傻瓜为什么一到早晨就感到恶心？因为实在太冷了，坟墓里总是很冷的。这寒冷也是我的臆想，这样更容易使疼痛过去。寒冷使无血的血管收缩，血管里有风吹过的不太大的声音。我没有听到风声，不明白心脏很快就要脱水，变干，变成木乃伊。我还不明白的是，在人为减缓心脏的跳动后，我使整个身体都抛弃了生命。我好像预先使自己跳动的脏器适应一下完全的平静，我一天又一天用平静和恐惧来压抑它们。它们就变得越来越平静了。最终，它们会死去，即便还有最后一线生机，也会因为不适应而崩溃的。但是现在什么都没有发生。因为是我臆想出了一切，只是有时臆想也是现实的基础。如果说臆想很容易改变的话，那么现实则不可能改变。最主要的是，我的臆想和现实就像是掺和成了混凝土。我已经无法分辨二者。也许，我就是自己臆想出来的。

那个人一定已经走了。即使他现在就站在门外，我也不会起身为他开门。我会等到天亮他离开了，只有在这之后才去想他，好像想一个不小心闯入我们世界的幽灵。我会把他想象成白色的、几乎是透明和明亮的样子，气若游丝，这样我就会比较不容易相信他了。

不相信他匆忙间说出的那句印在我脑子里的话。

只是到现在我才开始明白，我不是一个人，我开始真正感受到在我身后或是就在我面前的那个同行者的气息。生活的同行者，命运的同行者。只是他没被邀请就钻进我的车里，并且一次也没有露脸。这不礼貌，很不礼貌，不仅如此，他还允许自己用肮脏的大手在我里面一通乱刨，自作主张往我的手里塞了一把手枪，扣动了扳机，打出了那些疯狂的文字……不，他比这更早就造访了我，当我一觉醒来却不是一个人躺在床上，当我记不起那位陌生的姑娘和与之共度的那个夜晚的时候，他就敲门了，而我开了门。现在就让他滚开吧，管他是谁。

墙上的钟表无声地走着。我没有什么可以再等待的了。当感到双腿肿胀时，我伸直腿咚的一声坐到了地上，两肩微微靠在门上。两分钟后脖子就开始酸痛，但是我无所谓了。我再也感受不到对身体的眷恋，只是机械地挪动了一下身子。我本来可以就这样一无所想地入睡，静静地发疯，可是却听到了门外钥匙转动的声音。我瞬间就清醒过来，扔掉外套，脱下鞋子，打开了门。

伊拉出现在我面前，身后射来灼热的灯光。她手里提着商店的袋子——我不记得她给我打过电话。显然，她早晨就发现白糖用完了，而且她从来也没有指望我去买。把袋子递给我之后，她开始疲倦地解着扣子，而我手里提着袋子，一直看着她的脸。不，她是真实的，她的身上散发着寒气，脸蛋比平时更白了。她总是冻得脸色发白。我接过她的大衣挂在衣架上。一句话都没有说，

“怎么了?”她毫无预感地一边问，一边把自己的靴子和我的鞋

摆放整齐。

“哦，你认识叶甫盖尼·斯科沃尔佐夫吗?”

我一说出这个名字，伊拉就立刻靠到了墙上，接着瘫坐在我一分钟前还沉浸在无限痛苦中的那个地方。

※ ※ ※

我只见过他一次。不到一分钟。但使我感到不真实的不是这次短暂的相见，甚至也不是这种显而易见的不可思议，而是他将死的身体。好像灵魂出窍，但没有完全出窍。在此之前和之后我都没有见过他。但是他存在过，而且就在身边的什么地方。那时是这样，现在也是这样。

每当我坐在他的椅子上，感觉到它早就被前任主人晃动了无数次，我都会陷入这样的沉思。如果说坐在任何一把别的不适合我的高度、螺丝松动的椅子上，我连五分钟都待不住的话，那么坐在这把椅子上我却十分安静。是他留下的那份安静。我几乎已经习惯了微微弓着背，伸直腿。我已经不再厌恶那过低的、几乎无用的扶手。现在我已经完全适应了，因为我强迫自己适应它。

但那些思想却驱赶不掉。当我握着鼠标，在印有垂着耳朵的大象图案的亮亮的屏幕上拖动箭头的时候，脑子里如结网般生出更多的想法。那鼠标的边沿已经落下他很长时间以来握出的手印。我的手只能放在那个手印之上。

文件夹，文件夹，文件……从别的网站上下载的图像，无名文章的片段。有一次我终于下决心看看里面的东西。原来，他写得不怎么样。比我写得差。这个发现引起我一阵幸灾乐祸的傻乐。我不知道如果他的文章比我的强很多，我会是什么样的表现。也许只是努力使自己不发现这一点。

他的文章里没有什么令人感兴趣的东西。只是描述事实的句子的堆砌。那样的事实随便往窗外一望就能发现。是的，那里发生了杀人案，但就是普通的杀人案，好像那死亡里没有任何特别之处。凶手也是普通的、做着自己事情的人。过了一会儿我忽然想，他对自己的死估计也会这样写的。我可能是对的。尽管他的死很奇怪，但却极其简单地与他并不复杂的生命过程相协调。

“卡嘉，”听到我的呼唤，她慢慢地，好像不愿停下读什么有趣的东西一样转向我，“这个斯科沃尔佐夫干得好吗？”

“一般吧。”

“你知道不知道，他喜欢这个工作吗？”

“他总是做出一副不喜欢的样子，”她忧郁地笑道，“可是一旦他的文章没有被发表，他的脸上就是一副被告知得了癌症似的表情。”

“至于这样？”

“当然了，我一点也没夸张。”

我喜欢他吗？当占据了他的位子后，我总是忍不住对比。因为我也是经历了太多的拒绝，但我却试图让自己摆脱这样的习惯。区别仅仅在于，科尔别夫斯基还一次也没有退还过我写的文章。我也不知为什么相信自己有这个天赋。现在看来犯错没什么可怕——我品尝到了胜利的滋味。也就是说，我能够允许自己更多。只是我喜欢这个吗？不知道，我只是感觉应该这样，别的也不可能。

除了文章我还发现了几个游戏。当他不想工作的时候是会玩一玩的。还有一本可笑的书，有时髦的名字和很多页码。我不想强迫自己去读它。在其他文件中我意外发现了一个叫作“号码本”的文件。也许是他害怕丢了手机失去所有联系方式而建的吧。我也喜欢把特别重要的电话号码保存在不同的地方。不知道为什么我打开了文件，我能发现什么有趣的东西呢？

我喜欢把姓名和号码排列成窄窄的对称的两栏。好像那些手忙脚乱的各色人等都臣服在我明确的框栏内了。斯科沃尔佐夫看来也着迷于次序和一种不易发现的操控欲。他把所有的熟人都按字母排序，不管是自己的老朋友，还是可能只会偶尔打个电话的人。

我慢慢转动鼠标上的按钮，几乎对那些东西无所用心，只是平稳地从一个名字过渡到另一个名字，突然我停了下来。脑子瞬间停止了思维，我快速地把鼠标按钮往前转动。我呆坐了大约一分钟，然后把手伸向口袋，掏出了手机，不用看就翻到了“通讯簿”一栏。那些带着字母和标记的熟人一个个从眼前掠过，我死死地盯住了一个名字。它和屏幕上的一个名字一模一样。能怎么样呢，我已经不会再惊奇或者为这些巧合而痛苦了。

我想都没想就给他打了电话。一个机械的声音回答这个号码不存在。现在不存在了，他不是傻子，取消了这个号码。也许是在很久前，我给他打电话请他取走手枪的那天或者第二天。不过我也不失望，我对他同样没什么可说的了。

只是在回家的路上我才回忆起泼留哈第一次跨进我们那个气味

难闻的代理处的那天。他故意找茬和我接触，我也很快就接受了他，和他在一个桌子上吃饭，和他一起在楼梯上吸烟。他经常说一些痴话，就是很多人年轻的时候脑子里冒出来的念头。只有一次我听得比较有趣。他给我讲了一位老朋友的经历。他多年都深受无所事事和贫困的折磨，经常搬家，生活无法安顿。现在三十多岁了，终于找到了自己安身立命之所在。他在一家报社工作，有一位美女爱上了他，他哪也不想去了。当时我想，如果我要是那样最终找到了自我也很不错啊。我觉得我还是可以对此报以希望的。

※ ※ ※

我躺在一只散发着刺鼻橡胶味的充气艇上，闭上酸痛的双眼，慢慢漂着。船帮上难看地安着两支湿漉漉的小桨。我因为疲倦而把双桨弃置一边，就这么平静随意地漂了大约一个小时。头顶上阵阵热浪袭来，下面有清凉的水舔舐着船底。我能够感受到那水，我所有的思绪都集中在那里。就是对天空我都没有像对流水那样敞开心胸。

每个周末我都要出去大醉一场。我呼吸的是离城八十公里外的清新的几乎是荒野里的空气。那里有一座旧别墅，夏天经常聚集着一些带着孙子的老人和一对像我这样傻的情侣。在这座小村子里大家都相识已久，只是我现在却不记得他们的名字了。我第一次来这里的时候还在大学里学习。后来我以为自己永远忘记了通向这里的路。现在我一到周末就来到这里，培培土，浇浇水，锄锄地。我是给靠这片土地生活的父母帮忙，但是今年他们可没有多少时间光顾这里了。要操心的事情很多，姐姐怀孕了，一大堆琐事。我也高兴。我在这里感到温暖和安静。我们的房子矗立在村外，靠近一个垃圾场。可是我却喜欢在这里生活，因为不久前我买了一只充气艇，现在我每个晚上都在那条哪怕是最深的地方都能让孩子们蹚过去的小河里游荡。岸边有无法通行的灌木丛，一块饮牛羊的水场，一小块浴场，几条小路和几个钓鱼的地方。小河不算干净，但总比城里的河强很多。河里游着一些小生物。我好几次碰到一种水里的老鼠从身边游过，我不知道它们确切的名字，但它们很大，毛是棕色的。我把它们每一只都目送到岸边。当我听到这些老鼠又游过谁的身边时那些孩童和妇女们先是尖叫、接着又爆发出的哈哈大笑声时，我从心底里笑出来。

我喜欢在载着我的小船随意漂荡的河里闭目养神。这时我感觉自己好像什么都不是，因此也就无所挂牵。我顺流而下，看着天空，听着水声……同时我还和水说着话，它哗哗地做着应答。这正是我所需要的。

在和伊拉做了最后一次谈话后，我很久都不能恢复精神。在那个昏暗的房间里，她摘下面具，敞开心灵，向我讲述了一些我不敢苟同，因而也未加可否的事情。现在，当小船载着我孤独漂荡的时候，我想起并尝试去理解她的每句话。我甚至都回答了她，却只有流水听到我的声音……

她和斯科沃尔佐夫的故事非常奇怪。他们互相折磨了将近一年。她平静地谈着他，毫不激动，还开他的玩笑，大概像以前一样。只是有时她的声音好像突然变得低沉沙哑。我可以把它看作是由于不久之前的感冒，但我没有这样认为。黑暗中我看不清她的眼睛，但我能感觉到她的膝盖和手指在颤抖。我坐得离她远一点，偶尔甩出一句难听的话，甚至只是几个词。她好像对此并不在意，依然自顾自地说着。是的，这是一场独白，她是自己和自己说话。为了不使自己发疯，她需要的只是一个听众。当时她无法理解我的痛苦。她就是疯了也不会想到，她的前任男友就死于现在坐在她对面的现任男友之手。她对他、对他们的关系一无所知。这很奇怪，但事情就是这样。

“你知道吗？我好像被他折磨坏了，脑子里一片混沌。我会梦见他，他使我不得安宁，无论早晨、白天还是晚上。我从来也没有出现过这样的情况。如果这就是爱情的话，那么就往我身上扔石头吧。不，这是一种可怕的疾病，就像全身都结满了痂……一个可怕的同时又是荒诞的、可笑的词……我不知道，这样的伤口在结痂并长出新的一层皮之后，是禁不起撕扯的。它们永远就那样了，即便抹上绿药膏或者紫药水。你可以叫我自虐狂，但是你没有经历过这种感觉，你就永远也不会理解我……你也不会理解他，因为你身上激情太少……”

她好像完全都不存在了。当时她使我感到极大的屈辱——现在我却十分感激她。如果我总是很平静又怎么样呢？我就是这样的性格，我不能忍受别人指责我没有激情。今天我会回答他们，这个世界处处需要和谐。如果你过分神经质或者欣喜若狂，那么按照自然规律，必然会有什么地方的人生来就比较忧郁和沉静。

我透过黑暗看着她，发现她在强忍着颤抖。她身体内里在颤动，可是她却用怪异的、像是咳嗽一样没有感情色彩的微笑来掩饰。她把一条腿搭在另一条腿上，胳膊相交，手指相扣，身子弓得几乎要分成两半，目光也越来越低地望向地板或是一边，偶尔才直视我的眼睛。现在如果给她一杯酒大概不会显得多余，但是她更希望嘴里干一些，好像这样眼睛就不会湿润。只有对疼痛不喊叫，甚至不吭一声，而是故意作对似的微笑，才会可怕一千倍。我觉得她的话就像被谁用帕子擦了一遍，变得又干净又干巴……是的，我不知为什么很想让她尽快大哭起来，扑到我的怀里颤抖、颤抖、颤抖……那样的话我也会大哭起来并开始颤抖，她却不一定会发现。因为我也在控制——几乎憋得喘不上气来。

“你知道我为什么确信这不是爱情吗？……因为在我的心灵深处或者是皮下神经里，总之是在很深的地方，我感觉到同样一种急不可耐的愿望，我永远也不会忘记，它静静地纠缠着我，像有人在用小锯锯我的脑子……这愿望就是，我希望他抛弃我，越快越好。看来，我已经预感到了糟糕的结局。这个故事很蠢，因此结局也应该很糟。要知道我不傻，我知道人们都不会变……他也不令人讨厌，只是他的爱是别样的爱，能把正常的人都折磨得神经错乱。他没有打我，也没有让我受委屈，甚至对我很温柔，但这使我更加愤怒……他没有强迫我。我理智上明白，一切都是胡扯，但我的内心却渴望被毒打，被挤压，被侮辱，被损害……他一感觉到我身上那种对正常关系的反抗就转身离开，这时我就会像不正常的人一样没黑没白地盯着手机，同时祈祷他来电话或者再也不来电话，一次也不来……于是我就会忘记他的电话，他的地址，他的朋友……但是他好像在折磨我。过上一两个星期，抑或一个月他就打来电话，又说没有我就不能活，一切又开始重复……从我们认识的第一天起我就明白，我这一辈子都不会忘掉这个人，连照片都不需要。可我也明白另一点——我们永远也不会在一起。后来，当一切都开始以后，我就想，不知我们中谁会首先摆脱这个旋涡。他首先解脱了。他比我强大，能把我们分开……可惜他不在了。我好像一条腿或者一只胳膊被割掉了，连心也想扯掉……要不是你就真的扯掉了。"

那一刻我不知为什么狠狠地拧了一下自己的膝盖，没有让伊拉发现。后来那里出现了一块不大但鲜明的瘀紫。我不想弄疼自己，手却不由自主地握成拳头，抓起了一块肉。我咬着牙，至少拧了一分钟。过了一段时间我惊讶地发现，我的牙齿已经几个月都虚弱无力了。每当我躺在床上，我就会想，为什么牙齿和下巴都这么疼呢？伊拉沉默了，努力地想着。但我确定，现在她要谈谈我了，毕竟克制住自己的颤抖可不是一件容易的事。见鬼，当她开始用像是来自身体深处的声音开口说话的时候，我却准备一跃跳出窗外。

"如果不是你，我会非常糟糕的。也许我都准备结束自己的生命了。你当然不会猜到这一点。值得高兴的是我没有做什么。我太想活下去了。自己或者和谁在一起——有时我根本无所谓，只要活着就好……而你就这么突然闯入我的生活，使我惊讶得说不出话来。那时热尼亚还活着，但我之前就开始做这样的事情了。我一点也不感到羞愧。我只是摆脱了，就是这样。他也在寻找替代的人，我知道，但都没有结果，都是枉然……就像用头去撞一扇关着的装上铁甲的大门。

之后她又沉默了，盯着地板和墙壁，那里不断闪过楼下过路车辆的前灯打出的灯光。我们没有封上窗户，寒气从缝隙里侵入，于是伊拉不停往手指上扯着柔软外套的袖子，鼻子吸溜着，大声喘着气，好像鼻咽处有一团什么东西。她好像总是生病。就像她说的，尤其在冬天或者春秋天的阴冷日子里，还有夏天连绵阴雨的时候。

“我梦见他了……只有一次，就是在他死后的几个星期。很奇怪——我以为自己会经常梦到他。我奶奶去世的时候就是这样。几乎一年里她每夜都会来到我的梦中，很少有间歇的时候。那时我以为死人都喜欢我。是的，我就是这样想的……可是我只梦见过一次热尼亚。他很激动……我们紧挨着坐在一起，在电影院昏暗的大厅里，周围有时喧嚣有时安静。他侧身坐着——我几乎看不到他的脸。但看到了他的手……我很喜欢他的手，也许这很可笑……我很喜欢男人的手，当然，如果它们很漂亮的话。他的手就很漂亮，很宽大，是黝黑的颜色，指甲圆润而温暖，有时很热，干爽无比……于是我拉起他的手，这样我的手就抚摸着他——从胳膊肘到手指，嘴里说着一些呓语……”

她不说了。她沉默了顶多一分钟后，我就憋不住，出乎自己意料地问道：“什么呓语?”两秒后她开口了，而我却惊讶于自己问的那个愚蠢的问题。

“梦中我们好像久已不在一起了，一年或者更多。似乎他还活着，但是在非常遥远的地方，无法到达，但是他继续活着，而我对他的生活一无所知……好像我的那些小心谨慎的愿望都实现了。这不，我和他并排坐在一起，也许是因为巧合，他热气腾腾……连一点气味都没有，不过也许梦中不能感觉到气味吧。他很热，他的手热乎乎的……我到现在都记得那种温暖，好像皮肤有记忆似的。热尼亚的血很热。每个人的血都是热的，不过他的更热。对了，你在问我问题。我记不清自己说了些什么，不过大体是这个意思。我让他做出选择：我说如果他还想和我在一起的话，那么我一出去，他就要跟着也出去……于是我出去了。我应该头也不回、毫不停留地走，我们已经说好了。可我却停在了剧院走廊拐弯的地方……我看着放映厅的大门，那里有零零星星的人走出来，却没有他……这个梦就结束了。后来我又梦到了一些荒唐的事。”

我起身向她走去。我如山一般耸立在她在黑暗中被揉皱的侧影之上。她深深陷在暄软的椅子里，两臂和两腿都交叉在一起，就这么蜷缩着，强忍着颤抖。但是现在她有点忍不住了。我不知道该怎么做。当我完全走近的时候，她已经停止了发抖。她只是看了一下我的脸，还没有目光相交就望向一边，重重地呼出一口气。这时我真想摇醒她，抓住她的双肩摇上几次，使它们放松，她就会像往常一样伸直双腿，把它们吊在椅子扶手上，就像一个长大了的孩子吊在摇篮里一样。我看着她，不敢去破坏她这个缩着的蚕茧。我站在她面前，怪怪地伸直腰，遮住了从窗子里透进来的本来就很微弱的光线。就以这么可笑的僵硬的姿势站了大约一分钟后，我突然忍不住猛地抓起她的手拉向自己。她像个布娃娃般一声不响地活动起来，接着重又跌回到椅子里。这时我又一次抓起她，狠狠地扣住她的腰，感觉到她轻轻抓住我的肩膀，之后把脸贴了上去，再之后整个身体都吊在了上面，这样我都不用抱她了。我小心翼翼地转过身，坐在椅子上，她一直都没有放开我的肩膀。她不想让我们目光相遇。我也想避免这样。过了一会儿，在她重又开口之前，我已经不想再听什么了。她轻声说着，温柔地把下巴贴在我的肩上，我都能感觉到她呼出的热气。我倾听着她的心脏在里面重重敲击胸腔的声音，感觉到她的双手哆哆嗦嗦的颤抖。她只能看到我的侧影，也许这会让她以为是梦。我也陷入一种昏暗的、温暖的、舒适的梦幻中，在那里我没有什么可以后悔，在那里我不会因自己受到惩罚。

"原先一切都不是这样……奇怪啊，你活着却越来越感觉到身边好像缺个什么人，好像你把谁丢了，没有找到。就是丢了，好像丢在了前世……所以当你浑身散发着酒气，轰隆一声扑到床上、扑到我的旁边时，当你的手往我的腋下一揽就突然打起呼噜时，我觉得自己都疯了。因为我认为我找到你了。我想依偎在你身边，触摸你的皮肤——绝对地小心，不把你吵醒，我一遍遍抚摸着你的脸颊，接着是脖子，肩膀……我感觉自己是一个小小的、被徒劳无益、受尽折磨的泪水打湿的疯女人，只有你需要我，而你就在旁边，你无处可逃……是的，你的气味很难闻，你令人厌恶地打着呼噜，甚至在睡梦中踢了我一次……想起来都觉得好笑，可当时我忘记了热尼亚。我总是记得他，可是当时我忘记了，或者说忘记了想他……当我意识到这一点的时候，我是多么幸福，所以我没有对你讲他……当我知道你就在那家报社工作时，简直要了我的命，但是现在他死了。我不知道是否可以对死人的爱比对活人更多一些，我只知道，你救了我。这就是为什么我什么都没说的原因。我想，是他放了我……我还是相信这一点……”

她说了很久，声音逐渐不再干涩，变得湿润，后来就水润了。我知道一切会怎样结束。我的手温柔地拥抱着她，我越发想要保护她，可是防范谁呢？防范我自己。是的，她说和我在一起很平静。我也感受到了这点。哪怕在谈话开始我的话语就像欢蹦乱跳的小鸟脱口而出，告诉她自己的微不足道，告诉她我就是那个杀死了她男友的恶棍，可耻而又阴险地往自己丧失理智的脸上戴上他的面具。现在我想，我承认了这些未必会对她有益。我知道，她爱我。我知道，我爱她。我还知道，在我们逐渐接近那样的温柔之后，我将消失在黑暗中。她将永远也不会看到我的懊悔与痛苦。

※ ※ ※

我杀了人。但我不知道那是一个人。我只是明白这一点。我一次也没有见过他打手势，没有听过他说话，我只是在觉察到他那一动不动、了无声息的躯体里一丝生命的游丝时才断定他是一个人。我肯定，那个令他的生命消失的人就是我。我——是个杀人犯。杀人犯是没有勇气去爱的。爱情产生了。如果硬是按照自己的意志，把善与恶、黑与白混淆，那么就会被灰色和恶臭搞得发疯的。可是当一切都已发生，又该怎么办呢？

我只是从别人的话语中知道，他存在过。我觉得：他是另一个时代的产物。他的生命在另一条河流里、地球的另一边、地下或者天空之上的什么地方流逝……可是为什么当我杀了他以后，他突然就抓住我的前胸，用可怕的力量摇晃着我，把我抛入自己的河流，扔到自己那一边，把我埋入地下或是抛向天外？为什么我突然感觉他死了却像活着一样，如果他死之前我都不知道这个生命？为什么他如此逼真地、成功地闯入了我的生活？是在为我闯入了他的死亡而报仇吗？这只是一次即兴发挥，很少有这样的复仇。难道死人也能创造什么吗？是的，他比我们知道得更多。所以我能做的只有等待自己的时刻，当我闭上双眼时我能够发现真理。

我现在怀疑一切……爱情、死亡、生命。怀疑别人的也怀疑自己的。怀疑每一句话，每一个眼神，甚至怀疑一切的存在。如果有人告诉我，我们都是幽灵，生活在一个除了幻想什么都没有的真空黑洞之中，我也不会惊讶。这些幻想不是我们的，不是我的，也不是他们的。它们无所归依。他们就像不存在一样。一想到这些，我就觉得害怕，也觉得平静。如果一切都不存在，那么也就没有忧患。也就是说，一切都是空的，想做什么就可以做什么。最主要的是，我想要些什么，到底是什么呢？我早就不再想这个问题了，好像为了一次偶然的扣动扳机而惩罚自己。好像在为了一次偶然赋予了别人死亡而使自己失去生命。我抛弃了一切，好像唯其如此我这个奇怪的牺牲品才会感觉好受些。我把一切都贡献给祭台——我为之献出自己的全部生命……但是不，我不能这样自我欺骗。他的确死了，一切都是我所操纵。

手枪我当然已经扔了。扔到城外不远处的一个脏堆里。我久久站在那里，垂着双手和脑袋，眼帘也比平时垂得低一些，没有抽烟，脑子里也什么都不想。我只是感觉到胸口涌起一团热气。后来我就把房子弃之不用了。几乎有一年我都在熟人间辗转借宿，每次都编个故事，什么我的房子闹水了，正在装修或者父母来了……后来我厌倦了那家报纸，连同科尔别夫斯基，卡嘉，以及其他好为人师和爱刺激别人神经的人。无论我怎样想保住斯科沃尔佐夫的座位都无济于事。一天我上班时发现他的椅子上坐着一位系统管理员。病毒吞噬了他所有的文件，后来清洁工清走了架子上他所有的东西，甚至连那几只被他啃坏的铅笔都飞到了垃圾桶里。下班时我一边关灯，一边想着自己什么都没有保存下来。没有一丝痕迹，没有一行字。他在那里，在天上，一定会很失望的。但他应当会看到我曾经努力过。

时光飞逝，而我好像裹足不前，四处张望，迷茫地眨着眼睛。一切都擦身而过，丝毫没有伤及我，但是必须往前走，因为车轮禁不起久停。前面我无可追寻，后面是一堆未曾实现的愿望。一天晚上，当兜里的钱所剩无几的时候，我买了张通往一座小城的火车票，准备在那里逗留大概一个昼夜。记得当时我买了一个油饼，打开一本不知名作者的、书皮很软的法语书，我读着一半都看不懂的文字，嘴里嚼着缺少滋味的肉饼，忽然我听到体内有个声音在对自己喃喃低语。我很高兴听到这个声音。现在我坐在市火车站闷热的大厅里，等待将要载着我从现在奔向未来、从人造的、幻想的现在奔向真实的、真正的未来的那列火车。我荒唐地对此抱着希望。

大厅里人满为患。以前我喜欢观察人——现在我却对他们的面容和身体无所察觉，好像他们是风造出来的。从四面墙上的大窗透出微弱的光线。说话声、喊叫声、喃喃低语声、窃窃私语声混杂成一片和谐的共鸣，我把它们都理解成一个统一的整体。白色的金属椅子在中央和两侧前前后后散乱地摆放着，所以坐在上面的人们就像在一艘老旧的破船上准备拯救自己可怜性命的逃亡者。我也坐在他们中间，坐在一堆箱包、沙沙作响的手提袋和到处乱爬的小孩中间。这些人去哪里都是源于需要，而我却觉得我可以在这里坐一辈子。他们好像在我面前竖起了一面透明的但是坚实的墙壁。我没有去敲这面墙，也没有用脚踢或者用头撞……我只是看着他们想到，他们是如此切近又是如此遥远。我对他们既不理解，也瞧不起。是的，我好像不在那条河里。他们河里那湍急的水流令我无法理解。我的有点发绿的河水里那静静的浪花更加温暖和平静，所以死亡才会变得不易察觉，也就没有痛苦。不是有人说过吗，疼痛是生命的幽灵。这是否就意味着生和死可以同步存在呢？不知道，只是我依然会感到痛苦，小小的、默默的、不大伤人的痛苦。不理解的痛苦。不知道的痛苦。空旷的痛苦。好像我白白迈开步子——却无处可去，虽然能够走上一两步。

我的火车晚点了。眼前依然可以看到那面模糊的灰色墙壁。但是突然，在一群幻影与幻象之间，我看到了一张脸。这是一张孩子的脸。他专注而认真地看着我。眼睛真大——孩子的眼睛常常与脸不相称。他用小小的手抓住他妈妈的肩头，而他的妈妈微微摇晃着身子，背对我站着。他手里的铃铛发出清脆的响声——那是为了在一片嘈杂之中安慰这个可怜的孩子而给他的。但是他却没想闭上眼睛。他凝视着我，好像在一张张令人腻烦的阴沉面孔中辨认出了一个外星人。他时而动一下淡白色的眉毛，时而睁大眼睛观察着我，就像观察动物一般。当时我觉得真是可笑极了。我笑了——他也报以微笑并大胆地发出咿咿呀呀的叫声。他是那样小，那样弱，他知道得很少，明白得很少，但是我不会理解他，不会理解他今后长长的一生，他的成长，他高高的个子……总之，我没有看到他身上准备成为人的东西。我和他生活在同一个时代，这个时代把我们放置在了同一块板上。我们是一样的。在同一个时空中我们有着同一个命运，也许只是瞬间，但毕竟我们相交了。

小孩做出奇怪的鬼脸。我忍不住逗着他，可是每当孩子们注意到我时，我总是不知怎么就开始发窘，害怕得像个傻子。不是在成人面前，而是在他们面前。好像他们是逗笑艺术上的非凡天才，不论我怎样开玩笑、做鬼脸，最终都会显露出一种社会性的、粗鲁的或是庸俗的色彩。我的脑子已经深受生活的毒害。因此我只是看着他，眨眨眼睛，结果他向我伸出小手，毫无所求地咯咯笑着。如果不是他又尖叫了一声，扑打着双臂把铃铛掉在地上的话，我会一直这么心平气和安静地坐着。我从位子上跳起来捡起了铃铛。那个在此之前一直背对我站着的女人突然转过身来，我们就这样相见了。我一下就认出了她，不过我没有躲闪，没有扑上去吻她，没有说一句话，而只是像个傻瓜一样站在那里，手里拿着铃铛，感觉到那个小手摸着我的前臂。

天啊，多少时光过去。她变了，但只是一点点，我都说不出来是哪里变了。是面容，神情……自从那个开诚布公的夜晚之后我只见过她两次，而且只是从编辑部的窗户里见到的。她找我，而我躲了起来。像只弄脏了沙发的胆小的猫。她现在是多么恨我啊！她为什么不扇我一耳光？她为什么不转身而去？我审视她的眼睛——不，她毫无怨恨。但也看不出别的。看不出爱意，看不出柔情，看不出恐惧，也看不出高兴。她看着我，就像我五分钟前刚去买了包烟。我们默默地、几乎一动未动地站了几分钟。我多么想让她靠到我肩上，哪怕一秒钟都行。可她只是看着我，也许想搞清我的感情。之后我忍不住把目光转向别处。我不知道她是看着哪里说出了这句话：

“这不是你的孩子。”

我看着那孩子。他有着一双灰色的水汪汪的眼睛。他依然在目不转睛地盯着我。

“知道了，”我笑着说道，同时发出了愉快的叫声，“这是斯科沃尔佐夫。”

此刻我还什么都没有感觉到，只是明白了一点：现在我哪里都不用去了。

寻找失去的声音

/格奥尔吉·波塔波夫

奥格尔吉·波塔波夫，生于1977年，毕业于莫斯科师范大学，2012年以小说《寻找失去的声音》入围处女作奖长名单。

1

我爷爷的住处常常会有一些来自格鲁吉亚的客人。格鲁吉亚是一个山峦起伏、夜雾笼罩，既诱惑我，又令我在白天做梦都感到恐惧的地方。那里有碾过石板路的四轮大车，有骑在肩上的绵羊和鱼鳞般的鹅卵石。这一切都显得那么弯弯曲曲，歪歪扭扭，只有酒是直着倒入皮囊，又从皮囊灌入喉咙——这些都是根据我看过的书籍和电影清晰想象到的……但还要加上一种咯吱作响的声音：客人们“卡尔——哈尔”地说着什么，在这种交杂的声音中又会有一种尖锐的吱吱声盖过来，是如手心里挤核桃一样的似木似石的开裂声。“卡尔——哈尔”——核桃壳在裂开。在我的印象中，格鲁吉亚的声音就是厨房里传来的伴随着坚果裂开之音的谈话声。

这些谈话声使人产生一种舌头被揪、手指抽筋的感觉——从爷爷那间如松鼠般装满储备用品的厨房里传出的谈话声，令我至今回忆起来都像下颌有节奏的活动声。

大约就在和客人进行这些谈话的那个时候，我心灵深处的某个地方碰巧有些陈旧的纸盒轰然瓦解，一股沙漠的热风蓦然吹进我贫穷荒芜的心灵，而且在这沙漠里简直没有什么东西可以解除那使人备受折磨的饥渴。就在那个时候，当我在爷爷住所的房间里、在自己的沙漠中徘徊的时候，我听到厨房里传来的来客的声音，是核桃壳爆裂的声音；在刚一听到这种声音的瞬间，我还以为是我们这座老房子发出的核桃一般的断裂声，因为那老房子早已摇摇欲坠，天花板上直往下掉白灰，而旁边正在进行一场市中心的建设大战，摧毁了私邸，而且匪徒团伙经常发生不停息的夜战。透过所有这些我所听到的喧嚣的声音，在我意识的画屏上描绘出完全别样的一种生活和一个遥远的彼岸世界，那里有从科尔希达[1]黑金般的土地汇入的古希腊罗马血液，以及被其滋养的格鲁吉亚人灌木丛般的大胡子。

我把自己想象成一个面前出现了人间奇迹的旅行家，胸中不由喊出："啊，大山！"我不慌不忙地大概这样寻思：难道就是一种外部影响的力量唤醒了、或者更准确些说是体现了能够引起如此强烈震撼的情感？（因为到那时为止意识还处于梦幻和蒙昧状

1　隶属格鲁吉亚，是黑海沿岸、里奥尼河至科多里河之间一块三角形的低地，土壤肥沃。

态）当这些情感似乎颇为意外地突然迸发的时刻，是否就像枝繁叶茂的神经之树上那些晚熟的久已期待的情感果实？我以为，所有那些新的未开放的国家，都坐落在对世界感性认识的道路上，就像古希腊的航海家和哲学家们在他繁花初绽的园子里徘徊那样，也只有通过这条路才能去到格鲁吉亚。那时我悲哀地意识到，整个这条洁净的成长道路将被文明和教育所断送——唉，可见我再去进行旅行的探索已毫无意义。作为这样一个失望的徒步旅行者，我像从小常常读到的古典文学里的英雄一样，在自己刷满白灰的房间里踱步，害怕此生最大的一次冒险将停留在那些倒塌的业已成为垃圾的纸板城堡里。

我有一位画家朋友，当时我曾把自己的涂鸦之作拿给他看。他在一所艺术学校里教书。他拿过两个大学文凭，平生画过不止一打石膏头像和不计其数的用硬纸做成的涂上颜色的蔬菜。现在在他本人的画作上界限模糊，边缘淡化——他在精神上已变成一个彻底的抽象主义者。在他堆满废物的阴暗的走廊里，天花板上耷拉下一个用罐头盒焊成的什么东西，他一会儿向它鞠躬，一会儿又把它像圣物一样保存起来——这是他周围的物品中最为真实的一个东西了。他至今还没能找到一种色彩的组合，一种他所期望的不是反映日复一日溜走的现实，而是反映事物的隐秘本质一面的折射角度。他失去了明净如镜的意义迷宫里的思路，他的语言失去了连贯性，而且整个他所推崇的结构都散落成空空如也的罐头盒了。

不久我自己也放弃了继续学习绘画的念头。我觉得好像我放弃的只是学习本身，为了一个新的、需要我做出这个牺牲的东西。但那是什么——我不知道，既不能说出，也无法形容。我在梦中和回忆中辗转不安，像个假借一堆他人面具的失业的演员……有一次我梦见了自己最后的一幅画。画面上未来是用对死亡的恐惧来计量的，而在过去雨滴像静止不动的薄纱悬挂在玻璃一般透明的空气中，因为时间已无处可去。随着我迈出每一个脚步，恐惧都在不断增长，我害怕醒来去面对在梦境的边缘等待我的那个现实，比停下来永远留在梦中还要害怕。但是我终究还是继续前行，经过高高的黑色的树木，它们的树干间隔均匀，排列整齐，后面是空旷的海岸。就这样，我一步一个脚印走向岸边，迎向自己的恐惧。

为了醒来，我应该跳入汹涌澎湃的冬天的大海，它的波浪就像熔化的铅水……

当我从梦中醒来，我明白自己从今后将要带着一种感觉生活，我梦见了那个还未发生的、含有整个意义之海的历险的预兆。

如常所说，过了多时，我看见院子里覆盖着白雪，是一个新的千年了。那些宛如沙土做的圆柱形甜面包的房屋早已不再，其中那些像高踞在河岸上的燕子一样的住户也已不知去向。爷爷去世了，我忆起埋葬他的那座坟墓：树上落下的水滴，紧紧放在一起的石头，石上刻着的名字，或者是仅有的姓名的首写字母。我一边回忆一边想，除了已经熟知的三种时间形式，还应当存在一种形式，其中具有意义的还包括那些暂时的告别性的路标，那些黑色大理石上落满尘土的幽灵的面孔。这样，当看到那些在哪里都再也不会遇到的人们的画像或者照片，我们就会感到自己是生活在另一个时间里。这个时间就叫作“记忆”。

※ ※ ※

我听说坐火车并非没有危险，去往符拉迪高加索可能会遇到抢劫，车臣妇女会跑到车厢里去抓俄罗斯人的头发，尤其是抓那些浅棕色头发的乘客。在格鲁吉亚军用道路上不得不放弃搭乘驿车的旅行，虽然深感遗憾。就像听一首经典乐曲，从序曲转向急速展开的情节一样，所有紧跟在序曲后面的都是展开部和最后的乐章，再也没有回头路可走。但是当代的飞机可比契尔克斯人的子弹飞得快，于是我从一开始就已胆怯地准备节省时间和精神。因此我的脚步注定不会跑到那些山脚，在那里我准备俯向给不断提高的志向带来灵感的发源地。我脚下的高加索在与现实世界的抽象距离间从气海中飘浮而过，我从自己的舷窗里看到的是雪山顶上一团团升起的白云。

在飞机上，我刚一坐到椅子上，邻座的人就开始和我交谈起来。她自我介绍说她是“维利亚阿姨”，这就意味着对她要用尊敬的语气，因为女士已经不年轻了，而且和她坐在一起的是她长着雀斑、养得胖胖的外孙。从自己这方面讲，我无法忍受和真正的格鲁吉亚人谈论除每公斤西红柿价格多少之外的话题。

“我在这儿去过市场!”维利亚阿姨摸了摸自己的额头，好像在测试体温，“怎么回事！这都什么价格呀！我也这样对儿子说：随你怎么想，米拉比，我反正在这里什么都不想买。难道西红柿有这么贵吗?!”

原来，她是来看望自己已经在莫斯科安家的儿子们的。接着她就开始向我抱怨两个儿子至今都还没有结婚：

“什么？难道莫斯科没有漂亮的女孩子？我就不信她们能不喜欢我的儿子——这样的小伙儿，美男子！挣这么多钱都用在租房子上?！什么？难道在莫斯科就没有有房子的漂亮姑娘？我是这样对他们说的：我自己给你们找未婚妻。‘得了吧，妈妈，得了吧！这儿又不是你在格鲁吉亚……’啊，我知道……如果我再在那儿住一个星期，我就会给他们安排好一切!”

说话时维利亚阿姨一会儿意味深长地点头，一会儿伤心地摇头，并且把自己像靠枕一样推到软和的外孙身旁。无论说什么，她用的都是感叹的语气或者是疑问——感叹的语气。

“我说：是哪个母亲生的他?！这样的人，他能拯救我们!”

她这样评价新总统萨卡什维利。登有他的肖像的报纸插在我鼻子前面的椅背上。照维利亚阿姨的说法，在所有总统的集会上她都站在第一排，而且不顾自己的女儿、孙子的妈妈反对，每次都带着自己的外孙来。外孙忧郁地望着舷窗外如烟般的薄云，就像折断了翅膀的被驯服的卡尔颂。

穿着红色制服的个子高高的空姐把身子探过我，急速地说起那只不想吃东西的怪猫，并叫维利亚阿姨的外孙去驾驶员的座舱，而那个孩子却懒洋洋地置之不理。

我把目光从就在我眼前的她的胸部移到萨卡什维利的肖像上。是哪个母亲生了你，在飞机上您就是这样一副尊容，鼻子由于折叠而夸张地变形，但是眼睛却看着空姐的胸部，“小公猫，简直是鬼知道……你不热吗，或者，你去座舱，不想去吗？……他要来我们那儿学歌剧，是我们的一个名人邀请的他……”直到这时我才明白，她说的是我，我抬起了目光。

“这是我女儿，托米克。美女，是吧？民航飞机的一级服务员！”

“是女服务员，妈妈。很高兴认识您。”

是的，我也很高兴——充满世界主义味道的美，与职业特征相关、夹杂着牛奶咖啡和化妆品香料的清幽味道的美。她的母亲很郑重地、但为了更令人信服，于是好像捎带着提到一样用骄傲的眼神扫视了一下邻座的乘客之后，提到她和萨卡什维利的一次飞行经历。

“他就像个普通人，就像我和您一样，很普通的一次飞行！我的托米克还给他解释飞机上所备的设施：‘巴托诺·米沙[1]，系上安全带！’他笑笑……我敢说，是上帝把他派给我们的……”

而我一直在祷告，上帝呀，但愿他不要被打死……

“我总为我的托米克祷告。真费心啊！她却对我说：‘妈妈，你害怕什么呀？’难道我能不为她害怕吗?！真费心啊！她在前总统谢瓦尔德纳泽的私人飞机上工作那会儿，飞得更高，在地上停留的时间更少。就是从那会儿开始，她本来就天生丽质的漂亮里出现了第一抹世界主义的影子。”

这位母亲讲道：一次飞行时，谢瓦尔德纳泽本人就坐在飞机上。突然有个球状闪电向他飞来。闪电在过道里兜了一圈，在乘务员们惊讶而恐惧的目光中又飞到机舱尾部。驾驶员说要想得到拯救，就谁也别动。可老头自己却毫不理会，脸上依然保持着那种不变的表

1　这是格鲁吉亚人对萨卡什维利的亲切称呼。“巴托诺”在格鲁吉亚语中是“先生”、“统治者”的意思，萨卡什维利的名字是米哈伊尔，小名米沙，即“熊”的意思。

情，这种表情使大家谁也没见过他睡着或者惊讶时候的样子。但当时在场的很多人还是从中看出了谢瓦尔德纳泽垮台的前兆。过了几个月就发生了“玫瑰革命”。

托米克从商务舱给我拿来了一份白兰地酒以示热情。我啜了一口，透过那暗琥珀色的液面看到第一舱里坐着的一个文艺节目里的名人。维利亚阿姨对此又是一副感叹的表情和语气。我一边听着她说话一边想，我对自己将要去的那个国家还一无所知，不知他们会怎样对待我，不知那里都有什么省份，哪些省在进行战争，都是和谁交战。但是每一口酒，飞机的每一次振动，都使我在即将面临的未知事物前充满极度的希望与期待。

※ ※ ※

我在第比利斯度过了就连山风也俯首听命的、夏季最热的一个月份。我师从第比利斯音乐学院最著名最年长的教授、伟大声乐传统的继承者诺达尔·安德古拉泽，大家都认为这些传统将在他身上永远终结。那时我根本不知道自己未来的使命，所以一会儿是个大学生歌者，一会儿又是别的什么，但为了摆脱可恨的旅行者的头衔，就带着几句临时想出来的祝酒词，走遍了我新结识的朋友们的朋友们的家，或者在电视上播放南奥谢蒂亚战事时，沿着梯弗里斯[1]街道上轧坏隆起的地方孤独地闲逛。

1　第比利斯的旧称。

课程开始前，安德古拉泽考验了我一下：他让我在一堆书中找到并阅读三本。第一本书我找的时间最长，终于按卷找到。那是马努安利·噶尔西阿的一套已被翻烂的旧教科书：发黄的书页散发着腐纸和烟草的气味，是安德古拉泽父亲在自己的执教生涯中一直抽的那种烟草的味道，但这本书的内涵远比烟草的气味更加吸引人。第二本书就在上面，因为它是不久前刚从莫斯科带来的，叫作《共鸣唱法的艺术》。书中对中学物理课本中几句话的大量重复，能够在它所面向的中等和高等专业学校的广大学生以及所有对歌唱艺术感兴趣的人中，引起他们面对科学思想这个庞然大物时的恐惧——所有这些都拜赐于那些虚构的、貌似科学的、强化了枯燥实验的结果的宣传，作者——这只实验室里的大老鼠——在书中阐述了以往伟大演员的歌唱艺术，而且书名中的“共鸣”一词在长达几百页的书上都是用斜体字标出来的。

第三本是安德古拉泽自己写的书，这本书比上一本薄十倍，尽管如此，可我听说还没有人能够把它读完。每逢新人出现，安德古拉泽都会用混杂着狡猾与希望的目光望着他，小声问他是否读了他的那本书，回答通常是“正在读”或“准备读”。但是，也许在安德古拉泽提出这个问题时的那份小心和专注中，恰恰包含了一种偷偷的提示：他坚信会有人回答“读过了”的？

在我初到第比利斯读书和进行发声练习的那些日子里，我住在安德古拉泽已经开裂、书籍山一般堆到天花板的很大一幢房子里。房子位于英雄广场上唯一一座按照本地习惯十一层楼房的中间层段。房子的一部分早就变成了教室，而在走廊里储藏室的地方，专门辟出一间厕所给学生。房间最里面有几扇关着的门，门里是女人——安德古拉泽的女眷，但在房子剩下的地方东西可以挪来挪去，为了歌唱艺术而献身。墙上那些上个世纪伟大艺术家的照片向这场血腥的盛宴投下阴影。

第二天，如安德古拉泽所说，该开始上我真正的课程了，可我还是没有想好怎么回答最后那本书的问题。

这里的早晨缓慢而粗糙，就像曼德施塔姆所描绘的艾拉德广场上的黎明一样。房子里的一切都有着一种与安德古拉泽的生物钟相适应的、沉重滞缓的节奏：在一天伊始时落后，中午开始加速运转，傍晚时赶超。我睁开眼睛，看见悬在上面的吊灯，吊灯上耷拉下来缕缕尘网和一串夜螟蛾。这吊灯看上去就像从海底的水草中拔出的锚——于是我明白了，一天已经开始，船儿就要起航。

在吃面包、多孔的白干酪、蔬菜这些不限量的早餐时，我遇到了一些以前没有见过的新人，但是根据他们从昏暗的走廊中出现时睡眼惺忪的样子来判断，他们和我一样都是安德古拉泽房子里的住户。没有关掉的电视代替了大家的谈话，里面伴随着轰隆声掠过一些边界冲突的画面。两位女眷都在看电视，不知怎么汇成了一个人，也许是一个女人在我眼里分成了两个——对于此事，我在整个逗留于这幢房子期间一直都没有搞明白。新来吃早饭的人开始沉默地咀嚼，他们的目光猛地盯住忽明忽暗的屏幕呆然不动，就像大头针上的蜻蜓一样。安德古拉泽一动不动地坐在桌头自己的地方，好像一只眼在睡觉，而另一只在看电视。我正犹豫是否打扰他，问他个问题，忽然他自己开口了。安德古拉泽的声音虽然带着些许清晨的嘶哑，但是深厚而温暖，就像篝火余烬下的土地，在黑色的煤灰中隐藏着昨日炽烈的热情。

“我给过您我的书了吧……不，不，您自己留着吧，您可能还用得着，书上可能还有些您需要再读读的地方……”

我怎么也没料到会是这样的结果——安德古拉泽就这样巧妙地赋予了我保持沉默、避免回答的可能性。当时我只读了充满药铺指南般的拉丁名称的前十页。接下去主要内容的河道将分成众多的支流，朝四个方向流去。在引文的茂密森林中，我几次钻进灌木丛，但每次都观望一下就在下一页睡着了。

因此我迫不及待地向安德古拉泽表示感谢。他服下一些药，深深地吸一口气，然后闭着眼睛用早晨的缓慢节拍说道：

“没关系，没关系……今天我们开始新的练习。我把它叫作‘角斗士训练’。”

然后他稍微睁开一只眼睛，若有所思地望向电视机的方向，电视里在播放了几则引逗恐惧不安的民众开心的广告之后，又开始报道萨卡什维利向俄罗斯政府开炮和恫吓的新闻。忽然电视机闪了一下——我看到一些像是我们认识的一个记者在纳戈尔诺卡拉巴赫拍摄、又回到莫斯科播放的镜头：两个战士（我认出其中一个是安德古拉泽的助手古力）在装炮弹并向峡谷放炮，“磨平”地形。周围只有巍峨的、长满树木的高山，及其像绷紧的肌肉和肌腱般的支脉。这些高原上的战士在向森林覆盖的山坡、回声震荡的峡谷开炮。一幅荒谬而野蛮的画面……

“我们会把您送过去，让您看看这一切……”安德古拉泽又转向我说："现在您自己不要去。您毕竟对第比利斯不熟悉……等古力回来，我们用汽车送您过去。"

闻听此言我有些发愁了。我可以想象自己的前景：无聊地坐在椅子上等着轮到自己练习，会有那么一个格鲁吉亚青年呆滞不动地盯着某个在房子中间进行"角斗士"音乐练习，或者用像匕首一样闪光的声音把聂莫利诺的浪漫曲乱改成几个部分的人。虽然开始时我极力用心倾听这个世界上所有歌唱家的声音，但如此近距离地倾听这些声音还是令我觉得像是极不寻常的历险，给我一种极端奇怪的感觉。我对多数声音很快就厌恶之极，于是一有可能就想赶紧逃到市里。我已不知不觉爱上了那里的喧嚣与杂乱。

"读过拉乌沃比吗?"安德古拉泽一边嚼东西一边说着，电视新闻里在隆隆炮声停止后传来喉音很重的格鲁吉亚的口音。

"拉乌……？没有，没读过。您给我的是噶尔西阿。"

"拉乌里一沃利比。您找找这本书，就在这儿。您是怎么找到噶尔西阿的?"

"……星期六晚上，超级游戏……"

我想电视里怎么说起俄语来了，我希望他不懂，于是一语双关地回答了他的问题。我说好不容易才找到，里面有些缺页，但是阅读给我带来了慰藉，虽然我只明白找到部分的三分之一。

"很好，您开始寻找了!"安德古拉泽用自己独特的一种热烈口气强调了最后一个词。在这次声音的爆发之后他语言的节奏重又回到了早晨的行板，而最后几句话听起来很有分量：

"一旦您决定学习——您就应该寻找……"

就在这时，和平时一样，来了几个年轻的格鲁吉亚人、大学生、中学毕业生和业余听众，还有那些沉默的电视观众。

他们俯下身来亲吻了安德古拉泽，而他也不转身，只用一只手轻轻拥抱了他们。

……我想到自己在街道上的徘徊，只为了寻找一份安静，我开始为有一天他不是当着我的面死去而遗憾，那我就不会在无边的黑夜里为他哀悼，那黑夜里的星座是如此蓬松，烟雾般朦胧，好像记忆中母亲的乳汁。当群山与黑夜融成一片的时候，在黑暗的巨浪之上，在自己的生命之外，你觉得自己仿佛是无形的一般。在第比利斯最初那些自由的日子里，我的心脏突然紧缩，至今都无力摆脱这种自愿的束缚。那里，在鲁斯塔威利大街上，我的那些新的自由自在的伙伴们竟日闲逛，如果我愿意，总能找到他们。只是希望，与边境事件相关的对我的安全问题的担忧是短期现象，希望安德古拉泽的不安明天就会平息。但是，不能就坐在屋外把今天打发了。所以我极力想出一个理由，以便闲暇时能出去闲逛，还不能对安德古拉泽的提醒表现出轻视的样子。在古力和他的汽车到来之前我无所事事，而且我也不相信那个载我进行汽车旅游的计划是认真的，因为我已经习惯了本地开空头支票的传统。

亚美尼亚姑娘尼娜，也就是安德古拉泽的钢琴伴奏者出乎意外地成为我的救星，我正打算去她那儿练习唱歌。她给安德古拉泽打来电话，而他滑稽地模仿着她尖细的嗓音："尼娜奇卡，您好！"节奏加强，一遇到疑问语气"是吗"的时候就做狮子打哈欠般的停顿。他就这样宽容地陪着电话那头尖细的嗓音说着话，和她商量好让我在中午准点来到。啊哈，我是多么高兴啊！但是我觉得应该尽快换个话题，继续聊聊……问点儿什么？关于书里的什么……该死的电视火上浇油，安德古拉泽又激动起来。

“您懂英语吧？如果在街上有人和您说话，不要用俄语回答。以防万一……我认为他会被当作美国人，是吧？”

“是，是……”格鲁吉亚青年们一齐说。

“在城里您会遇到各种各样的人……今天有个从列宁……堡来的男高音打来电话，说他害怕出去。”

我恳切地承诺我会爱惜自己的生命，然后冒冒失失地问：

“诺达尔·安德古拉泽，接着前面说，为什么噶尔西阿怎么也找不到那个声音像红什么的人？”

“噢，像公牛？”安德古拉泽耸耸肩，然后用尽全身力气想从桌边站起来。而桌子就像能够感觉路况的跑马一样，所有的裂缝都发出断断续续的响鼻声，弄得鼓胀带缺口的镶木地板也发出神经质一般嘎吱嘎吱的痉挛声。安德古拉泽站了起来，吃力地拄着拐杖，走到隔壁房间。“是的，他怎么也找不到……您明白吗？这就是噶尔西阿本人的声音。”

“格拉茨阿斯”——走廊里响起回声，这回声用几种外语一遍遍重复着刚才的话。我在安德古拉泽狡猾而得意的目光里看到了自己的惊异。

“这是他无论怎样也没有找到的声音。他终究没能成为他想成为的歌唱家。尽管他成了著名的教育家和医生，等等。”

安德古拉泽叫来马穆卡——这小伙子的外貌让人一眼就能记住。

马穆卡有着可爱的黝黑面孔，很像那不勒斯的一个叫帕佐里尼的演员。

房间里又进来些二流演员和我不记得名字的群众演员。他们打开门，带入一阵电视的声响：例行的紧急播放已经结束，又开始插播广告。小伙子们在房间里自由地走来走去，或者随便坐在椅子上——这一幕每天都会上演——他们就是带着这种沉思的目光听课、看电视或者围在桌边看曼斯特罗和其中几个人下十五子棋[1]。他们说话时，那些我听不明白的话语就像台球一样，互相碰撞，滚到各处，然后化为黑色的叽叽鸣叫的小鸟，飞向阳台，又从阳台俯冲到汽车轮子下。“星期六晚上，在笔直的天空……”这时不知是谁又打开门，一组在我感觉像是黑暗的而且越来越黑的格鲁吉亚话语可怕地绕着我飞行，像乌鸦的标本一样。而城市透过所有的缝隙从外面钻入，又变成热乎乎的穿堂风从阳台门吹入。穆塔兹明达山直接矗立在窗外，就像被电视接收塔的尖顶——这个现代文明的崇拜物加冕了一样。一想到这些献身于公共信息的牺牲品，我的心就阵阵发紧。城市像折断的飞廉一样沿着这信息的斜坡攀爬，一种令人不爽的新东西的萌芽在飞廉间穿过。可以看见道路以及道路上方悬着的冗长的广告牌，广告牌上是用格鲁吉亚语书写的“可口可乐”一词。鲜红背景上弯弯曲曲的文字急于爬到招贴画和想象力的界限之外。

“我想让您听听我们的歌唱家。马上马穆卡就会找来磁带……现在谁也不记得他了。他曾经那么伟大！伟大！”安德古拉泽重复道，

1　一种智力游戏棋。

嘴巴张得大大的，把重音落在“大”上。安德古拉泽年轻时学的是语言学，因此他在说话时有时会强调指出几个词的语音来源。走廊里也同时发出“伟大!”的回声。

我回想起几天前，当我第一次迈入这座房子时，我首先听到的就是一个回音，听起来似乎熟悉但意义却不甚明白的几个拉丁词语的回音。我断定这声音来自一个房间。虽然当我和古力一起进去时，他是用自己的钥匙开的门，里面传来的只是歌唱声。我觉得不可思议的是，在我出现前的瞬间，不知是谁在这里用拉丁语高喊。

“名字说明不了什么……”安德古拉泽说出一个我瞬间就忘了的名字。“声音会告诉您！这样的歌唱家现在没有了。他只有这份录音保存了下来，我们满世界找它……他早在革命前，在自己声名最盛的时候出国了。当时我们都疯狂地爱着他。再也不会有人像他那样唱《欧罗威拉》了……只有马穆卡唱得好一些 。”

正当安德古拉泽开始担心那无比宝贵的录音带混在乱书之中寻它不着的时候，马穆卡突然翻出一个箱子，然后笑着举起一盒磁带向我们敬礼。他那因大笑而咧开的嘴巴更加要命地夸大了他的脸部，使他像是在尝试假面喜剧[1]那种古老的艺术形式。在回忆意大利电影时，有无数花花绿绿的镜头片段像篝火冒出的烟雾一样飞到我眼前，翻译者压低的声音对不符合嘴唇造型艺术的低沉而陌生的意大利语产生了特异反应，就像这房间的回声一样，令人觉得整个《十日谈》中只有一个赤裸的修女。为了避开幻觉中的刺鼻烟雾，我开

1　16—18 世纪意大利的民间喜剧。

始暗自重复学会的那些有曲名的练习曲。《西梭发咪哆西－拉梭》。安德古拉泽每向椅子方向迈出一步我就唱两个节拍。“梭－拉－西哆……”他的步子明显很沉重：他一言不发，喘息着，却不停下来歇口气，而是忽然开始气喘吁吁地用口哨吹起了什么，这对于以前的他来讲几乎毫不费力，而现在却好像要用尽他全部的力量来支撑。当安德古拉泽终于跨出最后一步到达椅子时，我猛然明白，他所吹出的正是我在哼唱的练习曲……

幸运的是，磁带已经备好，可录音机盖却不想打开。突然它发出嗞嗞声，然后传来一阵刺耳的声音，接着是更加可怕的嗞嗞声，几个因为同名而聚在一起的小伙子笑起来，原来是马穆卡的胳膊肘碰到了录音机开关，他立刻把它关上了。但是从已经坐到高高的伏尔泰椅[1]上、休息片刻之后用手掌抚摸扶手的安德古拉泽的脸上，从他突然僵住的手上，我觉得他好像在此刻听到了比先前更令他不安的声音。但就在此时录音机的盖子“咔嗒”一声开了。安德古拉泽舒了口气，趁着倒带的工夫忍不住用手掌揉搓了几下脸上的肌肉，做了几下鬼脸，又把舌头在嘴里转了一圈，然后继续自己刚才的故事：

“是的，所有人都爱上了他……我父亲见过他，也听过他唱歌。在第比利斯为他举办的音乐会之后，一位格鲁吉亚女作家回忆道：我觉得好像是熔化的白银从树上滴落……”我终于决定再问一遍：“您说他的名字是什么?”在安德古拉泽还没来得及回答时，就听见

1　一种高背深座的安乐椅。

从噼啪作响的烟雾中飘来一个声音，这声音经过雷神在天堂之锅里架在火上的煅烧，即便是经受老旧磁带杂音的干扰，依然穿过上世纪的冰冷而令你的听觉燃烧。我立刻看到一头红色的公牛穿过房间疾驰而过，我还听到了一声婴儿的叫喊。

2

在安德古拉泽位于十一层的住处的出口，我坐上用栅栏一般的围墙围起来的黑暗的电梯向下滑行，我眯缝着成熟的香瓜一样香甜的白日亮光照射下的眼睛，走向公共汽车站。大家都说还没看到一辆公共汽车到来。我核对了一遍那张写有通到尼娜所在的巴格拉基奥尼广场的车次号码的字条，我准备穿过大街赶上一辆车。拐角那边有几辆如地球游戏中的木柱一般的公共汽车疾驰而来，很快就滑过道路上的坑洼穿过街道向行人奔来。这座城市看样子没有交通信号灯，而步行通道都是暗黑的库房，到这里两天之后，我才学会根据类似于厕所一样的味道找到这些通道。我常常需要停下脚步思索一下：是跟着别人冲向汽车场还是去走气味难闻的暗黑的通道？然而，当我站住，从那被我心里暗暗称作法国梧桐的、树冠高耸入云、看不见的树根摧毁了马路的老树漆黑的树干上，就会有阵阵喜悦的清波拂过我的心头。

老树赋予我认知生命、认知善与恶的果实，我曾经准备无所畏惧地都品尝一下，因为还没有错过什么，这一天还处于炽热的正午。

于是我抛开自己生活上的和步行上的全部经验，穿过如有少年在其中进行古老血腥的成年仪式的山间奔涌的激流般的街道。终于，我安然无恙、完整无缺地到达了河流对岸，却没来得及伸手叫停两辆我该坐的公共汽车。

很明显，我在它旁边感到自己是原始时代大自然产儿的那棵树，是奇迹般得以保留下来的大树之一。它们生长在这个不曾是首都、甚至连城市都不是的地方。这里曾经是一片漆黑的森林，是瓦赫坦戈大公下属的军人打猎的地方。我还是从爷爷家里接待过的那些尊贵的客人那里听到关于第比利斯老树的故事。他们比一般人个子高，他们的叙述预兆性地成为我寻找前的寻找、旅行前的旅行。

关于这棵树的重大意义，早在我第一天到达这里的闲逛中我就通过观察得到一些肤浅的认识。那天我战胜了几个女人虚弱的反对，按照她们的意思我应当留在安德古拉泽的房子里——她们害怕放我走，可我却到鲁斯塔威利大街上散步去了。

旅游手册上把这条大街描写成艺术家进行买卖的中心街道。因为他们曾经直接从空中捕获自己的绘画题材，而过路人和艺术家们一样充满灵感。但似乎他们的灵感过分依赖于此地空气的洁净程度，所以近些年来随着城里汽车数量的急剧增长，艺术家们开始从街头消失，融入过往的人群中。

另一种我所提到的说法，比排出废气带走了艺术家灵感的解释具有更强的破坏性，即萨卡什维利在上台后第一年就颁布命令：砍光第比利斯街道上的老树。这些在老城区存活下来的树木，好像在和汽车经销商们成心作对，不愿意和街道上的柏油路面和平共处，它们的根毫不留情地挤开路面，使路面裂开。

总之，当我来到鲁斯塔威利大街到处闲逛的时候，我遇到的只是几个卖纪念品的摊贩。

在共和国广场达维达沙皇的骑马雕像附近，我吃了一个冰激凌。此前我已见过苏联时期格鲁吉亚雕塑作品的照片，比如矗立在山坡上的雕塑“母亲——格鲁吉亚”，或者交通部前的雕塑作品——每次看到我都会战战兢兢地想起，我的故乡也曾遭遇如此惨重的事件。他们甚至通过照片上的描绘就可以使你感受到侵犯自然给人带来的恐惧，就像政权本身产生的都是同样的怪物。

“为什么要砍掉那些老树?”我问卖冰激凌的女人。

“那都是些吸血鬼树，”她看都不看就答道，“是各种各样的槭树。城里还留了很多。它们会夺走人的能量……”

伊维利亚饭店的楼层遮住了傍晚的天空。在狭窄的楼层窗台上悬挂着一些衣服和被子，就像去年广告里放的五颜六色的碎布，也许应该有更好的比喻，但我暂时还没能想出来。有几个窗户没有安玻璃，取而代之的是一块胶合板。我从卖冰激凌的女人那里得知，现在那里住着难民。她的声音听起来非常激动，可能她本人也住在那里。

面对这座古怪的饭店，我那疲惫的意识彻底动摇。我本想尽快拍几张照片，把今天这种莫名其妙的现实留在胶卷上。但此时，意识却不想向所发生与所确信事情的荒诞妥协，寻找并且在比较与隐喻中找到了最后的支柱——因此，在我还没有清楚地意识到自己眼前出现了一座以高大和丑陋而著名的大楼时，我在想，这楼像什么?

我在意识中搜寻一个可以作为对比的形象，不只是因为在此情形下对那些能引起与现实妥协的逻辑道理不抱希望，至少可以留下几张照片聊作安慰，不是的，当我站在广场上，任冰凉香甜的雪糕在嘴里融化，看云朵在黄昏的天空中飘远，我在寻找可以比较的对象，我用自己的眼睛发现了一个新的现实的隐喻。所有新兴的未开放的国家都处在对世界的感性认识的道路上……我过去那种把旅行理解为感受道路与向目标进发、理解为我需要付出巨大内心准备、因此还没有开始就已绝望失去的想法，现在却令我觉得多么遥远，多么没有意义。可是……我处在了这个现实之中，在异国他乡，这个现实曾经是我的现实，包含着这个站在广场上四下张望的我。现在，我怎能将自己的想象与现实经验相连，将梦中在莫斯科房子里想象的格鲁吉亚与现在作为一个旅行者和摄影爱好者这种令人失望的角色相连，将过去与现在相连？由于这种不可连接却必须连接或者使自己的想象与亲眼所见和解，我产生了比较的渴望和对隐喻的需要。

冰激凌在我嘴里融化，而高楼丑陋的轮廓在暗下去的天空背景下模糊起来。南方短暂的黄昏开始了。在这即将消逝的一天最后的光线中，我观看的不是广场、喷泉和布满斑点的建筑物，或许也看了，可真正看到的却完全是别样的景物：是那些远古时代就生长在这里的森林里多结的树干，是骑手为了看到河湾尽头的对岸而费力攀登的小山……而且我第一次感觉自己是一个旅行者和探索者，不是在我仅仅作为一个普通旅游者的现实世界中，而是在叙述刚刚开始的那个现实中。在这个现实中我不能指望地图或者拍摄的准确性来感知周围，而似乎应该时刻问询道路，因为这个现实是未经探索的领土，而舌头是我唯一的引路人，并且我的认知工具就是隐喻。当然，这个第二现实表面上与相片上的第一现实相似，但还是有区别的，在第二现实中，也就是在饭店大楼所处的地方，我看见一棵弯曲干枯的大树——树枝上晃动着许多彩色的布片，它们是过路的行人按照多神教礼俗为祈求一路顺风而扎在树上的。

汽车从夹在山河之间的穆塔茨明达街区弯曲的小道里开出，驶向库拉河沿河滨。好像在瞬息之间空间就一下子轻松和开阔起来，眼前展现出对面高高的河岸，最边缘的深谷上方低悬着房屋中用各种颜色涂饰的木头长廊，终于来到公路上，于是开足马力飞跑起来。

我的思绪从关于散步的回忆中回到现实，决定对今天全力以赴。我一定要把上完尼娜课后所有剩下的时间都花在散步上。目前，在自己对这个城市进行大致浏览的闲逛中，我慢慢地仔细端详第比利斯中心街道厚重而宏阔的正面屏风后古老的偏僻小巷。我知道，任何一个有着强大而独特风格历史的城市都像一个堡垒，勤勉地捍卫着自己统治的秘密，努力用在太阳上闪耀的礼物赎免第一个遇到的蛮夷之人。换句话说，对于我来说重要的不是忽略最初的和记忆最深的印象，当异乡那些无足轻重的细节使你开始感受到一种敌对的现实，但另一些重要的方面也会使你同意暂且忍耐，如果接下来它——噢不，并不对您表现出自己的赏识，但即使是一瞬间稍微揭开秘密或者掩饰它警惕防护面孔的面具，你都会把这个瞬间作为达到了某一目的，甚至是如获至宝般永远珍藏。

到达目的地后我从出租车上下来，四下环顾。这里不可能有任何珍宝，周围的一切属于全苏标准的建筑物，但几乎有一半的广场都被斯大林时期曾经属于高档房子的黑砖墙所包围。我认为这就是我要找的，虽然房子上什么门牌标记都没有。而从尼娜在电话里说得很多最快的、包括讲述该怎么走以及左右和周围我能看见什么的所有的话里，我只记住了“……没有号码的深棕色的大门”这句话。

在像在墙里凿通的隧道一样的门洞的一个门孔旁，有一个独腿的残疾人在卖西瓜。我在他那儿买西瓜时，得知他亲自挑选每一个西瓜，因此他的西瓜都很好。“我给你切开吧？你从哪儿来？别犹豫了，我不骗你，想要就切开吧？你是去做客吗？”

他不知道这个楼栋的号码，但他知道钢琴家尼娜，说她就住在这个楼栋，而且总是在他这儿买西瓜，因为他不会骗任何人。

我终究还是拒绝他把西瓜切开——我已经确信这个办法在此地没有什么作用。那时安德古拉泽把高年级的一个已经准备在第比利斯歌剧院首次登台的学生托付给我。他像蟒蛇一样既快乐又懒惰，是古里人，名叫寇巴。我和他商量好到市场上去一趟。市场位于火车站，离安德古拉泽的房子有两站路，那两个年老的女眷有时去那里买食品，不管有类似寇巴那样无所事事的年轻人经常到安德古拉泽这里待上一整天，而且又吃又喝。

我想买点吃的东西请客，寇巴说要领我逛市场。可那天我却怎么也没等来他，第二天也是一样。就在这时，曼斯特罗本人委托他去买点什么，所以我们就顶着迎面而来的大风前往火车站。那里，市场的货摊上摆满了调料和家酿葡萄酒，以及由于异常干旱的夏天而价格奇贵的水果和蔬菜。寇巴傲慢地在我前面踱来踱去，不时回身叫我等一等，说要好好看看，买到整个市场上最好的西瓜。最后，在走过一座座大山和炮兵部队一样的西瓜和香瓜摊后，我们在一个先是哭诉、然后两臂用力后弯央求我们买他东西的小伙子脏污的货摊旁停下来。他和寇巴开始了倾心的长谈，据寇巴给我翻译的话，他答应给我们挑选真正的天堂之果，并且切开来证明这美好，我们不用对此负责就可以亲眼见证这一事实。随后他取出一把斧子，把近在手边的一个西瓜切得零七碎八，结果里面全是绿的。寇巴摇摇头拒绝购买。可是小伙子想要证明什么，很快就大发脾气直到叫喊起来。相邻货摊的卖主都聚过来围住我们。小伙子起劲地做着手势请他们做证，依然把那闪闪发光的斧头握在手中。事情是这样收场的：寇巴从我这儿拿钱买下了西瓜。走出市场时他向我解释道，那个小伙子抱怨并请他可怜自己没工作，还有一个生病发疯的母亲需要养活。

但是这一次在我眼中商人的残疾给他的话语加大了分量，给他合法的暴利抬高了价值。最重要的是，多亏他，我前行的道路上至少有一小块土地被照亮，并且，在拾级而上时，我在下面就听到了那从没有门牌号码的深褐色大门里传出的歌声。

※ ※ ※

从外表上一下子就可以认出尼娜整体一贯不变的样子。那些和她有过交往的人会觉得她一生都是如此。甚至她的那件深色日常便服都成了她不可分割的一部分。我记得她穿着这件衣服时的样子，并且永记心间。如果让我来画她，几个线条就够了，这将是一幅普通的素描画：头发拢在脑后，梳成一个发髻——就是老姑娘的那种发型；梨形的矮身材上套着深蓝色的肥大衣服。要知道这被认为是我们当代的时髦，而在久远的年代以前被认为是丰满，这样丰满的身材配上饱满的胸部是古代女性之美的典范，我们道德完善的祖先塑造的就是这种旧石器时代的维纳斯。如果这听起来滑稽可笑，那么我预先声明，我完全没打算拿这个话题开玩笑，我觉得我们现代的理想要荒唐可笑得多。不知为什么我遇到的拥有旧石器时代维纳斯体形的人都不是灰褐色的老鼠，而一定是那种拒绝个人生活的积极分子，具有活动热情、同志式的参与和社会热忱。不管在哪里，尼娜都能使我联想到一系列中学的和更晚些时候的某类人。她的脸部好像也不是独具特色，而是隐藏在老姑娘和教师两种样子的后面，隐藏得如此自然，甚至于那硕大的眼镜片都挡住了她多半张脸，灰褐色的缩小了的眼睛只好躲在镜片后面看东西，当她微笑的时候，眼睛都变成了小缝或者完全消失。总之，如果让我来画她的话，我都不用看她的脸，不用去仔细观察，就可以画出那两个圆圆的镜框——而这就是她了……但她却不在那里。这到底怎么解释？

这是我直观的感觉，对此我暂时还没来得及证实。这种猜想不是一下子产生的，也不是当我在安德古拉泽的课上见到尼娜时产生的，那时多数人都有点儿取笑她，包括滑稽地模仿她尖细声音的曼斯特罗本人。此外，尼娜是亚美尼亚人，却更喜欢说俄语，这在这个残缺的世间、甚至是围绕她的这个音乐团体内部是被认可的。你看她“咿咿呀呀”胡说着什么跑来给安德古拉泽治病：给他带来药、家常馅饼，然后开始伴奏，由于看不清而没有敲到琴键上，给学生纠错并且直接在课题上就顶替了曼斯特罗的位置——这时安德古拉泽则吃力仰起头，手从圈椅扶手上垂下，经历了一夜背疼和失眠的折磨之后，伴随着我们杂乱无章的歌声在椅子上打起盹来。尽管之后他睡醒了，生气地发出从头再来的号令，但他终究还是重回梦乡，还是要靠她这种无所顾忌的帮助。上完课，她得到准许离开，连茶也不喝就抓起装满乐谱的背包跑掉了。

我的第一印象就是这样充满讽刺意味，由此而产生的一系列无聊的联想汇成了这样一个我所知道的形象，使人对这个形象背后真正的人已经了无兴趣。但是，当我第一次到她家来上课的时候，我对她的印象稍稍有所改变，有哪一点超出了一旦形成就永远确定的形象的框框之外——我就把这个叫作感觉，虽然上面所说的形象也仅仅是我的感觉，无论这感觉是多么类型化。当我在尼娜家喝茶时，这种新的感觉在我心中萌芽，并且，可能就是由于这个感觉，我开始在心里思考形象的界限，也就是说这些我们都受其驱使的形象从何而来。在小小的敞廊里辟出一个饭厅。从还没有收拾起来的茶具可以判断，我总是在相对确定的时刻来到，尼娜的工作计划表随意放在桌上，那些排队等候或者准备离开的学生不停喝着茶。她的妈妈也坐在这里，尼娜说，妈妈几乎不说话，然后问她，是否需要帮她回到房间，然后，还没有等到她回答，就为了把课上完而走开了。窗户被院子里无花果树的叶子遮住，爬满植物的窗台上方悬挂着一个鸟笼，鸟笼里有一只小卷毛鹦鹉。从我这个方向可以看到几张照片立在书架的隔板上，一个房间里好像坐着怀抱一只小狗的尼娜的妈妈，另一个房间里坐着正在弹钢琴的尼娜。

“这是谁？尼可？”突然响起微弱平淡的声音。我吃惊地看了看老妇人，她依然一动不动地坐着，盯着自己前方的一个点。我不知如何作答，就把茶杯碰到碗碟上叮当作响。

“请吃饼干……”

“妈—妈！阿—拉—拉特！”

至少这最后一句话是鹦鹉说出来的。我谢过老妇人，想自我介绍一下，虽然并没有指望她明白我，但这时响起了门铃声。

尼娜跑去开门，一边在台阶上用三和弦低声哼唱着“就来，就来”和“谁来我们这儿了？”接着我听见一个傲慢的男人声音，他用格鲁吉亚语询问着什么，虽然尼娜在用俄语回答。早些时候，在安德古拉泽那儿我就惊奇于她和格鲁吉亚小伙子之间用两种语言进行的谈话：他们多数都俄语不好或者根本不会，尼娜和他们用格鲁吉亚语说话，就像自己大声把他们的语言给自己翻译成俄语。“啊，你说这里应不应该吸口气？……那好吧，来，吸气。”“来，吸气。”她又用格鲁吉亚语重复道。

一个年轻的小伙子走进饭厅，我想，他这惊人的外貌简直可以和马穆卡配成一对。

“认识一下，这是我们的尼古沙！”随后进来的尼娜快活地尖声说道，眼睛眯成了一条缝。

小伙子却没有笑，紧紧握住我的手，谢天谢地没有要吻我。他的鼻子是鹰钩鼻，脸上线条很粗，嘴巴极大，和鹰钩鼻连在一起有点儿像捕食动物的喙，而整个脸有点儿像夸张的老鹰，或者像冷笑着的向导犬。与意大利描写骗子活动的电影类型演员马穆卡不同，这个人更像是连环画册里某种鸟的原型。

“这是谁?”老妇人又喊了一声。

“是尼古沙来了，妈妈。”尼娜向她俯下身喊道。

“请吃饼干……”

“坐下吧，尼古沙。吃点西瓜吗？是我们这儿新来的孩子带来的。你知道吗，他来自莫斯科，在安德古拉泽那里学习。”

“是吗?”冷笑着的向导犬撇了撇嘴表示惊奇，然后询问安德·古拉泽的健康状况，并且嗫嚅着继续对不慌不忙却迅速为我们倒茶的尼娜说着格鲁吉亚语。

他傲慢而裂歪的大嘴咬牙切齿、吱吱作响地吐出一串串格鲁吉亚话语，嘴唇染上一层天鹅绒般的自负的红色，此刻我觉得好像我的听觉正在消失，透过他的话语我听到另外一些声音，是尼娜直通通地把一小瓶核桃放到了我面前的桌子上。

“你说，他没有参加你的考试？嗯……这很奇怪。虽然本来你早就已经不在他那儿学习了。”

“我们的尼古沙，”她走近我继续说道，“已经在剧院唱歌了，而他今年才刚满二十三岁。但是他从小就唱歌，他可是生于歌剧之家，爸爸是功勋演员，在我们剧院里演唱，就有这样的遗传性，还用说嘛！他爸爸的声音……嚯！那音宽！那音域！下，上——绝了……我们尼古沙也想像他爸爸一样。今年我们在准备参加观景殿竞赛，尼古沙通过了第一轮选拔，可是春天他和爸爸都病了，前所未闻的流感，伴有支气管炎，还有这世上一切病的症状。大概花了两个月才治好，是吧，尼古沙？我们现在才刚刚开始练习，还得小心点，怕伤着嗓子。”

“尼娜！”尼古沙猛地一抖，“西瓜凉吗？”

“瞧你说的，凉什么呀！他刚把它带来，街上很热呢……你知道他这么问是因为歌唱家都不能吃凉的吗？”她转向我，“不得不拒绝很多东西。我妈妈就说过：‘我喜欢冰激凌，可是当我唱歌时，我就讨厌它！’她年轻时那嗓子，所有人都说她就是我们的涅日达诺娃，所有人都预言她会世界闻名。可她从小就有咽喉病，经常感冒，不能唱歌。然后就是战争，妈妈在工厂工作，她当上了缝制服装的车间主任。再回到唱歌上已经晚了，她病得很重。结果给她割掉了扁桃体，她就不能说话了。也不是完全失音，但声音越来越弱，越来越弱，显然……妈妈八十二岁了，但她是好样的，可惜几乎看不见了……”

老鹰尼古沙小心翼翼地把碗里的东西喝完。显然他对热东西也有些害怕。

“你唱什么音？”他向我点点头问道。

“你都想象不出，尼古沙，”我自己还没来得及回答，尼娜就尖声说起来，同时不停地摆放和收拾着桌上的东西，“他这孩子从未学过音乐，学唱歌也没有几天。但我们的安德古拉泽说，如果他不吊儿郎当地混，他会成才的……安德古拉泽先给了他几本书看，都是些带古老咏叹调的发声练习曲，要知道他还什么都不会，刚刚开始学……而你是知道的！……斯维托奇卡在电视节目里看到了你最爱的那个库拉——穆拉，她根本不喜欢他。他一直装腔作势，声音已经没什么可听的了！呵！叫我说，他的声音以前就这样平平常常。”

“啊……您懂什么!”尼古沙生气了,“听着,尼娜,不要这样说,是吗?你要明白,他是伟大的歌唱家,一场演出能挣五十万,还有谁能做到这个,是吧?我看过他的音乐会——你明白吗,他唱高音时那里的女人都为他狂热叫喊。”

在谈论唱歌和歌唱家的时候,不管我乐意还是不乐意,我都成了谈话的参与者。我尽量使自己保持安静,不越出自己作为新手的角色——我完全适应这个角色,所以甚至会故意表现自己的无知,沉默地观察周围的人。他们慷慨地赋予我一些重要建议:应该怎样鼓起鼻孔呼吸,就像闻有臭味的鱼一样;怎样扩张腹腔三个球中中间和下面的球,但是扩张时不要忘记打哈欠和像智力障碍者一样垂着下颌。有时这些理论课实践要用生活经历来加强。他们给我讲到,在自己的专家课上芒特谢拉特·卡巴利耶好像是坐到某个歌手的肚子上,让歌手唱着“la donna é mobile”[1] 这首歌,用肚子把她抬高。我不得不常常听到有关三大男高音的故事——关于这著名的三重唱说得很多,且说法各异,从热烈赞美到假斯文的鄙薄都有,但是话题往往重新回到争论三人中谁的嗓音最高、谁最仪表堂堂上来。其中有这样一个故事,这个合作计划是多明戈和帕瓦罗蒂想出来的,是为了帮助他们生病的朋友卡雷拉斯筹钱治病的。而他们筹钱筹了多久,朋友的病治好后为什么还在一起——关于这段历史就语焉不详了。

我把好奇和讽刺混在一起装扮自己的面部表情来听这些故事。

---

1 《女人善变无常》,选自威尔第的歌剧《弄臣》。

但是我还没有决心讲出自己一直没有忘记的事情——就是找寻失去的声音。说实在的，也许只能和给我关于噶尔西阿的那本书的曼斯特罗谈谈此事了，其他人根本都不会明白我说的是什么：只要我和尼娜或者哪个学生说起这事，他们就会回答，当然，每个人都应该找到并发展自己的声音特色。但是如果给他们说到关于寻找失去的、而且是别人失去的声音——对此他们最好的反应就是报以嘲笑，以及有关生活重要事情的建议。不知是什么阻止我和曼斯特罗类似的谈话：我不希望让人觉得我的想法不知轻重或者不加考虑，也不希望破坏我沉默寡言的形象。那时我感觉自己还不能清晰表达自己的思想，明确说出自己的目标，因为自己还不大明白发生在我身上的事情——从这个意义上说，理解所发生的事情也是一个中间目标，也就是应该在寻找的过程中逐渐靠近的目标；如果那时我早就对此有所思考，我就会向着希望和未来的领域拼命奔跑，并且认清和选择话语，但那样就会显得不太谦虚。所有这些想法都使我克制住自己，没有在和曼斯特罗谈论所读书籍时说出寻找道路上我的重大发现——我获得了一种对不可见事物的可视力。

我自己都没有来得及发现，这一切是怎样在突然之间发生的。我开始能够看到声音的形象，就是说我好像看到了声音的颜色和形态，而且在歌唱的过程中也能看到。我最终确信自己，是当我在曼斯特罗家里听录音的时候。得益于这种新的能力，我看见了马努艾利·噶尔西阿遗失的声音，它是我所不知道的一位格鲁吉亚歌唱家在上世纪初找到的。

“你应该听听尼古沙的唱法……”尼娜打断我的思绪说道，“我们确实是经过了很长很长时间的休息才刚刚恢复练习的……”呸！难道世界上存在完全相同的两种声音，不仅相像，而且在强度上能唤起相同的视觉形象？一头毛发纷披、能够碾平山丘的红色公牛，当它敦敦实实跳跃奔跑的时候，我照例联想到强大的力量和侵犯，歌者声音里猛烈燃烧的大火，但我所听到的婴儿的喊声意味着什么？而除此之外，在噶尔西阿书中所描述的那个形象中，在我从格鲁吉亚歌手的声音里所看到的形象中，除了类似的东西外还有一种共同的东西——就是洞察力。寻找噶尔西阿的道路从与那头红色公牛的声音遭遇就开始了，而同时这条路通向最开端，在那里一个新的人类的生命用痛苦和饥饿的哭喊声宣告了自己的诞生……

“这种流感，哎哟……简直闻所未闻……”“你再喝点茶还是咱们来听听该怎样练习？”

尼古沙已经从桌旁站起来，神经质地抻拉着肩膀，鼓起鼻孔。然后发出几声暴怒的牛哞声。他继续哞哞叫着，并且咔咔地咳出痰来。然后他走进放着钢琴的房间，敲了一下琴键就马上唱起来，好像刚才一直在控制自己积聚起来想要往外迸发的声音。“咪－嗼－姆－呜……”按颜色来说尼古沙的声音接近带斑点的深褐色，并且从中能听到沙沙声和嘶哑的声音，就像大风吹过猛然张开的翅膀，在羽毛里簌簌作响，有时这声音又变成赭石色，那么声响就会变成一条缓慢爬行的蟒蛇，它仿佛围着正在唱歌的尼古沙的脖子缠了几圈，而尼古沙就会停止歌唱，发出低沉的怒吼声并且咳出痰来，力图从它勒人的缠绕中挣脱出来。

“哎哟，没有张力！”他从房间里喊叫，“尼娜，没有张力！”

“你一切正常，”尼娜喊着答道，一边迅速清洗餐具，抖掉桌布上的面包渣，“等我一下，马上就会唱好……”

“这是我们的马尔库沙！”她赞叹着，指给我看那只小鹦鹉，并且笑得眯起了眼睛，递给它一小块华夫饼干。“总能从桌子上收拾到什么东西，我们吃东西或者喝茶时总会为我们的马尔库沙留下几块。真香，真香，真香……总之它是个美食家，是不是呀，马尔库沙？说起它是怎样被送到我们这里来的还有个故事呢……妈妈，你还记得吗？我们给它起名叫马尔科姆以示纪念……好了，该走了。”尼娜把木耳卷成桶状，放在试图吃它的小鹦鹉面前。

“马尔库沙，说‘妈－妈，我－是－多么－高兴啊！’”她要和鹦鹉说再见。可是鹦鹉单腿站立，咬着饼干并不作答……

“我是多么高兴啊……”我想刚才是我听错了，还以为她在教它家乡的一个地理名称呢。

※ ※ ※

回程时我打算到鲁斯塔威利广场去找找我的新朋友列万。昨天我和他就在“拉基泽水域”咖啡馆附近的街上倾谈起来，然后，黄昏日落时我们登上了穆塔茨明达山，从那里观看日落，看天空的收获和它对大地的奉献，看遥远的城市边缘被晕染成葡萄红一般的血色。这是壮丽得令人无法想象的美景，但它不是秘密，而是大自然的奇迹；它属于大家而不属于某个人，不是谁可以据为己有的，也就是说，它不是恰好被我碰到，专门向我展现竭力要保护的真正面孔的一小块。因此真正的奇迹还在前方，它在召唤我迎上前去。

我的耳旁至今还回响着罗德利果临终时的咏叹调——尼古沙屈起鸟爪一样的手指，死命抓住那条蛇柔韧的躯干，痛苦地抱怨自己没有张力。但是他逐步控制住了声音里那条有弹性的蛇，迫使它屈服于自己——那时他就像墨西哥国徽上画的那样，如老鹰般把蛇贪婪地吞吃净尽。他唱歌时脸部充血，双目圆睁，胸部上挺，蹲下又向后靠到墙上。如果他没能顺利到达最高点，他就一次次鼓起鼻孔，吸入臭鱼的气味，并且像拉长塑料扩管器那样抻拉自己的声音，想努力使它冲向辉煌的高音顶端。

在这场人与声音之间的英勇战斗中，不可能有胜利者或者战败者，所以我回顾自己微薄的声乐知识，试图弄明白这场战斗的意义，而且对于在我幻象中出现的东西深感不安。虽然向导犬一样的尼古沙给我的第一印象极其讨厌，他显然把自己看作伟大的演员，对我傲慢无礼，对尼娜无耻地剥削，但我不能不肯定他同自己的声音做斗争的大无畏精神，如同要死在受伤的罗德利果这个形象中——现在，在我破碎的想象中，他的声音扩大起来，达到神话中多头蛇的规模，而尼古沙的形象已经不知为什么被想象成屠龙，他的形象令人联想到很多神话的寓意。

我感到不安，因为我怀疑他也是像我一样寻找声音的探索者，在这条路上已挺进很远，但与我还是相差甚远。所以我认为尼古沙与蛇的交战可能是这条路中的一段，就是说，可能，我目前也需要走到指定的边界，同样要与我自己的声音将要变成的那个野兽坚决斗争。可是我的歌唱知识根本不够，而在我所听到的关于贪吃的歌唱家和他们登上世界荣誉之路和财富之巅的故事中，没有任何对于理解所看到的一切能够有益和提供帮助的地方。这时我寻求其他领域的故事以获得帮助，了解到神话的寓意：有关于战胜巨大的怪物并且吸收它们非常厉害的部分的英雄，有关于神话般的生物、野兽和人的杂种。甚至回忆起关于印第安上帝哥特擦利科阿特利的故事——有羽毛的蛇，长着适合于在空中生活的鹰的样子和适合于在地上生活的蛇的样子，把它们变成统一的整体。但是南美离这儿很远，并且，尼古沙虽然塑造了垂死的罗德利果，整个从尼娜的小房间飞速赶到了被她临时占领的阿茨蒂克人[1]的王国、布满金子的西班牙。我终究还是怀疑，那些神话的寓意通过复杂的联想途径能够在当前形势下得到运用。但是不应忘记，象征之间互相关联，以闪光的思想金线贯穿神话，并引领到遥远的地方和未来。我自己都不知道我以后的寻找之路将会把我带向哪里，在这条路上还会遇到什么，就像我以前无法想到我的旅行梦想会以这样的方式实现，我终究来到了格鲁吉亚，却也许只是为了看到道路的新方向。现在我已经明白，目的一经达到，就照例变成了边界，下一个目标会顺延出一段新的一望无际的距离，但我承认，所有这些达到和未达到的目的中基本上都带有否定意义——我希望不是以目标而是以思想来做指路明星。因为，与控制理智的目标不同，控制精神的是思想。这样一来，道路就可以向精神的方向发展，此时我重又处在幻想寓意的沉淀下——

1　墨西哥的印第安人。

它可以预先确定向高发展，但整个道路的方向却垂直于预先设定的方向……

不，在这种高就的关系里我都不敢想象您能屈尊俯首，我的推论构成了思辨性祈祷的基础，以前的我根本不会祈祷，却允许自己祈祷，既然我真的面临同巨大的怪物作战，那么现在这些话可以真正保存在我的心中，坚固自己的内心，准备去经受考验。即便将要到来的这场战役非常危险、意义不明，但还是给我带来了几分轻松，唯一折磨我的就是那个命中注定的时刻何时到来。我既不知道它将何时发生，也不知道其后会是什么，更不知道我是否来得及在剩下的时间里给自己准备对抗那巨大怪物的武器。当然我感到害怕。它飞到我的脸上，就像天将破晓时的夜风，但这是对未知的恐惧，是对未来的恐惧，根据最近的科学资料显示，它，未来，在生长——我能根据味道、根据燃烧的气味辨认出这种恐惧，也就是说，我可以面对它。毕竟这会好过停留在当下游移不定、眼睛瞪大、在未知的黑暗中燃烧的恐惧中……

我决定，第一件要做的事就是，无论我多么想要睡觉，都要把曼斯特罗的书读完，并要和他谈谈失去的声音和那红色的公牛，虽然为了这次谈话我需要鼓足勇气，需要找到合适的语言。可能，曼斯特罗会对我坦白在这种情形之下我最想知道的事情——我自己的声音像什么，可以从中期待怎样的发展。要知道在我学会听见别人的声音之后，我确信我听不见自己的声音，所以我在盲目地唱歌。

※ ※ ※

这就是列万！奇怪，他怎么会在这里，好像已经在等我。要知道我和他没有说好时间，而关于地点他这样说："……你在剧院对面找我，或者在我和你今天遇见的街角，或者在学院前，或者在别的什么地方……最好我自己能找到你。"他好像无所不在，就像鲁斯塔威利大街上画家们昔日的灵感，他一定到处都有同伴——现在他就在和两个同伴说话，但撇下他们就向我走来，像一个亲切殷勤的主人，他的家就在街上。昨天认识的时候，他流利地说着俄语，一下子就使我对他产生了好感，而且在愈发昏暗的夜色中，他向我讲述了一系列埋在高高的穆塔茨明达名人公墓里的名人故事。他的俄语是在学校和家里学会的。在家里，正如我从我们谈话的片断里推论出的那样，奶奶给他读契诃夫和陀思妥耶夫斯基的作品，唱很多俄罗斯歌曲，并和列万用俄语交流。关于自己，他说，他正在戏剧学院学习，而且，虽然他灰尘满面，披头散发，却想要把所有假期都放在整日逛街上，昨天我的确看见他手里拿着一本学生练习本，上面写满了大大的曲里拐弯的字。

"你能不能稍微等等？"列万问，"我还有两句话要说，然后我们马上就走。你想去哪里，朋友？"

列万称呼我为"朋友"，却不像我们说"兄弟"一样板上钉钉。尽管我不能完全摆脱对这个已经习惯的感觉的反应，但是毕竟在他对待我的态度里有一种新的、从某种更靠南方、更加亲切的语言范畴中抽象出来的乡音使我感到陌生：可能我听出了其中的"意味"。

我回答，可能想去阿富拉巴里。

“说真的，可能会有雷雨，”列万看了看天空：那里飘浮着几片云朵，我对他这一说法感到莫名其妙，“但是你想去哪儿我们就去，朋友。”

……一个女人俯身到水柱边，像跳芭蕾舞那样移开一条腿喝水。喝完就整整从肩膀上滑落的小提包，继续往前走去……一群脏兮兮的孩子在冰激凌售货亭旁死乞白赖地讨要零钱，同时一起玩着老鹰捉小鸡的游戏，不时跑到坐在地上、破布围里、深褐色的草鞋里露出两只光脚的木乃伊一般的母亲跟前……有两个曼斯特罗的年轻学生从我身旁经过。一天的课程结束后，这两个年轻人就第一个冲出房子。他们发现了我，于是有几个人微笑着向我挥挥手，其他人只是冲着我的方向扭了一下头。

我倒是没有为遇见他们而感到特别高兴，这使我想起由于我的自愿离开而给曼斯特罗带来的不安，而我也不希望他知道我没有听从他的建议。但是在来到这里的第一天，在共和国广场上吃过冰激凌之后，我就感到自己既是一个旅行者，也是一个叙事小说里的英雄。我根本顾不上那些因为国际政治局势的尖锐化而需要待在家里的建议了。

此时列万结束了自己的谈话，他们谈话的语气让人产生了这样一种印象：好像他们三人一起签订了一项非常重要的合同。然后他和其中一位路遇的同伴道别，那人就抽着烟走开了。他和剩下的那个人一起走向我，并且出乎意外礼貌地介绍我们认识，问我是否同意这位叫基乌的朋友和我们一起去。

于是我们三人一起去逛街。他们答应带我去阿富拉巴里，沿途指给我看一些老房子，还有一些我从未见过的东西，我就把这里当成专门辟出的旅游小道来走。列万在结束自己那场谈话后就显得忧心忡忡，他和基乌不时说着格鲁吉亚语，还用那种与他们街道演员的外表怎么也不相符的公事公办的声调继续讨论着什么。列万有点瘸——他说是踢足球以后变成这样的——“你踢足球吗，朋友?”我已经很久不踢了，但我回答说踢足球。

我们沿着鲁斯塔威利大街满是行人的商业街一侧散步。我已经认识了这片地方那些固定的乞讨者。他们中间有这样一些人，好像在任何时候都不会有人给他们施舍。因为生病而面目浮肿丑陋的一个妇女，声音很低、含糊不清地说着什么——所有人都绕过她走开，可她每天都还站在那里。肮脏的孩子们在行人中间乱钻，被人们赶开，他们稍微尾随着纠缠一阵，就并无恶意地不再搅扰了。过往的人们早已习惯了他们，甚至也习惯了那个生病的女人小声向自己发出含混不清的声音，多数人对她都毫无责备。但是我至今还记得一个非常瘦小的老太婆。我一开始不明白她是什么人，误把她当作众多讨面包吃的领退休金者中的一个，但是当我第二次、第三次看见她的时候——我解开了这个谜团。像她这样以行乞为职业的人，我在生活中没有遇见过。她的手上挂着一个布制的小手提包，看样子空空如也。小老太婆走近人们，过路的人中总会有一个停下来。她观察陈列商品的橱窗，或者停下来抽烟，或者自己走进商店，并且，只有嘴唇稍微颤动着，用低得不能再低的声音嘟嘟囔囔地说着什么，伸出手去……所有的人都会施舍她点什么，谁也不会拒绝，可能，除了她已经不是第一次和第二次走近的那些人。无论施与不施——她都不做停留，而是又转向下一个人。这个瘦小的老太婆就像一架开启的自动机器一样，乞讨又乞讨，低声嘟嘟囔囔地说着，伸出手去。她用讨来的钱做什么？要知道以这样的速度她能很快成为乞丐中真正的财主……获取食物的必要性是否会在某个时刻推动她一下，或者她是否会遭遇偷盗——我不知道，但是显然，她从一个过路人移到另一个过路人的行为完全是无意识的，机械的。对于她来说没有目的或者结果，只有过程本身。就是这样，就像对于那个倒霉的女人来说，人们从她身上惊慌失措地移开目光并且绕到一边，因此她与老太婆不同，什么也讨不到。有结果或没有结果对于她们两个人来说一样都意义不大。她们两人没有过去也没有将来，没有回忆也没有希望，都各自活在自己的世界里。这种重复单调的过程把她们同这个日复一日的现实世界连接在一起……我考虑要不要问问列万关于她们的事，但后来我想他大概不会明白我问的是什么，因为他看见过她们那么多次，已经忘记了她们的存在。

我看了看四周，害怕在自己对周围世界的幻想中发现不可避免地降低认知清晰性的萌芽。清晰的感觉和灵敏的视觉使我不能抛开最初的那些日子，因此我害怕在观察到的现实给了我幻想中的小小的奇迹之后，我会耗尽自己视觉材料的出乎意外的储备。从我在刚刚引出叙述的语境中完全意外地发现自己开始，这个梦就没有停止，一直在继续，无论是对声音的洞察，还是红色公牛旋风——一切都是奇迹，同时视觉本身贪婪地吸纳人们的脸部、街道地形、轮廓及颜色；那时实现奇迹的感觉来自城市本身，所有自然的视觉重量充满了我的感觉，使我相信，对于我来说在这个感觉中准备了一个特别的事件，其唯一意义就在实现的瞬间，只是不要去看它。

这就是那个每天都在不断累积，使我撞到第比利斯街道障碍的预感。现在城市本身和其中已经流淌着日落感觉的忽明忽暗的傍晚灯光，遮住了我前行道路的昏暗的前途。在那条路上，我将向自己的恐惧增长的方向移动，这就意味着，在这个方向上随后的每一步看起来都将比过去更艰难——我所面临的不是走向在我向曼斯特罗的热情好客表达感谢时他所说的奇迹，而是迎向那非同寻常的怪物，直到今天我才明白和其相遇的不可避免性。

当我们经过议会大厦时，列万向我讲述了去年发生的革命，并在空中画了一个示威队伍的行进路线图。我立刻想象到我在飞机上认识的威利亚阿姨一定在人群的最前列。我想象着她来回摆弄自己的外孙，就像摆弄一个气球一样。

我们继续往前走，列万说，此时第比利斯已经有一半是空的了，而从九月份起就会有很多人又开始晚上在市中心散步。他的话有时会卡住，于是他搜索着词语，胡乱说些令人开心的话，把自己当成一个导游，时而对我许下我不相信能够实现的诺言：一起去穆茨赫达，带上他的音乐家朋友们，在山里安排一次带合唱的野餐；但是我喜欢听他说话，而不需要他对生活重要物品的建议或者讲述三大男高音的故事。还有一点令我喜欢，我这两个同行者就像孝敬的孩子站在自己受尽居民折磨而弯腰驼背的老城这对父母面前一样。

我们拐入一个偏僻的小巷，我请求小伙子们指给我看古老的第比利斯院子里保存下来的独具风格的建筑物——那里，房屋往地下沉陷，令人觉得它们像是自己从地里长出来的一样。房子旧得像古老的森林，房顶像树上长出的蘑菇一样使房子向弯曲的街道倾斜，街上长满覆盖着青苔的嫩芽。由于地震街道都像榛子壳儿一样裂开，带着木石的断裂声，贫穷人家的院子，没人住的房子，还有那些依然住人的房子：木头阳台，各种颜色的砖和外边的楼梯。那些经过岁月的洗礼、在为生存的斗争中接受了模仿的颜色和树木、石头、葡萄藤和灌木丛形状的房子。我们从阴暗处来到明亮处，在枝叶繁茂的大树下穿行，在树枝间，人们就像在窝里一样，坐在歪斜的房顶上，列万从下面向上不知给谁吹出欢迎曲。天上的云朵迅速奔跑，我们费力地走出那些像植物蔓延的根茎一样钩住我们脚步的小巷，迎面吹来一股股灰尘，突然之间阵阵雷声滚过，大雨倾盆而下。

这是怎样一场暴雨啊！我以前没有想象过天空有这样倾盆而泻的力量——不是大雨，简直就是瀑布——连成一片的汹涌的帘幕后面什么也看不清。我们向最近的房顶下面急跑过去，发现原来这是一个小古董店。我们和主人一起站在门口，看街道怎样在一瞬间变成河流，混浊的水流奔向山下，街上所有的运动都停了下来，汽车不能行使，水开始漫过门槛向楼道里灌注，店主急忙掩上门。我注意到，街上根本就没有排水沟，即便有，似乎在这种情形之下也于事无补。列万解释说街道本身就像排水沟一样能自行排水，依靠它的倾斜度就可以使雨水流到库拉河去。

“可你是怎样猜出会有雷雨的?”我问他。

“我听天气预报了。”列万笑了……

这种暴雨不会持续很长时间，只要天空先生没有决定要淹没整个地球，它就会像开始时那样突然地、出人意料的停住。但是当一条条雨河暂时还没从高处的街道上散去时，我们不得不在救命的房顶下面再等一段时间。

这里出售民族服装，基乌试戴了一顶赫夫苏尔人五颜六色的帽子，而列万得到商店主人的允许，把一个毛乎乎的绵羊皮高帽戴在头上，把帽檐低低地拉到额前。

这里也出售用嵌入发暗的银子里的石头做成的装饰品，以及一些孤本书。我抱起一本像坟墓上的石头一样又大又重的诗选《格鲁吉亚诗集》，黑底白字……在卷首画上，在沙沙作响的烟卷纸一样的底版上，有个像是年轻的季卡毕泽的人，背靠青山在读所有时代和人民的领袖鲁斯塔威利不朽的长诗……我读道：……1949 年的文艺作品……《活着，我们的领袖，和那些不眠的年代……》。列万想要让我留个好印象，顺便为我砍砍价，于是向卖方介绍我，把我说成“年轻的、有天赋的歌唱家和我们的朋友……”，这让我感到很难为情，何况我根本不打算买这个“墓碑”。“是的，是教授邀请的我……”，“啊，是这么回事！您是来我们这儿学习的？这本书卖五十拉里，我三十卖给您。”诗人卖三十拉里……“不，我……”，“您看看，这里面的插图多棒啊！这是民间诗歌，《勇士……》，您看……”，我翻翻书页，看看书……不好意思拒绝，何况我们还在这个商店里躲避了雷雨……这是 18 世纪。“嘴唇在滴血，用箭袋把眉毛隐藏……想起鲁恩……”

夜幕拉开，我看到镶着银光的小山——展开一片想象的寥廓空间——在此背景下展开了发生在切尔克斯的黑暗战争，乳白色灯光的面纱在摇曳，圆圆的月亮在小提琴颤动的音乐声里升上天空。在我的视觉印象中，就像清醒时一样，如果可以就把剧院的真实情况作为事实。竖起了格鲁吉亚歌剧《大邑西》中的舞台，我已经在这里的第比利斯剧院用曼斯特罗给我安排的免费入场证看到了演出……月亮在一排小山后飘移。在缓缓流淌的无垠的月光中，音乐加快了节奏，突然，重又摆脱了意大利和俄罗斯经典歌剧的负荷，在古民俗曲调黑色羽毛的扇动中腾空而起，在男声复调音乐的波涛上飘荡起来……被月光打碎的夜晚在自己深处把这些慢吞吞的、彻底改编为弦乐和管乐的曲调积聚起来，支持不住压力，摇摆着撒落在急速跳着的舞者身上。而月亮呢？她已经和夜场芭蕾舞演员中的一个明星跳了一个卡尔图里舞[1]，在侧幕后面躲藏起来，而在倾泻到舞台前台的各种颜色的光流里，舞者们穿着软靴子的脚越来越快地把地板分割成小块……我仍然拿着书，忘了该怎么办，忽然它自动翻开，停在一首长诗的一段上，而越过我的手张望的列万，轻轻扶住压在额头上的毛皮高帽，因为认出那些诗而高兴、激动地喊叫，并开始用舞台声音读起来：

> 噢，祖阿尔，别离之星，我漂泊在这人世间，
> 你用暗淡的光芒包裹我的内心，就像裹上白色的殓衣，
> 你像马骡一样催促我，没有安身之处，也没有粮食，
> 但是从天上向我的爱人说出关于我的诺言。

1　格鲁吉亚的民间双人舞。

“我买了！”我匆忙说道，这时我看见商人的手里有一把插在深色刀鞘里的银匕首在发光，于是情不自禁地想起市场上那个卖西瓜时突然发作的小伙子。买下这本书后，我决定对其他商品再也不表现出丝毫的兴趣，不想再激起新的巧言夸赞的热流，这些我都已经在买书时听够了。

“青年人，想不想买这把老式的匕首？”一家小店的老板讨好地问道。

然后，就一言不发地后退到铺子阴暗的角落里。沿着侧幕一般的墙面一溜悬挂着东方地毯——这些毯子一度价格飞涨，最古旧的最值钱。他从里面拿出一把带鞘的匕首，又把它移到光线从上面的小窗孔斜照下来的地方……

“哇！”至今一言未发的基乌叫出了声，并且吻吻手指尖。

列万朗诵道：

关于玛里人——用矛刺穿心脏的好战者，

用鲜红色的衬里把世间的一切都染上血，

公主向窗内望一眼，夜瞬间被火点燃，

告诉她，在我孤独的生活中我感到多么的痛苦！

古玩商以靠黄昏的阳光把没有光泽的钢变成赤金的姿态所制造出的炼金术场面，似乎比只有巧妙的演出更能令人产生深刻的印象。他开着玩笑并且毫不掩饰做作的样子，似乎无力对抗观者的讥讽，但他所制造的画面效果却在瞬间把他的小古董铺变成了一个中世纪东方宝库的舞台，我又一次感受到那充满吸引力的可以展开故事的情节，看到我们就像剧中角色，像舞台上能够准确预测到下一个瞬间以及下一步行为的演员——无论这表演是轻松还是不自如。所以我们不能不随声附和着店主，因为他上面还有一个调控情节进程的主导者……

古董小贩进入贤明教师的角色，好像他说的都是心里话，而不是为赚钱而编出来的话。

“记住我给您的建议，年轻人！别看那些在货摊上闪着亮光的东西……真货剩下的不多了。要找到它们，需要你的眼睛。以前还有一些艺术家、行家开的铺子，他们那里还能淘到点真货，现在也没有了……现在连空气都不同了……真正的艺术家所剩无几，就是这样！”

他把渐渐熄火的匕首装入刀鞘，带着一种和自己收藏的宝贝不可避免要别离时的哀伤神情把匕首递给我。

“这是真货。”他表演完这段情节后说道。

※ ※ ※

阿斯皮洛斯——爱情之星，发出永不熄灭的光，
你把自己的光明赐予人们，让他们的爱情永存，
你把美丽赐予姑娘——用你无往而不胜的力量，
你让他们的眼睛发出令人无法忍受的强光……

我们在黑暗的街道上行走，街上吹着温暖的南风，列万边走边快活地歌唱，为这首长诗配上自己临时想出来的旋律，有时可笑有时又很美妙。

在逛过这家表演戏剧的古董店之后，我们大家不知为什么都特别高兴：小伙子们那些不合时宜的生意上的忧虑不翼而飞，而我，虽然抱怨浪费了这么多钱买了一些可疑的古董，但也为和同伴一起逛了这条小街而高兴。因为在我的设想中，这样就为我完成那件大事创造了条件——这是我所相信的、城市为我准备好的、会使我受到关注的一件大事。这件大事是什么，我又在等待什么，我还不十分清楚，但我那不断积攒的等待心情令我内里发胀，使我就像一个被承诺要实现愿望的过节前的孩子……

第比利斯的夜晚降临了，天空中闪烁着几颗星星。街道上还没有点灯，只有月光照着周围的一切。我们看见一个半地下室咖啡馆，咖啡馆前一块不大的空地上有些光亮。我叫两个小伙子一起去那里。这时我才想起来，我口袋里已经没什么钱了。我背包的底部应该还藏着一百美元，我本打算下周才开始花它。现在再去寻找兑换点已经晚了，我们站在有灯光的圆形空地上，在咖啡馆的玻璃门和走入星夜的街道之间不知如何是好。

在最后一抹光线退去后，黑暗呈螺旋形缓缓爬上四周。我们脚下的柏油马路上横贯着深深的裂缝，天上的星星遮住了那些看不见的被风吹得簌簌作响的云彩——这里生长着老树。尽管没有看见它，我依然感到那种在今天闲逛开始时已经体验到的存在的喜悦的涌流。在这一天的分界点上，我走过街道，就像蹚过山间的河流，平安无恙地来到对岸。现在我似乎达到了目的：从曼斯特罗的照管下逃掉，沿街流浪，转身走入小巷，在展开故事的小说情节里寻找路线，每天都有奇迹般的预感呼唤我，引领我寻找声音——这就是我旅行的主要意义。现在，在徐风吹拂的黑暗中，那个遥远的意义以及遥远得没有尽头的寻找，似乎完全可以被近期的目标和寻找所取代，带着一种月光朦胧中的轻松，没有一点叙事中的损失，甚至可以接到命令般把它转向另一个方向……不，我终于明白，这样我就可以丢开任务，忘记曼斯特罗的建议，按照他的建议我只好待在他教学的房间和图书馆里寻找，天亮时我的主要目标又矗立在遥远的前方，又要去和地平线上的乌云展开莫名的战斗。但是在这些缓慢消逝的时刻，当我们沉默地站着并且哀悼逝去的一天的时候，我想忘掉那个重要的抉择，忘掉自己所有的黑暗前景，只是在黑暗中等待，只是吸入咖啡馆的小饼散发的香气以及树脂的温暖气息。

第一棵树令人相信，今天具有特殊的意味，会使我充满对揭开秘密的期待。它还许我明辨善恶。第二棵树会说什么呢?

这棵树用格鲁吉亚语表示欢迎，并且，当我在鲁斯塔威利大街上和他们相遇的时候，同列万和基乌说过话的那个小伙子就像从侧幕后面走向有灯光的舞台前部一样朝我们走来。

这些小伙子的脸上又现出先前那种忧虑的神情，并且谈话也是用格鲁吉亚语进行的。

“发生了什么事?”我问列万。

“你明白吗，我们赌球输了钱，”列万回答，“而且今天就应该给钱。”

列万转过脸去，就在这时从咖啡馆里走出两位姑娘，令我感到像是融化了的星星的银光从无形的树枝上滴落到了我的身上。

这就是城市里隐藏的珠宝——就是它。

她……

“我能借你一百美元。”我转向列万，却没有把目光从她身上移开，几乎是机械地说出这句话。

“夜色如眼……”

我能做什么？请她喝咖啡？她们才刚从那里出来。追上去喊她——但是喊什么？我只会一句叫出租车的格鲁吉亚语。

“听着，朋友，我明白，我和你们昨天才认识，给你们借钱不合适。”

“夜色如眼……”

“是这样，但是我保证明天就把这些钱还给你!”

“想起鲁恩……”

“你知道吗，今天应该带钱的那个人没有来，”列万继续说道，“要知道我们恰好需要你说的那些钱。你是怎么知道的——你怎么，能听懂格鲁吉亚语？你怎么了，朋友?”

两个女子的身影已经在黑暗中消失，踪迹全无。我看了看列万。

“反正也没有其他钱了。”

天哪，所有这一切是多么可笑！在决定的瞬间，在无边夜色中，我面前出现的不是古老王国的遗址，也不是群星中穆塔茨明达山名人墓里那些逝去的伟人，却仅仅走过这位姑娘和她的女朋友——噢，塔玛尔王后！我从未像现在这样感到震撼……

回到鲁斯塔威利大街，虽然小伙子们竭力要送我到家门口，但我还是和他们道别，然后坐上出租车。临别时列万显出真诚的慈父般的关心："小心，朋友！如果有什么事——你会说英语吗?"他在从作业本上撕下来的一张纸上写上自己家的电话号码，我们说好明天一早就打电话（我为他突然出现的组织性感到惊奇），预约下次的会面……

一路上我既不想看黑漆漆的窗外，也不想闭上眼睛——因为一想到此生见她一面后便永不能再见，我就真想跳下车去，在深夜的城市里寻找她。

路灯像琥珀色的圆球飞入雨后积水的路坑中，汽车向山下疾驰。"停下!"我的喊声使司机猛打方向盘转过身来。我付了车费，还没等出租车驶出两站地的工夫，我就跳到了黑黢黢的街道上。

在随后发生的事情里，我听到了一种难以想象的音乐：天上的星星用合唱来哀悼阿福坦吉尔永久的离别；一些夜晚出来的鸟儿来回飞过道路，发出微弱的拖长的呻吟声——"戈尔——哈尔"，像核桃壳爆裂的声音；曼斯特罗的学生晨练的回声滚向遥远的山外——虽然如此，周围仍然一片寂静和安宁，就像这个令人痛苦的音乐整体中不可分割的一部分。

她只在我面前出现了一瞬……却使整个夜晚都变成了永远令人痛苦的音乐，其实它一直在城市的上空盘旋，但只是在此刻我听到了它。

当我慢慢走近英雄广场时，三个小伙子向我迎面走来。我差点儿以为这又是带来什么消息的列万，但他确实不可能出现在这里。

这是别人，除了他们和我，街上再没有其他行人。

迎面走了几步，当我们擦身而过时，他们中的一个用格鲁吉亚语叫住我。What's the fuck? 不会有美国游客深夜在此漫步的，所以是他们把我当成了格鲁吉亚人。

我没有停下脚步，而是耸耸肩继续走。他们又不知喊了些什么——更糟了——他们跟上了我。得快点……要不是因为这个曼斯特罗开玩笑说是“从亚美尼亚人那里买的”、一个宽背带被扯掉了的背包，我觉得面对他们的进攻我会更有能力逃跑。但实际上在距离很近时，他们中的一个从后面抓住了我晃动的宽背带。我猛地转身，从来人手中夺下宽背带，可那倒霉的背包“哧啦”一声被撕成了两半。

不知什么东西带着喑哑的碰撞声“哗啦”落到地上——这是《格鲁吉亚诗集》掉落下来了——三个人都笑起来，但是我笑不出来。现在是逃跑的时机，可我不打算再急急跑掉。我向后退一步靠近防护道路的石头胸墙，并且扔掉被撕破的“亚美尼亚”背包，从与黑暗融成一片的刀鞘里拔出在古董店买来的匕首……

“刷……”刀鞘擦着刀身，刀刃在月光和灯光混合的光影里闪耀……

三个人不说话了，直往后退……第一个叫住我的那人重复我刚才的姿势，耸耸肩，指指空了的一包烟……

“金刚鹦鹉。”我说。这三个人又笑了起来，转弯向自己要去的方向走了。

我捡起背包和书，好容易才把所有东西打包带走，不知为什么想起尼娜奇卡和她的马尔库沙——可能是亚美尼亚人给的她这只鹦鹉，总比送给她“金刚鹦鹉”牌香烟要好。“我是多么—高—高兴啊!”……是的，带着这本书跑不太远……我突然想起列万唱的那几句诗：“阿斯皮洛斯，爱情之星！发出永不熄灭的光……”然后走过曼斯特罗房前的那棵大树，我就是从这座房子出来后开始了自己为期半天的旅行。我又在瞬间感觉到了那个令人痛苦的音乐潮水般的涌流，那座山坡上的城市里到处都充满了这令人痛苦的音乐。

微风吹拂下树叶发出沙沙的声音。这棵树知道自己因为道路维修队推土机的到来而死亡的日子，它会回忆起我的曼斯特罗父亲在青年时代所听的格鲁吉亚歌唱家的歌曲。歌唱家的声音像火一样灼人，也像干旱夏季里的水分一样渗入它的细枝和叶子，像在点点星光下与爱人离别时阿福坦吉尔的哀哭声一样——那时我已知道，伟大的鲁斯塔威利在俄耳甫斯僵死的嘴里找到了这个声音，并且放入自己的心里。

现在我明白，为了接下来的寻找，我必须去到在革命前的年代里格鲁吉亚歌唱家所前往的、在帝国的废墟和老旧的录音片段里被雾蒙蔽而使他的足迹消失的国外……

（与陈淑玲合译）

谢尔盖·伊普西朗基的生活

/鲍里斯·佩京

鲍里斯·佩京，生于1988年，托姆斯克区谢韦尔斯克市人。毕业于托姆斯克大学法学院。这部作品进入2010年“处女作奖”短篇名单。

……努里克调低广播节目的音量，加大油门，斯堪尼亚[1]牌鞍形牵引车吼叫着懒洋洋地向山上爬去。车前灯没精打采地沿着公路探寻。到巴拉穆托夫卡还有十公里，条件反射可不管这些——肚子已经咕噜噜叫起来了。

努里克挠挠肚子，嗑着瓜子，往烟灰缸里吐着瓜子壳。努里克心情很糟。能好吗——上个月的工资还没发，妻子检查出乳腺癌，倒班的工人怎么也选不出来，于是大家像乌龟一样到处爬，每天要干十个小时。

1　此处原文为英文 Scania。

我也没拿到工资，但心情稍好些。这只是因为我不知从什么时候起对一切都看淡了。对于发货员来说，当然，质量问题不容忽视，可也要学会与现实通融。于是我自在地来往于城市乡村。不过我对努里克还是有点嫉妒的——他总是有办法放松和忘掉所有的问题。

作为一个虔信伊斯兰教的人和一名长途汽车司机，努里克不喝酒，但是抽烟。而且抽的不只是烟草。吸足抽够了，他就成了最快活的人。而一旦清醒，他的脸上就比乌云还阴沉。

这样想着，不知不觉中我们已经到达目的地。

巴拉穆托夫卡这个大村庄坐落在一片草木丛生的荒野里。这里有一条紧邻国境线的铁路，可以说是村庄将铁路与国境线连接了起来。如果沿着铁路走，你就会看到两座褪了色的五层楼、几幢略小些的房屋、一座红色的校舍，以及延伸到荒野尽头的无边无际的私人田地。如果沿着公路走，就不会特别注意到巴拉穆托夫卡村，因为它在国境线上只占据从一个格到另一个格之间不到四百米的距离。于是，仅在左边会一闪而过两幢房子，一根电线杆，一处公交站台，就没有什么了。最有趣的在没有住房的右边。那里有带台球桌的酒吧、汽车旅馆、两个咖啡馆——一个大点、一个小点，往远走，到十字路口的对面是一家很大的加油站。在国境线右侧的一个大停车场拥挤地停放着大车、油罐车和集装箱运输车。

长途汽车司机们喜欢这个地方，这不是偶然的——离开沃洛格达已经很远了，而到阿尔汉格尔斯克还有更远的路程。没有比这里更好的歇脚处了。我也一直喜爱这个地方。它隐没在古松之间，是昏暗阴沉的国境线上一处明亮的小岛。

在停车场兜转了很久后，努里克总算找到一个合适的位置，关上车门跳到地上。我跟在他后面，一起进了一家规模大点儿的咖啡馆。咖啡馆的名字叫“安娜”，而看了入口旁边的营业执照才知道它的主人是个体业主 B. C. 布洛特尼科夫——一个上了年纪的有点秃顶的男人。正如一年前一位熟识的司机告诉我的那样，这位布洛特尼科夫是个退役的海军准尉，在莫斯科的海军司令部服役期满后回到家乡。这个人的梦想是看到大海，所以咖啡馆所有墙壁上都挂满了海景画的复制品。

尽管已是深夜（都一点半了），咖啡馆里仍然笑语声喧，烟雾缭绕。桌旁坐着的和排队等候的人里全是熟悉的面孔。如果你是发货员，并且经常跑同一个线路，又总是在同一个咖啡馆里停留，那么你碰上的就会是同样一些人。

“怎么样，花它一大笔钱。”我对努里克说。

他漫不经心地递给我一张沾满油污的百元卢布。我问他：“来点什么？”

“无所谓，”他还是那么漠然地答道，“和你一样吧。”

“好啦，随便吧。”我嘟哝着回答，站到了队里。努里克在一张空桌旁坐下来。

红菜汤和一小砂锅肉端上来了。红菜汤上浮着一层油，散发着香气，要是再加点酸奶油就更好吃了。努里克心满意足地喝着，勺子碰得盘子当当响着。我一边嚼着这家咖啡馆现烤的面包，喝着茶，一边想看看窗外。不过都是白耽误工夫，什么也看不到。

在任何一家路边的小咖啡馆里，司机们往往会单独聚在一起，因为他们总是能找到共同的话题，而发货员却常常无人可聊。但这次我很幸运：我一下就发现了可以攀谈的人。

在靠近窗户的一张小桌旁，坐着一个四十岁左右的人。他中等个子，深色头发，胡子拉碴的很久没有剃过了，穿着一件又肥又大的绿色风衣。我知道这个人，而且经常在这里看到他，他的名字叫谢尔盖·伊普西朗基。他是本地的无业游民，就在路边卖自制的干鱼。

伊普西朗基是个聪明的人，暂时还没有变成酒鬼，因此和他交往很愉快。有一次我问他，他怎样对待自己那些真正伟大的家族人物，他答道："至少，他们不是我的亲戚。"可不是吗，我们俄罗斯可有不少的罗曼诺夫、巴什科夫或者沃伦措夫，难道现在他们所有人都被列入贵族了吗？

他坐着，眼睛不转瞬地望着自己交叉成十字的双手，脸上带着一种真是很傻的微笑。我走近他，向他打了一声招呼。伊普西朗基握着我的手一直在笑，也不看我。好吧，管他呢！

我在对面坐下。他从桌面上抬起来那双有点发绿的眼睛，问道：

"嘿，维塔利，你那儿怎么样？备件都从工厂拿走了吗？"多么神奇的记忆力！我告诉他这件事少说也有一个月了。

"拿走了，"我说："好像都对付过去了。"

"啊，明白了。还有什么好事要告诉我？"

"没什么特别要说的。你怎么样？"

"暂时不怎么样，捕鱼量很差，再这样下去，我就得彻底去要饭了。"

不能说我对谢尔盖·伊普西朗基十分了解，但我实在弄不明白他的生活怎么落到了这步田地！这可跟他目前的地位太不相符了。但是我没有决定问他，而他也不着急说。真的，有一次他无意中说起他曾经是个地质学者，去过泰加森林和冻土带考察。还有一次他说自己在西西伯利亚的什么地方留下了一个女儿，但再没多说起别的什么。

我们坐在桌旁，一边抽烟，一边聊着今年白鲑和白北鲑的捕鱼量。这样聊了半个多小时，直到努里克从后面走过来，拍拍我的肩膀：

“维塔利，听着，我去睡觉了，你走吗？”

“你先走吧，我再晚点儿。”

“我到宾馆睡。”他笑着回答，整个神情都在证明他对睡在驾驶室里已经厌恶透顶，他希望像白领一样休息。

“我再考虑一下。”

“考虑吧。”努里克用他那一贯冷淡的语气回答，整好上衣，戴上鸭舌帽就出去了。

伊普西朗基回过头来对着我说：

“你怎么了，还不想睡觉。”

“暂时还有点不想睡。不知怎么瞌睡劲儿过去了。”我们继续往下聊。我提议说：

“走吧，出去透透气！”他同意了，于是我们走到街上。

我和伊普西朗基站在咖啡馆的门口旁。从窗户透出的灯光在布满裂纹的柏油马路上映射出点点微黄的斑痕。我们沉默不语。十月的夜晚很冷。几乎没有风，但是松树的树梢彼此之间大声应和着。古老的月亮从层层云雾后刚刚探出头来，没有星星。

停车场上，一些孤单的司机在无数汽车之间穿行。远处的加油站方向传来拆修工具和一连串骂人的声音。

伊普西朗基突然问我：

“维塔利，你说，你自己是哪里出生的人?”

我生在远东，于是我答道：

“我出生在斯科沃罗丁诺市，在阿穆尔州。”

“我知道，”他回答说，“是有这么个地方，可我没去过，不过在地图上见到过。”

“你是哪儿生的?”

“我就是出生在那片地方的，阿尔汉格尔斯克。”

“我想你去过很多地方吧?”

“确实是这样。简单点说，没有我没去过的地方，这就是地质学家的工作嘛。”

“那你现在为什么不在那里工作了？或者有什么我不了解的情况?”我假装嘲笑他。

“哦，”伊普西朗基笑着回答：“说来话长了。如果你想听，我就给你讲讲。想听吗?”

“为什么不呢！现在怎么样?”

“我想现在该睡觉了，”伊普西朗基看了看表，“快四点了。”

“那么晚安!”

“晚安!”他和我握手告别，消失在夜色中。

一辆从瑟克特夫卡尔驶来的例行夜班车驶入停车场。发动机沉闷地发出咕噜咕噜的声音，车前灯渐渐熄灭，车厢里的灯亮了。乘客们成群结队地从车里跨到坚硬的地面上，一同揉着麻木的后背，然后又一同、差不多是排着队走向咖啡馆。只有一对中年人搂抱着站在路灯旁。

我又站了一会儿，漫无目的地在夜色中审视。再次抽完一根烟，我把烟头直接扔到面前，亮荧荧的橙色火星一点点溅到柏油马路上。

努里克已经在房间里睡着了。细雨绵绵敲打着窗户。我把东西扔到椅子上，又从玻璃瓶里喝了口水，也躺下睡了。

……早晨雾蒙蒙、潮漉漉的，反正空气不怎么新鲜。九点钟了。努里克那边鼾声如雷，而我却怎么也睡不着。再次看表，没错，就是九点钟。从停车场传来发动机的吼叫声，夹杂着早晨惯有的叫骂声。

我在床上翻来覆去很长时间，但无论如何也睡不着，于是一边骂着一边起身来到街上。路边，在停车场的出口附近，坐着伊普西朗基，身旁是实惠的货品，样样都令人称心：有拟鲤，有梭鱼和河鲈，有鲫鱼，还有更少见的——燻鱼、干鱼、烤鱼——一应俱全。这些鱼都放在三个翻开的硬纸盒里，卖鱼者自己坐在一张方方正正的小凳上，被高领毛衣裹得严严实实。他在读昨天那期《商人》杂志。

“啊，维塔利亚！已经睡醒了?”他把手伸给我。

“别提了，这种工作状态完全把我搅乱了。又该上马了。”

“随便你吧。哎，顺便说一句，昨天我一直想问你，你这次是去哪儿?”

“和往常一样，去阿尔汉格尔斯克。你看，我没什么更多的选择，要么去瑟克特夫卡尔，要么去乌赫塔，要么去阿尔汉格尔斯克。有时去彼得堡。如果幸运的话，也能找到去更南边的机会。”

“什么时候我能找到这样的机会呢，谁知道啊……”

“瞧你说的，把你的鱼摊丢下一两天就去呗，顶多十个小时的路程。”

“不了，不乱想了，”伊普西朗基冻得龇牙咧嘴，缩成一团，“我现在没有回头路可走了。”

他有点所答非所问，我这样想。什么叫回头路？应该问问，可是又不太礼貌。他站在那里沉默地看着我，好像自己有许多话想对我说，却不知是不好意思，还是别的什么原因……终于，他沉重地呼出一口气，慢吞吞吐出这样的话：

“你知道吗，维塔利亚，我在这个巴拉穆托夫卡转来转去忙活一年多了。那么多人从我旁边经过，可我却找不到一个人可以好好聊聊，只有和你才能说上话。我不知道为什么，就好像相比其他人我对你更信任。”

“谢谢，”我小声回答，“很高兴听你这么说。”我等着他再说点什么来完善自己的思想。但他终究没有完善这个思想，而是转到了另一个话题。

努里克又过了一个小时才醒来，和认识的司机们交换了一些新闻和各种传闻之后，他去给发动机预热。这时我已经结束了和伊普西朗基的谈话，坐在有一半空位的咖啡馆里。咖啡就小馅饼，法式早餐比起俄罗斯口味丝毫不差。当斯堪尼亚[1]牌鞍形牵引车在缓缓启动的时候，努里克来到我面前。

“听说，”他说，“瑟克特夫卡尔的工人准备罢工了！”

“他们那里发生什么事了？”我呷了一口一次性杯子里的咖啡。

“什么事？根本就没发工资，五个月都没发！简直过不下去了！”

“那你有什么想法？我们也组织这么一次罢工吗？”

“和你一样，我也不知道，”努里克责备地看着我，“如果我们举行罢工，我也去参加！”

“可是还没到五个月呢！五个月到了再说吧！”我试图用玩笑岔开话题，但是努里克没听明白，或者是假装不明白：

“正是因为不罢工，所以你们这些俄罗斯人才过得不好。”

“那你就比我们过得强很多吗？”

“我过得也不好。”努里克承认道，然后略作沉思，小声补充说，“我们也没举行罢工。”

喝完咖啡，买了一些路上吃的比萨和馅饼，我们来到车旁，钻进驾驶室，系上安全带。努里克一只手已经去开广播电台，另一只

1　此处原文为英文 Scania。

手拿着地图，想再次查一查，看看一夜之间能不能冒出个新的线路来。并没有冒出来。

就在我们刚要启动车子的瞬间，伊普西朗基敲响了我这一侧的车门。

我给他打开门。他手里拿着一张对折的从便条本上撕下的纸，上面写满了小字。他把纸递给我：

“这是什么?”我问道。

“到了阿尔汉格尔斯克，请你按照写在上端的地址转交一下。千万不要投到邮箱里，要交到本人手里，当然如果你不麻烦的话。”

“不麻烦，没问题，我会转交的。”我把这张纸放在胸前口兜里，“交给谁?”

“交给我母亲，可能她还在这个地方住着，我不知道，我有十九年没回去过了。”

“好的，我会交给她的。”他这几句话令我十分不快，但我尽量不让他看出来。

“也不一定这次就交给她。”伊普西朗基说道，“如果你愿意，可以下一次再给她，不着急。好了，一路顺风！”

“再见!”我喊道，同时谢尔盖关上了车门。

※ ※ ※

这就是她，伊娜·谢尔盖耶夫娜·伊普西朗基的相片。在班级照的第二排，左边第三个。是的，是的，就在那里。你不会一下子就注意到她，而一旦注意到了，视线就不会再离开。

伊娜十四岁的时候既不特别漂亮，也没有完全长开，只是聪明得远远超过她的年龄。她是个又高又细的姑娘。胸部不大，但轮廓清晰。两胯窄小，手指细长。她鼻头尖尖的脸庞和长度稍稍低于肩部的垂直而几近黑色的头发，遮掩住了她将来盛开时即便不是惊人、但也绝对会是独特的非凡美貌。

她已经不大记得自己的母亲，对父亲也开始淡忘。如果说她在这一生中真正喜欢过什么的话，那就是读书。她啃完了所有她能得到的书，从俄国经典到政治经济学著作。但对她来说真正常备的就是从家里带来的几册书。这些书曾经属于她的父亲，而其中的一本甚至属于她的祖母——关于这位祖母，伊娜只知道她生活在阿尔汉格尔斯克的某个父亲出生的地方。整整有四年的时间她都深深沉醉在这几本书中。伊娜比较喜欢躺在自己房间的床上读书。这个房间与其他四间相对隔开，是一间不大的储藏室，有一扇窗。窗户朝北开，太阳从来都照不到这里，但每逢夜晚都会有那盏油黄的路灯照过来，从布满积雪或者雨水的墙外忧郁地微笑着。而高高的天花板上那些复杂交错的石灰纹也在冲着她微笑。在那里，在窗台上那盏小灯昏暗的光线下，她度过了四年。

她很少说话，更少微笑。既没有女朋友，也没有女同伴。在所有中学女生里，她只关注那些在为了争夺奖励和赶超奖励分数线而进行的无休止的、几乎如动物为了一块多余的肉而进行撕咬的竞赛中自己的直接对手。对于其他人她则置若罔闻，视如空气。两个班级中狭窄的、几乎整年都个个独来独往的同龄女生圈子使她内心产生急欲离开的想法，刚入中学时有过一次，后来又有过一次。不过，这当然是严格遵循达尔文学说的一个社会，只是有一点小小的不同——正如歌中所唱：胜者永远正确，输者只是活着。一千多中学女生尽其所能活下来了。有些人彼此合作，聚在一起，要么竭力扩大自己的团伙，要么联手打击其他人。大的欺负小的，强的欺负弱的，狡猾的欺负坦诚的，等等，等等。她刚一进入四班，就马上确定了自己的立场，从那一刻起她就在成与败之间自己寻找平衡，不想和任何人交流。当她的同班同学都在互相交换信息表，并且没完没了地测量胸部（其实还没有长出），又把突然而至的月经初潮当作手中的王牌时，伊娜·伊普西朗基已经开始考虑自己的将来。刚跨入这所中学的那天，她就铁定了心要离开这里。从此她把所有的空闲时间都花在琢磨这个想法上。她很快就不再为那些无谓的争吵所分散注意力了。当同班女生鼓动大家去和她这个古怪孤僻的新生作对时，她轻而易举就渡过了难关。要达到目的就必须有相应的手段。要想提高在这众人当中的威望，就需要假装成已经有月经的人。为了让他们服气，值得付出这样的代价。他们真的服气了。

伊娜一开始就是全优生之一，但获得更大的荣誉是在晚些时候。她并不是从开始就参与了那些更高级别竞赛的角逐的。她的目标是把全班女生抛在身后。于是她慢慢加快速度，在升入八年级前超过了他们所有人。哦，是的，她想成为班里最优秀的学生，毫无疑问的第一名，这一点她做到了。八年级时，在争夺“最聪明、最勤勉、最受老师喜爱的女生”称号的竞赛中，当几乎所有的参加者都一个接一个被淘汰后，结果即将揭晓。这场赛跑到达了终点线。除伊普西朗基本人外，剩下来的就只有平行班级的两位姑娘——一个是形影不离的好朋友奥莉娅·卡莉琦姬娜，被我们的女主人公背地里称为“鬈毛女茜尤”；另一个是玛丽娜·伦基诺娃，也是满头鬈发，却要优雅得多—— 轮廓几乎与伊娜完全相像，只是头发是浅色的。这两个对手更具竞争力，她们彼此之间紧追不放。只是这到底因为什么，伊娜怎么也弄不明白。她只知道，她能够战胜她们两个中的任何一个，而同时面对两人时却甘拜下风。所以这场斗争结局难料。

就在那个时候她的生活中出现了格里高利。说来完全是偶然——否则绝不可能。因为这所女校严格禁止学生与男性接触，除非和士官武备学校联合举办舞会。反抗就是由此产生的，这听起来好像有些荒诞。每次舞会上的舞伴都一以贯之的不变，专门把两个体格、个子和年龄都大致相合的人搭配在一起。和伊娜配对的就是武备学校的一位班长格里高利·科普吉利尼科夫。他中等个头，体格健壮，是一个招人喜欢的小伙子。只是他的一双眼睛很特别——那里闪烁着亲切的、机灵的火花。

对于科普吉利尼科夫摊上她这样一个舞伴，伊娜的同学毫不掩饰地公开表示遗憾。不过一切都适得其反。虽然伊娜通常对自己的判断清醒之极，但这一次她还是没有马上明白自己已经爱上了他。显然，她根本就没有预料到这点。而一旦意识到这一点，她也没有去驱赶这种赋予她的生活新意义的情感。和这个人在一起她脱胎换骨，与以前相比判若两人。为这个人投入热情的是一位身材高挑、头发乌黑、皮肤如瓷般光滑、有些笨拙同时又很优雅的姑娘。

这是情窦初开的年龄。说爱上谁，当然为时尚早，但正是从那时开始恋爱的季节才真正到来。伊娜非常清楚，不只是她一个人这样——许多姑娘都把目光投向了武备学校的学生（因为在视野所及没有其他可能的男伴）。有些人，特别是那些经常被带回家的人，在那方面碰上了好运，之后就在漫长的冬夜里向大家讲述与她们相遇的小伙子。有时这种聊天结束于争夺闵豪生伯爵[1]称号的比赛，但有时也会听到一些真实的故事。有些特别勇敢的姑娘为了这种浪漫不惜献出自己的童贞，这些事实多半会被公开，导致当事人“由于违反中学女生行为规范”而被学校开除的丑事。在这方面一个典型的例子就是九年级的安娜·鲁里耶。她是在进入中学前就发誓要忠诚于自己院子里的一位小伙子，并且一直（四年!）和他约会。当这件事由于她的怀孕而暴露时，中学校长竭力想留下她（鲁里耶钢琴弹得很出色，并且在所有可能的比赛中都轻而易举位居前列），于是寻找体面的理由不使事情发展到最坏的结局。然而姑娘表现出非凡的原则性，拒绝写关于自己被强奸的声明，宁愿被开除也不打胎。还要说明的是，那个小伙子甚至对所发生的事情也不认错，不和自己的女友断绝关系。

不过伊娜·伊普西朗基要小心得多，不容许发生这样的失误。她目不转睛地盯着天花板上的一点，竖起耳朵贪婪地倾听房间里所讲述的每一段关于约会、接吻以及更多的故事，心里默默地把所有这些都尝试一遍。

她和科普吉利尼科夫并不经常约会，但每次见面都充满激情。

1　法国文学中一个荒唐无稽的吹牛者。

当然，双方都会举办一些舞会和联席茶会，但这不够。他们各自被允许去城里玩的时间又很少重合，但他们常常彼此想念。他很幸福，因为实现了给自己找个女朋友的梦想，而且是这样一个聪明可爱的女朋友。而她，每到夜晚都沉湎于幻想，仿佛突然注意到，所有这一切对她来说是那么不同寻常，那么新奇，好像这个世界向她展开了另一面。

她精心掩盖着自己的心已被人征服这样一个事实（这会给她的名誉带来损失），但又做不到这一点。科普吉利尼科夫可不像他的恋人那样孤僻，他把自己的浪漫故事讲给了同校的某位同学，这个同学看上了（同样是在舞会上相识以后）玛丽娜·伦基诺娃，为了取得她的信任，就把这个听到的新闻告诉了她。是的，在女中里没有人比伦基诺娃更爱伊娜，但她……总之，谣言开始流传。如果说从前大多数女生都对伊娜侧目而视的话，那么现在则是怒目而视了，那样子仿佛在表明她们简直不能相信所发生的事情。伊娜试图不去注意这些，但这还是刺痛了她。

阿尔汉格尔斯克下着倾盆大雨。水从车轮下面如喷泉一般哗哗地冲向路边，雨刷都应付不过来扑向汽车前窗的水流。

我们的仓库位于伊萨科果尔克的某个地方，在一排居民楼的对面。我们把车开到那里，通过敞开的大门驶入。仓库附近及集装箱的院子里有一种不祥的空寂。只是在铁路专用线上，在大门附近，一辆绿色的调车机车在嗞嗞地放着气，上面挂着两辆加温车。

努里克熟练地把车泊到准确的位置，大车闷声不响地撞到站台挡板上。戴蓝色遮阳帽的仓库管理员已经在上面靠墙等着我们，手里拿着一张同样是蓝色的平面图。我跟他打了个招呼，把货物单递给他。他告诉我，有个法律部门的人等我，想和我谈谈。我点点头，趁装卸工人开始从大车上卸货时，走到仓库管理员指给我的地方。

我们刚刚闯入社会就被派到阿尔汉格尔斯克分部做领导的律师德鲁戈连斯基，就在货运站办事处等我。作为全公司有名的非常喜欢和善于控制局势的人，只有他在找我有事时才会这么摆谱——约个地方等着，然后派个年轻点的工作人员来叫我。他的穿戴也很符合自己的角色——方格衬衣、毛背心，外加一条邦德牌围巾。

德鲁戈连斯基坐在一把巨大的、不知从哪里搞到这间肮脏的半地下室里来的办公椅上，浑身散发着一股令人厌恶的香料味。好像是樱桃的味道。

“圣母，恺撒[1]，敢死队欢迎你!”我对他说。顺便说一句，这没什么好笑的：既然律师想同你谈话，那就意味着有什么事情发生了。

“这句话用拉丁文说就是‘morituri te salutant’。”德鲁戈连斯基心不在焉地说。

“而我更喜欢用俄语说。”实际上，我是没有对他明说，物流经理（就是我）没有把拉丁文列入计划。

“算了，都是胡扯。路上怎么样?”

“没什么，好像一切正常。你那边，那个极北地带怎么样?”

“这个……”德鲁戈连斯基拖长声音，“还不是极北地带，”然后

1 原文为英语：Ave，Caesar。

补充道，“但是个偏远的地方。不过总的来说也没什么，还过得去。我来找你是这么回事：你还记得你们是什么时候把洗衣粉运到北德文斯克的？是九月份吗？”

“是的，有这么回事儿。好像都运到了，没丢什么呀。”

“东西是没丢。不过有二十三箱不是洗衣粉，而是过期的罐头焖肉。”

我感到既可笑，又害怕。可是为什么要问我呢？

“不是我们卸的货。你记得吧，这批货物我们是从喀山取的，从另一辆车上。”

“记得，记得，”德鲁戈连斯基摆摆手，“可他们把大车运走了，现在要和我们打官司。你得去法院一趟，回忆一下当时是怎么回事，行吗？”

“行啊，有什么不行的？”

“那最好不过了。应该好好想想，到那里会问你什么，你该怎么说。你把所有货单都交了吗？”

“都交了。”

“那还待在这儿干吗，去我那儿吧，到那儿再说。我开车送你过去。”

“好吧，走。不过要通知一下努里克，让他自己去停车场。”

自从有轨电车和无轨电车停运以后，在阿尔汉格尔斯出门可就难了。城里经常是严重的堵车。在晴天已经堵得非常厉害了，而在雨天更是堵得令人无法忍受。德鲁戈连斯基聚精会神地盯着仪表盘，好在看不看路都无所谓，但我几乎听到了他心里有个声音在骂着这个秋天、这个讨厌的城市、当然也在骂着自己被断送的、最好就在这里、在外省结束的命运。

德鲁戈连斯基在火车站对面楼里租下一个很小的、窗帘拉得严严实实的房间。好像只要窗帘一拉开，这间房子立刻就会着火。不过德鲁戈连斯基似乎喜欢它。

……我和他就即将面临的诉讼程序、公司状况和其他很多事情谈了两个小时。德鲁戈连斯基可真是个能侃的人。最令人惊讶的是，听他讲话一点也不令人紧张。他是个名副其实的律师，一定会大有作为。整整两个小时里，我的腿都被伊普西朗基在巴拉穆托夫卡交给我的那封信函灼痛。它要求我把它带到它需要的那个地方，把它亲手转交出去。最后我开始觉得，如果我现在不从德鲁戈连斯基那儿离开，我就会和他没完没了地扯下去而把所有该做的事情忘掉。我试着向他暗示自己该走了，但事与愿违。他这个好客的主人简直像一个极度寂寞的人，甚至根本不想明白我的暗示。他让我喝杯白兰地酒，吸根好烟——显然都是在让我分心。我费了很大的劲儿找借口，说有急事，说我累了，又找了两千三百三十三个理由来摆脱如此殷勤的主人。

街上的雨没有停下的意思。一道水幕，两道水幕，四道水幕……深秋是一个令人郁闷的季节。我在哪里读到过，就是在这个季节离婚的、患抑郁症的和自杀的人数会大大增加。这真没什么可奇怪的。

我在火车站旁叫了辆出租车，向字条上写的地址驶去。

……在索洛姆巴尔某个僻静的街道上，一座二三层高的楼房，从雨中驶入一条巷道。伏尔加车每过五十米就打滑，每过五十米出租车司机就要骂娘。到了该去的院子，还想违反职业道德向我多要五十戈比。真是白耽误工夫。

我走入第一个门栋，上到三楼，敲第九户房门。几乎是在瞬间，甚至里面连问都没问是谁，房门就开了。站在我面前的是一位六十五岁左右、个子不高、有着一头黑发、长长的鹰钩鼻子、脸上皱纹细密的妇女。对于在她的门口出现这样一个完全陌生的人这件事，她的眼睛里没有显现出一丝一毫的惊讶。她仿佛一直在等我。

“您是奥尔加·德米特里耶夫娜?”我问道。

“是我，”她回答，“您有什么事？如果是管理公司的，我和你们派来的人已经谈过了。”

“不，我不是管理公司的，是有人让我把这个交给您。”我把便条递给她。

她把便条拿在手中，甚至都没展开就开始仔细审视。她的脸上没有任何表情，只是本来就白得如石灰一般的皮肤变得愈加苍白。我开始担心起来。上帝保佑，老太太别再犯个心脏病，那我可永远也洗不清罪过了。我本来就被列入到公司需要裁减的“枪毙名单”里了。奥尔加·德米特里耶夫娜的嘴唇无声地颤抖了一阵，继而问道：

“这是他亲自交给您的吗?”

“是他亲自给的。”我回答。

“是在哪儿？您是在哪里碰到他的？不过，这不重要。您请进，我们聊聊吧，当然，如果您有时间的话。”

我跟着女主人来到厨房，她给热水壶通上电。我们坐在铺着一张简易油布的桌子旁，沉默着。房间里陈设简陋，却异常干净。终于，奥尔加·德米特里耶夫娜开口了：

“好了，请您告诉我，您是在哪里遇见他的?”

“在巴拉穆托夫卡，在州的南部。您看，我是个发货员，和长途司机们一起去送货，经常路过这个村庄。”

“您就是在那里遇见他的?”

“是的，他在那里很久了。我和他是在路边咖啡馆认识的，他经常在停车场那儿。”

“他干什么营生?”

“卖干鱼，好像都是自己捕的鱼。”我如实回答。

“是这样啊，”奥尔加·德米特里耶夫娜说，“这个营生真够体面的。不过，至少他没有去偷而是老老实实地挣钱糊口。”

“这还不够吗?”

“您要知道，年轻人，其实我儿子能过得更好！但他太懒，懒惰又不专注!”

“请原谅，我是否挑起了一个沉重的话题?”

“是，是一个沉重的话题，”这时老太太的声音颤抖起来，“但我不能永远自己扛着啊!”

“那您就说说吧，我保证您所讲的话不会传到这个厨房以外。”这话听起来实在拙劣，但是要知道我可不是每天都装成一个有礼的人。

可奥尔加·德米特里耶夫娜显得好像无所谓的样子。

“您要知道，”她说，“谢尔盖小时候聪明绝顶，求知欲极强，活泼好动。就像他父亲失踪以前那样。”

“失踪?”

“是的，他曾在商船里做事，在非洲的什么地方上岸后就再也没有回来。谢尔盖那时还不到三岁。”奥尔加·德米特里耶夫娜从水壶座上取下沸腾的水壶，小心地把开水倒进茶壶里。看来，她已经认不清那些纸袋了。之后她坐下来继续说道：

“是啊，谢廖莎……曾经是个聪明孩子……要不是偷懒，要不是交上不好的朋友，他在中学里一定会学得很好。您自己看看这个小区，这都是些什么样的朋友啊！他们到底给他的脑子里灌输了什么——我真不明白。他曾经是个好孩子，可中学快毕业时就变坏了。留长发，听一些垃圾的东西。有一次——您想象得出来吗?——他放学回来竟然满嘴的烟味儿!”

“他现在也抽烟。”

“让他糟蹋自己吧！毕业前他开始和姑娘约会，他本该想想学习，想想升学，可他……还经常去森林里逛。不过这个他是从很小的时候就喜欢的。他喜欢公园、森林、小树林、一切绿地和那里的甲虫与蜘蛛。他中学时甚至还参加了少年宫的动物学小组。后来当然就放弃了，不过去了两年。我自然是劝阻他，说他去这个树林干什么。他却说他在城里很无聊，而在树林里又宽敞，又自由，空气清新……我努力不使他成为一个吊儿郎当的人，可还是没能做到。他中学毕业时，我想让他考我们阿尔汉格尔斯克的师范学院，不要去摩尔曼斯克或者列宁格勒，真的！可他……他脑子里从哪儿冒出来这么多糊涂想法？那时我和他吵架，我对他说——如果你再这样对我，你就不再是我儿子。而他却对我说——既然这样，你就滚开吧，我再不认识你了，就走了。鬼知道他去了哪儿。后来有人告诉了我他去的城市，可我没记住，这到底是为什么？他在那里好像学了地质学。他作为一个流浪汉留在了那里。后来又有人告诉我，他在那里结了婚，生了个女儿……后来怎么样我就不知道了，也不想知道。”

“他女儿的情况您也不想知道吗？”

“关于她您是不是知道什么？”

“不，可惜我对她一无所知。”

“唉，如果您能体会到我为了与她相见而愿意付出一切的心情就好了！她应该和自己的父亲不一样。如果她能在这里，如果让我来培养她就好了。我不会强迫她去上学，没必要。现在对我来说这些都没有意义。只是，您要知道我心里是多么难过啊，我有这么个孙女在什么地方长大，而我甚至什么都不能为她做！”

我们喝着茶，又谈了会儿……奥尔加·德米特里耶夫娜虽然是个严厉的女人，却是一位盛情的女主人，不时让我尝尝“这种果酱”或者“那种浆果”。天终于暗下来，我说自己该走了。她让我向她保证，下次再来阿尔汉格尔斯克时一定到她这儿喝茶。

在门厅里我默默地穿上衣服，打开门走到外面。脚跨过门槛时奥尔加·德米特里耶夫娜突然问我：

“您还是告诉我……他在那里怎么样？”

“正常，他一切都正常。”

※ ※ ※

要想完成计划首先必须有钱。作为一个优等生，伊娜获得过奖学金，她的储蓄匣就是用奖学金填满的。她克服所有的诱惑，一个一个放弃了要给自己买的东西，就这样才攒了四千卢布多一点。

另一个问题是护照。没有这张纸我们就成了虫，伊娜还是在童年时就明白这句话。如果不是要等十四岁拿到那张有最低限度行动自由的证书，恐怕她早就跑了。身份证是发给她了，可困难在于：为了安全起见（就是这样解释的），所有中学女生的文件和个人卷宗都存放在负责教育工作的教务主任的保险柜里。伊娜竭力使自己相信，这不是校方控制学生的一个大阴谋。但这个问题她也能解决。她作为一个几乎是最勤奋和最可靠的学生，得到了上面提到的那个女教务主任的信任，请她协助自己工作，其中就包括这些个人卷宗的整理。读着这些文件，伊娜知道了多少新东西啊！但重要的是，她终于等到了那美妙的一天，严厉的女主任把她留在办公室复印文件，为了以防万一而把钥匙留给她，自己吃午饭去了。这样伊娜就得到了它们的副本。

然后，伊娜开始在空余时间去城里寻找最先躲藏的地方。她希望这个地方要离女子中学很远，还要在发生情况时能轻易走掉。她一下子选出四个地方。

逃向哪里——这还不是最后一个问题。问题很难，但伊娜是这样解决的——找到工作，接下去视情况而定。

还有一种情况伊娜不能不认识到，老是无家可归她无法活下来。如果在冬天到来之前她还不能创造可行的条件，那她直接就会饿死。而且她逃跑的机会只有一个，原因在于，以前也有女生跑过；紧接着就会被学校开除。这对于其他学生来说，引起的后果只不过是进入普通的中学，而对像伊娜这种家庭状况的孩子来说，就意味着有着很多有趣生活的儿童之家在向她微笑。关于这些乐趣她听得够多了，她有理由相信，在那里她简直活不到有机会逃跑的时候。最后，对她来说重要的不只是逃跑，而是逃跑以后就不再回来。

综观这些可以得出结论，如果万一她不能把自己安排好，那么就需要有个备用的“B计划”。就是要找一个能够接受她的地方，并且尽可能不被强奸、不被杀害。这样的地方只有一个——住在阿尔汉格尔斯克她的奶奶家。经过一番调查，伊娜可以断定，奶奶还活着，只是她的地址却怎么也找不到。

这些准备措施本来可以继续往下进行，但是被格里高利的出现打乱了。

她很长时间不能决定，是否把自己的出逃计划告诉格里高利。她准备得非常细致，因为新的未知因素只会毁掉一切。她发疯般地渴望逃脱，去呼吸新鲜的空气，然后就是跑，跑，不惜一切代价跑到眼睛所能看到的任何地方。可是他呢？万一他阻止她，中断一切、破坏一切怎么办？然而伊娜最终明白，根本不能背叛他。她没有权利也不应该背叛他。

四月间一个星期六的傍晚，他们沿着城东新区的一处小花园漫步。天色渐暗，这个有点泛蓝色的夜晚虽然寒冷，却有种春天般的温柔。

他松开她的手，把自己的手放在她肩上；她把头转向他，用干冷的双唇触碰他的鬓角，然后小声地、几乎是耳语般告诉他："我想逃跑。"声音里带着某种钢铁般的坚定。

"从哪里逃跑？"科普吉利尼科夫不明白，"逃到哪里？"

"逃出女子中学，"伊娜平静地回答，"逃向哪里并不重要。"

"你疯了。"格里高利无法平静了，不过尽管他很想知道她做出这一决定的原因，却并不发表自己的意见。他知道——她说了要逃跑就会逃跑。但她不会让他胡乱猜想：

"格里高利，你要明白，我不能再这样了。我的母亲早就没了，父亲不知道在哪里，可能也没了，我小时候就没见过他，他曾是个地质学家。你明白吗，在这个世界上除了你我谁都没有，连我自己都没有。你懂吗？"

"我懂。"格里高利点点头，虽然他并不明白。她继续说道：

"我想自己生活，我想活在人间，而不是活在这个动物园里。我想和你在一起，明白吗？"

"可你想怎么做才能让别人找不到你呢？"科普吉利尼科夫将信将疑地问道。

伊娜将自己的行动计划详详细细告诉了他，却很久都没法说服科普吉利尼科夫加入这个行动。不是因为他想给武备中学增光添彩，而是因为他是多么珍视伊娜，他不能允许她就这么离开，不知去向哪里。在萨拉凡收音机里他已经听到太多关于她所获得的荣誉的广播，而这位高不可攀的姑娘竟然选择了他，他为此加倍感到自豪。

※ ※ ※

我和伊普西朗基的第二次会面是在第一次见面后的三天，当我和努里克返回的时候。

当我们来到停车场时，已经将近晚上六点了。努里克忍不住想花点刚发的工资，急忙奔向和小咖啡馆相邻的简陋小店。我留下来站在车旁边。

谢尔盖坐在自己平常待的地方，但是我没有马上发现他，因为那里不只他一个人。他坐在自己的凳子上，和他并排站着一位个子不高的黑发女人。他们抽着烟，交谈着什么。我从未料到在这种地方会遇见风景一般的女人！强调一下，我说的是女人，不是到处都有的婆娘。这正是一个女人，我从八十米以外就看清了。

是的，我当然明白打断别人谈话是不礼貌的，但我还是向他们走去。我多么想走到伊普西朗基跟前，至少跟他打个招呼，而这个对于我来说陌生女人的存在使我的愿望更加强烈。

于是我就这么做了。当我走近时，伊普西朗基站起来，满面笑容地把我介绍给和他谈话的那个人：

“玛丽娜，这是我的好朋友好人维塔利。”

“玛丽娜。”女人回答着伸出手来，我故作姿态地吻了吻她的手。

“玛丽娜，”伊普西朗基说，“可以说是来振兴村庄的。她本来是个俄语和文学老师，但是由于经济危机失业了，所以她来到这里。

这儿有工作可做。我说得对吗？”

“是的，好像是这样。”玛丽娜说，“不过这里的生活也有它的迷人之处。”

我们又站了一会儿，聊了些抽象的话题。我很怕伊普西朗基谈自己的母亲和那张字条的事，幸好他没有谈。之后玛丽娜打算回家，我自告奋勇送她。伊普西朗基收拾了货物就往咖啡馆的方向去了。

玛丽娜住在巴拉穆托夫卡的另一端。她在火车站附近的某个三层楼上租了一个房间。她邀请我喝茶，我没有拒绝。

您可能会问，我和她上床了吗？是的，上床了，就在那个晚上，一切都自然而然地发生了，不要管他，发生就发生了。

玛丽娜裹着床单坐在床边，抽着烟。我仰面躺着，也抽着烟。应该聊点什么，可是我却没有情绪。不过玛丽娜开口问道：

“你是怎么……和这个伊普西朗基认识的？”

“连我也不知道，”我回答，“就是经常从那儿路过，就那么认识了。怎么，你对他有什么不同看法吗？我觉得他是一个挺不错的人。”

“我倒不反对他是个非常好的人，就是有点儿奇怪。我对他没什么不好的印象。”

“他怎么怪了？是不是在这种生活状况下还没变成酒鬼有点怪？”

“这一点也怪，但不只是这个，他整个一生都很与众不同。他告诉了我很多。”

对于他的经历我已略知一二，于是更多是出于礼貌，而不是出于真心想听地问道：

“他都说什么了?”

“说来话长，我试着从头说吧。他就出生在本地，可据我所知是去托姆斯克上的学。后来从那里又搬走了，到底搬到哪儿了，我不记得，不过也是在西西伯利亚。他的母亲培养了他，她是一个有着规矩严格、威严强势的女人。他的父亲是死了还是失踪了，我不知道，他自己都不知道。很奇怪，我发现自己生活中遇到的所有的谢尔盖都没有父亲。这已经不是第一次了。总而言之，他和母亲的关系很紧张。他太任性，急于奔向自由，最终是挣脱了。他吵架，彻底吵翻后就离开了。他去很远的地方学习。就像他给我讲的那样，他因此成了地质工作者。他想到大自然中去，远离人群和规章制度。他喜欢这样，也就成了这样的人。整个大学时代他都是在考察中度过的，后来销声匿迹了。又过了一年他结婚了。他说他甚至都不记得自己和妻子是怎么认识的——大概本来就没有铭记在心。她来自农村，是个正派姑娘，又聪明，又优秀。天知道她看上了他哪一点，也许是需要房子和户口，也许是因为人们所说的相反的人互相吸引。不过我不信这个。”

“听着，”我说，“你只给我解释一下，为什么他把所有这些都那么详细地告诉你?”

“不知道。不过是我请他给我讲，他就说了。他说他不为自己的生活感到羞耻，不把它当作秘密。这个你感兴趣吗?”

“当然，继续说。”我回答，把枕头靠得更舒服些。

玛丽娜继续说道：

“然后他们，就像我刚才说的，从托姆斯克搬走了。很快他女儿就出生了，他们给她起名叫伊娜。他说，妻子坚决主张起这个名字，因为‘这个名字好听’。而他反正都一样，他不反对。总之他很爱自己的女儿，她小的时候尽量陪她一起玩。只是他几乎从不在家，考察，小组活动，又是考察。他曾两次在冬天考察北极地带，曾经穿越原始森林，曾经陷进沼泽地——那些遥远的地方，他哪里没去过呢！他一到城里的家中就难受，待不住。因此他和妻子开始发生冲突，吵架——分手。就是这样——考察时有牛虻和蚊子的叮咬，而家里有妻子。就这样过了十年，他一切都忍了，这是职责、责任——你明白吗？她和女儿在家里等他，不能把她们完全撇下，应当时常回来，因为她们在等，这是最重要的。所以他就回来了，尽管家里会有争吵，有骂架——他还是回来了。后来……后来发生了一件事。他妻子不知在哪里传染上了感冒，胡乱治疗后转成了肺炎，就这么完了，没救过来。女儿当时才十岁。他就留下来抚养她。而他在城里没有工作，只能去考察，而且他没有考察就不能活下去。于是他把女儿安置到一所女子中学，自己又去了原始森林。她是个温顺的小姑娘，没有和他吵，也不反对。第一年他还能来探望她，后来为了挣更多的钱加入了南极考察队。他走了整整一年，再也没回过自己的家。他已经没有力气了。他辞了职，钱很快花光了。他就在城里和乡下到处闲逛，穷得像教堂里的老鼠，却是个自由人。他说这是最重要的，如果你连深呼吸都不能做到的话，那你要钱有什么用？我不知道他对不对，但他是这样说的。最后，他在这里落户了。他在村外占用了一个简陋的小屋。那里以前住过一个酒鬼，后来死了，他就在那里住下了。他开始捕鱼和卖鱼。就这样勉强过日子，已经一年多了。但女儿的事终归让他睡不了安稳觉。他抛下她自己走掉使他良心备受折磨。他一直想去找她，但一直都没去。”

“你觉得这种生活怎么样?”当玛丽娜终于说完时，我问她。

“这太不负责任了。”她说，“但这是他的生活，更何况，反正他是个非常好的人，就让他过他自己想过的生活吧，我们用不着去指责他。”

“那你认为他幸福吗?”

“至少是自由的，不为钱所左右——是一种基本的自由。”

※ ※ ※

……本应晴和的初秋却来得昏昧不明，并且结束得又快又突然，就像它的开始一样。九月十八日的夜安详、温暖而平静。风只是在凌晨的时候刮过一阵，从北方带来一团灰色的云幕，用它遮住了天空。

九月十九日下起了倾盆大雨，又过两天和风变成了强劲的西风。天气也变得凉爽和干燥。秋天正式到来了。一次性纸杯和塑料袋卷起枯干的落叶，在满是灰尘的柏油马路上沙沙作响。从老街坊区方向传来刺鼻的垃圾味，而从别墅区那边风儿带来的却是新翻土地和成熟苹果的味道。

秋天城里的汽油涨价了。秋天里一般什么都涨价。人们一边骂着，一边来到市场，把购物袋塞满新鲜的土豆、白菜、萝卜和西葫芦。

找工作的事一无所获。所有时令性的活儿都已有安排，邮局和加油站只想雇用成年人，再没有地方可以插进人手了。

再在那个长期没有完工的工地过夜已经不可能了。第一，夜晚真的冷起来了；第二，在旁边铺设热力管道的地方开始聚集起一些流浪汉，看来他们要在供暖季节留在这里。而且带来的东西已几乎用光。这些问题都要解决，可科普吉利尼科夫对此没有明确的想法。伊娜也没有，不过她不缺少想出办法的决心。她感到自己有一种承担一切的高尚责任。另外，正是她拉着格里高利做了这件事。所以她整日整日地绞尽脑汁寻找解决办法。终于选了一个不怎么合适的方案。大致是这样：

“格里沙，”她温柔地把手放在他的肩膀上，靠近他耳边，“要是在哪个别墅里待着怎么样？啊？”

“哪个别墅里？”科普吉利尼科夫一下子没明白过来，“你有别墅？”

“怎么会呢，不是我的别墅。就是在随便哪个安静点的别墅村里。反正那些房子冬天也没人住，我们就在那里待一待。还来得及在菜园里找些吃的，说不定有什么没收走的东西呢。”

“那钥匙呢？门怎么开？”

“总会打开的。”伊娜对这个完全可能的问题置之不理。

“要是别墅村里有门卫怎么办？”

“你也不想想，难道每个别墅村都有门卫吗？”

对于这一点科普吉利尼科夫没有什么可反驳的，于是只好耸耸肩，数数口袋里的零钱，就去查看他所记得的所有米丘林果园[1]聚集的地方，还有伊娜提醒他的那些地方。

当时天气开始转冷。九月下旬的某个时候第一次霜冻不期而至，一周后又下了第一场雪。那些不知何故疏忽大意的别墅主人们慌里慌张到自己的园子里，来抢救所有那些还能抢救的东西。

科普吉利尼科夫毫无热情地完成着落在自己肩上的任务，不过倒是真心实意地要去解决问题。他共花费四天时间去考察被他称作“冬眠窝”的地方，总算找到了一个合适的地方。这是一处不大的砖房，在一个不知名的别墅村边上，人称“114 公里”。从表面看，无论是房子还是田地都已荒芜——显然这里至少有一年没人来过了。门上有锁，但是沿着一架找到的梯子，格里高利没怎么费劲就爬到顶楼，通过一扇破损的窗户进到了屋里，从里面打开了房门。最令人意外的惊喜是，就在门槛下面找到了钥匙。几经犹豫后，科普吉利尼科夫把钥匙放进了口袋，从房子里走出来，重又把门锁上。

通往别墅村的路又长、又乱、又脏，所以人们宁愿乘坐郊区火车去那里，在与村庄同名的站台下车。别墅村临近的那条铁路线没有电气化，按照规划这里不通电气火车。因此，一天有两趟车——一趟是真正的郊区车，另一趟好像是 600 次，实际上也是郊区车——八节车厢有一半是有座的，两节是公共的。还有一趟用处不大的公共汽车，没有时刻表，如人们所说，冬天不开。一片辽阔的土豆田隔开了别墅区和最近的一个村庄。田里的土豆已被收走，这

---

1 指按照苏联植物学家米丘林的学说建立的果园。

片田要休耕到春天。

科普吉利尼科夫踢着脚下的砂石，在别墅区里无所事事地闲逛。周围是那些忙忙乱乱的别墅主人。像往年秋天一样，他们一溜小跑地往汽车后备厢和拖车上搬运一袋袋收获的农作物，焚烧垃圾，生火取暖，擦洗窗户，打扫房子。不时传来敲锤子的咚咚声——把门钉紧准备过冬。

……有了钥匙后伊娜变得兴高采烈。听完格里高利的叙述，她一分钟也不愿意耽搁就把东西扔进背包里。两人逃命般冲向火车站——离今天第二趟也就是最后一趟开往要去方向的火车只剩下四十分钟了。

※ ※ ※

又过去了一周，也许是十天左右，我再次来到巴拉穆托夫卡。正赶上“安娜”咖啡馆的卫生日，所以我马上去找伊普西朗基，看见他正在仔细观察人行道上的一种路边小草。我从背后走近他，但是，他听到脚步声先转过身来：

“又是你，很高兴见到你。”

“我也很高兴，你在干什么呢?”

“这不，我在观察小草呢。这是草地香豌豆。真奇怪，它怎么没被冻死。”

他说的是对的。最近几天夜里都很严寒，不久前还下了雪。

“真是奇怪。”

“伙计，”伊普西朗基站起身来点上烟，“你在这里能待到明天吗?”

“到明天，而且甚至有可能到后天，就看领导怎么说了。不过总能待到明天晚上。”

“那明天和我一起出航吧?”

“去哪里?”

“去岛上，我在那边的棚子里还晒着鱼呢。我想取回到这边的房子里，要不就会冻得太厉害。以后化了就会腐烂。”

“我可以和你一起出航。”我回答，“我明天也没有特别的安排，这是真话。干什么都比待在宾馆里听努里克打呼噜强。”

晚上八点左右我去玛丽娜那儿。房门不知为什么没有锁，我没敲门就进去了。她坐在厨房的桌旁批改作业，样子很郁闷。看来那本子上的作业可不怎么样。看见我，玛丽娜脸上换了模样，走到门厅温柔地拥抱我。没有谁会感到奇怪——她属于那种女人，多余的事情不打听。既然允许你找她，就允许你不请自来，或者直接给你留下自己的房门钥匙。所以很难有什么事让我感到奇怪。

“怎么样，”玛丽娜铺桌子时我问道，“在这儿过得怎么样?”

“就那样吧，危机——到处都有，学生也没有更聪明。你呢?”

“我一切正常。”

“一切正常？谢天谢地。好吧，来，喝茶，平静一下，你看起来气色不太好。”

这是装在小纸袋里的最普通、最便宜的红茶，而就着茶的是最普通的、苏联时代的硬饼干和三四颗去年的夹心糖。但这都比我在木工学校时最好喝的菜汤还要好——因为这是为我准备的。

“你想象得出来吗?”我说，“伊普西朗基叫我明天和他一起乘船去岛上。怎么样，出海去?”

“你同意了吗?”

“同意了。”

“那就去吧，至少他不会把你杀了，可能还会给你讲些有趣的事情，他的故事可真多。”

然后我们坐在客厅里。电视机开着，但是声音关掉了。我也不看电视。我看玛丽娜。她坐在杂志桌旁，在桌上摆开扑克算命。总的来说她用扑克算命算得还挺准。用她的话来说，她在阿尔汉格尔斯克待着的时候，竟想用这个来赚钱。

“你知道吗?”她忽然说，一边看我一边不安地笑着，“真是奇怪。”

“到底是什么怪?”

“扑克牌。我从来没见过这样的。”

“那你在给谁算命?”

“给你算。”

“怎么样?”

“我说了——很奇怪。结果是，怎么说呢，好像你把什么聚到了一起。你自己都没想到，你把什么连在了一起。我不知道具体是什么事，完全看不出来。我已经算了三次，结果都一样。”

“确实很有意思。”我回答，“这会是什么呢？工资还是预付款？或者要解雇我还是给我休假？现在还有什么可让人惊奇的。”

“你不明白，这是一件很大、很重要的事。很严肃的事。”

“难道要发三个月的工资?”我问，几乎要笑出来了。

“得了吧你，总之你什么也不明白。”她说，依然那么笑着坐到我的腿上。

一大早，玛丽娜还在睡觉。我起床后，老鼠一样悄悄溜出房子，关上门，到楼梯口才穿上裤子。

伊普西朗基在咖啡馆门口旁等我。我和他没有商量具体的时间，他就那么等着。显然他很信任我。

“睡得怎么样?”他握着我的手问。

“你知道，还可以。舒服又暖和，也没被苍蝇咬。”

“那咱们走吧?”

“走!”

伊普西朗基把自己的出航装备都存放在一座残破的水泥船库中。船库就在一条宽阔的、水流缓慢的大河的旧码头旁边，河的名字我不知道。夜里又上冻了；天上下着冰糁，河面上又泥又滑；河湾处结满透明的冰壳。为了以往万一，伊普西朗基用铁棍把冰敲碎，把一条旧船拽到水里并发动了马达。

船行驶了将近二十分钟。伊普西朗基坐在船尾驾驶着小船，我半躺在船底，越过船舷一会看天，一会看水。水天几乎一色——都是那么灰暗。水面上冰花闪耀。

“这里秋天也不错，”伊普西朗基说，“甚至比夏天要好。”

“为什么？”

“不热，也没有蚊子，要不鱼就差些。”

“冬天怎么样？冰下捕鱼吗？”

“去年冬天我几乎都是在喝酒玩乐中度过。今年区里承诺做一些公益性工作，希望他们能办到吧。到一月份我的存货就要卖完了，怕到时我就难了。不过也许没那么可怕。”

“你不怕因此而倒下吗？”

“有这个可能。你知道吗？这就是全部的魅力之所在。决定都是突然从天而降的，我可以想去哪儿就去哪儿，想干什么就干什么。今天在这里，明天在那里。”

这时小船碰断了岸边柳树上冻透的树枝，我们停靠在长满灌木丛和杂草的小岛旁。伊普西朗基的“小棚子”就搭建在离岸五十米的小山上。这与其说是真正的棚子，不如说是一座草窝——在风中吱吱作响，勉强立着。拴在竿子上的铁丝上晒着干鱼——却不是用一般的方式，线不是穿过鱼的眼睛，而是按另一种方法：把肉厚的部分切块去骨，靠没有收拾过的带着鱼鳞的鱼皮串在一起。

“怎么，”伊普西朗基看到我盯着鱼，就问：“奇怪吗？”

“是啊，谁教你这么挂鱼的？”

“这有点类似干鱼，一些北方人的菜。这样鱼晒得更干，保存时间更长，因为没有头和内脏。想尝尝吗？”

“不了，谢谢，改天吧。”我当然很尊重伊普西朗基，可我还是怕有肠虫。

伊普西朗基从棚子里取出一个旧煤油炉子，把它点着，放上一把锈迹斑斑的旧茶壶。茶壶沸腾起来的时候，往开水里扔了三个同样是从棚子那里拿来的小茶包。然后把沏好的茶水斟到碗里：一个给我，另一个自己喝。

我们坐到门边的土台上喝着茶、抽着烟、聊着天。头顶上悬挂着用艾草、蜜蜂花和别的什么芳香植物编成的笤帚，鼻子里闻到的是青草的气息和煤油炉里火苗的味道。

“我还是不明白，”我说，“你究竟在这里做什么呢？为什么不回自己的家乡或者别的什么地方？”

“我就是喜欢这里，这里很美。”

“可你去过很多地方，难道没见过比这里更美的吗？”

“见过，但这里也好。不过这不是主要的。不知怎么我在这里很安静，现在还没有别的什么地方吸引我。会被什么地方吸引的，但不是现在。”

“要是在国外什么地方居住呢？你想吗？”

“不想。”

“为什么这样呢，难道你很爱国吗？”

“不是这个问题。你其实不明白，也许我们身处的这个国家就很美好，我们生活的这个时代就是一个美好的时代！”

“是吗？”

“那当然了！你说，维塔利亚，在这个世界上你还能找到这样的国家吗？要知道只有在我们这个奇怪的国家，我才可以走任何一条路，选择任何的方向，遇到同路人或者与他们分道扬镳，可以离开大路拐向树林，可以爬上任何一棵树，喝任何一条河里的水，可以采蘑菇和浆果，可以捕鱼，而且不需为这些付费，不需得到任何人的许可，也不需向任何人汇报。当然也有许多例外，但是主要的是有这个可能性！我可以和人们说话，也可以一个人待着，吃吃东西，出去走走，独自一人在哪里住几天，我也可以在一天中的任何时候叫喊而不会有人干涉！你说，到哪里还能找到这样的地方？到那个德国你不经允许就闯入森林里去试试！或者到法国你把垃圾扔错垃圾筒试试！或者在美国你把鱼晾在阳台上试试！而在这里我就可以这样做但并不违法。你要明白，我们这里是问题多多，但只有在这个该死的国家里我才可以自己给自己找到吃喝，也不用给任何人付钱，也不用告诉任何人，为什么我今天想吃狗鱼的耳朵或者炸鲫鱼！你知道我来这里，这个巴拉穆托夫卡的时候身上带着什么吗？”

“什么？”

“我就在这个风衣里装着一支钢笔、一盒火柴、一个便条本和火车上拿的一把梳子，还有一个带三个小钩子的底钩。我带着所有这些家当活了下来，没有死，并且没偷过任何人的东西，也没向任何人祈求过什么。我为此感到自豪。”

“伊普西朗基，你疯了。”我几乎认真地说，虽然听完他的话后我对他的态度一点也没变差。

“是的，见鬼，我是疯了。疯了也好。”

“老兄，难道你从来也不想回去，回到你待过的地方，回到你过去的生活吗？”

“我许多年里都过着正常的生活，只不过是在考察和休息。远离母亲，远离妻子，远离家庭和城市。这并不意味着我不爱这一切，只是我喜欢这样生活。这也不意味着我对他们有愧。可能我有森林癖？可能吧。但是我等了太久，等到这个和我相关的一切都消失的时候。我自由了，我终于活了！我只不过是想像我想的那样生活。就是这么简单，真该死！……”

“那你为什么还这样痛苦，啊？”

“为女儿，因为我撇下了她，因为我没有能力去找她，请求她的原谅，因为我不能不这样做。她是唯一一个让我在她面前感到羞耻的人。我希望她认为我死了，实际上这样对她更简单些。那她就不会折磨自己了。”

“那么希望在哪里？”我困惑道，“你不想给她留点希望吗？”

“希望什么？你自己看看我，我还算什么父亲？要明白，我可能会爱她，但我完全不会缠着她。我就是这个样子，我对此毫无办法。”

“你不觉得遗憾吗？”

“一点也不。不知道你是否能理解我，希望你理解。唉，算啦。”伊普西朗基摆摆手，好像对自己说的那些话感到不好意思，“我们搬鱼吧。走着瞧吧！”

回到巴拉穆托夫卡后，我在咖啡馆里碰到努里克在喝汤。他看到我回来，脸上没有任何表情。无所谓了。我问他：

“我们什么时候走？”

“你发话了咱们就走。不过得让我把汤喝完，是吧？”

“喝吧，好好喝。”

“你可真气人，我都饿一整天了。”

努力克终于喝完了汤，我们向停车场走去。伊普西朗基在门外候着我。我一出来，他就问：

“伙计，那个便条你到底转交了没有？”

“转交了。”

“谢谢。你说说……她在那里怎么样？”

“她一切都好。”

※ ※ ※

……他们在人去屋空的别墅村里勉强度过了第一个夜晚，接下来就在土豆田里游荡，捡寻着残余的收成。捡到一袋半几乎腐烂的冻土豆就不再干了，因为田里再没剩下什么可吃的东西了。然后他们逛遍了所有能进的菜园子，但也没有什么特别的收获——别墅主人们对自己的田地都很精心。在房子里倒是找到了一些粮食——几袋通心粉，十公斤左右各种各样的米、盐、糖，七个罐头焖肉，三十二罐罐头，基本上都是鱼罐头。还有一些冬天的衣服——一件皮袄、三双大毡靴和几件旧毛衣。这就很不错了。

可以生炉子，不过要打开所有的窗户，不然的话屋里烟味太重。科普吉利尼科夫确实试着爬到房顶清理烟道，但是从那里摔了下来，差点没把所有的肋骨摔断，从此后再也不去冒险了。后来伊娜想起个不知在哪儿读到的对付烟灰的老方法——用山杨木劈柴生炉子。斧子和劈柴斧房子里有，想要山杨树可就复杂得多了。当她终于找到山杨树后，两个人经过三天的共同努力才把树伐倒，砍掉树枝，费力地剥成四个原木，终于用它们生着了那个破烂炉子。这的确有点用，但并没有真正把烟制住。因此房子里还是不暖和。当天气真的变冷时，这成了主要的问题。那时科普吉利尼科夫在院子里做了点什么事就感冒了，而且病得很重，如果不是伊娜整整半周都昼夜二十四小时不离开他，他就完全可能去另一个世界了。

而且他慢慢开始脆弱起来。他试图不表现出来，在伊娜跟前装得像个好汉，但她明白他是真的害怕。她自己也感觉不痛快，但是她深知，为了实现自己的目标，她需要走很长的路，而且必须走到底。于是她就这么走下去。

……到十一月中旬罐头吃完了，下旬开始时通心粉没有了，二十九号土豆也没了。伊娜明白，必须得离开这里，但是怎样离开？只有身份证，几乎没钱，要想到阿尔汉格尔斯克去，又是在冬天——这看起来几乎是不可能实现。但是没有另外一条生路，十一月三十号一大早她用这样的话叫醒了科普吉利尼科夫：

“实施‘B计划’，不然我们就活不到春天了。”

“什么‘B计划’？”他假装平静地询问，早已练就了不为自己女友的善变而感到惊奇。

“我们去阿尔汉格尔斯克。”

“去越远的地方越好，”这话科普吉利尼科夫说得发自真心，“不然我们就会真的像猛犸象一样死掉。我记得地理上学的，它们那儿都没这么冷？”

※ ※ ※

不知怎么十二月迟迟不肯到来。中旬前雪雨交替下了很久，道路上布满了难走的泥泞。

大约十号左右我们去了一趟彼得罗扎沃茨克取备件。努里克一直懒得更换轮胎，因此我们返程的路一开始就遇到故障，也就是说这个坐着“红额羚”的傻瓜首先是自己有错，但这并不意味着不该换轮胎！

毫无疑问，在这种状况下我们来不及去沃洛格达了：需要把汽车送到修理厂，以高两倍的价钱更换轮胎。我自己则要在不知名的路边旅馆里打发时日，等着领导怒气冲冲的电话。

就在我们停滞在这儿的第四天电话来了。可不知为什么打来电话的不是公司领导，而是德鲁戈连斯基，他气呼呼地要求我们卸下货物，空车去阿尔汉格尔斯克。这情形一点也没让我高兴起来。但是，等取我们货物的汽车一到，我和努里克就上路了。

一出发我就莫名其妙地想到，塞翁失马焉知非福，至少我又有理由去巴拉穆托夫卡了，抛开一切在玛丽娜那儿过夜。确实，伊普西朗基当时不知消失到哪里去了。个体老板 B. C. 布洛特尼科夫吸着很辣的海军烟斗解释道：“他到西伯利亚看女儿去了。”这还是他在十一月份告诉我的。

十七号的白天我们终于到达目的地。巴拉穆托夫卡不知怎么出奇地空旷。停车场的两个角落里卧着两辆被雪覆盖的老式运油车，出口附近一辆公交车在优哉游哉地喷着气。就是这些——没有人，也没有别的车。

不过在“安娜”咖啡馆门口我和努里克赶上了最有趣的场面。玛丽娜、布洛特尼科夫和一位地段警官站在那里，兴奋地讨论着什么。我走过去，不顾一切抱住玛丽娜的肩膀，可她转过身来，对我的突然出现没有表现出丝毫的惊奇，断然制止我：

“等一等。”

“这是发生了什么?”

警官代替玛丽娜回答道：

“上级派我做个调查，是别的区委托的。您来得正是时候。”

“真怪，我能帮上什么？……”

“您认识谢尔盖·伊普西朗基吗?”

“不过是点头之交。在这里有过几次交往。他发生什么事了吗?”

“希望没有。可是我想和他聊聊，您知道他去哪儿了吗?”

“想不出来。他这个人想去哪儿就去哪儿。”我没准备详细说。我真的认为，布洛特尼科夫已经把能说的一切都向他说过了。

“明白了。不过是上级派我的任务。您看这里挂着启事。我需要找伊普西朗基，给我的期限也不长，还剩三天……”

说完这位警察就抓住布洛特尼科夫的胳膊，把他拽到旁边。之后玛丽娜贴贴我的面颊以示问候，接着不安地问道：

“他真的没有告诉你他准备去哪儿吗?”

“没有呀，我已经说过了！到底发生了什么?”

“那不，你看。”玛丽娜指给我看墙上虽然刚贴不久却已完全浸湿的布告。

那上面有两张黑白照片。出于四处张贴的需要，它们经过了多次打印、复印和传真，再加上雨雪的侵蚀，照片已经模糊难辨。照片下面是这样的文字说明：

“联邦登记备案寻找与学校失去联系的失踪者：伊普西朗基·伊娜·谢尔盖耶夫娜以及科普吉利尼科夫·格里高利·阿列克桑德洛维奇……”下面是：哪一天从哪里离开，至今未归，穿什么样的衣服，有什么样的特征，如有消息请通知哪里。在我们国家这种贴在路灯杆上被风吹烂的启事难道还少吗？千万别说你们注意过它们。

不过我也至少明白了警察局为什么要找伊普西朗基。这位警官说得对，给他的限期是真是紧张，实际上，他要找的不是他的女儿。

不过我倒是心中有数。我出声道：

“是呀，爸爸去哪里，女儿也去哪里，好家庭。”说这些的时候我脑子里想，我可说得真对。

“你说什么?”玛丽娜从我身后突然出现。

“就是关于自己的，关于那个姑娘的。我们离开这儿吧，待在这里干什么……”

第二天终于变天了。温度表上的水银柱稍微离开了零度标记，天空下起鹅毛大雪。早晨九点钟左右，我们从巴拉穆托夫卡出发，沿着平坦的、好像刚刚积了点白雪的道路缓慢行驶着。

我们就这么行进着。我默不作声，音响也没开，努里克则更为沉默。心情简直糟透了，因为整个巴拉穆托夫卡都空荡荡的。因为德鲁戈连斯基来到后对我的严厉训斥。因为伊普西朗基。我想，他也许永远也不会知道他女儿发生了什么事。不过，也许他会知道。国家很大，联邦政府出面寻找，贴了那么多告示。只是有那么容易吗?

我们晚上才来到伊萨科果尔卡，天色已暗。雪依然纷纷而落，没有停歇。不过路上已经开始上冻，由此可以想见，明天一定会很艰难。不管它了，这事让努里克头疼去吧。

货场里一个人都没有，没有警卫，没有值班员，没有司机。甚至连接受货单的仓库管理员，我都要费力地跑到仓库最里面去寻找。

是不是可以认为德鲁戈连斯基也不在呢？仓库管理员（后来才明白，他发现一个很大的差错，所以没能出来迎接我们）暂时丢开那些盒子告诉我们，律师真的来了，执意让我们等他一会儿。他确实不在这里，不知为什么在车站待着呢。

这可真是怪了，他这个时候在那里干什么？我甚至都记不起，我们这位仿佛在干大事（也许真是大事，谁知道呢?）的律师是否到过卸货点，查看一下那些到达的和发出的货车车厢，他可是拥有不用任何证明就把发货员开除的权力。

我骂了一声就和努里克告别，一瘸一拐地往车站走去。

街上很黑很静，下着雪。

没有星星，没有月亮，当然什么也看不清。只有远处铁路驼峰编组场上的探照灯投来冷冷的蓝色光线，直刺人的眼睛。还有另一个方向上的小树林后面隐约可见伊萨科果尔卡处黄色的灯光。

又一次出乎我的预料，我没能在卸货处找到德鲁戈连斯基，而是在客运楼找到了他。他正在和一个工头热烈地吵着什么。他远远看见我，就淡淡地打了声招呼，好像根本没有在不久前痛骂过我一样。对于我的问题他似乎全忘了，只给了一个让人不是很明白，却完全符合他风格的回答：

“你看到了吗，我就是要伸张正义的。”

“什么正义？”

“从科特拉斯来的货运车上被赶下来两个青年人。不知是当地人，还是外地人。不明白，但是好像身上有证件。这不，我正想说服他们不要立刻把两个人遣送到少年犯临时隔离中心，而应先设法找到他们的亲戚。”

“遣送到哪里？”

“少年犯临时隔离中心。算啦，都是胡扯。我找你是这么回事，还记得罐头焖肉的事吧？是这样的，诉讼星期一提交仲裁庭民事委员会第一团。所以你暂时不要离开，到时候需要你。”

※ ※ ※

第二天，在很远、很远的一个地方，在西伯利亚。是早上。很早，很早，五点钟。

天色刚刚在建筑用的松树林树梢后露出亮光。

一条光滑的、铺满积雪的道路延伸到远方。不，没有风，也没有雪。可是没有人去清扫道路，也没有人走过这条道路。路左边的森林沉睡着。路右边的田野沉睡着。天边那条宽阔的河流也在冰下沉睡着。

路上走着一个人，他没有睡。看样子他有四十岁左右，黑色的发丛中有白发在闪亮，仿佛他和森林、田野一起被盖上了一层薄雪。他的穿着与天气不符：一件绿色风衣口袋一样挂在身上，里面是一件不合身的毛衣直接套在光光的身子上。这个人唱着什么——不知唱还是吹口哨，又也许是在吹口琴——谁搞得清呢？谁听得清呢？他手里是已经撕破揉皱、粘着胶水的一张纸，好像是他不知从哪里撕下的一个布告。

同样是沿着那条路，一位老摩托车手从城里的摩托车展上驾车驶来。他穿着铆钉皮衣，戴着头盔，留着像卡尔·马克思一样的胡须。他看见前方有一个移动的身影，还没赶上他时，那人就举手拦车。他不慌不忙地赶上他并把摩托车停下来。

车手问：

“你去哪儿？”

“我从这里迁走。”那人回答。

“就像候鸟一样吗？”

“是的，是有点像。”

“那么你去哪儿?”

“你去哪儿?”

“我去南方。”

“那好，我也去那儿。”

（与陈淑玲合译）

乌　拉(选译)

/谢尔盖・沙尔古诺夫

谢尔盖・沙尔古诺夫，生于 1980 年 5 月 12 日。生长于一个东正教神父家庭。2002 年毕业于莫斯科大学新闻系。2000 年开始发表作品并成为《新世界》杂志固定作者。2001 年以中篇小说《男孩受到了惩罚》获得“处女作奖”，2003 年以长篇小说《乌拉》获得“莫斯科国家奖”。除创作外，他还兼做文学评论，是“新现实主义”的积极倡导者。

我的小不点儿，我想你!

“是谢尔盖吗?”电话里响起一个温柔的声音，“你好！我是阿莉萨。”——语气里满是委屈。

“我不想和你说话。”我一边回答一边挂掉这位前女友的电话。

不，我正在寻找一种美好的真正的爱情。我似乎开始对一位美丽的克里米亚姑娘产生了这样的爱情。是他的哥哥，就是在街上向我借火的小伙子介绍我们相识的，点上烟后我和他聊了起来。

她只有十四岁，名叫莲娜，有着人们所说的“模特儿身材”，面庞清秀，胸部已经富有弹性，一双灰色的眼睛总是笑意盈盈，颧骨精致，嘴唇鲜亮饱满。我很想把她的美与那些丑陋相比。美到极致，几近怪物。兽性之美。连她的姓都带着几分血腥与汁液的味道——米亚斯尼科娃[1]。她和母亲、哥哥一起住在里瓦季村一座破旧的棚子里，没有广播，甚至连本书都没有。想想看，除了一本油污的小册子《园艺》外，一本书都没有！一台老式电视的屏幕上总是闪着灰色的雪花……但门口的李子树上结出了黄色的果子，米亚斯尼科娃一家用它做成一罐罐透明的糖水煮李子以备冬用。她的父亲，一位俄罗斯海军上尉，早就不知消失到哪里去了。莲娜的母亲——一撮毛[2]娜嘉，已经满脸皱纹，皮肤松弛。她过去在雅尔塔当餐厅服务员，现在偶尔去敖德萨贩卖衣服。哥哥斯拉维克比莲娜大一岁，长相平平。

斯拉维克勉强上完八年级。尽管他是个聪明的小伙子，现在也只能和同龄人一起在里瓦季村中心一块巴掌大的地方厮混。小伙子们无聊地往干热的尘土地上吐一口唾沫（这是当地的一种习惯——无聊地吐唾沫！），等待着需要擦洗的汽车。晚上他们聚会吃饭，吸吸海什[3]。然后斯拉维克就爬回家。理所当然，他日复一日地颓废下去，连嘴里说的都是从朋友那里学来的满口虚妄的黑话。斯拉维

1　这个词的词根是“肉”。

2　旧时对乌克兰人的蔑称，今为谑称。

3　一种印度大麻。

克很为自己的妹妹骄傲："该死的，"他笑着说道，露出嗑坏的牙齿，"在我们那儿我可骄傲呢，谢廖格[1]，因为我知道我有怎样一个妹妹。我要不是她的哥哥，我就……我就要了她，谢廖格……"他哭了。自豪充满他的心间，他挺起凹陷的胸脯。斯拉维克就这样喊着。喊就意味着他想证明什么，诉说什么。我的心中也在喊。我想向你，我的读者，好好说说莲娜·米亚斯尼科娃！

莲娜·米亚斯尼科娃要工作一整天，从日出到日落。她和其他人一起受雇在一间地下室里，往装假酒的滑溜溜的瓶子上贴纸标签，一刻不停，收入微薄。雇用童工是违法的。我有一次去地下室找过她。那是在一座古旧的楼底下，曾经是皇家马厩。有人粗野地咒骂了一句，接着响起一片顺从的沙沙的干活声。我顺着台阶走到下面。工作间的门虚掩着，飘来一股污浊苦涩的气味。"你干什么的？"门猛地一开，一个脸颊浮肿的粗野男人出现在我面前。这时莲娜发现了我，拨开那些年轻的和年老的工人，跑到我跟前。她脸色苍白，气得鼻翼轻轻颤动。"我会挨训的，我不能旷工。你别再来这儿了，就这样吧。"她转身就消失了。我又沿着楼梯走到地面上，背后响起似乎也沾满泥污的声音："走吧，走吧，跺跺脚！"我跺了跺脚。我来到街上，脚一抬，险些被地上的李子滑倒。我站稳身子，阳光在眼前跃动了两下。啊，地面上的感觉真是又酸又甜！

傍晚，累得消瘦了的莲娜从地下室里出来，后面紧跟着一个叫尤利娅的姑娘。她也是处理那些瓶子的工人，是个模样难看的小东

1　谢尔盖的昵称。

西，一头蓬松的黑发下是红得像番茄一样的脸蛋。姑娘们自由了，换上衣服就向雅尔塔出发。甩掉了工作，解放了！要抓住机会，夏天的雅尔塔喧嚣又热闹。莲娜知道自己的美，她害怕把自己弄丢，于是拉上好朋友。

“我得了选美冠军。”莲娜吹牛道，嘴巴咧得像鲨鱼一样笑着，“大家都给我鼓掌，送花。后来那些花在我们家放了好久……是橙色的花。”

“在哪儿得的?”

“就在那儿……”她有点儿不满意，“一个俱乐部……叫‘仙人掌’。”

哎，她故作遮掩，她那平凡的家庭哪里知道什么选美的事，而小东西尤利娅——是个言语不多的死党。

“我们今天就去‘仙人掌’，”莲娜继续说着，酷酷地抖抖肩膀，“想和我去吗?”

当然想了。

现在我就和你们聊聊莲娜是怎么消磨时间的。鞭炮齐鸣，人声鼎沸。我站在“仙人掌”的绿色条幅和画着男性生殖器的巨幅海报前等待。画幅投射出耀眼的光，我身上像是洒满了仙人掌的汁液……我等她们等了半个小时。“你好！对不起。”美人漫不经心地眨眨眼睛，穿着一件银色的、全身紧裹的也是她唯一的礼服——镶着鳞片的裙子。我被阻止和她们一起进去。看门的小伙子瓮声瓮气地说：“穿短裤的不许进入，赤脚的也请离开!”我恼怒地跳起来，叫了辆出租车奔向我在山上的住处。在那里我匆忙穿上一身便服，又冲回车里。现在允许我进入了。

凭着我在莫斯科俱乐部里混熟的经验，我轻易就找到了目标。穿过蓝色烟雾，面孔黝黑、胡子光光、颧骨高高的我一下子就发现了我的姑娘们。她们在桌边低声细语着什么，旁边坐着一个笨重的黄面孔的老头。老头朝莲娜甜腻腻地细眯着眼睛。这老家伙简直像一堆狗屎一样整个瘫在椅子里。太可怕了。莲娜扬起大大的眼睛发出嘘声。我坏笑了一下："晚上好!"我的目光射向他。他明白了其中的意思，于是报复性地去摸莲娜的膝盖。"傻瓜，她这是在和什么人混啊!"我在不远处坐下，有什么办法，只能时不时地望望他们。

我坐在一块玻璃幕墙旁，墙外大海在卷起黑色的泡沫，灯塔闪烁着血红色的光芒。而这里是响声阵阵伴随着纵情欢笑。这边桌旁是一对身材魁梧的兄弟在语无伦次地唱歌，那边桌旁是几个外国人在忙着吃饭，他们穿着短裤，甚至戴着巴拿马帽就被放了进来。我愤恨地打量着这个世界。只有大海与我是一条心，灯塔像是酝酿着阴谋似的对我眨着眼睛："复仇！复仇!"我双手握紧，黝黑的拳头杵在脆薄的酒杯旁。我一直把拳头握紧又松开。

"拳头?"一个嘴唇向外翻着的婆娘路过我这里时问道，"什么意思?"

"就是勇敢……可能是勇敢的象征……"和她一起的一个矮子马上接茬道。

他们走了过去。

最终里瓦季村的姑娘们都坐到了我身边。我们喝了各种各样的马提尼酒。莲娜兜着圈子说："他是个重要人物!"她指的是那个糟糕的老头。我想刺激刺激这个黄毛丫头，就开始挑逗她的好朋友尤利娅。可尤利娅生性愚钝，郁郁寡欢，毫无反应。而莲娜一直仰着黄色的脑袋，急不可耐地寻找着什么人。很快她就一跃而起，而笨笨的尤利娅紧随其后。

于是开始了最怪异的一幕。这两个姑娘从一桌走到另一桌！我惊呆了。她们和所有的人都已经认识了！这些黏人的律师，扁脸的富翁……女孩们坐到他们身边。那些正在咀嚼的脸孔凑近她们，为她们点上甜食。她们就在桌边吃了起来！傻瓜，傻瓜，莲娜，你这个白痴，难道你以为这是你展示美丽的舞台？傻瓜！这个未来的荡妇!

应当向你们解释一下 ，我的读者。事情是这样的，莲娜还是个处女。这是她表现出来的，她的哥哥和母亲知道这一点。她还没和任何人有过关系。她在这种地方消遣，结果会是什么呢？她会被强暴，然后扔到臭水沟里去，在那里半死不活地躺着，在深夜里对着星空呻吟。她们在桌子间穿梭，用自己犹如儿童般坚固的牙齿嚼着薯片和坚果。我不知道该怎么办，也就什么都不去做。我喝着酒，对自己心里的那些想法冷笑着，背后的灯塔经验丰富地冲我闪着眼睛，大海嘲讽般地躁动着。后来姑娘们消失了。我起身到俱乐部最里面寻找。那里涌来团团蓝色的烟雾和阵阵巨大的喧响。如果莲娜是一个妓女，我就会待在原处继续畅饮……可是她茫然无知。她们怎么样了？我又往里走。

四周如酸雨笼罩。亢奋的人群紧紧围住乐队，一切都淹没在臭烘烘的烟雾中。在这些醉醺醺的人的头顶上空悬着一块窄小的阳台。

在烟雾缭绕的俱乐部里我发现了敌人。他们就是在莫斯科浸淫已久的几个 DJ[1]。看来他们注射了足够的毒品，正在秘密商量着什么，我分辨得出他们发紫的嘴唇。他们仿佛粘在阳台上一般……我的目光迅速把他们粉碎，然后涂抹在天花板上。

两个姑娘不在俱乐部里。我在街上发现了她们。“您能帮帮我们吗?”莲娜饶有兴味地朝我走来，卖弄着风骚，内里却透着一股可怕的冷漠。原来，她们刚刚惶恐不安地逃出来，身上一分钱也没有了，没法回自己的村子。“和我们一起走吧，”莲娜大声说，“到我们那里玩玩，怎么样?”于是我们坐上车在灰色的大道上飞奔，路边的灌木丛划着我们的车窗玻璃。我和莲娜坐在后排，莲娜坐立不安，一会儿挪远点，一会儿又靠过来。我们上了拐向里瓦季村的路，莲娜又靠过来，对着我的耳边吐出湿漉漉的气息：“对不起，我们太想睡觉了，谢谢您……您把我们送到……”

用“你”来称呼我吧，米亚斯尼科娃！

两个好朋友跳下车，跌跌撞撞往自己家走去。而我坐在里瓦季村巴掌大的地方开始喝酒。酒是在售货亭买的。我一瓶接一瓶地喝着，自己给自己哼着不知是红军还是白军的曲子。没过多久天就亮了，周围暖和起来。我摇摇晃晃走到街边，俯视着下面，绿色掩映下，一座座房屋像灰色的梦一样占满低洼的村子，远处是大海在轻声吟唱。公鸡叫了。其中的一只叫得那么嘶哑，那么卖力。海上的朝霞色彩绚烂：橙色、紫色迅速变幻。油亮的太阳在膨胀，映得波

1　全称 Disco jockey，指 DISCO 舞厅的司仪或唱片骑士。

浪都反射出耀眼的光。这一切都不能引起我的兴趣，反而令我厌恶。只有公鸡的叫声令我发笑。

一小时后我遇到了斯拉维克·米亚斯尼科夫。“你好!”我和这个小伙子打个招呼就把他引到一边。我带着醉意和愤恨说道：“听着，她一个桌子一个桌子地窜……为什么？她还是个处女，就成了荡妇！为什么?”我说的是他妹妹。他阴沉地点点头。

他给我讲起她的奇特经历。

“你知道吗，谢廖格，春天的时候就出过这种乱子。莲卡和尤利卡冲进屋里：‘快拉上窗帘。’一伙土匪把她们从俱乐部拉出来，之后我们的姑娘们挣脱开从车里逃跑了。这伙土匪在村子里横冲直撞了一夜，用车灯晃窗子……”

我想：哦，你都敢在刀尖上跳舞，莲娜。他又津津有味地说道：“有个从顿涅茨克来的男人找她，塞给我一大笔钱。他长着黄色的光秃秃的脑袋，就像李子似的，谢廖格。这个男人给她礼物，用车带她兜风。他的车是一辆黑色的吉普!”

“等着瞧吧，”我说，“斯拉维克，她会让人从黑吉普上扔到路边的……”

唉，从此后我很少再去米亚斯尼科夫家了。我完全沉浸在美酒欢歌之中，夜夜耽于肉欲。雅尔塔的母牛冲我咧嘴笑，饮料冒着泡沫，头脑昏昏沉沉。只有到了早晨我才会独自清静清静，在城市神圣的教堂钟声和鸟儿妒忌的鸣叫声中入睡。光线刺眼，我睡不了多久。起床后我从房间走到山下。骄阳似火，我洗了个澡，开始做一些力量练习。结果我中暑了。

每走一步太阳穴都刺痛，就像有千根银针跌落到石头地面上。我的身体里在心脏旁边的某个地方一团火热，心若断若续地在里面撞着。我得的是猩红热。晚上我半死不活地到海边去。那里歌舞喧嚣，小丑逗乐，天空在聚光灯网眼般的点点灯光里晃动……而在冬天，这儿却会空荡荡的。莲娜奇卡·米亚斯尼科娃只能待在离这儿几公里远的长满棕榈树的村子里，那时哪怕旁边有一个人经过都会成为一件大事。带着这样的想法我碰到了莲娜。她跳了起来："你把一切都告诉斯拉瓦了，"她哭着炒爆豆子般地说道，"你这个叛徒！"她转身就消失了，像一面小旗子一样飘走了，那么美丽。

我去了海边的一家露天咖啡馆。扬声器中心黑色的圆洞在有节奏地颤动着。"简直像个黑人。"我这样想。我想着莲娜。灯塔在向我的心眨眼，暗示我发出爱的信号。她是那么性感，也许，性感得无可挑剔——莲娜。海岸边细碎的鹅卵石上坐满了灰色的人影。夜色遮掩住他们的一举一动。红色的桌子旁一片尖叫声，无数双脚在桌下和着音乐声踩着鼓点。

第二天我来到里瓦季村，去了可怜的米亚斯尼科夫家，给他们带了礼物，就是吃的东西。姑娘不在。我都走到汽车站坐上车准备回家了，忽听她喊道："谢廖沙[1]！"我走过去。她和尤利娅站在一家小商店灰白的橱窗旁。

"要离开吗？"

"明天，莲娜，我就回莫斯科。"

1　谢尔盖的昵称。

她靠近我。

“再来啊！”她就在这褪了色的橱窗旁长长地吻我。

也许我说得有点模糊，比如对于她的妈妈我基本就没说几句。关于她的妈妈我知道这些情况：娜杰日达·科瓦利丘克来到基辅考大学，没有考上，就在宿舍里住了很久。那里住着很多妓女和酒鬼。娜佳[1]每年痛喝一两次酒，她一辈子都是这么过来的。那么现在等待自己单薄的女儿的是什么呢？又是谁在等待她？可是莲娜跟任何人都不加分辨地调情，玩世不恭地对待将要吞噬掉她的生活。她本来可以找一个普通的小伙子，不必特别漂亮，只要很平常，爱她爱得要命，给她一个稳定的家庭。但她已经嗅到了自己的价值，就急着向前冲，冲到酒吧里，去接受那些富人的色迷迷的目光……

嘿，我有个十分严肃的计划。我想保护莲娜不陷入对那个开黑吉普的人的情感之中。不想把里瓦季村的这个姑娘交给你，交给你这个肌肉松弛的畜生。我想爱她，也想让莲娜爱我。以前我曾经和屁股肥大的阿莉萨有过一段痛苦的爱情。后来我对一切都心灰意懒，现在正等待情感的复苏。爱情在嘲笑我，我需要强烈和深刻的感情。我颜面丢尽，很久了，大约两年都没有恢复。我在泥淖里爬行。我凑到水坑边，看到自己肿胀的面孔。记得在四月的一天，我沿着马涅什广场散步，右臂撑着左臂。前天扎针没有成功，左臂麻木，很不灵活。如果把外套和毛衣的袖子卷起来，就可以看到静脉针扎的痕迹。

1　娜杰日达的昵称。

在经历了生活中所有这些屈辱后，我想大喊：“给我爱情!”现在，在这个疗养胜地克里木，我尾随着躲躲闪闪的莲娜奇卡·米亚斯尼科娃，这个十四岁的姑娘，我强迫自己跟着她……我为之狂热，狂热之极，我渴望爱情。我的呼喊，都是在呼唤爱情。

我们会生一堆漂亮孩子。我们将组成一个模范家庭。我们不再酗酒，不再吸毒，不再分离。我将会成为富有进取精神的钢铁般的人物，挥舞我满是肌肉的双臂。我已经戒烟了。我将要工作，像十七岁时那样愉快而勤恳地工作。我都看到了未来的沙尔古诺夫和米亚斯尼科娃。我要带莲娜去莫斯科。

我和她将会在深夜微笑着穿过微风轻拂的寂静的红场。我们要在阒无一人的灰色广场上久久地拥吻……

喊声的由来

“乌拉!”来源于突厥语，翻译成：“跑!”这句“乌拉!”从童年起就占据我的内心。它是如此激烈，犹如血喷一般。这个词包含着点儿意外。它那么短，只有三个字母。总之，侵略者给我们带来了自由，带来了诗歌。它是简约之谜，是一股能量。有这样一些词语，它们的意义远远超出了它们的本义，比它们的本义更广更宽泛！颤动着的“喝”音迫使你把它写在墙上，写在本子上。赶也赶不走。“乌拉!”无法勾除，是一种本能的声音，其中蕴含着生活的魔力。“喝”——是粉红、灰蓝的颜色，有些嘶哑。“乌拉!”是进攻性的红色。“乌拉!”声一喊，立刻震耳欲聋，血脉贲张，心跳加速！“乌拉!”声一出就锐不可当，它在飞，飞行中射击！是西瓜最香脆的中心部分，是水波上反射的阳光，是对肉或者骨头的撞击，是生命的终止!

如果有人冲你喊：“乌拉!”这实在是很可怕的事，你会眼前一黑，拼命逃跑，千万别撞上黑压压的人群，千万别窒息而死。

音乐学校的女教师瓦莉娅终其一生都沉浸在她和布罗茨基短暂的罗曼史中，是位细腻敏感的女人……一个强奸犯在楼梯口扑向她，把她摁到墙上，解开她的裤子。这时她颤抖着突然喊出：“乌拉——拉——拉!”那个畜生就像一阵风似的跑了，楼门“砰”的一声撞上了。

对于一些人来说这是生命中最后的喊声，它带走了多少生命啊!盲目地向前跑，伴着这句呼喊，背后中弹，血泊中依然呼喊着这句话。在战争中所有人都喊：“乌拉!”指挥官绝望时的一声召唤所引发的这一齐声应和，就像枝繁叶茂的粗壮大树一般。我给你们提供一个新的神话吧。关于“乌拉树”的神话。金色的树冠在战场上空低声细语。

根部盘绕多节，果实鲜红欲滴，树皮……树皮坚硬粗糙!

吐出啤酒，折断香烟!

我已经七个月不抽烟了，脖子上挂着一根细细的烟丝。可是如果去抽烟——我知道一切又得重新开始，于是我宁愿被烟丝勒死。

十二岁那年到别墅，我曾经悄悄靠近小卖部。我买烟不合适。

这种感觉那个年龄的孩子应该都体验过。我站在那里，似乎沉思地看着什么。不知为何我觉得女售货员会对我大声呵斥，然后拽着我的胳膊，穿过整个村子把我拖到父母面前，那种难为情的场面着实令我畏惧。这时一个妇人来到小卖部。“米尔！”她叫道。售货员出去了，两个朋友开始双手叉腰天南地北地聊起来。我则像个傻瓜一样等着，目光爱抚着心仪的那盒烟。终于她们告别了。“你要什么？”售货员甩出一句话。“请给我包烟。”我脱口而出。“哪种？”就这么成了。

但那包烟我没有去抽。我真正开始吸烟要晚一些时候，在十八岁，阿莉萨离开了我。我不停地抽，点燃一支又一支香烟。我把自己裹在浓浓的烟雾中。阿莉萨消失了，代替她的是有如奔驰而过的马群般的团团烟雾。烟告诉我一切都是虚幻。爱了——不爱了，都是扯淡……

检举吸烟被认为是鄙俗行为，但这并不意味着对这个话题要闭口不谈。吸烟——是人类命运中最重要的题目。

读者啊，请唤醒自己的意志！比试比试，我要和你打一架。我有肺，我的呼吸量大而通畅。而你很快就会憋死，喘不上气来。因为你——是个烟民！

我们成千上万的人都想证明自己。总的来说做一个烟民——是很好的考验意志的由头。绷紧肌肉，自己征服自己。咬紧牙关，让尼古丁一毫克一毫克地从血液里退出，这是一种疯狂的状态，而你把敌人挤了出去。坚持住——呼吸变得顺畅和清爽些了，心脏也轻松多了，铅也消失了。一笑露出的牙齿也白多了！

我发现：吸一口烟气，呼出的是生命的能量。那毫无价值的细线条就像是烟雾的花纹。但是一个人一旦吸上了烟——马上就可以看出：他不是战士。“不是战士”，——我看得出来。留下了自己软弱的记号。甚至连这个记号都暗淡消失了……烟民是怎么走路，我曾经怎么走路？无精打采，弯腰驼背。嘲讽般地歪斜着叼着香烟的嘴角。烟损害了双腿——不，再坐会儿吧……再抽一根吧……快了，快了，就抽这一根！点上烟——脸庞消瘦了。

每个烟民都服从主人的意志。顺从地拿上一根烟，把自己拖到烟雾里。多么荒诞啊，一个人走了过来，不知为何停下脚步，又不知为何抽上了烟。主人很满意。不吸烟的男孩子被认为太西化：男人怎么能不抽烟呢……我们的心脏撒满火星，头脑里烟灰弥漫。对于我们这些烟民来说未来暗无天日。所有我们的真实情况都在我们的内里。如果一个人肺都冒烟了，呼吸里带着浊臭，那么这个人的一切就都一目了然了。

打开电脑，在等待它启动时我跑到凉台上吸烟。就那么穿着一条短裤，瑟瑟缩缩地吸烟。我感到一阵厌恶，于是把自制的卷烟摁到潮湿的窗框里想熄灭它，却忽然可惜起那支烟来，我又急速想把它吹着。烟蒂上是一堆湿乎乎的脏污，我几乎要放弃了。我已经感觉到这团脏东西就在自己的头下方，脏东西触到了我的面颊，我最后吹出了一口气。应当研究一下香烟与自杀的关系。香烟使人陷入死一般的绝望。无休止的自尽念头被引发。

我曾经设想熟人们会怎样议论我。

“沙尔古诺夫从窗子上跳下去了。”他们说着，一个人急着把惊讶传给另一个人，不是“自杀”，就是“跳下去了”。

我抽完了——丢掉了自制的卷烟。

返回房间，我坐到等候已久的电脑旁。我敲下几行字。面前是闪耀着灰色亮光的屏幕，就像阴沉的天空，单词像黑色的小鸟噼噼啪啪越飞越低，预报着大雨的来临……我离开屏幕，把头探出窗外，又抽上了。

夜里烟民谢尔盖半梦半醒。我被一个劳人的旧梦追索。每一个片段都那么真实。我梦见了日子，作息如常，昼夜轮回。梦见了三个朋友——两个男孩，一位姑娘——他们劝我一起自尽。这是干吗？他们就是想挨个儿尝试悲剧。“不是闹着玩儿的。”小姑娘发出命令。我没有拒绝，我答应他们考虑考虑，重重地点了下头，心里却决定离开他们。我记得梦里都是孩童的压抑感。接着我们玩捉迷藏……雾散了，窗外夜幕降临，电话铃响，我被告知：一个小时前三人自缢而死。听了这个消息我迷惑不解。我差点儿就不和他们一起玩了。可是，不，他们上吊了——一共三个人。他们已经踪影全无，尸体冰冷……

早晨（我还梦见了早晨）来了三个活着的熟人，开始议论。生活持续着它的全部丑态，背景上的什么地方出现了胡乱摆放的尸体。在梦中我用秘密之眼看到了它们：是包裹着塑料布的模型。我一边大声谈论着发生的事情，一边想：多么荒谬的错误！你们这些伙伴像傻子一样出去了。你们该拖走这个，万一复活了呢。这就是梦的全部。真是一场令人窒息的梦。整个梦都被烟雾缠绕……

读者，撕碎烟盒，折断香烟吧。勇敢地行动吧。一步也别后退，永远也别回头。从自己的身体里赶出成团的烟气！再也不会想抽烟了。我会用最干净的嘴唇亲吻莲娜·米亚斯尼科娃！

我是怎么戒掉的？

很简单，就是在沿着长长的街道漫步时，我明白了：是该舍弃的时候了。记得我的目光在人行道一角的招牌上停留了片刻，那里写着："此处广告招商"，配的不是广告，而是城里人的消遣画面。一个脸庞白嫩的小男孩正在学走路，伸着两只可爱的小胳膊，眼睛里却没有胜利的喜悦。鲜红色的标语闪着光："一切都会有的！"我粗野地笑了。心也变得狂野起来。胸部充满"乌拉——拉！"的吼声。嘴里露出索然无味的那根烟。我咬牙站住，对面的招牌上有个人。打火机点燃了。广告上的小孩使了个眼色。于是我就把烟丢弃了！就是这样。甚至用鞋踩了它一脚。

就此再也不抽烟了。

基督复活了！

我出生在一个神父家庭，从小严格按照宗教的规矩培养。我出生在苏联后期，又是在一个神父家庭，想想吧！

人群拥挤。一切都非同寻常。"看爸爸！"妈妈把我放到一个木凳上。父亲穿着宽大的红色法衣走来走去，摇动手里的香炉，把香气散到各处。我借着烛光紧盯他的身影。他加快了脚步，猛地转身，我也满怀兴致地追随他。我高兴得发疯，烟雾遮住了双眼，暖融融的气息罩住小脸。我的蜡烛跳动着将要熄灭，烟气消散。一个老太婆在下面拽我："别淘气了！要知道你这是在什么地方！"我被她的话吓得坐在凳子上发抖。妈妈一言不发地向前看着。

初春姑姑犯了花粉过敏症。她戴上墨镜，神经质地不停擤鼻涕。

"我觉得像是有人对我施了妖术。"她在一次吃午饭时这样说道。

"怎么施的？"我哆嗦了一下。

"我也不知道谁那里有我的照片。可能他在撕照片上的鼻子。"

她响亮地打了个喷嚏。

她的话令我印象深刻。当天晚上我就从爸爸的桌子上偷走了他的教子兹洛特尼科夫夫妇的新婚照片。他们经常来家里做客。我悄悄抠掉他们的眼睛。两张没有眼睛的脸——一个长着胡子，一个是椭圆形的女性的脸——我把它们都扔进垃圾道里。现在我急不可耐地想知道他们是否会瞎掉。可兹洛特尼科夫两口子照旧来我们家：他手指多毛，她害羞腼腆，他们长久地向爸爸忏悔，喝下很多的茶水……什么都没有改变。

从小我就被清一色虔信宗教的保姆包围。其中一个叫娜塔莎。"送送老爷吧。"她用细弱的嗓音向我提议。路灯下。积雪在脚下发出咯吱咯吱的声音。"我和你爸爸需要谈谈，你到边上玩吧。"娜塔莎说道。我听话地走到一边，折下一根长长的树枝在雪地里拖着它。娜塔莎兴奋地说着什么，父亲则激动地点着头。我们走到共青团大街上，这时父亲唤我："谢廖沙！"

我走近他们，一起并排走。

"你真的说过不信上帝吗？"

我吓坏了，“没有，为什么?”

“你说过!”传来保姆激动的声音，“你要诚实!”

父亲走到我这一侧，胡子蒙上了霜。他的胡子在颤动。

“耶稣流自己的血……你却背叛耶稣……是的，谢廖沙，你令我失望。我没想到你这么傻。”

我们站在地铁口。

“你真让我灰心……”

父亲吐出一团气，转身悲伤地走向地铁，身上灰色的皮袄重重地摇摆着。

“叛徒!”我恶狠狠地说着跑开了。

“谢廖沙！等等我!”她喊道。

我迎着车流穿过灯光闪闪的街道，消失在黑漆漆的院子深处。

后来我逛了许久。沿着伏龙芝堤岸在昏暗和严寒中走了几个钟头。在街灯的照耀下冰冻的河流整个都变白了。我停下来，久久地望着，望着，泪水在我的眼眶里打转……

革命年代一帮僧侣被召集在一起。

“有没有上帝?”一个年轻人叫道，“谁第一个回答?”

“有。”一个人点头了，子弹射入他的脑袋，身体倒下。

“接着问!”……

所有人都被杀了。这段故事那么令人紧张，每一个回答又是那么充满血腥。握紧拳头，绝望中对自己坚定地说：没有，没有上帝!都是受难者，无论是高喊着的开枪者，还是倒在他脚下的神父。谁也没有去想那些冲击庙宇、扑向大胡子、朝圣像吐痰的简单的小伙子，他们是多么无畏。杀的是什么？杀的是自己内心的希望！

我怎么看待宗教？我总是躲开那些哭哭啼啼的、歇斯底里的女信众，那些彼岸世界的宣扬者。他们在慢慢饮尽生命、土壤、草地和雪中所有的汁液。

我推崇生命之严酷的神秘主义！人是会死的，这没什么，但为什么不在有生命的时候展现奇迹？一个与另一个毫无区别！我喜欢巧合，喜欢悲剧性地扑入窗子的小鸟。通常我遇到的是一个接一个的死亡。如果一个熟人死去了，等着吧，接着就会有第二个，第三个。死亡一个跟着一个，使最初的恐惧变得迟钝。我甚至会怀疑是老太婆在玩镰刀[1]。也许有这么个老太婆，谁知道呢。她拿着镰刀绕着我们走，在我们眼前嘿嘿笑着。手一挥——完了……

生命就像阳光下、湿土中粗糙的靴子。从出生起生命就全部赐给了你。从此就有可能向前看，知道未来。民间的神秘主义在于，人民没有走出生命的界限之外，没有从靴子里爬出来。靴子里有最美的诗歌。我总是感觉，韵与韵之间存在一种特殊的隐秘的血缘。民间的本能体验是这样念诵的："梦见男孩——艰难痛苦，梦见姑娘——怪事多多，梦见皮袄——喧闹嘈杂，梦见骑马——撒谎成风，梦见母牛——怒吼声声"[2] ……

别墅区三十号房，外面是一层黏糊糊的黄色，就像在蒲公英花朵中浸染过一样。这里住着两位波克洛诺娃。奥尔加和她的女儿，

---

1 旧时俄罗斯人把死神描绘成手持大镰刀的骷髅。

2 原文中男孩与艰难、姑娘与怪事、皮袄与喧闹、马与谎言、母牛与吼声均是第一个字母相同。

离婚没有孩子的莉季娅。男主人瓦西里·波克洛诺夫一年半前死于中风，接着那些毛厚的牲畜家禽都被宰杀。只留下了一头牛，但是它也生病了，不再产奶，终日躺在昏暗的牛棚里，可怕地打着嗝，哆嗦着消瘦的身体。

有人建议她们去一趟女巫医杜霞那里。她在离这儿要坐几站火车的霍基科夫度着自己的晚年。母女俩整装上路，这不，已经坐在杜霞家的厨房里了。她仔细听完一切，就用干枯的手指打断她们，说出这样的话："白与黑！孩子们，是白与黑的错。你们要把牛棚里白的和黑的东西清走，那时你们的母牛就都好了。"

"这是什么意思?"胸脯肥大的莉达[1]想问得全面些。

"黑与白!"奥尔加大声重复着，"黑与白!"说着就突然哭了，躬身拜起来。

"你这是怎么回事，妈妈!"女儿抓住母亲的手臂。

她们回到家的第一件事就是到牛棚里，仔仔细细地进行检查。牛棚里凄凉地铺满干草和粪便，远远传来母牛的呻吟声。既没有黑色的东西，也没有白色的东西，只有粪便和干草。第二天早晨小波克洛诺娃去上班。她是个邮递员，骑着自行车在村子里送邮件。晚上回来，她知道了这个消息。

"母牛站起来了!"母亲说着，笑开了花，"我终于找到黑色的东西了。"

"你可真行!"

1　莉季娅的小名。

“我都记起来了，记起来了！我们家那个死人留下了一件黑夹克。去年秋天我用这件黑夹克塞住了顶棚上的漏洞。因为老是漏雨，我才塞住的。现在我把它拽出来了。”

第二天一整天邮递员波克洛诺娃又带着那些邮件满村跑。晚上回家迎接她的是一大桶新鲜牛奶。

“也不知是谁提醒了我！”母亲兴高采烈地说，“以前小鸡都是从那个碟子里叼东西吃的。我用根棍子动了动，再一看——变白了。碟子！闹了半天是我们偶然踩了它一下，它就陷下去看不见了。”

读者，大自然的魔法多么神奇啊！

我被自己的自然天性包围着，无处逃脱。我心满意足地陷入自己的天性之中。

我喜欢严寒。当我忙于琐事时，要想把我从频繁的电话铃声中拯救出来，只有一个办法。打开窗子，把头探到寒冷的空气中。清新的寒气像发箍一样套在了头上。撑大鼻孔，呼吸更加舒畅。风在我身体里呼呼作响，就仿佛穿过导线。适应了这些后我听到路人吱吱呀呀好像难为情似的脚步声，还有不知从何处传来的孩童耍赖的哭泣声……